故事会

2012 · 54

（11月－12月）

合订本

I0553127

STORIES

上海故事会文化传媒有限公司　出品

图书在版编目(CIP)数据

2012《故事会》合订本.54/《故事会》编辑部编.
上海: 上海锦绣文章出版社, 2013.1
ISBN 978-7-5452-1193-1

Ⅰ.① 2… Ⅱ.①故… Ⅲ.①故事－作品集－中国－当代 Ⅳ.Ⅰ① 1247.8

中国版本图书馆 CIP 数据核字（2012）第 260056 号

责任编辑: 顾　诗
封面设计: 李宝强
责任督印: 张　凯

2012 故事会合订本 54
(11 月－12 月)
《故事会》编辑部　编
上海锦绣文章出版社·上海故事会文化传媒有限公司出版
地址: 上海绍兴路 74 号
电子信箱: gushihui@263.net
网址: www.slcm.com
中国图书进出口上海公司发行
地址: 上海市广中路88号
电话:36357888
ISBN 978-7-5452-1193-1/Ⅰ·401

522

2012

SEMIMONTHLY

上半月刊

11月

STORIES

欢迎登录本刊主办的"故事中国网"（www.storychina.cn）

故事会
——STORIES——

2012 年 11 月
上半月刊·红版

何承伟：社 长·主 编
夏一鸣：副社长
吴 伦：常务副主编（兼绿版负责人）
姚自豪：副主编（兼红版负责人）
本期责任编辑：叶小萌 李 丹
电子邮箱：lidan090@gmail.com

红版发稿编辑：
姚自豪 吕 佳 石莎莎 丁娴瑶
美术编辑：李宝强
电脑制作：郭瑾玮

本社办公室电话：021-64375030
上半月刊编辑部电话：021-64335114
下半月刊编辑部电话：021-64336469
（上海市绍兴路 74 号 邮编：200020）
主管、主办：上海文艺出版（集团）有限公司
出版单位：《故事会》编辑部
发行范围：公开

出版、发行总监：张 凯
电话：021-64313938
广告业务：上海故事会文化传媒有限公司
广告总监：张 淮
广告业务：021-34010383
广告投诉：021-64333738
广告经营许可证
沪工商广字 3100320080016 号
发行：中国图书进出口上海公司

顺藤摸瓜

一对青年男女刚谈恋爱。在电影院里，男青年不安分地将手搭在了女友的手上。女友故意吓吓他，说："不要顺藤摸瓜。"

男青年听了，立马把手缩了回去。过了一会儿，女友见他没有动静，就将自己的手搭在了男青年的手上。男青年学着女友的腔调，说："不要顺藤摸瓜！"

女友没有理会他，只顾自己往上摸。摸到男青年的脑袋时，男青年问："你摸到什么了？"

女友说："摸到一个傻瓜！"

（俞泉江）

（本栏插图：包丰一）

"非重"指的是什么

毕业考试前，老师给学生上辅导课，说明哪些地方需要重点复习。有个学生因病缺席，之后借一位同学的课本来看，他见课本上标有"重点"、"非重"的字样，于是专攻"重点"，舍弃"非重"。

可是考试成绩下来，他的分数很低，于是不解地问那位借给他书的同学："我都是按你书上的'重点'内容来复习的，为什么还考得那么差？"

那同学说："你没有看'非重'部分吗？那可是'非常重要'的内容啊！"

（余娟）

买车心理

买车时，男人关心的是："这车百公里耗油多少升？最快能开到多少？"

女人关心的是："车座是什么颜色的？后视镜里照人漂亮吗？"

（月月鸟）

看奥运

一对夫妻正在讨论奥运比赛。

丈夫说："这几届的奥运会对我来说，是个转折点。"

妻子问："什么转折点？"

丈夫说："早些时候看奥运会，觉得长大了我也要这么厉害；现在看奥运会，觉得这帮小孩怎么这么厉害！"

（张　涛）

爱情三部曲

情人节的晚上，二姐哭肿着双眼回到家，弟弟见状，悄悄地对大姐说："看来，二姐的爱情三部曲唱完了。"

大姐不解地问："什么是爱情三部曲？"

弟弟说："就是'追随'、'追逐'和'追尾'呀！"

大姐还是不解"'追随'我懂，就是你二姐起初'追随'那个男的，那'追逐'和'追尾'是什么意思？"

弟弟说："'追逐'就是他们后来谈了恋爱，'追尾'就是两人最后打了起来。"

大姐叹气说："既然三部曲都唱完了，他们应该没有关系了吧？"

弟弟摇摇头说："很难说，也许他们还有追忆！"

（王　伟）

买钱包

女孩看中一个钱包，发现标牌上写着三折，便问服务员价钱。

服务员说："这个钱包要卖1000元。"

女孩吃了一惊，问道："是打折后还是打折前的价格？"

服务员抱歉地说："这款钱包没有折扣。"

女孩指了指那个标牌，生气地说："标牌上明明写着三折，你怎么骗我说不打折？"

服务员答道："那标牌说的是钱包的结构。"

（小　丁）

文学青年

三个文学爱好者很爱咬文嚼字。一个美女夸他们，说："你们谈的都是文学艺术，真是文人骚客呀！"

其中一个文学爱好者说："我是文人，但不是骚客，我发牢骚但不风骚。"

美女忙说："对不起，我说错了。你们是文人墨客。"

另一个文学爱好者说："我是文人，但不是墨客，感觉墨客比黑客更黑！"

美女道歉说："今天，我惹得一身臊，说不过你们，我请客谢罪。"

一直沉默的文学爱好者说："请客？你到底请骚客、墨客，还是黑客？"

（江水碧）

微博转发

两位妇人在一起聊天。

妇人甲问妇人乙："最近过得怎么样？"

妇人乙说："我和我丈夫离婚了，而且是'和平分手'的。"

妇人甲接着问："你们怎么和平分手的？"

妇人乙说："当我在微博里写下'我正在离婚'时，他是第一个转发这条微博的。"

（张　涛）

考　卷

有个同学在一次考试中写道"千山万水总是情，给点分数行不行？"批卷老师看了，当即回复："人间自有真情在，给个0分也是爱。"

（阿　门）

为　省　钱

有个小伙儿的租房合同到期了，不再打算续约。房东来检查房子，发现地毯上有三个小洞，于是要求小伙儿按照一个洞100元来赔偿。

小伙儿看了看地毯，问"你确定一个洞要赔偿100块钱吗？"

房东点点头，说确定。

小伙儿听后，拿起烟头，把地毯上的三个小洞烫成了一个大洞，随后对房东说："能省200就省200吧。"

（张　涛）

恶作剧

有个学生一脸沮丧，同桌问他怎么了。那学生说："昨天晚上，我看到厕所的灯坏了，就捉弄了一个正在上厕所的人，我把他的厕纸抢走了。"

同桌问："那他发现是你干的？"

那学生说："都怪我不好，我抢了厕纸后，想逗逗他，就说有本事来初一（2）班找我。"

同桌笑问道："那个被你整的人是谁？"

那学生叹气道："今天老师把我爸爸叫来学校了，我才知道昨天那人是校长。"

（小　丁）

孙女的画

七岁的孙女正在家里画画。她突然对身边的爷爷说："爷爷，您能给我当一下模特吗？"

爷爷欣然答应，很是配合，没多久，孙女大功告成。

爷爷乐呵呵地对她说："孩子，把你作好的画拿过来给爷爷看看，我想知道你画得像不像爷爷。"

孙女摇摇头，说："不用了，爷爷。我只不过是比着您的光头画了一个鸭蛋！"

（陈福国）

签　名

妈妈带七岁的女儿去超市购物，刷卡结账时，女儿看见显示器上出现"100"的数字，就对妈妈说："妈妈，快看，我们得了100分，我要签名。"

妈妈和超市收银员商量后，同意让女儿来签。女儿随即在单据上，认认真真地写上了自己的名字。

签完后，收银员将单据拿过去，发现签名栏上写着：妞妞，一年级(1)班。

（张　涛）

本栏欢迎来稿，读者、作者可将有新鲜感、有精彩细节的笑话佳作投寄给我们。来稿一经采用，最高稿费为一则100元。本期责任编辑电子信箱：lidan090@gmail.com。

美丽的谎言

□李代金

有道是："魔高一尺，道高一丈。"现在的骗术花样百出，要想不上当受骗，就只好万事不搭理，不相信。琳琳是一名大学生，平时在网上也看过一些有关骗术的帖子，所以当她遇到这些骗术时，总是谨慎提防。

这天，琳琳在家休息，母亲出门买菜了。十分钟后，母亲两手空空地回来，她进了屋拿了钱，又匆匆忙忙地准备出去。

琳琳觉得奇怪，便问母亲发生了什么事。母亲告诉她："我在去菜市场的路上，被一个女孩拦住了，她问我借一百块钱。"

借钱？一听到陌生人问母亲借钱，琳琳就警惕起来，忙问："那你把钱给她了？"

"是呀，小姑娘挺可怜的。"母亲说，那个女孩被人从家里骗出来，说

是打工挣钱，差点进了传销组织，幸好她发现及时，这才逃脱，可是她身无分文，回不了家，便向母亲求助。

听了母亲的话，琳琳心里犯起嘀咕：这明显就是个骗局，虽然现在的骗子很多，花招也很多，可是像女孩这样弱智的骗局，明眼人一看就明白了，没想到母亲居然会上当！

母亲继续说着："我把钱给她时，她还问我要地址，说等回家后就把钱寄还给我。我说不用，只给她留了个电话号码，让她到家后给我打个电话报平安。"

从母亲说话的神情来看，她是相信那女孩的，而且还为自己做了好事而感到高兴。琳琳怕母亲失落，也就

不愿这时揭穿女孩的骗局。

一整天，母亲都在挂念那个女孩，她时不时地看看厅里的电话，嘴里念叨着女孩，可直到吃晚饭时，女孩仍没有打电话过来。母亲便焦虑起来，担心女孩是不是出什么意外了，或又被别人骗了，却从未意识到自己是被骗了。

等到晚上九点，还不见女孩来电话，母亲便准备休息了。就在这时，电话铃突然响了。琳琳去接电话，按响了免提键。

一个女孩的声音从电话里传来："喂，您好，请问您是李婆婆吗？"

"这是我的电话！"母亲赶紧从卧室出来，兴奋地对着电话说："孩子，是我！你到家啦？"

"到啦，到啦，刚到。婆婆，谢谢您，要不是您给我钱，我不可能这么快就到家。婆婆，麻烦您说一下地址，我好把钱寄给您！"女孩的声音充满感激之情。

母亲笑道"不用还，不用还！你到家就好！"

挂了电话，母亲笑眯眯地对琳琳说："是那个女孩打来的电话，她安全到家了，还说要把钱还给我呢。本来我还真有点担心自己被骗了，现在看来，女孩没有骗我，我也算做了一件好事。"

见母亲满脸堆笑，琳琳也如释重负。母亲其实不知道，这个电话，是琳琳让一个同学打来的。琳琳相信，母亲遇到的那个女孩，绝对是一个骗子，所以绝不会打电话来报平安。她不想让母亲接受被骗的事实，才出此下策。

母亲因为接了"女孩"的电话，第二天心情开朗。

中午吃饭的时候，电话铃突然响了。这一次，是母亲接的电话，她按响免提键后，一个女孩的声音从电话里传来："喂，您好，请问您是李婆婆？"

母亲兴奋地说："是的，是的。孩子，我听出来了，是你啊！你到家了？"

"到啦，早上就到了，后来一直在忙，现在才抽空打电话给您。婆婆，真是谢谢您了，麻烦您说一下您的地址吧，我好把钱寄给您！"女孩的声音充满感激之情。

母亲笑道："不用还，不用还。你到家就好！"然后，她又叮嘱了女孩几句，让女孩以后要提高警惕，不要再轻信他人。

挂了电话，母亲满脸疑惑地问琳琳："刚才这个电话才是那个女孩打来的，昨天晚上的那个是怎么回事？"

琳琳被母亲这么一问，懵了。她没有想到，母亲遇到的那个女孩果真不是骗子。对于母亲的询问，她只得坦白自己不愿母亲发现被骗的事实，于是让同学假扮女孩打了电话。

母亲听后，叹了一口气，说："你把事情想得过于复杂了，虽然现在骗子是很多，但总有一些人不是骗子，他们是真的需要帮助才会来找你的。你看，我遇到的那女孩就不是骗子吧？如果当时，我也冷漠以对，没有伸出援手，那么她可能就回不了家，甚至还会有危险，这样我心里更不踏实。"母亲顿了顿，又补充道，"就算真遇到了骗子，他可以骗走我的钱，但骗不走我的爱心，我相信，好人是有好报的。"

琳琳听着母亲的话，频频点头。母亲真是一个善良的人，她总是想着帮助别人。琳琳心里明白，就算母亲遇到的真是个骗子，她也不会因此就不再相信他人，也不会吝啬自己的爱心。

自从女孩打来电话后，琳琳心里就踏实了不少，转眼到了吃晚饭的时间，这时，家里的电话铃又响了。

琳琳接起电话，一个清脆的女孩声音从电话里传来："喂，您好，请问您是李婆婆吗？"

怎么又是一个女孩？怎么又是找母亲的？

琳琳赶紧叫母亲接电话。母亲匆匆跑上前，拿起话筒："我是李婆婆，你是哪位啊？"

对方说："李婆婆，我是小桃，就是昨天您给了一百块钱的那个女孩……"

母亲先是一愣，然后满脸兴奋地说："小桃，真是你啊！你到家啦？"

"到家了，我坐了一天的火车刚到家。一回家，我就想着给您电话呢。对了，婆婆，您把地址跟我说一下吧，我说好要把钱寄还给您的！"女孩的声音充满感激之情。

母亲笑道："不用还，不用还。你到家就好！"母亲流露出喜悦之情，这让身边的琳琳看得目瞪口呆。

挂了电话后，还没等母亲开口，琳琳就迫不及待地问道："刚才这个电话才是那个女孩打来的吧，可是中午的那个电话是怎么回事啊？"

我们家乡好 （潘胜奎　编绘）　　（《故事会》漫画版精品选登）

在我们家乡，橘子就像足球，又大又好。

要说香蕉，在我家乡，一串比宝塔还要高！

不是我夸耀，我的家乡……

喂，喂……当心我的葡萄！

　　母亲冲琳琳一笑，不好意思地说："其实，中午那个电话是我托隔壁小刘打的。昨晚打来的那个电话，我一听就知道不是小桃打来的，我便猜出肯定是你让人打的。目的很明显，是为了让我安心。"

　　原来，母亲早就听出昨晚的电话是假的，更是明白女儿的心意。为了让女儿安心，让她认为自己遇到的不是骗子，所以，母亲如法炮制，也找人假扮女孩，打来电话。

　　琳琳万万没有想到，母亲会用同样的办法编一个谎言来骗她。这个谎言真的让她安心了，也让她更清楚地感受到母亲的善良和爱心。她甚至感觉到，母亲的爱心正一点点传递给自己。想到这里，她幸福地笑了。

　　（题图、插图：安玉民　梁　丽）

本期主题：聪明文人的故事

我国民间出现过许多聪明的文人，他们机智多谋，诙谐善谑，并以智慧的手段替老百姓排忧解难。

夺镯揭被

晚清时，安徽寿县有一恶棍，无恶不作。有一天，他闯进一个平民家里，见一病妇卧床不起，便无所顾忌，翻箱倒柜，连病妇的被头也揭开，将病妇手腕上戴的玉镯捋了下来。

正逢村人收早工，将恶棍逮住，扭送到衙门。

知县把恶棍当堂收押，并要病妇的丈夫补写一张状纸。

病妇的丈夫找来几个塾师，写了一张状纸，其罪为"揭被夺镯"。状纸虽已写成，可主人心里不踏实，心想要是告不倒他，自己可就捅了马蜂窝，那家伙一出衙门，就会使自己家破人亡。

于是，病妇的丈夫找镇里有名的才子刘之智帮忙。刘之智详细询问了事情的经过，又看了状纸，仔细一推敲，提笔将"揭被夺镯"改为"夺镯揭被"。

病妇的丈夫看了，不知其中奥妙，瞪了一会儿，见刘之智不语，只得把状纸上呈衙门。

知县立即提审恶棍："我问你夺镯可是事实？"

恶棍说："是事实。"

知县问："你揭了病妇之被没有？"

恶棍答道："揭了。"

知县问："为什么？"

恶棍答道："夺镯。"

"简直无法无天！"知县大怒，丢下罪状，立即要其画押。

知县根据上述罪状，认为"夺镯揭被"是双重罪行：夺镯，是抢劫财物；揭被，是想奸污病妇。情节恶劣，故而判以重刑。

事后人们才知道，刘之智这"改动一下"的厉害，就更加敬佩他的才能。

巧释春联

纪晓岚是乾隆身边的大学士，他能言善辩，学富五车。

一次，纪晓岚回家省亲，正逢春节。乡里有一家弟兄仨，日子过得很穷，常受一些富户歧视。纪晓岚见这兄弟几个为人老诚，便送了他家一副春联，上联是"惊天动地门户"，下联是"数一数二人家"，横批是"先斩后奏"。当时有个财主非常嫉恨纪家。他得知纪晓岚为乡民写了一副"犯上"春联，便串通官府，上告京都，说纪晓岚犯了欺君之罪。乾隆得知，龙颜大怒，立刻召纪晓岚回京。

乾隆见纪晓岚怒道："你可知罪？"纪晓岚慌忙跪倒"为臣回家省亲是万岁恩准的，不知罪从何来？"

乾隆说出他在家写春联一事。纪晓岚道："万岁息怒，春联虽是我写，但并无过错。这家哥仨，老大是个卖爆竹的，不是'惊天动地门户'吗？老二是在集市提秤的，岂不是'数一数二人家'？老三是卖烧鸡的，'先斩后奏'并不过分呀！"

纪晓岚这一解释，逗得乾隆大笑，便赦纪晓岚无罪。

妙戏考官

清末民初，英山有个叫闻筱辑的儒生，他博学多才，却厌恶功名利禄。

这一年，闻筱辑的父亲让他去应考，博取功名。考试那天，闻筱辑想戏弄一下考官，便在考卷的反面画上一只摇头晃脑的老猫，老猫的一只前爪抓着一份试卷，另一只前爪抓起嘴边的一溜胡须，旁边又写上三个字"喵！喵！喵！"

画完写好后，闻筱辑翻过卷面，看过题目，便一气呵成地写好文章，交了头卷，走出了考场。

考官拿过卷子看着看着，竟被那文采飞扬的文章吸引住了，他一口气看完，捋着长长的胡须，摇头晃脑地连声赞道："妙！妙！妙！"

考官习惯地想看看考生的姓名，便把试卷朝反面一翻，见一只老猫和三个"喵"字，知道被闻筱辑戏弄，气得满面通红。

对联祝寿

庞振坤是邓州有名的才子。这年，邓州来了个知县，叫汤似慈，此人爱财如命。汤似慈要过大寿，地方豪绅为讨知县欢心，便向百姓强行摊派送礼。庞振坤见此情景，撰书一联作为寿礼送上。联云："似者，像也，像虎像猊像豺狼，不像知县；慈者，爱也，爱金爱银爱钱财，不爱黎民。"横批："不成汤水"。汤似慈看了差点气死，决定报此当众羞辱之仇。

一天，汤似慈听闻庞振坤手持写有"我是天子"的灯笼四处游逛，便以"欺君罔上"之罪，将他押上大堂。谁知，庞振坤斥汤似慈有眼无珠。原

来"我是天子"四个大字下面，还有"一小民"三个蝇头小字。庞振坤辩解道："'我是天子一小民'，所言极是，何罪之有？"

汤似慈责问："为何这七个字大小不一？"庞振坤答道"回大人，'小民'怎敢与'天子'一般大小呢？你只见'天子'，不见'小民'，怎能怪我？"汤似慈哑口无言。

搭桥取名

李太清是一个有才的进士，深受皇帝喜爱。有一次，皇帝派他到湖广为御花园办些奇花异草、假山怪石，顺便让他回乡探亲。

李太清领了好多银子，行了好多路程，来到乡里，见到洪水冲毁良田，听到灾民啼哭哀号。乡亲们还纷纷前来诉苦，说当地白知县不仅不放粮救灾，还逼收课税。李太清看到此情此景，心里不忍，就把办皇差的银子统统散给穷苦百姓了。

眼看期限已到，李太清回到京城，甩着一双空手上了朝。皇帝问他事情办得怎么样，李太清不慌不忙地说："我的家乡有条河，年年泛滥，庄稼颗粒无收，行人交通不便。我想圣明的皇帝是最体谅百姓的，就把银子用来修了一座桥，盖了一座庙，百姓人人称颂皇恩浩荡。"

皇帝问："这座桥叫什么桥？"李

太清信口答来："三石六步两眼桥，对面山上一座庙，武将要下马，文官要下轿。"皇帝听了蛮新鲜，便夸奖他会办事。

其实呀，李太清只用了三块石头，一块当桥脚，两块做桥面，桥长六步，岂不是三石、六步、两眼桥？山上的庙不过是座土地庙，桥上太窄，当官的非下马下轿不可。李太清还真把皇帝哄实了。

脱帽退堂

合阳来了个大胖子县太爷，升堂问案时喜欢解开纽子，脱掉袜子，卸下帽子，总之咋舒服咋来。他舒服了，被审的人可受罪了，他要审问多少时间，就要看他是否有倦意。往往被审问的人跪得膝盖酸痛，头昏眼花。

这年大热天，合阳的才子李灌因为一件纠纷事，被叫到衙门里审问。李灌是个举人，见了知县不跪也可以，但这位县太爷非要李灌跪下庭审不可。

县太爷问着问着，觉得热了，就解开袍带，脱掉袜子，卸下帽子。李灌一看老爷卸下帽子，赶忙站起，四处观望，好像寻找什么。老爷一见李灌竟敢私自站起来，不由大怒。李灌指着县老爷道："你是何人，竟敢对我这般无礼。""我是县官！"李灌问："凭什么？"县太爷回答："七品顶

戴。""没有顶戴何官可称？"

县太爷一时语塞。原来那个时候官阶大小，都在戴的帽子上有标志。他只得戴上帽子，热得汗水直往下滚。一会儿县老爷热得撑不住，只得宣布退堂。

趣题巧答

史阙疑是清乾隆末年的一个贡生，韩城有名的才子。

一次，史阙疑去应试，考官听说他是韩城奇才，故意在科试完毕，又对他口试一番。

考官说："我昔日在江南为官时，见那里的水桶很大。"史阙疑恭敬地问："咋个大法呢？"考官说："装了半桶水，里头卧了九头老水牛。水牛在这边用尾巴甩水，那边的水还纹丝不动呢！"

史阙疑说："这不足为奇。小时候我在家乡读书，曾见到一根特别长的竹竿。"考官问道："咋个长法呢？"史阙疑说："头一年八月十五，有一个人扛着那根竹竿从我们学堂门前过，直到第二年五月端阳，我还看见剩几节竹竿梢儿在门前甩动哩！"

考官惊奇地问："天下哪有这么长的竹竿？"史阙疑一字一板地说："如果没有这么长的竹竿，如何箍着您那么大的水桶呢？"

（**本栏插图：** 安玉民 梁 丽）

故事会 ■ **新浪** 微故事大赛

| 9 月优秀作品选登 | 主题：颜色故事 |

@吃素的沙漠狼 出门时，儿子拽着衣襟不让他走。他抓了一把黄豆和绿豆放进搪瓷缸："乖，等你把豆子分开，我就回来。"儿子扬着小下巴说："说话要算数。"他笑着说："一定。""爸，你不是说黄绿豆分拣开就回来吗？"四十多年后，年近半百的儿子，登上宝岛跪在父亲墓前，拿出掉了色的搪瓷缸，颤抖着手开始分拣豆子……

@ 吃素的沙漠狼 办公楼后是一片绿茵茵的草场。王局长说单调，种些时令蔬菜，既可养眼，又可让局里人尝鲜，于是蔬菜取代了草皮。王局长调走，新任的张局长说办公场所怎能种菜？种些花卉！于是花卉取代了蔬菜。张局长调走，新任的牛局长，说办公场所花里胡哨不好，于是办公楼后又重新变成了绿茵茵的草场。

@看指间飞沙 例行体检结果出来了，李局长 X 光照片显示肺部有块黑色阴影。"是不是什么东西忘了取出来啊？"纪委书记一句无心的话提醒了慌恐的李局长，那天他把开发商刚送来的古董玉佩顺手放在口袋就去体检了。这可是李局长第一次"收礼"啊！把玉佩还了之后，李局长又去医院复查，果然一点阴影都不存在了。

@ 傻雀CHURCH 大病初愈的爷爷鼓足勇气对奶奶说："你看，我都完全好了……"奶奶笑了一下，问："喝白的还是黄的？"一句话，喜得爷爷忘乎所以："老规矩，都上！"很快，奶奶端了一杯白开水和一杯橙汁出来……

@蓝_风车 幼儿园，他和爸爸要绿色的糖果；小学了，他和爸爸要黑色的书包；上中学，他和爸爸要白色的足球鞋；上大学，他和爸爸要粉红色的零花钱；要结婚，他和爸爸要咖啡色的楼房；等他要爸爸的时候，却只能对着相框里的黑白照片发呆……

@相绝一 小王开了家工厂，排到河里的污水让绿水变成了红水。多次有人举报无果，原来小王早就给了环保局长好处。后来，换了位新局长，小王备了厚礼去拜访，新局长接过厚礼说：能否再多加点？小王心言：这个更黑！新局长接着说：你多加点，我们再扶持一点，就能买一套净化设备了！

@ 看指间飞沙 出狱后的他一无所有，除了脸上那道暗褐色的刀疤，一如他灰暗的心情。坐上公交车，所有人都像躲瘟疫一样躲着他，他也习惯地独处一隅。突然一个小男孩跑到他面前，问："叔叔，你也做阑尾炎手术了吗？我的刀疤比你的好看！"男孩掀开衣服，露出肚皮上的粉红色刀疤。他看着，心也温暖了起来。

（大赛启事见本期P21）

讨口水喝

□张庆萍

去年夏天，我到甘肃省狗尾巴村采访。狗尾巴村交通闭塞，水源奇缺，听说那里的人一年里只能在腊月二十三洗一次澡。所以从镇里出发前，我准备了好几瓶矿泉水。

狗尾巴村离镇里有十四五里路，烈日当头，无遮无挡，我身上的汗流得紧，很快，那几瓶水就被我消火十净了。

到了狗尾巴村采访完毕已经是中午，老乡们想挽留我吃中饭，可我拒绝了。我急匆匆往镇上赶，走到半路上，嗓子都渴得冒烟了。几番犹豫后，决定进一个叫牛头村的村庄。

我来到村口的一户人家，户主是一位小媳妇，虽然脸蛋俊俏，但浑身灰蒙蒙的，一看就知道很长时间没换衣服没洗澡了。家里只有小媳妇一个人，可她对我这个陌生的大老爷们没有丝毫的戒备心理，引着我进了家里。我谢过后，说明来意——讨口水喝，并表示可以付钱给她。

小媳妇一脸严肃地说："小伙子，你这是骂人呢，客人讨水喝哪能要钱？"我大喜，等着小媳妇倒水给我，却见她面露尴尬之色："可是现在我家里没水，要是有一口水，我都会拿出来给你喝，实在是没有，不好意思啊！"

我心想，虽然这里缺水，可一个家庭怎么连一口水都没有，也有点说不过去吧，是不是小媳妇舍不得呢？

小媳妇似乎看出了我的心思，把我引到水缸边，指着水缸说："你看，

这里有没有水？"

我看了水缸，空荡荡的，确实是没有一滴水。

小媳妇又指了指院子里的水窖，说："旱了几个月，水窖里更没水。"

既然是这样，我还能说什么呢？我向小媳妇告辞，走到门楼时，我看见屋角有一口半抱粗细的水缸，心里就一"咯噔"——那里面有没有水呢？

我的目光就停留在那小水缸上。

小媳妇也看出了名堂，指着水缸说："那是腌菜用的，也没有水。"虽然这么说，但小媳妇就是不打开水缸盖，让我去验明正身。

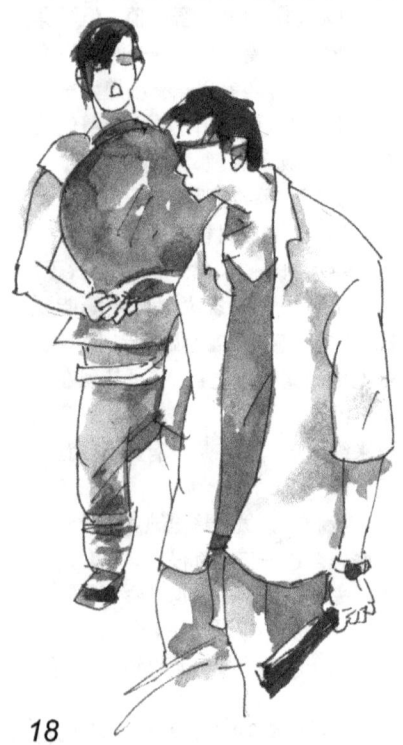

我意味深长地"哦"了一声，不再说什么，走了。小媳妇在后面说着什么，我也顾不得听，只想赶紧到镇里找水喝。

屋外骄阳似火，我一出门，又流了一身汗，想着自己是为了采访当地用水困难而来，又想着那位小媳妇可能是骗了我，不觉有点心酸。可是我很快调整好情绪，加快脚步往镇里赶，只要到了镇上，口渴的问题就迎刃而解了。

我一股劲走了五里路，忽然，听见后面有人喊话："哎哎哎，那个谁，等等我！"

我回头一看，喊话的竟然是那个小媳妇，正脸红脖子粗地朝我跑来呢。

小媳妇站定，大口大口地喘着气，好一会儿才说出话："那个谁，你走得真快，害得我跑了一路，累死我了。"

我笑着说："哈哈大姐，我不叫那个谁，你叫我张记者吧。"

小媳妇说："张记者，你跟我来。"

说着，她就急急忙忙拉着我的衣服往回走。

看来小媳妇是良心发现，要给我送水喝。走了半个小时的时间，我看到路上果然放着一只大水缸。小媳妇抱起那沉甸甸的水缸，说："张记者，我是带你来看这个的。"

看着那口水缸，我"咕咚咕咚"地咽着并不存在的唾沫，调侃着说："早知道你送水给我，我不仅不跑，还会去接你的。"

小媳妇一下严肃起来，一本正经地说："张记者，你误会了，我不是给你送水的。"

我瞪大了眼睛，指着水缸说"不是给我送水，你是给我送缸吗？"

小媳妇说"那也不是。当时我说这水缸没水，我看你眼神就知道你不相信我，你肯定以为这缸里有水，我舍不得给。可我再说一遍，这里没水，只有咸菜。怕你不信，我把菜缸抱过来给你看。"说罢，小媳妇揭开盖子，指着里面说："你仔细看看里面有没有水。"

我看过去，里面确实是咸菜。我问："你跑这么远追我，就为这个？"

小媳妇说"就是为这个。我不能让你认为我舍不得，说假话。"

我的心里一阵感动，对小媳妇来说，我不过是个匆匆而过的外地陌生人，而她却因为顾忌我对她有误解，居然冒着烈日，追了我五里地。想到这里，我打趣地说："大姐，你真逗。那我如果认为你们家水窖里有水，你怎么办？"我说这话其实是开玩笑，意思是：你怎么不抱着水窖来让我验明正身呢？

小媳妇睁大了眼睛看着我，说：

"张记者，你什么意思？还不相信我？水窖我抱不动，要是抱得动，我就抱来，要让你亲眼看看，那里面有没有水，我到底有没有骗你。"

我自知玩笑开得不恰当，见她当真了，连忙说："大姐，我相信你好不好？你千万别当真！"

可是不行，小媳妇还真较上劲了，她拽着我的手说："不行，你笑嘻嘻的，根本不像相信我的样子。你得跟我回我家去，亲眼看看，我家水窖里到底有没有水。"

我哭笑不得，说："大姐，我真相信你。再说了，我跟你回去，你家又没水，你拿什么给我解渴？"

这时，周围已经聚集了几个看热闹的人，一个红脸汉子开玩笑道"小伙子，你跟她去，她没水给你，叫她给你喂奶。"话刚落音，周围哄笑一片。

小媳妇白了红脸汉子一眼，倒没怎么在意红脸汉子的胡扯，她心思完全在我相不相信她这件事上，坚持要我回去验证。

我一看，再这么闹下去，谁知道看热闹的人会扯出什么花样来，只好认输，抱起菜缸，说："大姐，我算服了你，我和你回去好不？"

小媳妇前头走着，我后面跟着。

十多分钟后，我和小媳妇回到她家里，小媳妇顾不得喘气休息，拉着

我来到水窖边，揭开盖子，说："张记者，你看看这里有没有——"

小媳妇的"水"字还没有说出口，就杵在那里一动不动——水窖里竟是半水窖清凌凌的水！

"这——这——这——"小媳妇结巴了，我也愣了。老实说，在这之前，我是相信了小媳妇的话。可是，这半窖水又是怎么回事？

小媳妇呼哧呼哧地喘着粗气，涨红着脸在水窖边走来走去，嘴里念叨着。

看着她这个样子，我真心实意地

说："大姐，我真的相信你的话。这水一定是你丈夫拉来的，赶巧我们都不在场。无巧不成书是不？"

小媳妇站定了，看着我，说："张记者，先不说别的，你快喝水。"

我拿过一只水瓢，舀了满满一瓢水，一通牛饮，顿觉心爽气顺。

看我喝完了水，小媳妇说"张记者，你之前在我家时，水窖里真没水。"

我真后悔我这张爱开玩笑的嘴，我说："嗯嗯，之前没水，你走了后老天爷下雨了，下了这半窖水。"

小媳妇盯着我问："张记者，你说这水稀罕不稀罕？"

"当然啦！"我脱口而出，"在我看来，水比油贵。"

小媳妇又说"我要是心疼水，舍不得给你喝，我会浪费水不？"

我说不会。

小媳妇扭头就走，不一会儿，她带来一个中年男子。小媳妇指着半窖水对男子说："大成，这水归你了！"

这个叫大成的男子眼睛睁得溜圆，不相信地问："雪莲，你没开玩笑吧？这水给我？我拿什么跟你交换？"

"白送！"小媳妇说，"我什么也不要，你挑去就是。"

大成乐不可支，又眉头一皱说："不行，你得签字画押，免得你后悔。"

小媳妇不含糊，跑到屋里拿来纸

笔，刷刷写出几行字，意思是这半窖水白送，又签上自己的大名。大成这才放心，跑回去挑来两只水桶，开始来回挑水。

我不明白小媳妇是啥意思，喊道"大姐，你这是干啥呢？我不是说过我相信你吗？"

小媳妇仿佛卸下一块石头，拍拍手说："张记者，这下你该相信我了吧。我要是舍不得给你一口水，会把这水送人？"

采访完毕，我回到城里，几天后，镇宣传委员老吴打电话给我，说起了小媳妇的事情。他说，那天小媳妇家起先确实没水，后来赶巧县里统一给几个缺水严重的村里送水，牛头村就

在其中。送水到小媳妇家时，我已经走了，小媳妇也追我去了。

我说情况和我估计的差不多，老吴又说："雪莲被她丈夫打惨了，好几天下不了床。"

我惊讶地问为什么，老吴说："还不是因为她糟蹋了水！那半窖水，在牛头村，抵得上半条人命啊！"

握着话筒，我说不出话来，泪水滴答滴答地落在电话上。好半天，我哽咽着说："老吴，告诉雪莲，我从来都是相信她的。也请她相信我，相信我们，我们一定还给她，给缺水的乡亲更多的水……"

（题图、插图：谭海彦）

　　许多人相信，这个世界上发生的许多事是简单的因果循环造成的，可是，有这么一个人，他一直本分分做事，从未得罪过他人，却莫名其妙地惹上麻烦……

□金十三

我怎么招惹了你

俗话说："一个巴掌拍不响"，可今天，一个巴掌不仅拍得响，而且还把人拍得晕头转向，不明就里，齐铭星就是被这样一个巴掌给拍得苦不堪言的。

　　齐铭星是个思想活络的"赶潮人"，最近见同事们都买了车，他便也追风似的到了4S店。可他手头拮据，磨叽了老半天，只买回一辆经济实用型。虽说档次低了点，不过好歹是辆车，齐铭星顿时觉得上下班精气神足了。

　　这天，齐铭星下班回家，刚停好车，一个陌生人就拦住了他，问道："请问是齐铭星先生吗？"

　　齐铭星说"是"，并问他是谁，有什么事。

　　那人微笑着开门见山，说明了来意："鄙人是恒业集团的，我们老板想原价收购你这辆车，另外再补贴你一万块钱，算作给你的辛苦费。"

　　齐铭星一听，顿时懵了：恒业集团是县里十大民营企业之一，他们的老板平时坐的不是A8就是卡宴，怎么会相中我这辆车呢？于是他问："为什么要买我的车？"

　　那人说，是老板交代的，具体原因他也不太清楚。齐铭星见那人也是一脸茫然，便没再问了，他说："不好意思，这车我刚开顺手，暂时还不想卖。"

　　那人看齐铭星态度坚决，只得快

快地走了。齐铭星见他走远，马上钻进车里，上下左右、寸土不放地找了起来。他要找什么？原来这恒业集团的老板名叫欧阳鹏举，据说他能发家，靠的是干了见不得光的行当。至于现在还干不干，没人知道。不过，齐铭星心想：他想买我的车，又不告诉我原因，莫非我这车里有什么东西？可他找了两个小时，累得一身臭汗，车内车外翻了个遍，也没发现什么异常。

齐铭星一脸沮丧地回到家，老婆问他怎么了，他便将事情原原本本说了。老婆听完，忍不住笑了："难道你就没想过，这可能是别人在搞恶作剧？"

"恶作剧？不会吧？那他为什么会找到我呢？"

老婆说："现在的骗术五花八门，可能你正巧被骗子瞄上了。"

老婆说的有道理，可能真遇上了骗子。齐铭星也没有多想，可是，到了第三天早上，他开始觉得这件事不那么简单了。

前一天晚上，齐铭星在外面陪客户吃饭，吃完饭已经九点多钟了。他回到住宅小区，本想把车停到自己楼下租用的停车位上，可驶近一看，一辆陌生的轿车把自己的停车位给占用了。齐铭星下车喊了半天，没人应。他去找物业，可物业最近正为

管理费的事和小区住户在冷战，对他爱理不理。齐铭星惹了一肚子气，最后只得把车停在地下停车场。

半夜里，齐铭星突然听到"砰"的一声，他以为是打雷，也没在意。第二天一大早，齐铭星被嘈杂的人声给吵醒了，他穿着睡衣来到阳台往下瞅。原来，昨天晚上抢占他停车位的陌生轿车被一个大护窗给砸得体无完肤。齐铭星不禁"呵呵"笑了起来，心想：看你还跟老子抢车位不！可突然间，他的笑容就僵了：倘若昨晚不是那车占用了停车位，那今天早上，我的车不就完了？齐铭星不禁有些后怕起来，他穿好衣服，来到楼下。人们说是六楼的护窗脱焊了掉下来，正好砸着车的。齐铭星以前干过钳工，铁器活上的蛛丝马迹逃不过他的眼睛。他看到护窗的脱焊处非常整齐，便想

到这可能是人为的。他来到六楼，可六楼的住户只是把房子装修了，一直未入住，而门锁又没有被撬过的痕迹，根本无法证明有人进去过。所以，大家纷纷嘲笑齐铭星警匪片看多了，明明就是一场意外嘛。

可齐铭星的心里还是不踏实，他联想到买车的事，不禁出了一身冷汗。他来到公安局，把别人要买他车和砸车的事说了一遍，警察听他说完，哭笑不得："人家一个堂堂的老总，跟你斗劲儿？"不过，警察还是按照程序给他做了记录，同时带着齐铭星到恒业集团去查询。

接待他们的是老总的秘书，说话很拽，那秘书说："饭可以乱吃，话可不能乱讲。你如果没有真凭实据，我们可以告你诽谤的。而且，我们这么一个明星企业，怎么可能无缘无故去砸车？我看你是想象力超脱了。"

齐铭星被抢白了一顿，嘴巴张了几下，却说不出话来。警察见他灰头土脸，也不忍心再说他，甩甩袖子走了。齐铭星看看秘书走了，又看看警察的背影，无奈地叹了口气，耷拉着脑袋正准备走，就在这时，前两天找他买车的人出现了，那人一见齐铭星，立刻笑呵呵地开了口："齐先生，我们老板说，如果你愿意，我们可以在原价基础上再加百分之三十来收购你的车。"

看着那人得意地笑，齐铭星更加肯定，砸车的就是他们！这么一想，齐铭星顿时来气了："我呸！我告诉你们老板，人穷志不短。这车我就不卖，他有本事再砸。他想玩是吧？我奉陪到底！"齐铭星此刻有些歇斯底里了，的确，这几天，他算是莫名地憋了一肚子气，凭啥你有钱人想干啥就干啥，我还就不服了我！

可是，话说得再响，也抵不过人家的手段呀，没过一个星期，齐铭星就服软了，事情是这样的：原来呀，就在齐铭星到恒业集团的第二天早上，两名交警来到了齐铭星的单位，他们把齐铭星叫到会议室，关起门单独询问。其中一个交警问："你昨晚十一点左右驾车去过哪里？"

齐铭星回答道："我昨晚一直在家，没去过哪儿。"

交警根本不信，他们说昨晚在邻县城关主干道上，有一辆车超速且逆向行驶，造成交通恐慌。根据邻县交警调取的"天眼"资料显示，就是他齐铭星的车！

齐铭星大为震惊，他指天赌咒，说是昨晚他真的在家。交警看他言辞凿凿，便说："你有证据吗？"

齐铭星想了想，说："我们小区的物业可以作证，我的车昨晚一直停在小区里。"于是，交警就打去了电话，物业却说，昨天他们和业主的冷战升级，全体物业管理人员晚上八点已经撤离该小区，八点以后的事，他们不清楚，也不敢作伪证。

交警放下电话，问齐铭星还有没有别的证据，齐铭星说，昨晚和老婆争了几句嘴，老婆一气之下回了娘家，家里就他一个，不到十点就睡了，哪有什么证据呀？"对了，小区那么多人，肯定有人看到我的车的，他们可以作证的，你们去调查一下。"

交警摇摇头，说："你这么说就是没证据了，你知不知道——造成交通恐慌，可以追究刑事责任的，你最好是赶紧到邻县交警部门接受处罚。"

齐铭星懊恼不已，送走交警后，他本想请假回小区找证人，不料公司经理却来找他了："你小子搞什么？是不是昨晚又喝多了？你最好是赶紧处理好你的私事，别让警察三天两头来公司，影响公司声誉，要不然卷铺盖滚人！"

齐铭星想说什么又说不出来，对着经理好话说了一箩筐，然后匆匆回到家，刚坐定，居委会的治保主任带着联防员找上门，一见面就说开了："小齐呀，年轻人哪有不犯浑的？但贵在知错就改。你要是做了，就要勇于承认。你看，今天一大早，警察就找到我，了解你的情况。我说

小齐这孩子很不错，可能昨晚吵了架，一时犯浑。"

"吴大爷，我真的没做什么呀，我昨晚一直在家。"

"警察怎么会冤枉你呢？人家拿着照片，那上面的车型、车牌照和你的一模一样，难道还出鬼了不成？我们居委会年年是先进，我可不想因为这件事影响到我们居委会。你最好是赶紧处理好这件事。"说完，治保主任气愤地带着人走了。

他们一走，房间安静下来了，齐铭星抱着脑袋苦思冥想。警察和治保主任都说违章的车是自己的，难道是有人套我的牌照？可他为什么要套我的牌照，而且还用同一车型呢？他想到这两天，先是买车，再是砸车，现在又弄出套牌违章，难道都是同一人所为？那他到底想干什么呢？我到底

怎么招惹他了呢？

正在这时，没想到那个买车的人又来了，一见面就笑呵呵地说："我们老板愿意再加百分之五十买你的车。"

齐铭星此刻已经彻头彻尾地服了，他有气无力地说："车我不卖，你老板喜欢是吧？那你就拿去吧。我只想知道，他为啥要我的车？"

"这原因我真的不清楚，不如这样吧，你亲自去问我们老板吧！"那人说完，带着齐铭星来到恒业集团，找到欧阳老板。

欧阳老板很直爽，说："齐先生，这几天的事情，我先道个歉。你别介意，下面的人办事总是有欠妥当，我已经教训他们了。该赔偿的赔偿，该投案的投案，你放心好了。同时，你的车钱，我会加钱给你的。"

齐铭星几乎是恳求一般地说："欧阳老总，我俩素不相识，无冤无仇。钱，我不想多要，我只想让你告诉我，我怎么招惹到你了？"

"哈哈，你没有招惹我。"

"那为什么你要这样整我？"

欧阳老总微微一笑，说："你知道我的 A8 的车牌照是什么吗？是80518。牌照是身份的象征，人们看到这样的名车和这样的牌照，哪个不说我财大气粗、公司生意蒸蒸日上？而你呢？一个小破车，居然上个8Q518，车子一跑起来，那个英文'Q'，看起来还真像数字'0'，不仔细看还以为是我的80518呢！"

齐铭星听到这里，眼睛渐渐地瞪大了，欧阳老总接着又说"这一个月来，我不知接了多少电话，打电话的人问的都是一个意思——欧阳兄，你是不是破产了？A8变卖了？搞得有些客户都不敢登门了。你说，我该不该生气？"

齐铭星听到这里，差点没晕倒。现在都是自选号，我哪里知道会选一个这么"倒霉"的车牌号呢？他叹了口气，说："不过，你早跟我说，我就卖给你了，何苦搞出这么多事？"

欧阳老总冷笑一声："早告诉你，你岂不要坐地起价？另外，这么一笔钱莫名其妙地出去，国税局还以为我是转移应税收入，我可不想自讨苦吃呢！"

（题图、插图：张恩卫）

您手中有没有得意之作？本刊辟有二十多个原创性栏目，如新传说、我的故事和中篇故事等；您读到或听到什么有趣事可以和大家一起分享吗？3分钟典藏故事、外国文学故事鉴赏和快乐辞典等都是本刊推荐性栏目。热忱欢迎来稿，可从邮局寄发，也可从网上传递。邮寄地址：上海绍兴路74号《故事会》杂志社，邮编：200020；如为电子邮件，本期责任编辑信箱：lidan090@gmail.com。

把话说清楚

□ 向曙红

陌生的来电

林燕是一名妇产科护士，三年前和丈夫离婚，独自带着个三岁的女儿，还有一个半身不遂的母亲。

这天，林燕刚准备入睡，她的手机铃声响了。来电的是个陌生男人，他用缓慢的语气说："你是林燕吧？你知道吗，我一直在想着你，整整三年，我没日没夜地想着你……"

像这种无聊的电话，林燕时常会接到，她厌烦地掐断了通话。一分钟后，就听"咣"的一声巨响，她房间的窗玻璃一下子就碎了。

林燕吓得立即冲到窗前，她将头探出窗外看，外面也看不到人影。她

正犯懵呢，手机铃声又响了，居然又是刚才那个男人，那男人仍是慢吞吞地说："没有玻璃窗挡风，挺凉快吧。你他妈的敢挂老子的电话，这就是代价。"说完，对方挂了电话。

林燕傻了，这男人到底想干什么？她当即回拨电话过去，但无论她怎么拨，对方就是不接电话。

第二天早晨，林燕送女儿忆忆去幼儿园，顺道找了一家门窗维修店，约好她下班时去家里配玻璃。

中午的时候，林燕接到家里打来的电话，她以为是妈妈打的，却听到电话里一个男人说道："是我，我在你家里。"居然是昨晚那个男人！

林燕脱口惊问："你怎么会在我家里？你到底想干什么？"

那男人仍是那副慢吞吞的口气："我告诉你妈妈，是来给你家装窗玻璃的，你妈就放我进来了。至于我想

干什么,你猜呢?"

林燕有一丝不祥的预感,赶紧回家。家门完好地锁着,她寻遍了房间,不见那个男人,更不见妈妈的踪影。妈妈的轮椅也不在,显然,那个家伙将妈妈带走了。

林燕立即打了昨晚的那个号码,幸好,对方接了。林燕劈头就问:"我妈妈呢?你将她弄到哪儿去了?"那男人说:"在8楼,别急。"

林燕赶紧去了8楼,挨家挨户地敲门,却没有看到她妈妈。

林燕只得又打那个男人的电话问,那男人说:"我说了,在8楼呀!"

"哪里的8楼?你不说清楚,我去哪里找?"

男人仍慢吞吞地说:"你现在知道话应该要说清楚了?你不是喜欢让人去猜你话里的意思吗?"林燕愣了一愣,这男人的话似乎有所指。他接着说"我只能告诉你,你妈妈在8楼,哪里的8楼,你自个儿猜去。"

林燕快崩溃。妈妈半身不遂,说话口齿不清,她如果真被那男人放在一个不为人知的地方,那妈妈会被活活饿死的。

到这地步,林燕只能报警了。

警察让林燕尝试着与那个男人通话,但那家伙没有接。警察只能发动很多人帮林燕找她妈妈,可整整一天的时间,也没找到林妈妈的人影。

就在林燕急火攻心的时候,幼儿园的老师打来了电话,说有个自称是她弟弟的人在幼儿园要接走忆忆,老师对那人说要打电话核实一下,那人立刻走了。林燕吓了一跳,她和警察一道赶往了幼儿园。

通过幼儿园的监控录像,警察认出那个男人叫程秋,三年前因盗窃被判入狱,前些日子才刑满获释的。一听到程秋的名字,林燕不由愣住了。警察怀疑是程秋绑架了林妈妈,立即赶去程秋家调查。

程秋见到警察,慢吞吞地问:"你们要干什么?"

一听程秋说话的声音,林燕就完全可以认定,就是面前这个人带走了妈妈。她赶紧冲进屋去,却没见妈妈的人影,倒是客厅茶几上的一瓶安眠药引起了她的注意,那是满满一瓶安眠药,足以要了一个人的性命。

林燕再也沉不住气了,质问程秋:"你将我妈妈弄到哪儿去了?"

程秋冷笑着说:"你不是挺会猜的吗,我告诉你了,在8楼啊!"

程秋这样说,就等于承认了人是被他绑架的。警察上前就要铐住他,却被林燕拦住了,林燕诚恳地说:"有话好好说,我妈妈到底在哪里?"

程秋不为所动,仍冷冷道"让我好好说话?但你和我的家人讲话的时候,讲明白了吗?你好好说过吗?"

听程秋和林燕之间说话,似乎两人有过节,警察赶紧问林燕到底是怎么回事，林燕低下了头，讲了起来。

报复的原因

三年前，林燕的丈夫以林燕不能生育为理由，提出与她离婚。离婚那天，她的心情糟透了，去上班时，又刚好碰到一个难产的孕妇，她一直跑前跑后地忙碌。

那个难产的孕妇，就是程秋的女友。两个人本来计划结婚的，可程秋被判了刑。女友反悔了，不打算与他结婚了，程秋没有办法，只提了一个要求，希望女友能帮他将孩子生下来，交给他妈妈代为抚养。女友答应了，但到临产时，却碰到了难产。

遇到这种情况，医生一般会采取剖腹产的方式，这样对大人小孩都更安全。但那女子死活不肯，她有自己的小九九，剖腹产会在肚子上留下一道长长的疤痕，今后找男朋友，人家一看到她肚子上的疤痕就知道她生过小孩。而程秋的妈妈是作为陪护家属去的，她一心要保住自己的孙子，所以，一再请求医生进行剖腹产。

两人意见不同，又不好明说理由，这可苦了林燕。她是助产护士，来来回回地跑，要程妈妈在手术单上签字，签了字产妇又不认账。后来大家还是尊重产妇的意愿，自然分娩。

自然分娩整整过了十个小时，产妇才成功产下一个女婴，大人小孩，都安全。十个小时的助产过程，让林燕累得快趴下了，她还担负着去通知家属的任务，所以她去找程妈妈。程妈妈一见到她就问："怎么样？生了没有？"那时林燕心情很糟，也真的累得一个字也不愿意多说，只说了四个字："去7楼吧。"

去7楼是让程妈妈去看她刚出生的孙女，刚出生的孩子会放到6楼或7楼隔离监护。林燕以为她这么一说，程妈妈就会懂的，但人家根本不懂。在此之前出生的两个小孩都是放在6楼监护，护士一般会出来报喜说，孩子生了，是男或是女的，可以去6楼看孩子。而林燕没有道喜，也没说孩子生了，就一句"去7楼吧"，让程妈妈一下子就愣住了。

程妈妈紧张地问："怎么是去7楼？"林燕懒得解释，说了一句："叫你去7楼就去7楼。"说完就走了。

程妈妈人都快虚脱了。准儿媳一直难产，别人生产，家属都去6楼看孩子，而偏偏她要去7楼，她不知7楼也有监护室，以为出了事情。

程妈妈一时间吓得六神无主，连电梯间在哪儿都找不到了。好不容易找到电梯，电梯里已经有好些人，她走进去，夹在人堆里，站在电梯口的一个护工问她："大妈是去几楼？"

程妈妈失魂落魄地说："去顶楼。"她没说去7楼，而是说去顶楼，因为这段时间在医院里照顾准儿媳，这电梯她乘过好几次，电梯上的按钮

·新传说·

显示，医院的最高楼层就是7楼，所以，她以为7楼就是顶楼。

其实，这幢楼总共有8层，只因为医院的副楼在装修，这里的8楼仓库临时变成了一个特殊的地方——太平间，所以，供医患共用的这部普通电梯不往8楼去，而是由另外一部直通电梯通往那里。

程妈妈说是去顶楼，加上她那种失魂落魄的模样，也确实让人误会，护工就告诉她，她乘错了电梯，去顶楼得乘另一部电梯。护工同情她，将她领到走道角落那台直通电梯里，亲

自送她上去。她一心记挂着准儿媳出了什么事，也没心思去注意电梯上的按钮，就这样她来到了8楼，一出电梯门，程妈妈就看到"太平间"三个字，她一怔，身子晃了两晃，就一头栽倒在地上，心脏病发作去世了。

程妈妈的猝死，是阴差阳错的惊吓造成的，但话说回来，如果不是林燕让她产生了这种不祥的误会，她就不会失魂落魄地将7楼当顶楼，她也不会产生惊吓。所以，林燕有责任。

那时候程秋还在服刑，程秋的堂弟代替程秋来找医院理论过，要医院承担责任。但医院不承认，说惨剧是老人家自己乘错电梯造成的。最终，医院也没怎么赔偿，但林燕的心里一直有愧，她知道，如果当初她把话说清楚，就不会发生这样的悲剧。

活着的责任

讲述到这里，林燕突然灵机一动，装修时，她们医院的太平间就在顶楼8楼，程妈妈就是吓死在太平间门口的，程秋会不会为了报复她，将她妈妈也弄去了那里？

林燕赶紧去了自己的医院，找到管理员。管理员说，因为8楼装修后就变回了仓库，所以自己也不常去检查。林燕来到8楼，一眼就看到了妈妈，她正躺在一张废弃的病床上。林燕将妈妈抱起来，这才看到，病床旁放着一瓶开了盖的矿泉水和一袋开了

30

封的饼干。

看到这些东西，林燕的心一下子柔软起来，说到底，程秋并没想真正要妈妈的命，不然，他不会留下这些东西。这么说，程秋的内心，并没有他说话时那么狠毒，他还是给林燕的妈妈留下了水和食物，甚至担心半身不遂的林妈妈拧不开矿泉水的盖子，而事先将瓶盖拧下了。

将妈妈接回家，林燕整整想了一夜。特别是小区保安送过来一封当天帮她代收的信，她看完后，更是心潮起伏。

第二天天一亮，她给忆忆穿上漂亮的衣服，领着忆忆赶去了派出所。

程秋昨晚就因涉嫌绑架被拘捕了。林燕找到办案警察，要求保程秋出来。林燕不出面指控程秋绑架，程秋的罪名就不成立。

程秋自从昨晚被抓后，就一直绝食，所以放出来后就脚步蹒跚，林燕坚持要送他回家。来到程秋家里后，程秋瞪着她，问："你胆子不小，你们母女俩居然敢来我家里，你就不怕我要了你和你女儿的命？"

林燕说："你不是那种人。你要是真那么狠毒，你昨天就不会给我妈妈留下水和食物。"

程秋听后愣了，只好将头偏到一边，目光一直盯着茶几看。

茶几上有一整瓶的安眠药，林燕昨天就注意到了。她索性一屁股坐在那瓶安眠药的前面，继续说"再说，你就算要了我的命，也不会要了忆忆的命，因为，虎毒不食子。"

"你说什么？"程秋惊讶了。

"忆忆就是你的女儿。你女朋友生下忆忆后，你妈妈已经去世了，她没法将忆忆托付给你妈妈，而她又不愿意将忆忆留在身边，所以让我帮她打听，有谁愿意领养忆忆。我自己没有孩子，再说，我也真的心中有愧，所以我领养了忆忆。"

程秋皱着眉盯着林燕，最后撇了撇嘴："你编的是什么谎话！"

林燕拿出了一张出生证，递给了他。程秋看着出生证，终于颤抖着伸出手来抚摸忆忆的头，忆忆吓得连连后退，林燕却将忆忆推到了程秋的怀里，说："忆忆，这就是你爸爸。你今后跟爸爸一起好好过，我这算是物归原主了。"

听到这话，程秋那伸出来抚摸忆忆的手一下子缩了回去，他叫起来："不，我不需要。你既然领养了她，你就是她的妈妈，她应该和你一起过。"程秋再次瞟了一眼茶几上的安眠药，将忆忆推了回来。

林燕决绝地站了起来："我没有那么高尚，要为你抚养孩子。我已经抚养了她三年，就算赎罪，也够了。你既然出狱了，现在是该你尽抚养义务的时候了。"林燕起身要走，并顺手将

茶几上的安眠药抄在了掌心里。

忆忆在她身后哭喊"妈妈"，哭得林燕心都碎了，三年啊，她所有的感情都倾注在忆忆身上，但她现在不能领忆忆走，她在孤注一掷地进行一场赌博，她希望这一注自己押中了。

走出门后，林燕心中仍有犹豫，她驻足在门外，侧耳倾听屋内的动静，她听到忆忆哭闹了好久，却听不到程秋的动静，这让她的心一直悬着。还好，大约十多分钟后，程秋哄孩子起来："别哭，忆忆，爸在这。"听到这句话，林燕的心终于踏实了一些。但是林燕没敢回家，而是在程秋的楼下守了一夜，到天亮时，她看到程秋抱着忆忆下楼来了，忆忆撅着嘴，程秋在忆忆的脸上亲了一下，哄着她："乖，想吃什么早点跟爸说，爸

给你买。"听到这句话，林燕的眼泪夺眶而出，终于离开了。

回到家里，林燕将从程秋家里偷的那瓶安眠药扔进了垃圾桶，又拿出之前那封信，看了最后一遍。信是程秋写的，内容是——

"林燕，你害得我家破人亡，让我孤零零在这个世上，我一定要给你一点教训。我要将你妈妈绑架到你们医院的太平间里去，再将你的女儿拐到我家里藏起来。我给了你一些提示，让你尝尝，说半截话，听到的人是什么滋味。我是一个坐过牢的人，那是因为我交了坏朋友，但真要我心狠手辣地要了你家人的命，我做不出来。所以，你接到这封信时，我已经不在这个世界。但愿你今后能把话说清楚，不要害了别人。"

林燕在沙发上长长地吁了口气。看来，自己这样做是对的，光拿走安眠药，并不能彻底断绝程秋自杀的念头。要想唤回他生的念头，就只能将责任推给他。忆忆是他的女儿，为了忆忆，他只能肩负起为人父的责任。他不想活也得活着，在这个世界上，许多人之所以活，不就是为了一份责任吗？

可是，林燕又为自己苦恼起来，她很想忆忆。她决定等程秋的情绪稳定下来，自己还要去看看忆忆，因为，三年母女之情，是难以割舍的……

（题图、插图：张恩卫）

让你好好睡一觉

□ 谢　天

今年夏天，台风特别多。人们送走了"苏拉"，又迎来了"海葵"，好不容易等来天气放晴，又遭到了"天秤"和"布拉万"的夹击。

江科是个公务员，家乡来台风那天，他正在外地出差。下午，领导打电话给他，要他在最短时间内返回单位。江科不敢怠慢，急忙去火车站买票。火车站售票员说，当天的硬卧和软卧票都没了，只有硬座的。

江科懵了，出差地离家乡有一千多公里，坐火车要二十多个小时。没卧铺，怎么受得了？

售票员见他犹豫，便说："这趟车没有站票，硬座车厢也挺安静的，你再耽搁，连硬座票都没有了。"江科听后，只好要了张硬座票。

晚上九点，江科上了火车，找到自己的座位，和他同座的是两个四十岁上下的男人，正和对面的两个男乘客打牌。对面还有个美女，在一旁观战。

过了一会儿，牌局散了，江科和他们攀谈起来。同座的两个男人，一个姓李，一个姓张，大李是水电工，大张是小公司职员，美女小王在一家私立中学当老师，他们都在江科的家乡工作。

江科也做了自我介绍，说自己是一名公务员，还解释说自己本来想买卧铺票的，没想到卧铺票卖完了，只能凑合坐硬座的。

一旁的大李"哦"了一声说："公务员就是不一样。照这么说，你是迫不得已才和我们打工的'与民同乐'了？"

江科打着哈哈说："什么叫'与民同乐'，搞得我像乾隆皇帝微服私访似的！"最后，江科口风一转"不过，实话实说，这里确实挺吵的，让人睡不着觉啊！"

大李听了，说："你是公务员，养尊处优惯了，坐着睡不着。我们吃苦耐劳惯了，站着都能睡着。"

江科听了有些尴尬："这个你误会了，回去后，领导有重要的工作给我，我得养足体力。"为了缓解尴尬，他起身去茶水间倒开水。

回来后，江科准备靠在座位上闭目养神，大李凑近他，说道："兄弟，我忽然有了一个想法，要不这样吧，你和小王先睡，我们剩下的四个人到走廊那里打牌，这样你和小王就可以在两边空位上，踏踏实实地睡上几个小时。几个小时后，睡踏实的人'起床'，换我们其中的一个接着来睡。以此类推，我们都可以踏踏实实地睡上几个小时。你看怎么样？"

江科虽然觉得这个办法好，但他还是说道："这样轮换着睡觉是好是好，可是让你们不睡觉，先去打牌，我怎么好意思，要不我先打牌，你们中的一个先睡吧！"

"没事，兄弟！"大李说，"我们几个打牌正在兴头上呢，你就安心睡吧。"

就这样，四个人到车厢接头处打牌去了，只剩下江科和对面的小王，他们相视一笑，各自躺在座位上睡下了。

夜已经深了，火车单调的"哐当哐当"声反倒有了催眠的功能。很快，江科就迷迷糊糊地进入到梦乡。就在他快要进入到酣睡阶段时，一阵惊天动地的呼噜声将他吵醒了。他睁开眼睛，循声抬头望去，居然发现是小王发出的呼噜声，这个秀气的女孩鼾声居然比大老爷们还高亢！

也许是江科翻身的动静惊动了小王，她的鼾声停止了，呼吸平稳，气若幽兰。江科见状，又躺下来，继续入睡。睡意渐浓，小王再次鼾声大作，那鼾声如正在运转的破马达，音量很大，只两三下，他的睡意就跑了个精光。

江科坐起身来，盯着又一次暂停打鼾的小王，气恼地想着：怎么办呢？叫醒小王吗？给她提个醒？可提醒恰当吗？有用吗？管天管地，还能管人打呼噜啊！

无奈之下，他苦着脸撕下一截手纸，揉成两个小团，塞到耳朵里，试图能阻止小王鼾声的侵入。然后重新又躺在座位上，为入睡而奋斗。

小王好长时间没有打鼾，倦意又侵入了江科的全身，渐渐地，他进入到梦乡。但好景不长，小王鼾声再起，还加上梦话和磨牙声，江科又被惊醒了！他一骨碌坐起来，看着小王，不敢睡了。

周围被惊醒的乘客也瞪着眼睛看着睡得酣畅的小王，有个大胡子半恼火半开玩笑地咕哝着："这美女呼噜打得气势磅礴啊！"

江科再也忍不住了，冲着小王喊："嗨，美女！"

小王醒了，揉着眼睛看着他，说："你喊我？怎么啦？"

江科强压住烦躁，说："美女，你能不能想想办法控制自己打呼噜呢？比如把枕头放平些，侧身睡。你把旅行包当枕头，枕得太高，又平躺着，容易打呼噜的。"

小王羞涩地一笑，说："哦，对不起，我打呼噜惊扰你了吧？但是你让我枕低点还真不行，我自己知道，枕得越低，我呼噜打得更厉害，只好委屈你了。"说罢，又闭上眼睛。

江科有些惊讶，小王的睡眠质量真高，没到一分钟，她竟然又入睡了，而且鼾声再次响起。

如此一折腾，三个小时过去了，有人来顶替江科睡座位了，来的人是大李，他对江科说："哥们，你该起床了，轮到我睡了。你去打牌吧，那三个哥们正等着你呢。"

江科沮丧地揉着眼睛，准备起身。就在这时，领导打来了电话。对方急切地问江科到了什么地方，并要求他一定要在次日下午三点之前赶到单位，之后，他们又聊了一些工作上的事，末了领导还关切地问他休息得怎么样。

江科苦笑着说："休息得好着呢，睡得酣，还有美女气若幽兰的呼吸伴奏。"

领导可没听出江科是在调侃，说道："那就好，我们等着你。"

大李一直在旁边听着，边听边用手机发短信。

江科挂了电话时，大李指着手

机说:"哥们,你走运了,那三个哥们看我赢钱,不放过我,非要我回去和他们再战三百回合不可。我再跟他们玩两轮,让他们再给我进贡三五百。你好好睡吧。"

江科一听,耷拉着脸说:"大李,你还是让我去和他们大战三百回合吧。"他指了指对面的小王,"这美女鼾声撼天动地,我睡不着。"

"美女打呼噜!"大李吃惊的眼神在江科和美女身上来回,"太巧了,我正好带了治疗打呼噜的特效药。来来来,我叫醒美女,让她吃一粒,保准她睡得安安静静。"

不等江科表态,大李已经叫醒了小王,然后从口香糖包装盒里取出一块口香糖一样的药说:"美女,麻烦你把这个含在嘴里——不是蒙汗药啊,治疗打呼噜的。"

小王也有趣,满脸歉意地说"好好好,我含着,我知道打呼噜影响这位先生休息了。"说罢,接过特效药,又睡下了。

"你放心睡吧。"大李说,"我要是赢了钱,请客。我走了,晚安!"

美女睡了,大李走了,江科又躺下来,很快进入到梦乡……

江科再次醒来时,不是被小王的鼾声吵醒的,而是内急。他悄悄地下了"床",看见对面的小王气若幽兰地睡着,心想,还真有治疗打呼噜的特效药啊!瞧这美女睡得那叫一个安恬。他一边心里嘀咕着,一边朝厕所走去。

厕所在车厢接头处,到厕所必须要经过大李他们打牌的地方,江科想去看看那四个家伙战斗得怎么样了,大李是否把另外三个家伙都消灭了。

思忖间,江科来到车厢接头处,眼前的一幕令他目瞪口呆——四个家伙并没有在"大战",而是在酣睡。他们将身体蜷缩到最小状态,紧靠着车厢睡着。大张鼻孔朝天,鼾声大作;大李头埋在裤裆里,脚下湿漉漉的,仔细一看,那是一汪口水……

天哪,他们不在打牌,而是窝在这里睡觉!可他们为什么不回到座位上睡呢?

江科很不解,他弄醒了大李,把他拽到一边,问:"你们怎么没打牌,在这里睡觉?"

大李说"打了几个小时,扛不住了,才睡下不久。"

"为什么不回去睡?为什么让我睡?"

大李揉着惺忪的眼睛说:"实话实说吗?"

"实话实说!"江科一字一顿地说。

"好吧,我说。"大李说起了原因。

几个小时前,当大李他们看到江科抱怨买不到卧铺票后,心里就

速商量了一个教训江科的办法：让江科先睡在座位上，再派一个卧底彻底搅乱江科的睡眠，卧底当然是对面的美女小王，其实小王根本不打呼噜，那惊天动地的呼噜声，是她故意装出来的。

江科听后愣住了，可随后又产生一个疑问："为什么后来美女又不搅乱我了？为什么你们不按我们的约定分别回来睡觉呢？"

"因为那个电话！"大李说，"我从你和你领导的电话里得知，你是我们市的排水系统专家，明天你要去参加抗洪救灾的大任务，可能两天两夜都没时间睡觉。我们原本以为你是养尊处优，坐不惯硬座，现在看来是我们误解了你。所以，我和美女演了一场戏，我给她吃了特效药。目的是不想去打搅你，让你好好地睡上一觉，明天好精神饱满地工作。"

江科听了很感动，他一把握住大李的手，满腹的话儿说不出来……

（题图、插图：谭海彦）

有了芥蒂。他们觉得江科不愿和他们同坐在一起，又嫌他们吵，睡不着觉。这些让大李他们很反感——公务员是为人民服务的，怎么在江科身上就成了享清福耍特权？所以，趁江科去倒水的时候，大李他们迅

由上海故事会文化传媒有限公司主办的《金色年代》
——中国第一本介绍退休后精彩生活的杂志

《金色年代》——开启新生活的大门
《金色年代》——向长辈敬献一份爱心
《金色年代》——向退休员工以示关爱

鱼跳锅

□沐京河

在城里呆久了，看惯了钢筋水泥的高楼大厦，人们开始憧憬淳朴的田园生活，去郊外欣赏自然美景。夏大刚是个大学生，每年都要去郊外旅游一次，按他的话来说就是"回归自然，放飞自己被'束缚的灵魂'"。

这天，夏大刚到农村去采风，溜达到一条河边时，发现河水波光粼粼，岸上柳绿花红，令人陶醉。

河对岸有一条渔船向夏大刚这边划来，划船的是一个老大爷，看样子有七十来岁，精气神却十足。夏大刚冲老大爷喊："大爷，能不能让我坐到船上，欣赏一下河中美景呀？"老大爷耳朵很好使，听到招呼声，晃动膀子，很快把船划到岸边。

夏大刚上了渔船，被河边美景深深地迷住了，他手里端着手机，不停地照相录影，还和老大爷聊起家常。转眼间，天过晌午，夏大刚肚子咕咕乱叫，他一皱眉头："大爷，我肚子都饿扁了，附近有没有小饭店，我想垫垫肚皮。"

老大爷咧着嘴大笑："这里偏僻得很啊，有人如果在附近开饭馆不是要赔光了吗？"

老大爷瞅着夏大刚有点蔫，偷笑了几声，转身回到船舱，回来时拿了一块木板，一个小炭锅，还有一个大布包。老大爷用刀把葱姜切成碎末，往锅里放了油，爆香后加入葱姜末，又从布包里取了八角与大料，然后倒入半锅清水，把锅盖一扣，闭眼养神。

夏大刚不明就里："大爷呀，你这是做的什么菜？"

老大爷没抬眼皮："鱼跳锅。"

夏大刚最爱吃鱼，鱼肉有营养，还不油腻。刚乐完，他又一想，鱼跳锅？那得有鱼呀，可老大爷只是放了油和作料，主料鱼没有啊？难不成现钓鱼？可他在船上找了半天，也没发现钓鱼竿。

"大爷，你说做'鱼跳锅'，鱼呢？"夏大刚有点猴急。

"嘘……"老大爷是山人自有妙计，一副高深莫测的模样。

不多时，炭锅里的水开了，老大爷点点头，站起身来，晃了晃膀子，把船划向河心。一边划，一边对身边的夏大刚说："我眼神不如你们年轻人，你给我瞅着，哪里的水草多，你给我指指。"

船驶到了一个水草多的地方，老大爷猫着腰仔细看了看，然后把耳朵贴到水面上听了听。他点点头，把炭锅盖子打开，里面的开水翻滚不已。老大爷凑到夏大刚耳边小声嘟囔："别出声，千万别出声。"

夏大刚点了点头，他是个好奇的人，觉得老大爷神神秘秘的，于是拿了手机对着炭锅录像。半支烟的工夫，他听到河底有轻微的响动，好像有什么东西在顶着船底。渐渐地，那

声音大了，突然，"嗖"的一声，一个光影掠过，"扑通"一下，炭锅里落进来了一条大草鱼!

老大爷眼疾手快，把盖子盖上，又把炭锅的火苗调大，然后撑起竹竿，把船划回原处。

夏大刚看呆了，这就是刚才老大爷说的"鱼跳锅"？这也太神奇了，鱼儿怎么可能自己跳到锅中？一定有什么机关，他俯身查了好一阵，也没发现什么细线与钓鱼竿，船身上也没挂着什么鱼。太神奇了，简直就像魔术一样让人着迷。可以肯定的是，那跳入锅中的大草鱼一定不是老大爷请的"托"，因为托可以帮着魔术师实现"见证奇迹的时刻"，但托不可能把自己搭在里面。

夏大刚嘴巴咧到了后脑勺："大爷，太神奇了，这鱼怎么跳到锅里来的，你施了什么法呀？"

老大爷笑而不语，不一会儿，鱼跳锅做熟了，夏大刚夹了一块鱼肉，入口即化，香而不腻，简直太美味了。

一晃一天过去了，夏大刚收拾行囊，返回学校。

夏大刚回到学校后不久，谈了个女朋友叫小薇，两人交往了一年多。临近毕业时，夏大刚决定向小薇求婚，可是，小薇是个讲究特别的人，求婚自然也要特别。什么方式最特别呢？夏大刚绞尽脑汁，终于想到了那神奇的鱼跳锅。如果让小薇去看看那

鱼跳锅，她一定很高兴，如果自己偷偷把戒指放在鱼嘴里给她，来一场特别的求婚仪式，她一定会答应的吧？想到这里，夏大刚立即去找了老大爷。

老大爷听了夏大刚的来意，涨红了脸，说："我怕做不好啊！"

夏大刚恳求着说："大爷，您就帮我一回吧，这可关系到我的终身幸福呀！"

老大爷听夏大刚这么说，支支吾吾地答应了。

上一次鱼跳锅发生在晌午，这回也是一样。夏大刚和小薇坐在老大爷的那条小船里，老大爷阴沉着脸，半天，他叹了一口气，把炭锅打开，拿过面板来切姜葱末，速度非常慢，好像切的不是葱姜，倒像是割自己的肉一样。不多时，炭锅里的水翻腾起来，夏大刚很兴奋，对小薇说："快看，那里有水草。我们不要说话，鱼儿胆小，上一次做鱼跳锅，我一声都没出。"

老大爷咬了咬嘴唇，俯下身来，贴着水面听了一阵，扭过脸来直摇头。夏大刚愣了一下，问："怎么了大爷？"

老大爷说："鱼不会蹦的。"

好久，鱼儿没有动静，小薇不高兴了，夏大刚忙问老大爷："大爷，到底怎么回事啊？"

老大爷小声嘟囔："我年轻时身板硬着呢，会鲤鱼打挺，可现在我翻个身都困难。"

夏大刚一愣："什么意思？你是说鱼都老了？我们往前再看看，可能地方不对。"

往前划了一阵，忽然，不知从哪里漂过一阵恶臭味，小薇赶紧捂住了嘴。夏大刚一皱眉头：什么味？再往前划了一阵，河水的颜色都变了，有些鱼肚皮朝上，死了一片。

夏大刚问老大爷："大爷，到底怎么回事呀？"

老大爷"吭哧"半天，终于说道："半年多前，这里还是山清水秀的，河水清着呢，鱼儿欢着呢，有时我在江中摆渡，经常有鱼蹦到船上。那次做鱼跳锅也挺偶然，本想等鱼蹦到船上再放到锅里，没想到它一下子就跳进去了。也算是巧合，不管怎么说，那是因为鱼儿欢实，可半年之后附近建了好几个工厂，河水变坏了，鱼都死了，还能跳到船上？别说鱼了，就是我们老百姓喝水都困难了。"

夏大刚听了恍然大悟，一时说不出话来。

（题图：谭海彦）

红版编辑部各编辑邮箱：

姚自豪：yaobianji68050@126.com;

吕 佳：lujia411@yahoo.com.cn;

石莎莎：ssasha@163.com;

丁娴瑶：dingxianyao@126.com;

李 丹：lidan090@gmail.com。

2012年"劳动·创造·奋斗——青春励志故事"征文大赛

为贯彻落实胡锦涛总书记"七一"重要讲话和党的十七届六中全会精神，引导青少年形成健康、积极、向上的人生观和价值观，特举办2012年"劳动·创造·奋斗——青春励志故事"征文大赛。

一、举办单位

主办：共青团中央宣传部　上海市嘉定区人民政府　上海文艺出版集团

承办：《故事会》杂志社

二、征文要求

青少年根据自己成长中亲历或者所见所闻的青春励志故事，以纪实或虚构的方式创作作品。作品主题积极健康，有故事性，结构完整，语言流畅，情感真挚，篇幅3000字以内。

三、征稿时间

2012年2月22日到12月31日。

四、参赛对象和方式

参赛对象为全国青少年，可个人参赛也可由单位或团组织集体组织进行参赛。网上来稿，可投以下信箱：lidan090@gmail.com；邮局投稿，可投以下地址：上海绍兴路74号《故事会》杂志社，邮编：200020。稿件后请注明作者姓名、地址、通讯联系方式等，并署名"青春励志故事"征文大赛字样（详情请见中青网、故事中国网）。

五、评比和奖励

征集结束以后由《故事会》杂志社邀请有关专家组成评审委员会对作品进行评比，结果在中青网、《故事会》杂志、故事中国网等媒体上公布。

奖励措施

1. 本次大赛，由共青团中央宣传部、上海市嘉定区人民政府、《故事会》杂志社等单位联合颁发奖状，并对优秀作品颁发奖金。奖项设置：特等奖10名，奖金各3000元（含税）；一等奖20名，奖金各1500元（含税）；二等奖40名，奖金各1000元（含税）；三等奖60名，奖金各500元。对指导未成年学生参赛成绩突出的老师，颁发优秀指导奖，共30名，奖励《话说中国》一套（特精装，1980元）。

2. 获奖作品将收入《青春读本：感动中国的100则励志故事》一书（暂名），内容经团中央宣传部审定后由上海文艺出版集团负责编辑出版。

3. 部分优秀作品在《故事会》杂志上优先刊发，并按国家有关标准支付稿酬。

4. 组织故事讲述者选取优秀作品向进城务工青年、学生等群体进行宣讲，并通过媒体对活动进行宣传。

·传闻逸事·

刀客

□凤凰

祥和镇一向平安无事,没有匪祸。可是这天,镇里来了两个大汉。他们骑着马,身背大刀,一副江湖人的打扮,镇上人一看,便知是刀客。

两名刀客马不停蹄,来到了镇里的济世药店,直往店里闯。店里的人见来人身背大刀,全都吓得大惊失色,闪躲一边。

济世药店的马掌柜是个腰缠万贯、良田百顷的大财主。他见来了刀客,知事不妙,心中忐忑不安,赶忙笑脸相迎道:"两位大侠,想买什么?"

一名刀客从身上掏出一张单子,往马掌柜面前一晃:"照上面的拣!"

马掌柜接过单子一看,这上面的药还真不少。他不敢怠慢,忙把单子交给一边的伙计,让他们赶紧抓药。随后,请两名刀客入座,以好茶款待。

一会儿工夫,伙计们就为刀客抓好了药,并装进了两个大布袋里。马掌柜噼噼啪啪地敲打着算盘,很快便算出了药价,笑眯眯地上前,说道:"两位大侠,一共二百两银子。"

"二百两?"刀客冷笑一声,上前抓过布袋就要走。

马掌柜见势不妙,急忙大喊起来:"你们想干啥?抢药?"

几个伙计也立刻挡住了大门,两名刀客瞪着几个伙计吼道:"想活命的就滚开!"伙计们听了,顿时愣在那里,不敢上前。

马掌柜急吼道"给我上,打死了有赏!"此言一出,伙计们一拥而上。

两名刀客一个箭步蹿身上前，抡起手臂，大掌一挥。眨眼工夫，几个伙计脸上都挨了一巴掌，痛得直叫，只能眼巴巴地看着两名刀客拿着布袋扬长而去。

马掌柜的药店被抢，镇上的人都幸灾乐祸，都说刀客只抢药，算是便宜了他。从前，镇上有好几家药店，可他们都让马掌柜给生生挤跑了，就连邻村的也开不下去。如今祥和镇一带就只有济世一家药店，马掌柜独家经营，把药价抬得老高。人们要买药，只得找他，再高的价也得买。镇上的人都恨透了马掌柜，巴不得刀客把他的药店抢个精光。

果然，半个月后，那两名刀客又骑着马来到祥和镇。镇上的人都暗暗高兴，可这次，刀客没有去济世药店，而是去了昌隆米店。米店的陈掌柜见两名刀客来势汹汹地直奔这里，当即面色大变，他对一个伙计嘱咐几句后，便悄悄地溜了。那个伙计见掌柜都跑了，自己也吓得瘫软在地。

其他伙计一见此景，惊慌失措，四下乱窜。两名刀客闯进米店，见米店乱成一团，哈哈大笑起来。他们二话不说，就搬起米袋往马背上放。

刀客足足抢了八袋米，牵着马，大摇大摆地离开了祥和镇。

陈掌柜气得咬牙切齿，却也无能为力。

之后的好多天，祥和镇上的人都在议论那两名刀客，都说不知下次他们来了，又会进哪一家店。镇上开药店、米店、钱庄、布庄的几家掌柜都心惊胆战。马掌柜想整天提心吊胆也不是个办法，于是召集各位掌柜，商量对策。

陈掌柜献上一计："祥和镇原本太平无事，也不曾有刀客出没，如今却祸事不断，我们何不雇一些江湖高手，来给我们做保镖呢？"

"请保镖？对啊！"众人连连说好。

马掌柜思忖道"此计好是好，不过保镖的花费不少！"

陈掌柜急道："在这节骨眼上，你还在乎那几个银子？"

其他几个掌柜也纷纷说，还是除掉刀客，保命要紧。

马掌柜想想，便也同意道"就依大家的意思来办，我正好认识几个江湖侠客，可以请他们过来，至于银子……还需大伙儿一块儿出！"

众人一致说好。

可几天后，掌柜们并没有看到新来的保镖，于是纷纷来向马掌柜打听消息。先来的是陈掌柜，他问马掌柜"请到保镖了吗？"

马掌柜凑上前，说道："请到了，就在我家呢！"

"在你家？为什么不带出来？"

马掌柜小声说道："此事千万不能声张，这些保镖是来对付那两个刀

客的，要想取他们的性命，就不能透露半点风声。等他们再来祥和镇的时候，咱们就来个出其不意，保管让他们有来无回！"

马掌柜带着陈掌柜去了一间屋子，屋子里有六个大汉。马掌柜说："这六人可是道上有名的'狮子山六虎'，个个武功高强，领头的那个叫郑虎，外号'飞天虎'，飞檐走壁，身手了得。"

陈掌柜听了哈哈直笑："原来是大名鼎鼎的'狮子山六虎'啊，这下咱们不用再怕那两个强盗了。"

一个月后，两名刀客又出现在祥和镇。一听刀客来了，六名保镖立即提刀骑马追了过来，将那两名刀客团团围住。

两名刀客见来的六人杀气腾腾，先是吃了一惊，随即从背上抽出大刀，便要向六个保镖当头砍去。那六个保镖就在两名刀客抽刀的时候，一拥而上。只听"哐当"一声，一名刀客手上的大刀落地，身子从马上翻落下来，横躺在街上，鲜血直流。另一名则身中数刀，血肉横飞，当场毙命。

六个保镖十分纳闷，虽然他们武功高强，但这两个刀客也太不济事了，轻易就让他们给解决掉。

保镖们杀了刀客，立即去马掌柜那里禀报，马掌柜一听大喜，速拿来好酒好菜给他们庆功。

刀客虽然已除，但想到这些天所受的苦，马掌柜仍觉得不解恨，他对保镖头子郑虎说："明天你带几个弟兄把那两个刀客的尸体挂在镇中心，让镇里的人看看。"

第二天，在祥和镇的镇中心，立起了两根木杆，上面吊着那两名刀

客。镇上的人都来了，大家远远地围着看着，心里很不是滋味。

马掌柜看看尸体，又看看镇里的百姓，眯着眼笑道："这下看谁还敢跟咱们作对！"

就在这时，镇里突然拥进一大群人，他们来到木杆下，对着刀客的尸体，齐刷刷地跪倒，然后磕头的磕头，哭泣的哭泣。

一时之间，镇上的人都看得目瞪口呆。领头跪在地上的是一位老人，老人哭喊道："大宝，小宝，你们死得好惨啊！"说着，紧随的人也都哭天喊地起来。

郑虎不知缘由，上前问道："老人家，你们这是干什么啊？"

老人泪眼模糊地说："他们是我的儿子，他们不是刀客啊！"

郑虎一愣："不是刀客？"

老人告诉郑虎，他们是邻村的人，最近村里闹恶疾，村民们买不起药，买不起米，大宝和小宝便装扮成刀客，来祥和镇为村民抢药抢粮。

郑虎听后，大为震惊，顿时明白为什么能轻而易举杀了这两名刀客，原来他俩只是普通的村民。郑虎愧疚至极，自己平生从未杀过好人，如今却犯此大错。他埋怨地看了马掌柜一眼。

马掌柜却不理郑虎，一脸理所当然的样子，对老人说："他们干什么不好，非要装刀客，活该！"

"这还不都是让你们这些没良心的给逼的？"老人说着又哭天抹泪。

马掌柜听了，白了他一眼，大摇大摆地走了。

因为错杀村民，郑虎感觉颜面全失，便去向马掌柜等人辞行。几个掌柜见强盗已除，不用再养着他们，便爽快地答应了。

那天，郑虎将几个掌柜给的银子分发给镇里的百姓，随后快马加鞭离开了祥和镇。

让人想不到的是，就在郑虎他们离开祥和镇的第二天，有四名蒙面刀客突然出现在了镇上。他们骑着马，手持大刀，把药店、米店、布庄和钱庄一抢而空。

当时，店里的掌柜眼睁睁地看着他们抢东西，却束手无策，全都吓得瘫软在地上，装起了死人。

那天夜里，几个掌柜又聚在一起，他们决定请回'狮子山六虎'。可是他们托人四处打听，却再也没有郑虎等人的消息，倒是那四名刀客每隔一段时间就骑着马来店里大肆抢夺。

那几个掌柜又过上担惊受怕的日子，他们怎么也不会想到，那四名刀客来镇里抢夺东西的时候，还有另外两名刀客在镇外接应。这六名刀客，就是"狮子山六虎"。

（题图、插图：黄全昌）

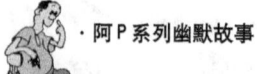

阿P 找关系

□ 左文萍

阿P最近很犯愁，因为儿子小P中考不理想，离重点高中线差两分。两分之差，可就只能随机分配到普通高中了。阿P有些不甘心。

老婆小兰的反应更激烈，说她都打听了，小P要去的那所普通高中升学率不高，管理也乱，学生打架早恋的数不胜数，优秀的小P怎么能去那种地方？这不是糟蹋人才吗？

小P说："我们班里的大胖，考得还没我好呢，就因为他爸爸是个什么局的局长，就走后门，让他进了重点高中。"

小P天天闹，一定要爸爸想办法把自己"弄"进重点高中。

老婆和儿子站在一条战线上，阿P的日子就不好过了。可在这个"拼爹"的时代，小P显然输在了起跑线上。阿P几年前就下岗了，现在开了

个包子铺，一没钱二没本事，哪有能耐把儿子弄进重点高中呢？

晚上睡觉时，小P也不理阿P，留给他一个冰冷的脊梁。阿P很无奈，正要准备关灯睡觉，小兰忽然跳起来，对阿P说："你还记得大黑说过，他有个同学在教育局吗？"

阿P一听，顿时眼前一亮。大黑是自己的老同学，也是铁哥们，两人一起下了岗，大黑去了一家酒店干活。他俩没事就凑一起喝酒，大黑提过几次，他有个同学在教育局里。

都是自己人，找大黑帮忙准没错！阿P高兴了起来。

第二天，阿P约大黑吃饭，去吃麻辣小龙虾。大黑就好这口，兴冲冲地来赴约。几杯酒下肚后，阿P问大黑："你说你有个同学在教育局工作？"

大黑吃得满嘴油光，说："那可不，还是哥们呐！"

阿P装作不相信的样子："就你这个大老粗，会有这么有文化的哥们？"

大黑有点急了："我凭什么不能有？这叫人脉，懂不懂？"说罢，他豪气地拍着胸脯，"别的不说，大侄子以后有啥教育问题，尽管找我！"

一听这话，阿P来了精神："还真有个事求你。"然后，阿P把儿子想上重点高中的事讲了一遍。

听完阿P的话，大黑剥虾的动作顿时停止了，脸上露出了阴晴不定的表情。

阿P不高兴了："怎么？"

大黑干咳了一声，讪讪一笑"我这同学是大领导嘛，肯定忙，不是那么容易见到的。"见阿P有些不悦，大黑又赶紧承诺，"P哥的事就是我大黑的事，我一定尽全力。你就等着听我的好消息吧。"

听了这番话，阿P才放下心来。两个人推杯换盏，很快把小龙虾一扫而空。

回到家，阿P把情况汇报给了小兰。小兰一听儿子上学的事有了希望，脸上立刻多云转晴，对阿P的态度也像春风般温暖。连小P也从电脑边跑了过来，给爸爸拿拖鞋，倒茶水。

阿P的心情别提多舒畅了，一高兴，拍着儿子的肩膀说"你爸爸虽然没什么大本事，但咱有同学啊，这叫人脉！"

一转眼，几天过去了，大黑那边一点动静也没有。阿P有点着急，就想去催催。小兰分析说，这年代，哪有空口白牙地求人家办事的？这让人家大黑也不好做呀！

阿P怔了怔，小兰从枕头下面取出一个大红包。

阿P接过来掂了掂，真沉！看老婆一脸悲壮的样子，知道这是下血本了。

阿P揣好红包，直接去了大黑家。大黑正一个人窝在沙发上抿着小酒，看着电视。见阿P来了，大黑立刻就明白了他的来意，有点尴尬地说："P哥，那事……正在办着呢，你再等等。"

阿P把红包往桌上一拍，豪爽地说："这是给你的打点费！"

大黑一听，更尴尬了，脸上一阵红一阵白："其实……"

"其实什么？"阿P满腹狐疑，"你该不是根本就没教育局的同学吧？"

"有！有！"大黑急忙辩白，"不过不是我的同学，是我表弟的。"

话说到这份上了，大黑只好老实交代。自己有个表弟小白，从小爱跟他一起玩。表弟老说，自己有个特别要好的同学，在教育局当领导，一提起来就很有面子。

大黑说"表弟是自己人，他的同

学不就是我的同学吗？"

阿P一听，虎着脸瞪着大黑。

大黑赶紧说，这就把表弟约出来，让他帮忙联系这事。说罢，立刻就打电话，叫表弟过来吃饭。为了表示诚意，大黑做东还是吃麻辣小龙虾。

两人到了饭店，表弟很快也来了。这小白看上去文质彬彬的，像个知识分子，看着比较靠谱。阿P似乎又看到了希望。

大黑问："小白，你跟你那教育局的同学关系怎么样？"

"铁呗！"小白吃着虾，毫不含糊地说。

大黑松了口气："这就好，P哥自己人，有件事求你，你一定得上心。"说着，把小P上学的事讲了一遍。说罢，两人用充满期待的目光看着小白。

小白正喝着茶水呢，一没留神，一口水喷了出来。

大黑殷勤地给表弟递上纸巾。小白擦完嘴，阿P又把红包塞到他手里，一个劲儿说："老弟，这事就拜托你了！"

小白脸上一阵红一阵白，过了半天才说："教育局的这领导，其实不是我同学。"

阿P和大黑愣了："啊？"

小白赶紧说："是我哥们的同学，但都一样！虽然不算直系同学，我托哥们去说说，都一样，我一定尽力！"

听到这，阿P的脑子已经有点乱了，但好歹算是还有点门路，于是叮嘱小白，一定要把这事办好。小白连连应承。

回到家后，阿P思来想去，总觉得放心不下。

没想到过了一天，大黑就打电话过来，热情澎湃地说，表弟已经找好人了，那人也收了红包，表示这两天就会去拜访教育局的同学，让他在家等好消息。

小兰也在旁边听着呢，电话一挂，小兰高兴地亲了阿P一口："老公，你真行！"

阿P飘飘然了："我是谁啊？"

心里有了数，阿P就踏踏实实地在家等着消息。

第二天傍晚，忽然门铃响了。阿P开了门，门口站着一个中年男人，看上去有点面熟。阿P还没反应过来，那人就热情地抓住阿P的手："你不认识我啦？我是毛豆啊！"

阿P这下想起来了，他是自己的初中同桌呢，阿P赶紧把人让进屋里。

毛豆还提着几袋礼品，阿P有些不好意思了："你看你，来看老同学，还带什么东西！"

两人寒暄了一番后，毛豆有些欲言又止。阿P问他有什么事，能帮的自己一定帮。

毛豆说："是这样的，P哥，我有个朋友的同学想上重点高中，分不太够，想请你帮个忙……"

阿P有些晕："我能帮什么忙？"

见阿P"装糊涂"，毛豆干脆把一个红包拍到了桌上。

看到这红包，阿P的眼都直了。这红包，看着好面熟啊！

话一打开，毛豆越说越顺溜："P哥，说实在的，我也是受别人之托，当父母的都不容易，是不？想来想去，

也就你能帮上忙。你在教育局上班，门路肯定比我们多……"

阿P越听越糊涂："你听谁说我在教育局上班？"

毛豆一怔："听以前的同学说的……那你是干吗的？"

阿P有些不好意思："卖包子。"

毛豆傻眼了："在哪卖？"

阿P答道："教育局楼下。"

说到这里，阿P似乎明白了什么。毛豆也明白了过来，尴尬地说："这叫什么事啊！"

又扯了几句，毛豆就要告辞了。阿P说："红包留下吧，这是我包的。"简单解释后，毛豆更不好意思了，放下红包，逃也似的离开了。

捏着"失而复得"的红包，阿P哭笑不得，但转念一想，自己还当了一回"教育局领导"呢，想到这，阿P又乐了。

（题图、插图：顾子易）

·本刊信息传真·

阿P系列幽默故事征文

阿P系列幽默故事栏目开辟二十多年来，深受读者欢迎。为了把这个栏目办得更好，本刊再次面向全社会征稿，希望有更多的人来关注阿P，把您身边的阿P故事写得更精彩，更有现实意义和典型意义。

来稿方法：1. 从邮局寄发，请在信封上注明"阿P故事征文"字样，本刊地址：上海市绍兴路74号《故事会》杂志社，邮编：200020。2. 从网上传递，可寄以下信箱：wulun54@126.com，请在主题上注明"阿P故事征文"字样。凡已和我刊编辑有联系的作者，稿件可继续投给联系的编辑。

学生的
尊严

□ 郑爱玲

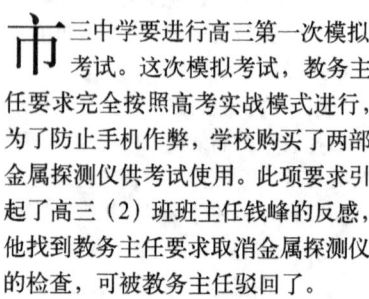

市三中学要进行高三第一次模拟考试。这次模拟考试，教务主任要求完全按照高考实战模式进行，为了防止手机作弊，学校购买了两部金属探测仪供考试使用。此项要求引起了高三（2）班班主任钱峰的反感，他找到教务主任要求取消金属探测仪的检查，可被教务主任驳回了。

这回考试没有按原来的班级排位，而是全年级打乱由电脑编排。考试那天，教务主任拿了探测仪给考场的监考老师。第一考场的老师对学生进行着检测。因为探测仪一探到金属物，就会发出"嘟嘟"的响声，所以几乎一半的学生在检查时，探测仪都响了，于是学生们拿出了身上的钥匙、硬币等，不过一个叫孙鑫的学生真的从口袋里掏出了一个手机。

教务主任拿着探测仪来到第二考场，考场的监考老师是钱峰，他不满地说："我这个考场就不用了，凡带手机的同学都已经交到了讲台上。"

教务主任厉声道："不行，一定要检查。"钱峰不满地说："为什么非要用这个东西，我认为检查是不信任学生，对学生的不尊重，学生也是有尊严的。"

这下把教务主任气坏了，她愤愤地说："好，你……等我检查出问题再说！"说着竟自己拿着探测仪进了考场。

教务主任仔仔细细地检查，似乎非要查出问题不可。不料当检查到一个学生的时候，探测仪真的叫了起来。这个学生叫周新宇，是学校的尖子生，他还真的从口袋里拿出一个手机，交到教务主任的手上。

教务主任又气又得意，对钱峰说："这你怎么说，你不是要学生的尊严吗？我要向校长汇报！"说完，便向门外走去。周新宇忙叫住她："老师，你先别走。我这里还有一个手机。"

教务主任和钱峰都愣住了，没想到他会带两个手机，交出去一个，还藏着一个。

"你、你怎么会有两个手机？"教务主任将探测仪指着周新宇，"你一定是想作弊，一定还有同伙！"

教务主任立即让其他监考老师重新对学生进行检查，果然在孙鑫身上，又检查出一部手机来。巧的是，他和周新宇都是同一班的，而且都是钱峰班里的，看来他们两个是蓄谋好的。

考试结束后，钱峰来找教务主任，他说这两个学生都是本学期才从县里转来的，在县中就是同班，希望教务主任从轻处理他们。教务主任不同意，非要给他们处分不可。钱峰这下急了，说出一个秘密来："那个孙鑫可是教育局新来的孙副局长的儿子。"

教务主任大吃一惊，一时没了言语，她可不敢得罪孙副局长。于是，她将这两个学生交给了钱峰处理。

其实，钱峰心里也有疑惑，孙鑫是班上成绩最差的学生，没有他父亲的关系，肯定进不了他这个班。而周新宇却是班里成绩最好的学生，各方面都很优秀。他准备手机作弊，肯定是为了孙鑫。他为什么要这样做？据钱峰的观察，周新宇不是那种没有是非观念的学生。钱峰准备找个时间，先好好跟周新宇谈谈。

可还没等钱峰搞清状况，周新宇竟不来上学了。这天，一个农民工打扮的人来找钱峰，说是周新宇的父亲，来给儿子转学的。钱峰问他为什么要转学，农民工吭吭哧哧地什么也说不出来。钱峰问周新宇人在哪里，农民工说已经回县里上学去了。

钱峰猜周新宇可能是因为这次的手机事件才回去的，于是忙和农民工解释说："大叔，你们别有顾虑，学校没有再追究手机的事，更不会给周新宇处分，这事我能担保！"

农民工见钱峰把话说到这份上，也就说出了真相：周新宇本来跟着母亲住在人家家里，他母亲是当保姆的，现在母亲回县里去了，他一个人在市里没地方住，也就跟着回去了。最后他还说："孩子一直说你好，也想跟着你上学，唉……"对方说着叹了一口气。

钱峰明白了原因，也不好再作挽留。

从此，钱峰再没见过周新宇，也没有他的消息。没过多久，孙鑫也被他父亲转到别的学校去了。

转眼高三学年过去了，钱峰送走了毕业班，又迎来了新一届学生。开学时，考上大学的学生都纷纷给母校的老师来信，汇报自己的情况。这天，钱峰突然收到了一封来自清华大学的信。他感到奇怪，因为自己的学生中并没有考上清华的。他把信展开一看，不由激动起来，来信人竟然是周新宇。

周新宇在信中说他是以本县理科状元的成绩考入清华的。拿到录取通知书的那一刻他就想给钱峰报喜，只是家里太穷，还不知能不能上大学，后来是全村人为他凑了钱，他又申请到了助学贷款，这才圆了自己的梦。他写这封信，是要告诉钱锋不辞而别的原因和埋藏在心底的秘密。

周新宇从小学习优秀，上了县中以后也是回回都考第一，村里人都说他一定能考上最好的大学。可是他考得越好，父母越唉声叹气，因为家里太穷，根本供不起他上大学。

有一天，县中的校长带着县教育局局长来到了他们家，局长提出请他来帮助自己的儿子，要他吃住都在局长家里，还要母亲到局长家当保姆，这位局长就是孙鑫的父亲。

周新宇答应后没多久，孙鑫的父亲又调到了市里做教育局副局长，他提出要周新宇一家也跟着去市里，还答应为周新宇的父亲在市里找个活干。

就这样，周新宇转学到了钱峰的班里。尽管他给了孙鑫不少帮助，但孙鑫的成绩还是很差。孙副局长看出儿子考大学没指望了，便对周新宇提出了进一步的要求，希望他能在考大学的时候帮孙鑫一把，言下之意就是帮儿子作弊，并许诺今后把他上大学的费用全包下来。父母在优厚的条件下同意了，并逼他答应，他最后屈服了。

模拟考试时，准备两个手机作弊的方法是孙副局长谋划的，以他的话来说，就是高考前先"热热身"，等高考时，他会在监考老师方面做做文章。

周新宇在信中说："那是我平生第一回做见不得人的事，我不光害怕，我还恨自己，恨父母，恨孙鑫和他爸爸。钱老师，你是我遇到的最好的老师，你总是为我们学生考虑，站在我们这边。当我听到你跟教务主任在门口争吵，你说学生也是有尊严的，那么相信、维护学生，我当时又感动又内疚，当即就放弃了作弊的念头。之后，孙副局长大发雷霆，因为我拒绝了他的要求，所以一家人被撵走了。我觉得我做了一件对的事情，我要堂堂正正，做个有尊严的人。"

看完了信，钱峰感慨万千，他没想到自己的一句话，竟会对一个学生心灵产生那么大的作用。他突然感到自己的肩头，是多么的沉重……

（题图、插图：佐 夫）

第五届"梅陇杯"法律知识故事大赛征文选登

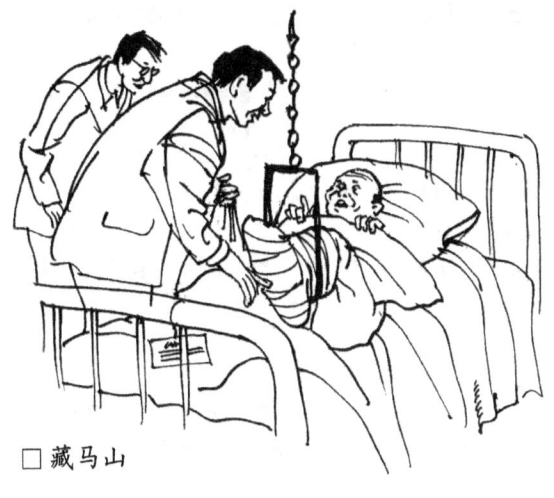

我为啥不是工伤

□ 藏马山

老冯从市立医院退休后，就有一家私人康复中心高薪聘请，因为老冯可是一个人物，是治疗腰椎间盘突出症的专家。

老冯在康复中心干了一年多，一切顺顺当当的，当然也拿了不少钱。

这年初春，北方沙尘暴肆虐，路上的行人都被刮得睁不开眼。

那天，老冯骑着自行车上班，就在一个红绿灯前，老冯眯了一下眼，好像红绿灯不亮了，十字路口车辆行人乱了套。老冯正在考虑是不是要过去，突然感觉有人推了自己一把，还没来得及回头看，连人带车子摔倒在了人行道上。

后来好心人将老冯送进了医院。

经检查，他的右腿粉碎性骨折，医生告诉他，手术费用会比较高。但老冯也不太担心，自己是有工作单位的人，有工伤保障。所以一住院治疗，就向劳动和社会保障局申请工伤认定。可令老冯想不到的是自己的申请很快就被驳回，白纸黑字写得清清楚楚：不符合认定工伤的条件！

这是怎么回事啊？

老冯一了解，是康复中心提出异议，他们不想付这笔钱。这下老冯很生气，自己在康复中心工作，跟单位有明确的劳动关系；自己又是在上班的路上受伤，符合国家工伤认定的规定，符合申请工伤的要素，怎么就驳回了呢？于是他向法院提起行政诉

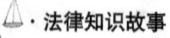

讼，要求撤销劳动和社会保障局的决定，认定自己的受伤属于工伤，并且列举了理由：

1. 本人服务的康复中心具有法律规定的主体资格。

2. 本人与康复中心虽然没有正式的劳动合同，但接受康复中心的各种管理，付出劳动，领取报酬；本人的工作属于康复中心的业务范围之内，所以具有明显的劳动关系。

3. 在上班的路上被机动车所撞，受伤属于工伤的认定范围。

不久法庭开庭审理。

劳动和社会保障局的代表认为老冯虽然为康复中心工作，并获得了报酬，各个情况虽然也符合工伤认定的实体条件，但由于他是退休返聘人员，因而不具备劳动者主体资格；与用人单位没有签订劳动合同，不缴纳社会保险，因此不能申请工伤认定。

法官也当庭进行了解释：国家关于判断劳动者的主体资格的标准第一条就是年龄标准。须年满16周岁，女性不超过50岁，男性不超过60岁。依据我国现有规定，男性劳动者在60周岁就是我国规定的法定退休年龄。根据规定，符合法定退休条件并已退休的职工，实际上已经失去了作为劳动者的主体资格，而不具备劳动者主体资格的人当然不能成为劳动关系的一方主体。老冯是退休返聘并超过国家法定的退休年龄，所以其作为劳动者的主体资格已经消失，与该康复中心不能形成劳动关系。

由此法院支持劳动和社会保障局的主张，老冯的受伤不能认定为工伤，需要自行治疗。

律师点评：

《我为啥不是工伤》故事涉及的一个法律问题是：退休人员不具有劳动者主体资格，从而不能根据《劳动合同法》、《工伤保险条例》等劳动法律规定的调整范围获得相应的工伤保险赔偿权利。故事中老冯受聘在康复中心工作，接受康复中心的管理，付出劳动，并领取报酬；但他作为劳动者的主体资格已经消失，所以与该康复中心不能形成劳动关系。要通过认定工伤来获得补偿也就不可能了。

但是，老冯与康复中心的事实返聘当属雇佣关系，故他可以通过雇佣法律关系向康复中心主张人身损害民事赔偿责任。

（题图：佐 夫）

因为爱情

□ 刘祖光

黄国林是个富商，身家上亿，生活悠闲，但是，最近他却得了抑郁症，整天闷闷不乐。于是朋友为他请了一个有名的心理医生。心理医生名叫林菲，三十多岁，是个很有亲和力的女人，所以黄国林很坦白地告诉她，自己最大的痛苦，就是身边的女人很多，所以不相信爱情。

黄国林年届五十，陪在身边的，却都是二十出头的娇俏小姑娘。她们有才有貌，之所以愿意陪着他这个糟老头子，目的不言自明：要他的钱。可这两年，他身边只有一个女人，叫白慧，她年轻漂亮，又很有能力，是他公司的财务总监。白慧之前与男友分手后，黄国林对她展开了追求，半年后，白慧投入了他的怀抱。黄国林自

以为这次遇到的一定是爱情，因为白慧跟他在一起时，从来不谈钱，甚至拒绝黄国林送给她的银行卡和别墅。黄国林生日时，白慧还花了一个月的工资给他买礼物，这让黄国林很感动。后来，让黄国林惊喜的事情发生了，白慧怀孕了。

黄国林一直无子，是因为他身体不争气。他在医院里花了不少钱，一直没什么效果。现在，白慧居然怀孕了，也许是此前数十万的医疗起了作用。黄国林开心得很，问她有什么要求，白慧说："把公司10%的股份给孩子吧，作为送给他的礼物。"黄国林欣然同意。

可让黄国林没想到的是，白慧居然在微博上大肆宣扬，他要将公司送给宝宝。黄国林的不少朋友都关注了

白慧，看到微博后，纷纷打电话来恭喜，黄国林开始怀疑白慧在造势。如果这个孩子不是自己的，是她白慧处心积虑布置的一个局，那他可就上当了。

因此黄国林要求给孩子做DNA亲子鉴定。白慧听后，敏感地蹙眉："你怀疑我？"

黄国林解释道："这算啥怀疑嘛，人之常情。亲生孩子本来就不怕DNA检查，做事也是为了讲究个稳妥……"

黄国林以为她能理解，可没想到，白慧竟然失踪了，还羞辱性地留下一张纸条："孩子不是你的！我走了！"

黄国林气坏了，到白慧住处找她，发现自己送给她的东西都不见了，只有抽屉里的一张市三院的单子，上面写着"无痛人流"字样。看来，白慧真的是想用孩子骗钱，但警觉的黄国林提出DNA检测，她心知躲不过，于是将孩子做掉远走高飞了……

黄国林说到这里异常悲愤。林菲静静地听着，等他情绪平静后，林菲说："黄总，看来你患了'爱情饥渴症'，这种病症看似是对爱情绝望，其实是渴望爱情却得不到，因此才会产生愤懑和抑郁的心理……"

黄国林不耐烦地说："我不想听大道理，我就是想问，怎样让我快乐起来……"

林菲胸有成竹地说："方法很简单，我只需要让你相信爱情，你的病自然会痊愈。其实，你可以看看身边的爱情，你的周围还是有很多让人感动的爱情故事的。"黄国林不相信，林菲说两天内便能给他找出一个。

第二天下午，林菲果然找到了一个人，他叫唐灏明，是黄国林公司多年的员工。

林菲说，唐灏明是一个标准的好丈夫。二十年前，他刚毕业时家里很穷，但有个校花女友，两人很相爱。女友不顾家人反对，和唐灏明在一起。两人一直过着艰苦的日子，近些年，生活才好转了些。

黄国林也记起来，唐灏明经常对他说，老婆是自己一生中最爱的人，也是最美的人！

病房婚礼也是因为爱

当天晚上，黄国林一直想着唐灏明的话，他给林菲打电话："林医生，我撑不住了，唐灏明是一个好男人，对妻子忠贞不二，我是一个坏男人，我欲望太多……"

林菲说："黄总，你现在纠结的，是白慧欺骗了你。可是，你有没有想过，万一那个孩子是你的呢？"

"不可能！"黄国林咆哮道，"开什么玩笑！是我的，白慧为什么离开我？"

"女人在感情上是不理性的。"林菲叹息说,"唐灏明的老婆在他艰难的时候还跟着他,仅仅是因为爱情,在有些人看来,她就是一个不理性的人。"

林菲的提醒让黄国林心里一动。如果是白慧真的爱自己,不是为了钱,而自己像推测以前的那些女人一样推测她的动机,她当然要生气……

天亮了,黄国林去市三院,找到了为白慧堕胎的医生。医生说,他对白慧印象蛮深刻的,当时她的孩子已经很大了,堕胎的话对身体伤害比较大,容易造成她以后不孕,但白慧当时说:"反正孩子爸爸怀疑他的来路,干脆做了算了。"这种事情医生见得也太多了,所以他就做了手术……

黄国林呆愣半晌,又问:"医生,你存有孩子的血液吗?我想做个DNA鉴定。"黄国林心情很复杂,白慧离开他已经半年多了,她来这里堕胎时,已经怀孕四个月了。如果没有堕胎的话,现在孩子都已经出生了。

幸好,市三院管理比较正规,白慧的孩子血液样本档案库里有。黄国林抽了血,医生说鉴定结果最快要一星期出来。

黄国林离开时,林菲正在医院走廊里等着。黄国林见了她就说"女人爱上一个男人,真的会变成冲动型无脑动物吗?唐灏明夫妻俩的爱情虽然艰难,但有一个比较好的结局。我都不敢设想,假如我发生点什么事,白慧会不会对我这样。"

林菲突然问他:"如果换一下,白慧发生点什么事,假如她得了绝症,你还会爱她吗?"黄国林听了一怔,好久说不出话来。

林菲笑笑,带黄国林去了住院部三楼的一间病房,病房里围了很多人,一个穿着婚纱的女子引起了黄国林的注意,他问林菲"这个新娘是病人吧?"

林菲说:"是的,她是一个患了乳腺癌的病人,因为到了晚期,丈夫想让她穿上婚纱,办个结婚仪式。"之

后，林菲讲了这么一个故事：

有一个叫小伟的小伙儿，26岁时出了车祸，中度昏迷。肇事车辆没有找到，所以医疗费用得由他自己承担。小伟家庭条件不好，又身患重病。因此，女友的父母竭力劝她离开小伟，但谁也没有想到，女友突然要跟小伟结婚。

故事说到这，黄国林疑惑："结婚？这个丫头脑子烧坏了吗？"

林菲笑道："她没烧坏，她头脑清醒着呢。"

原来，小伟需要输血。按照规定，依他的输血量，要交四万元的抵押金。如果直系亲属以前有过献血记录，那么这笔抵押金就不用交了。小伟的爸妈没有献过血，他也没献过，而女友一年前刚好献过，所以她要跟小伟结婚，这样这笔钱就省下来了。

女友的父母都急了，纷纷到医院，劝她慎重考虑。而女友铁了心，还请来了婚姻公证处的两位工作人员来病房，为他们办理结婚证。这个女孩就是现在穿婚纱的新娘，男孩康复后没多久，女孩就查出了乳腺癌晚期。为了圆一个婚纱梦，男孩决定在医院和女孩举办婚礼仪式。

黄国林听了很感动。

林菲说道："要得到别人的爱，就应该先学会怎么爱人，新娘敢穿低胸衣，不介意将自己的伤疤给人看，只有她得到了充分的爱，才会如此自信地爱别人。"

跟公主说一辈子我爱你

之后，黄国林再看周围的人和事时，果然有了不同。他对下属也和蔼了许多，大家都说，黄总越来越人性化了。

马上到了亲子鉴定结果出来的日子，黄国林心里很忐忑，于是让林菲去拿。那天，林菲在电话里说"黄总，那个孩子，是你的。"

电话"啪"的一下掉了，黄国林无限地悔恨。黄国林很想念白慧，但始终没有勇气寻找白慧。

三天后，唐灏明的儿子满月，请黄国林去家里做客，黄国林欣然答应了。那天，黄国林买了一些玩具，来到唐灏明家，按响了门铃。让他意外的是，来开门的不是别人，而是他朝思暮想的白慧，更让他惊讶的是，白慧怀里还抱着一个孩子，长得白白嫩嫩的。

黄国林见到她，忽然觉得很心酸，开口第一句话就是："对不起，白慧。"

白慧笑笑，没说什么话。

黄国林随即东张西望，问："孩子爸爸……"

白慧低头黯然道："孩子爸爸，嗯，我现在单身……"

唐灏明来到门口，说"白慧命蛮苦的，从一个沟里爬出来，又掉进另一个沟里了——孩子爸爸怀疑孩子不是他的，就……"

黄国林无比气愤，他这才明白，怀疑一个女人的忠贞度，是对女人最大的伤害。他赌气似的说："他不要，我要。想要孩子的要不着，有了孩子的却不珍惜。白慧，反正我没孩子，让孩子做我干儿子吧，我死后家里的钱都给他。"

白慧愣了，黄国林以前在乎孩子是不是亲生的，现在居然愿意要别人的儿子继承自己的财产。还没等白慧说话，黄国林就对白慧说："白慧，我心里真的有你。希望你再给我一个机会，我会诚心诚意地待孩子……"

白慧感动了，她看看孩子，说道："这孩子眼睛像你，很小；鼻子也像你，塌鼻子；脖子也像你，短短的，跟没似的……"

黄国林哈哈笑了，想说这孩子跟自己确实有点像，但见唐灏明和白慧在挤眉弄眼地笑，他瞬间明白了什么事，惊问道："这……孩子没流掉？"

白慧嗔怪道："我怎么舍得呢！"原来，白慧完全是在考验他。

这时，黄国林背后响起一个女人的声音："看来，我的心理治疗很有效。"黄国林循声望去，只见林菲笑嘻嘻地看着他。黄国林愣住了，唐灏明见状，忙拉过林菲说："黄总，这是我的妻子，林菲。"

林菲见黄国林一脸茫然，说了事情的经过——

当初，白慧根本不怕DNA鉴定，但她怕黄国林这种刚愎自用、不会爱人的性格。黄国林不知道珍惜，有了孩子，他也会推测白慧是拿孩子谋取什么东西。所以，她跟朋友林菲商量后，就决定暂时离开他一阵子。林菲负责对他进行心理疏导，让他变成一个相信爱、发现爱、懂得爱的人。如果林菲失败，那她就永远不跟他再见面。

黄国林恍然大悟：原来这三个人是合伙起来忽悠自己。幸亏自己挺过了考验，要不然就跟妻儿再无见面机会了。黄国林想到一个细节："三院的医生为什么做假鉴定呢？还配合着骗我说白慧堕胎了？"

林菲说："那个医生，是我在医科大时的学长，我们关系很好。而那个DNA检测是真的，当时孩子已经出生了，我们从胎发上剪了几根，跟你的血液中的DNA做比对。"

白慧将检测结果给黄国林，笑着说："给，看看吧，这是你当初想要的……"

黄国林看都不看，一下子把报告撕了："不是我的孩子又怎样？是你的就行了。"说完，他小心翼翼地抱起孩子，越看孩子，越觉得孩子像自己。不用亲子鉴定，他就坚定地知道这是自己的孩子。

（题图、插图：张恩卫）

一场比赛，揭开两代人的秘密；一场危机，碰撞两代人的情感……

巧女节

□ 方冠晴

1. 一对恋人想结婚

一个女人会影响三代人。这句话，是仙果村村主任刘背山的口头禅，他几乎天天要说这句话，对乡亲说，对儿子说，听得他儿子刘辉头都大了。

刘辉与同村一个叫李悦的女孩子相爱了，两个人苦苦相恋三年，却怎么也结不了婚，因为刘背山将儿子的户口本藏得紧紧的，刘辉根本找不到。没有户口本，刘辉和李悦就没办法去登记结婚。

刘背山反对儿子与李悦交往，不是他看不中李悦，而是他看不中李悦的妈。

李悦的妈妈外号"麻姑"，其实她不姓麻，名字中也没有个麻字，就因为她爱打麻将，爱到不顾死活的地步。大前年，她患了急性阑尾炎，痛得冷汗直冒，却硬撑着在麻将桌上不下来，直到最终昏倒在麻将桌旁，才被乡亲们送到医院抢救，捡回一条命来。医生说："急性阑尾炎发作时的那份痛，没人能扛得住。你却能硬撑着打麻将，这对麻将不是一般的爱，你不应该叫巧姑，你应该叫麻姑。"就这样，麻姑的外号叫开了。

刘背山特别讨厌麻姑。懒惰、邋遢、烂赌，男女关系上不清白，所有糟糕女人的品性麻姑快占全了。而且，她还带坏了全村的风气，村里的男人都常年在外打工，只有妇女儿童留守在家，现在村里的女人都不做家务了，跟着麻姑学会打麻将了，弄得村风日下。

在刘背山眼里，麻姑算是坏女人的榜样，这样的女人言传身教，受到最直接影响的就是她的子女，母亲都这样了，女儿会好到哪儿去？所以，刘背山死活不肯让李悦做自己的儿媳。刘辉起初只能一个劲地说好话，说李悦如何优秀，与她妈妈完全不是一号人。纵然他说得天花乱坠，刘背山横竖不信。

刘辉没辙了，只得"曲线救国"，他带李悦出外打工，只等"生米煮成熟饭"了，逼刘背山松口。两个人在外面打了半年工，也同居了半年，终于，李悦怀孕。这一下，刘辉觉得有了与爸爸谈判的筹码，他将李悦在城里安顿好，自己一个人回来了。他与刘背山摊了牌："李悦怀了我的孩子，我得与她结婚。"

刘背山说："你可以带她去医院流产，我可以代表村里给开个证明。但如果你是说想结婚，门都没有。"

刘辉被噎得直喘粗气，但还只能耐着性子劝说："爸，你不看我和李悦的面子，也得看你孙子的面子，李悦怀了你的孙子呀！"

"这样的孙子咱不要，不就是个小麻姑吗？有这样的孙子，咱刘家就毁了。"

刘辉也来了气，都什么年代了，父母还干涉子女的婚姻？但他拿爸爸是一点办法都没有。他是独子，真为了婚姻的事与爸爸翻脸，这样的事他做不出来，再说，做出来了又能怎么的？户口本在爸爸手里攥着，没有户口本，他与李悦领不了证啊！

刘辉生了半天的气，最终还只能耐着性子与刘背山软磨硬泡，他告诉爸爸，李悦和她妈妈不是一样的人，李悦心灵手巧、贤慧能干，是个好女孩。

刘辉将李悦夸成了一朵花，直夸了两个钟头，刘背山却听得不耐烦了，说："你就说她是织女下凡、七仙女投胎都没用，你要让我信，就要见真章！证明给我看，她有多贤慧，多能干。"

"怎么证明？"

刘背山说"再过三个月，就是村里的巧女节。她要真像你说的那么好，她就能在巧女节上夺个巧女奖。她要真拿了巧女奖，不但她向我证明了她跟她妈妈不是一号人，她也向全村人证明了她的能耐，我刘家娶这样的儿媳，才不会有人说三道四，才有面子。"

虽说刘辉这一趟回家并没能让刘背山拿出户口本，但事情明显有了进展，毕竟刘背山松了口，给了他们回

旋余地。

有希望总比没希望好。其实，刘辉也理解爸爸，说到底，爸爸还是为了个面子。麻姑的名声实在是太臭了，与麻姑攀亲家，自然不是什么光彩事。他要李悦回家参加巧女节的比赛，也就是要让乡亲们看看，李悦跟她妈妈不一样，刘家娶了李悦这样的儿媳，就不算太丢脸。

巧女节，是仙果村特有的一个节日，这个节日是去年才定出来的，定在腊月二十四，传统的小年这一天。这天，全村的妇女都要参加一系列的比赛，看哪个女人心灵手巧、贤慧能干。比赛获胜的女人将获得"巧女"称号，还能获得三万元的奖金。这奖金，是城里一个姓赵的老板捐资的。

刘背山告诉乡亲们，设立巧女节是赵老板的心愿，赵老板打小是仙果人，后来出外闯荡当了老板，他对家乡念念不忘，特别怀念家乡女人的贤慧能干，所以拿出钱来举办巧女节，旨在奖励那些优秀的女人。但乡亲们都清楚，办巧女节，其实还是刘背山的意思。刘背山是一个很传统的男人，他特别讨厌村里的女人天天摸牌赌博，他觉得现在有些女人将做女人的本分都忘光了，所以他当村主任后天天管大家，逮住谁打麻将不料理家务就骂，但现在的女人谁听他的？大家不理他的茬不说，麻姑还跟他干了一架。

村里的男人都觉得设立这个巧女节很好，女人却大多不以为然，麻姑更是跳起来反对，叫嚣道"什么破巧女节？我们女人就天生是料理家务侍弄孩子的命吗？设巧女节，你还不如设缠脚节，又让我们缠小脚去！"

虽说各种声音都有，但毕竟三万元的奖金特别诱惑人，那可抵得上一个家庭一年的收入，所以去年村里大多数女人还是参加了比赛。

2. 为了爱情与自尊

刘辉回到城里，委婉地向李悦说了爸爸的意思。李悦听了，脸红一阵白一阵，说："你爸居然还开出条件，要我拿了巧女奖才能当你家的媳妇？我就像赶着要做你家的媳妇一样，我不会参加的。"

刘辉只得一百个赔不是："不是你赶着要做我们刘家的媳妇，是我非你不娶呀，你就舍得让我打一辈子光棍？"

"呸！不要脸！"李悦一口啐过来，"你爸开出这个条件，不就是不想要我这个儿媳妇吗？我为了嫁进你家，巴巴地回去参加比赛，乡亲们知道了，我今后还有颜面吗？"

刘辉小心解释，其实他爸不是对李悦有什么成见，主要还是因为她妈妈麻姑给闹的。爸爸让李悦回去参加比赛，也是想让乡亲们瞧瞧，鸡窝里也能飞出凤凰来，她李悦是个好姑娘。

　　说到妈妈，李悦没言语了，她的妈妈其实就是她心中的痛，打小，她就为有这样的妈妈而感到丢脸。也许，参加这个比赛并不是什么坏事，最起码，可以向乡亲们证明自己。

　　李悦终于答应，巧女节那天回去参加比赛，而且暗暗发誓，一定要拿到巧女奖，为自己争个颜面。

　　但是，要获得巧女奖，哪是那么简单的事情？几百个女人角逐一个奖项，没有一点真本事，是根本不可能的。

　　李悦打算参赛了，就不得不研究这种比赛，去年的巧女比赛，比了洗衣、插花、教子、烹饪……总共九个项目，大约今年的比赛项目也差不多。其他的项目她并不怯，独独烹饪这一项，她非常弱。她与刘辉同居这半年，在烹饪上有过尝试，但从平日里刘辉吃饭的表情来看，她做的菜不算好吃。

　　然而，恰恰是烹饪这一项，至关重要，巧女节那天也就是传统的小年，按照去年的做法，是将全村的乡亲都集中在一起过小年，大家共同品尝参赛巧女们做出的菜肴，你做出的菜好不好吃，每个乡亲都心知肚明。

　　为了提高自己的厨艺，李悦报名参加了一个就业培训班，专门学习烹饪。整整三个月，她将学到的手艺一一实践，做出多种多样的菜来让刘辉

品尝，直吃得刘辉肚滚腰圆，吃到后来，刘辉也不得不由衷地竖起大拇指。

　　不知不觉间，巧女节的日子渐渐临近了，腊月二十三日一大早，李悦和刘辉，登上了回乡的长途汽车，他们必须在当天晚上赶回村子，因为村里有规定，要参加巧女节比赛，必须在这一天晚上之前报名。

　　他们在仙果山外下车时，已近傍晚，天上飘着细细的雪花，路边也结了薄薄的冰。他俩提着行李往盘山公路赶，那里有个凉亭，是候车的地方，他们得换乘开往山里的最后一班中巴。

　　两个人踏着薄薄的积雪往凉亭走，刚刚拐了一个弯，就看到了惊险的一幕：在前面一个弯道处，一个乘坐轮椅的人也在上山，他的双手紧紧扒着轮椅的车轮，想让轮椅驶上弯道，然而，弯道的坡度让他力不从心，他的轮椅不但不能往前行进，反而在薄雪中往下滑，眼看就要滑到公路的边沿，而盘山公路的另一边，就是悬崖。

　　李悦和刘辉的心一下子提到了嗓子眼，两个人几乎是同时喊了一声："稳住！"说着就扔下行李，拼命往那儿跑。然而，路长腿短，纵然两个人拼尽全力奔跑，还是没能阻止悲剧的发生，他俩离那人尚有几十米远时，那人还是没有把持住轮椅，连人带轮

椅栽下了悬崖。

李悦吓懵了，还是刘辉冷静，脚下丝毫没停，一直跑到出事地点，幸好，悬崖不过两米来深，他看得到底下的那个人，是位老伯，五十多岁的年龄，双腿的裤管空空荡荡的，显然是一个截过肢的残疾人。

刘辉跳下悬崖，那位老伯并不动弹，刘辉探探他的鼻息，还好，还有呼吸，他赶紧背起老伯，爬上路面。这时李悦也赶到了，刘辉放下老伯，又赶紧下到崖底，去拿那部轮椅，轮椅有点变形，不过，轮子还能活动。他将轮椅弄上来，再将老伯放到轮椅上，然后推着老伯就往山下的乡医院

跑。

李悦在后面跟着，跟了几步，刘辉制止了："你别去呀，中巴快来了，别误了最后一班车，我送老伯去医院，你先一个人赶回去吧。"

李悦想了想，还是放弃了跟去的念头，回去捡了行李。再经过出事地点时，她忍不住往悬崖底下望了望，她看到了一只小木箱，躺在悬崖底下的雪地里。

不用说，那是老伯的木箱。李悦小心地下到悬崖底，提起了木箱，她认得，这是一只擦皮鞋用的工具箱，看来，那位残疾老伯是个擦皮鞋的。她不能扔下这只木箱不管，怕被路人捡了去，送还给老伯吧，她又没时间，怕误了车，想一想，还是将这只木箱提回家吧，到时跟刘辉联系，再想办法将这工具箱还给人家。

3. 巧女节激烈角逐

李悦报过名后，回到家里时，麻姑刚刚从外面打完麻将回来，看到女儿，她没有半点惊喜的表情，倒是冷冷地说："你还要脸不要脸？人家刘家开出这样的条件，就明摆着是不想要你呀，你还真回来参赛了，赶着用热脸去贴人家冷屁股，你咋就这么贱？"李悦没有搭理她。麻姑接着说："你就是参加比赛，也不可能拿到奖啊！村里人谁不在眼巴巴地望着那笔奖金？你去参赛也是败了，败了人家

还是不要你，这越发丢老脸了，趁早打消参加比赛的念头，把这个孽种打掉。"

麻姑一边骂一边瞟着女儿的肚子，李悦已有四个月的身孕，肚子已略略显形了。麻姑很难得地亲自下厨为李悦做饭，但嘴上一直骂骂咧咧的。

李悦听了没有出声，看来，全村人都知道她回来参赛是怎么回事了。也难怪妈妈生气，这事确实有点丢脸。

当天晚上，李悦心烦，就想打个电话跟刘辉聊聊，也顺便让刘辉告诉那位老伯，她把木箱子带回家了。但打过电话才发现，刘辉的手机放在行李包里并没拿去。

心烦了一夜，第二天，就是正式比赛的日子。雪已经停了，村里比过年还要热闹。村子中间打谷场上一溜儿摆了几十张桌子，村里在外打工的男人都回来了，四邻八乡的人也跑来瞧热闹。刘背山请了乡里的领导和邻近几个村的妇女主任来当评委，更让这次的巧女节很像一回事。

村里共有48位女子报名参加比赛，比赛的项目总共十项，前九项的比赛项目与去年的一模一样，而第十项是新增的。刘背山说，这第十项是赞助巧女节的赵老板打电话来指定要比的项目，到底是什么项目，他没有说，而是卖了个关子。

比赛在闹哄哄的氛围中进行了，几乎每位选手的背后都有家人在跑前忙后呐喊加油，唯独李悦孤零零的，麻姑根本没到现场来，刘辉又没能赶回来，所以，只有李悦显得格外落寞。

第一项比赛是洗衣。置物筐里堆满了故意染上油渍的方巾，桌上摆满了洗衣粉、肥皂、强力去渍剂、汽油等洗涤用品，供大家选择。

刘背山喊一声比赛开始，现场顿时忙作一团，选手们忙着选方巾和洗涤用品。

李悦从置物筐里拿起方巾时，并没有立即行动，她先仔细地观察了一下方巾和方巾上的油渍。每条方巾都是用一块红布和一块白布拼成的，在红白两边各有一块油渍。她不由多长了个心眼，为什么要将白色和红色这两种不同颜色的布拼在一起，莫不是这红布会褪色？有了这样的想法，她选择了强力去渍剂和汽油，拿上这些东西去了村里的池塘边。

李悦不敢将方巾浸在水里，那可能会造成两块布串色。她小心地在白布的油渍上涂上强力去渍剂，用手干搓，搓得差不多了再在油渍处蘸上水清洗，尽量不让两块布的拼接处弄湿。洗净了白布上的油渍，她又如法炮制，在红布的油渍处淋上汽油，汽油不但能去油渍，还能保色，不至于洗去油渍后让那地方的颜色变浅。淋

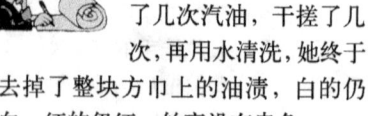

了几次汽油，干搓了几次，再用水清洗，她终于去掉了整块方巾上的油渍，白的仍白，红的仍红，丝毫没有串色。

李悦拿着洗净的方巾回到比赛场地时，比赛现场已是笑声骂声一片，大多数选手已完成了比赛，不过结果却是千奇百怪，有的将白布染成了淡红，有的在白布和红布的拼接处串了色。真正像李悦一样漂亮地完成比赛任务的，只有12个人，而这12个人中，李悦的速度是最慢的，所以她排在了第12位。

开局的成绩并不理想，但李悦不仅不气馁反而有了信心，所以在接下来的比赛中她更加卖力更加认真了，她的名次在一点一点地往前升，第四轮比赛结束，她已经跃居第三，只有珍婶和辣嫂排名在她的前面。照这样下去，她可能真的能夺得第一。

然而，就在李悦信心倍增雄心勃勃的时候，第五轮比赛却让她遇到了重大的挫折。

第五轮比赛的内容是教子，这样的比赛有些近似于演戏，小学的孩子早就放寒假了，大家让这些小学生担任演员，接受参赛选手的教育。李悦很不巧，抽签时抽到了全村最为调皮的一个孩子，而按照签上的内容，她要做的事是让这个孩子将小游戏机交出来，两个人达成一个控制玩游戏的时间表。

李悦是个未婚女孩，本来就没有教育孩子的经验，加上这个孩子调皮，像故意与她作对似的，她说东，那孩子就说西，偏不听她的，弄得现场爆笑连连，李悦几乎没办法完成比赛了。

幸好这时刘辉赶回来了。刘辉并没能在医院里等着那位老伯苏醒，他牵挂着李悦今天要进行的比赛，所以天一亮他赶到派出所说明情况，央求派出所的民警帮助查找老伯的家人，他自个儿赶回来了。

回到村里正赶上李悦碰到难题，被那个调皮的孩子缠得乱了手脚，刘辉也急起来，在场外直冲那孩子又是瞪眼又是捋拳，威胁那孩子放乖点。场上的李悦哄，场下的刘辉吓，才总算让那孩子收敛了，在超时十分钟的情况下，李悦才算完成了任务。这轮比赛下来，李悦的名次回落到第八位。

赛事已经过半，要想从第八跃居第一，这几乎是不可能的事，李悦的情绪一落千丈。刘辉逮住那个小孩，一番恐吓，却有了新的发现，小孩承认，是辣嫂给了他十元钱，让他故意刁难李悦的。

这一下刘辉生气了，跟李悦说，得将这件事告诉乡亲们，好让刚才的比赛不算数，重新来过。李悦拦住了他，就算重新来过又能怎样？她本来就没有教育孩子的经验，重新比赛她也没法占优势。

比赛一直持续到快中午的时候才迎来了第九项：烹饪比赛。这是乡亲们最为盼望的一个项目，48位选手通过抽签，每人要做4道菜，到时，有将近200道菜供大家品尝。而且这一项比赛与前面八项不同，前面八项由评委打分，这一轮，每个品菜的乡亲都能参与打分。既能品尝美味，又能评分发表意见，何乐而不为？所以刚刚抽完签，就有性急的男人从家里舀来了酒，只等着下酒菜上桌，小孩子们则早已从家里拿来了碗筷，叮叮当当地当乐器敲。

李悦抽到的菜品是三菜一汤：小鸡炖木耳，干炒粉条，香菜花生丁，莴笋叶片汤。这几道菜前两道李悦都做过，后两道是第一次尝试，特别是莴笋叶片汤，她算是闻所未闻。莴笋是以茎为食材，叶子因为味苦，平时大家都是丢掉的，现在却要她用莴笋菜叶来做汤，说到底这还是为了突显巧女的主题，巧女就要会节俭过日子，能做别人所不能的事情。

李悦三个月的厨艺没有白学，她不但将前三道菜都做出来了，还将莴笋叶片汤也做了出来，她记得她培训的老师说过，味苦的食材入菜时不能加糖，加糖只会使味道变得奇怪，唯一的做法是焯水，降低食材的苦味，再在做菜时加一点橘子皮，让苦味变成一种橘子的清香。李悦按照这样的思路，将汤做了出来，令她欣慰的是，她的四道菜得分很高，甚至高过了珍婶和辣嫂。

这一轮的比赛，又让李悦重回了第三名的位置，排在了珍婶和辣嫂之后。

4.比赛无法继续进行

这可以说是一场盛宴，800多名乡亲齐聚在一起，共同品尝192道菜，而且每一道菜，都是经过巧女们精心做出来的。这一刻，比赛的氛围暂时被冲淡了，大家都在享受。

到下午两点，人们酒足饭饱，才

撤除了宴席。刘背山宣布，比赛继续进行。到这时，他才公布了最后一项比赛的内容：用树叶做一道食品。

题目一出，现场静得鸦雀无声，但一瞬间，人们同时嚷嚷起来："这怎么可能？大冬天的，树上的树叶都掉光了，哪里来的树叶？还有，树叶能拿来做吃的？这不是鬼扯吗？"

刘背山说："这不是鬼扯，这是赵老板出的题目，他说了，真正的巧女，就是能别人所不能，大家要动动脑筋去做。"

现场又重新安静下来，参赛的人都在考虑着，就在这时，一个人的到访，打破了这种静止的状态。

来人是一名乡派出所的民警，他径直走到刘背山的身边，对刘背山耳语了一番，刘背山听着听着，脸上的表情就完全呆住了，一屁股跌坐在椅子上。大家都意识到出了什么事情，都将目光投向了刘背山。

好久好久，刘背山才重新站了起来，他哑着嗓子，说："乡亲们，咱们的比赛，恐怕没办法继续下去了。"

"为什么？你就料定我们不能用树叶做出食品吗？"辣嫂首先叫了起来，她排名第二，正希望通过这道题压倒珍婶夺得奖金呢。

刘背山说："不是料定你们完不成这道题，而是——我们已经没有奖金发给获胜的巧女了。赵老板，不，还

是叫老赵吧，他出事了，将准备用来赞助这次巧女节的三万块钱弄丢了。"

一向沉稳的珍婶这时也沉不住气了，她目前排名第一，是最有希望获得奖金的。她问："人家不是老板吗？丢了三万块对一个大老板来说算什么？他可以再拿三万块出来呀！"

刘背山摇了摇头："我现在才知道，他并不是什么老板，他只是个擦皮鞋的。"他告诉乡亲们，老赵昨天打算来看看村里的巧女节，哪知道他把持不住轮椅，人摔下了悬崖，幸好遇到好心人将他救了，送他去了医院。救他的人央求民警通知老赵的家人来照顾他，民警一调查才发现，老赵根本没有家人，他一辈子没结婚，孤身一人。他赞助巧女节的钱都是他帮人擦皮鞋一块两块地攒的，可以说，他每年只能挣这么多钱，全部用来赞助仙果村举办巧女节了。昨天，他将三万块钱放在擦皮鞋的工具箱里，结果摔下悬崖时工具箱也丢了，民警今天早晨去现场找工具箱，没找到，这才明白，今年巧女节的奖金泡汤了，所以赶过来通知他。

听着刘背山的讲述，人们倍感诧异，这时，辣嫂嘴快，叫了起来："这人脑袋进水了？一个擦皮鞋的充什么阔佬？这不是打肿脸充胖子吗？"

"你这说的叫人话吗？"刘背山冲辣嫂吼起来，"他是想充阔佬吗？他是为了咱仙果村。去年，我收到了

他的一封信，他在信中说，他去年回过村子一趟，看见村里的妇女都在打麻将，甚至连上学的孩子放学回家要吃饭时，那些女人还不愿歇手。那些孩子也在旁边看大人打牌，有的泡碗方便面就解决了午饭。这是什么样的风气？他说，仙果村是有着良好传统的村子，在他的记忆里，村里的女人都心灵手巧，贤慧能干，现在村里的女人怎么都变成这样了呢？这不仅坏了村里的风气，也影响了下一代。他越想越焦急越心痛，所以，他决定扭转村里的风气，这才提出，愿意出钱，让村里举办巧女节，用正面激励的方法让村里的女人学好，因为女人是对子孙后代影响最大的。"

说到这里，刘背山心情沉重，他继续道："他汇钱来让我筹划巧女节的事时，我真的以为他发达了，是个大老板。现在知道他只是在外面擦皮鞋，我的心里真的不好受。他的处境并不好，却将所有的钱用在改变村里的风气上，相比之下，我们不害臊吗？只可惜，他的钱丢了，今年的巧女节，没法再进行了。"

"不！能继续进行。"李悦接腔叫了起来。她已经明白过来，

刘背山所说的老赵，就是他和刘辉昨天救起的那位老伯，老伯的钱不是在工具箱里吗？工具箱并没丢，被她拿回家了。她赶紧跑回家，工具箱还在，但是，她掏遍了整个箱子，也没发现一分钱。钱哪去了？

李悦想到了妈妈，钱会不会被妈妈发现并拿走了？她喊了几声妈妈，也没人应声，到隔壁打听，才知道妈妈见今天村里人都在过巧女节，没人有时间陪她打麻将，她便到邻村找人搓麻将去了。

李悦心急火燎地赶到邻村，终于找到了正在打麻将的麻姑。她将麻姑拽出来，劈头就问："钱呢？工具箱里的那三万块钱呢？"

麻姑眼一翻："生儿养女为什么？不就是等着儿女孝敬吗？让你掏

那点钱来给你老娘打麻将，理所当然。"李悦急起来："可那钱不是我的，是老赵的。那是老赵用来赞助我们村里搞巧女节的。"

麻姑还是不以为然："人家不是大老板吗？哪在乎那点钱。再说，我用他三万块，也用得。"

"什么用得？你将这笔钱花了，巧女节的钱就没着落了。实话告诉你吧，老赵并不是什么大老板，他就是一个擦皮鞋的，他哪里能再拿得出钱来赞助巧女节？"李悦只得将老赵的情况一五一十地告诉了妈妈。

麻姑听着听着，脸色渐渐凝重起来，这对于什么事都满不在乎的她来说，真的很少见。她问："你说老赵是个擦皮鞋的？"李悦点了点头。她又问："你说他是个残疾人，没有双腿？"李悦又点了点头。她再问："你说他一辈子没有结婚？"

李悦不耐烦了："是的，我说的都是真的。我现在需要的是钱，是那三万块钱！"

"钱在家里，我并没花，我给你拿去。"李悦以为，妈妈打死也不会拿出钱的，但想不到这一次，她居然这么爽快。

母女俩回到家里，麻姑真的从衣柜里翻出了那笔钱，整整三匝。李悦接过钱就跑了出来，她一直跑到打谷场，将钱放在了刘背山面前的桌上：

"这就是老赵的钱，他的工具箱，被我拿回来了。"

刘背山双眼放光"这么说，钱有了，比赛还能继续进行了？"他正想伸手拿钱，却不料一只手抢先伸过来，将钱按住了，是麻姑，麻姑追过来了，她瞪着刘背山，开口就骂："做你的春秋大梦去吧！你还想用这笔钱当奖金？你的心被狗吃了？"

刘背山愣住了，瞪着麻姑，吼道："你想怎么样？"

"我要拿走这笔钱！"

李悦急了："妈，你怎么还想拿这笔钱？我不是跟你说了吗，这钱是老赵用来赞助巧女节的。"

麻姑瞪了女儿一眼，冷冷地说："什么狗屁巧女节？老赵躺在医院里等着钱救命呢，你们还想用这笔钱来当奖金？别做梦！这钱我得给他送去！"麻姑拿上钱走了，人们诧异地望着她的背影，以麻姑的个性，她会将这钱真的送还给老赵吗？

5.用树叶做的爱情酥

钱失而复得，得而复失，这充满戏剧性的变化让乡亲们回不过神来，虽说大家猜不到麻姑会不会真的将钱送还给老赵，但有一点是肯定的，巧女节的奖金真的没有了，比赛无法继续进行。

刘背山有些犯懵，隔了好久才认清当下的局势，只得无奈地宣布："这一届的巧女节比赛只能取消了，等来年要是拉得到赞助，我们再……"他的话还没说完，一个女人的娇声打断了他："不！不用等来年，比赛可以继续进行。"人们循声望去，看到一个打扮得光鲜漂亮的女人。

这女人大家都认识，是去年的巧女奖得主小莲。她去年获得巧女奖后就去城里打工了，今天才赶回来。

小莲说："我是冲着巧女节来的。奖金不是没着落吗？我们公司愿意赞助巧女节，以后的每一届巧女节都由我们赞助，比赛可以继续进行了。"

这样的变化真的出乎大家的意料，大家懵懵懂懂的还没弄清楚是怎么回事，小莲这才告诉了大家，她去年获得巧女奖后也没将村里发的那张荣誉证书当回事，到城里一家家政公司去应聘时，只是为了说明自己能干，才将那荣誉证书拿出来了，哪知道老板问明了证书的来历，二话没说就聘请了她，随后客户也抢着要请她做家政服务员。渐渐地，她的口碑越来越好，"巧女"也成了一个活字招牌，很多姐妹都来向她讨教经验，所以，今年她被老板破格升为了业务经理。

乡亲们听了既羡慕又有些不相信，纷纷议论起来。

小莲说："我希望巧女节能一直办下去，这既是为我们村争光的事，也是为我们公司搭建了聘请高级保姆的平台，高薪聘请比赛的获胜者，来公司参加培训，成为公司的金牌家政服务人员，每个月月薪有五千块呢。"

这真是一石激起千层浪，现场一下子炸开了锅。获得巧女称号的人不但能拿到三万元的奖金，还可以获得月薪五千元的工作，这让巧女的奖项更具诱惑力了。辣嫂立即提问："既然换了赞助人，以前老赵出的题目就不算数了，要比，得重新换项目。"

"不，还是比那一项。"小莲说，"老赵说的没错，真正的巧女，就是能别人所不能。用树叶做食品，我还是第一次听说，我倒还真要看看，有没有这样的巧手，能真正做出来。"

还是要用树叶做食品，大家再度陷入了沉思。小莲说"现在都快傍晚了，要不，这项比赛明天再进行，也给大家一个晚上的时间做准备，行不行？"

比赛就这样延期了一天，李悦回到家里，了无头绪，她真的想不出怎么用树叶做食品，这让她非常烦躁，刘辉过来安慰她，也被拒之门外，她要一个人好好地静下心来思考，她太需要巧女的称号了。

到天完全黑下来时，麻姑回来了，一回来就收拾东西，拿开水瓶，拿棉被，说是要给老赵送去，这让李悦颇感意外。在她眼里，妈妈是连她这个女儿的死活都不顾的，现在怎么也

关心起人来了，而且是关心一个外人。

更让李悦诧异的是，妈妈将自个儿拾掇得很干净也很清爽，一向蓬头垢面的她居然梳了头发，衣服也穿得比平时整洁了，这让李悦意识到，妈妈与老赵之间的关系一定非比寻常，李悦试探地问："妈，你认识老赵？"

"烧成灰我都认识！"麻姑又露出了平时的那种德性，说话刻薄起来。她似乎是有意岔开话题，问："据说你们明天又继续比赛了？"

这又是一个意外，妈妈从来对李悦是不管不问的，现在居然问起她比赛的事，真是难得，但难得又能怎么样？李悦对明天的比赛仍是束手无策，她沮丧地说："看来我只能弃权了，用树叶做食品，我真的做不来。"

麻姑本来提着东西打算出门，听到这话站住了，说："其实，用树叶做食品，也不是难事。你想想，冬天有什么树还没落叶，而且这树叶是可以吃的？那就只有橘树的叶子了。"

李悦惊得瞪大了眼睛："妈妈，你做过？"

"我就做过一次。"

"那你教我。"

麻姑迟疑了一下，放下了手中提着的被褥"看来我是得教教你，让你赢了明天的比赛。这么多年，我算是坑了你了，让你跟着我受人家的白眼，弄得你都怀了刘家的骨肉了，刘家还瞧不上你，我也是时候该让你能抬头做人了。"

这是李悦有生以来第一次听妈妈说这样贴心的话，她只感觉鼻子发酸。

麻姑领着李悦，去摘了好多的橘树叶，回来便挽起袖子，麻利地开始清洗，洗过之后，开始焯水，李悦知道，焯水的目的就是为了去掉叶子里的苦味。焯过水了，橘树叶已经变得柔软，这时妈妈拿出了面粉，将柔软湿润的叶子表面裹上一层面粉，再放到油锅里去炸。麻姑做着这些的时候，手脚麻利，哪里是平时那种邋遢懒散的形象，完全判若两人。李悦第一次发现，妈妈居然有这么能干的一面。

第一片食品做好了，李悦夹起来尝了一尝，入口即脆，有面粉的香甜味，更有橘子的清香，真的是好吃得不得了。她问："妈，这叫什么？该有个名儿吧。"

"是有名字。"麻姑居然脸红了，不好意思地说，"我们叫它爱情酥。"

爱情酥？李悦斟酌着这名字，醒悟过来："我们？你跟谁？老赵吗？"

麻姑点了点头："是老赵。他，其实是你的——亲生父亲。"她情绪复杂地讲起了一段往事：

25年前，麻姑正是李悦这个年纪，与村里一个男孩子相爱了，那男孩，就是老赵。

什么时候能下山，谁也不知道，靠这么一点面粉他俩根本维持不下去，所以，麻姑想到了一个方法，那就是采摘橘树叶充饥。于是，她尝试着做了这种食物，吃起来居然特别好吃，又酥又脆，所以，两个情到深处的人给它起了个好听的名字："爱情酥"。

第三天雪就停了，天开始放晴，山上的雪也开始融化，两个人这才下得了山。回到家里，麻姑被父母打了一顿，老赵则奔外面闯荡去了。

也就是那三天的缠绵，让麻姑怀了孕，她的肚子悄悄鼓了起来，在那年头，未婚先孕是辱没门庭的奇耻大辱，她只盼着老赵能快点回来与她完婚，结果，她没盼回老赵的人，却盼回了老赵的一封信，老赵说，他不想回穷山沟了，城里一个有钱人家的女子看上了他，他与人家已经结婚了。

那时麻姑连寻死的心都有，她的父母更是急得不得了，因为女儿的肚子快要现形了，他们得尽快找个女婿将这家门丑事遮掩过去。以麻姑的美貌，风一放出去，上门求婚的还真不少，他们相中了其中最老实的一个，哪知道越老实的人心眼越小，麻姑结婚后四个月就生下了李悦，她丈夫这才知道背了黑锅，于是天天打麻姑，麻姑的名声也开始臭起来。

说到这里，麻姑眼里噙着泪，对李悦说"我其实一直在恨你，我这一

老赵是个孤儿，父母早亡，是靠吃百家饭长大的。他与麻姑相爱后，却遭到麻姑父母的反对。那时是改革开放的初期，老赵为了让麻姑的父母同意他俩的婚事，打算出外闯荡挣些钱，打算出门的前一天，他将麻姑约了出来，两个人偷偷到山上的橘园约会。橘园有个小屋，是看橘园的人住的，那时是冬天，橘园里没果子，所以看橘子的人就回家去住了，小屋里没人。两个人在小屋里缠绵，等到天亮打算离开时，才发现一夜大雪，已经封了山，他俩根本下不了山，他俩只能又在小屋里呆着。

看橘子的人离开时，已经将粮食都带走了，小屋里只剩下不到半斤的面粉和一瓶油。雪什么时候停，他俩

生,被你的生父给毁了,也被你的养父给毁了,所以我将愤怒都迁到了你的头上。现在想来,你做我的女儿,也确实可怜,你毁了我,我又何尝没毁了你呢,让你跟着我抬不起头来做人。"

麻姑叹一口气,提上被褥等东西,走了,去医院了,留下李悦一个人怔怔地发呆,她绝没料到,她有这样的身世,这一刻,她有些理解妈妈了,也有些同情妈妈了。

6. 还算温暖的结局

第二天的比赛继续进行,48位参赛选手中,只有9位用树叶做出了食品,但真正做得能够入口的,只有三位,李悦做的"爱情酥",珍婶做的树叶豆腐,辣嫂做的橘叶馄饨。三个人都是取材于橘树叶。

看到珍婶做的树叶豆腐,李悦已经对翻盘不抱希望,她清楚,虽说三个人都用树叶做出了食品,但她和辣嫂的食品里都添加了面粉,真正纯粹用树叶做食材没加别的东西的,就只有珍婶。

评委们正准备品尝、评分时,刘背山制止了大家,他说:"新的赞助人和我达成共识,这道题是由老赵出的,理应还是由老赵来评分。"刘背山的话音刚落,老赵被人推了进来,推着轮椅的,是麻姑,她一改平日的邋遢模样,衣着整洁,脸泛红光,大家一时间呆了,原来,麻姑居然也能这么漂亮。

老赵一一品尝大家的食品,品尝到李悦的"爱情酥"时,他的眼睛湿润了,几乎是颤着声音自言自语:"就是这个味,25年没忘啊!"他坐在轮椅上,环顾周围的乡亲,说话了:"乡亲们,我二十多年没回家生活了,想念家乡啊!大家可能会说,你一个没腿的残疾人,还是个擦皮鞋的,身上没两分钱,却扮什么大款,拿出钱来办什么巧女节。你们知道我是为什么吗?"

老赵自问自答:"我是为了一个人,就是推着我轮椅的这个漂亮女人,大家知道她的名字吧。"

"知道,她叫麻姑。"乡亲们异口同声回答。

"不,她不叫麻姑!那只是这几年你们给她取的绰号,她的大名叫巧姑!她是我心目中最心灵手巧的巧女,这也就是我办巧女节的原因,这节日,是为她办的。"

人们安静了下来,如果老赵不说,大家倒真忘了,麻姑的名字就叫巧姑。人们纷纷望向这个巧姑,这个平时很没有女人味的女人居然如此漂亮,还会害羞,红着脸微微低着头。

老赵说:"巧姑确实是一个非常好的女人,在我心目中,没有哪个女人会比她更优秀。去年,我被查出患有癌症,将不久于人世,我忍不住悄悄回了一趟咱仙果村，却发现，巧姑变成一个我都不敢认的女人了，这是为什么，这都是我的罪过。"

老赵对着乡亲们说起了他和巧姑的故事：年轻时他与巧姑相爱了，为了让巧姑的父母同意他俩的婚事，他决定出外闯荡，多挣些钱，哪知道命运不济，他到城市之后才一个月，出了一场事故，他在铁轨上闲逛时，被飞驰而来的火车切断了他的双腿，他从此成了没有双腿的残疾人。他没挣到一分钱，反而丢了双腿，再与巧姑结婚的话，只会拖累巧姑一辈子。但他清楚，以自己残疾为理由提出与巧姑分手，巧姑一定不会答应，所以，他编造了一个理由，说自己要与城里的一个有钱女人结婚了……

老赵噙着泪，回头仰望着身后的巧姑，动情地说："我以为我这样做能给巧姑幸福，结果，我却害了她。她以为我变心了，她嫁了人后又得不到幸福，于是，她渐渐变了……去年偷偷回村转悠一遍之后，回去我就再也睡不着觉了，是什么将一个好女人变成这么一副我都不敢认的样子？都是我的罪过，在我的有生之年，我得将我的好女人重新变回来，不能再让她自暴自弃。我知道巧姑是个心灵手巧的人，所以，我打算用激励的方法，让她找回自我。这就是我要赞助办巧女节的原因。"

听着老赵的讲述，人们唏嘘不已，原来，爱情的力量是如此巨大，它能完全毁了一个人，也能重新拯救一个人。

老赵讲完故事，开始给几道食品打分，他给了李悦10分，因为李悦做出的，就是他心目中的爱情酥。他只给了珍婶7分，珍婶的树叶豆腐虽说全由树叶汁做成，但味道苦涩，而辣嫂，得了6分。

翻盘了！一番累记分值之后，刘背山宣布："本届的巧女奖获得者是——李悦。"

刘背山的话音刚落，李悦站了出来："不，这一届的巧女不是我，我这

道食品不是我自己做出来的，是我妈妈教给我的，算不得数。我认为，真正能当得巧女称号的，是珍婶。她不但心灵手巧，她也特别需要这个奖，因为，她的儿子……"

面对李悦的反驳，刘背山一时找不到话说，倒是一直没吭声的小莲开腔了："真正的巧女，不但要心灵手巧，还要有高贵的品性，你能这么说，我越发觉得，这一届巧女，你当得。至于珍婶儿子的病，你放心。珍婶是一个特别心灵手巧又为人厚道的人，如果珍婶同意，我可以以6万的年薪聘请她，而且珍婶儿子的手术费，我会无偿提供。"

这真是太好了，珍婶高兴得双手发抖，眼泪夺眶而出。

刘背山听了也高兴起来："以后，我们仙果村就会成为高级保姆的输出地，大家都可以凭着一双巧手发家致富了。我相信，我们村的风气，会好起来的。"

刘背山走到李悦面前，诚恳地说："李悦，别怨我给你出难题，爸有这样的儿媳妇，心里巴不得呢，哪还会给你提条件。其实，我和你妈是同辈人，我知道你妈和老赵的过去，老赵说要办巧女节，我也知道他真正的目的，只是去年的巧女节你妈就不愿参加，我看到老赵用的招不管用，心急，才给你提条件，逼你妈妈认清一个事实，她已经影响到她的女儿，好让她能够醒悟过来。"

李悦的脸红了，刘辉适时地走过来，拥住了她。李悦看看自己的妈妈，再看看坐在轮椅上的老赵，准确说，那是她的爸爸。她在心里对自己说："爸爸和妈妈都不容易，受的苦太多了，我一定要让他俩幸福，一定！"

（题图、插图：杨宏富）

· 本刊信息传真 ·

法律知识故事征文

本刊推出的"法律知识故事"，通过发生在我们身边的、短小而具体的、在法理上容易混淆的个案，生动、形象地宣传法律知识。这些知识注重现实性、实用性，真正起到解剖一个案例、明白一个道理的作用。

为把这个栏目办得更好，我刊决定面向全国征文。

来稿方法：1. 从邮局寄发，请在信封上注明"法律知识故事"字样，本刊地址：上海市绍兴路74号《故事会》杂志社，邮编：200020。2. 从网上传递，可寄以下信箱：wulun54@126.com，请在主题上注明"法律知识故事"字样。凡已和我刊编辑有联系的作者，稿件可继续投给原编辑。

动感地带 "码"上开始

——《故事会》超炫视听新体验

请用手机或电脑扫描下列二维码，开启一段全新的视听旅程！（推荐使用"快拍二维码"，下载地址：www.kuaipai.cn/client.htm）

听故事

《故事会》带您畅听中国传统童话故事！由专门从事中国传统文化出版的台湾汉声出版社授权，《盛梓钰故事集·汉声中国传统童话》将通过《故事会》平台推荐给您，借助二维码和移动终端，您和孩子每天都能听到一个和中国传统文化有关的童话故事。

扫描右边的二维码，您就可以收听到本期（10月22日—11月7日）的17篇故事。（不能使用二维码扫描的读者，也可直接登录本刊主办的"故事中国网"www.storychina.cn收听）

本期部分故事篇目：哪吒闹海、三潭印月、月下老人牵红线、判官审石头、杨家将大破天门阵、瓜王等。

微故事大赛

故事会·新浪微故事大赛正在如火如荼地进行中，您读了本期刊登的优秀作品（P16）后，是否也跃跃欲试，想要一试身手呢？扫描右边的二维码，即可进入本次大赛的新浪官方微博，最新作品、比赛详情，一码搞定！

看视频

扫描右边的二维码，您将看到一组我们精心挑选的幽默视频，定会让您开怀惬意，捧腹不止！本组视频由 sina 新浪视频 提供。（视频内容会定时更新，每次打开都有惊喜哦）

囧段子

是不是嫌一期《故事会》上的笑话不过瘾？我们为您搜集了网上流传的爆笑段子，每周更新，保证内容新鲜火热，让您看得合不拢嘴哦！扫描右边的二维码，立刻体验吧！

您对于本栏目的设置有任何意见或建议，欢迎登录故事中国网 www.storychina.cn 论坛反映。

提示：尽管《故事会》是免费向您提供以上增值服务，不过如果您用手机上网下载音频、视频文件，将产生额外的流量费，且速度较慢，建议您在wifi环境下顺畅使用。

·神探夏洛克·

巧妙的暗示

伦敦警方截获了一份神秘电报，上面用中文写着："朝，货已办妥，火车站交接。"经过周密分析，警方认定这是一伙犯罪分子秘密接洽的方式，但翻译出来只有接货地址，没有具体时间。苦恼之下，他们请来大名鼎鼎的神探夏洛克。

夏洛克在不出一分钟的时间里，就破解了这份电文。你可以吗？

超级视觉　破碎的盘子

如果你盯着图中龙虾的眼睛看，一段时间后（一般10~15秒），破碎的盘子就会看起来又复原了。这一效果的产生是因为人类的大脑在潜意识中总是想把断开的线连起来。

思维风暴　抛球

你怎样才能把一个球尽量用力地抛出去，然后球又会折回来，而且它并碰不到任何东西，也没有任何牵制物，也没有人接到它再抛回来？

疯狂QA　三兄弟的房间

三兄弟分别住在三个互不相通的房间，每个房间配有两把钥匙。

请问：如何安排房间的钥匙才能保证三兄弟随时都能进入任意房间？

想知道答案吗？方法一，直接扫描二维码。方法二，http://t.cn/zlw54aj 查询"动感地带"答案的同步更新。方法三，购买11月下《故事会》！动感地带，与你不见不散。

上期答案见本期P26。

爱情需要面对面

有一对夫妇婚后数年生活和睦，不过，他们仍然感觉到两人之间有隔膜，于是一起去咨询心理医生。心理医生认为，夫妻俩一定有什么事瞒着对方，希望他们敞开心扉。

妻子说，每天晚上，丈夫都睡在自己旁边，但总给她一个冰凉的脊背，让她觉得很孤独。

丈夫听了有些震惊。他告诉妻子，自己年少时遭遇过一次事故，一侧肋骨受伤，至今还疼痛。所以夜里睡觉时，他不得不保持固定的侧卧姿势。他不肯说出真相，是怕妻子担心。

不久，妻子告诉心理医生，现在，他们睡觉时，换了一个位置，妻子睡到丈夫的另一侧，这样丈夫就可以每天对着她睡。

爱情中，需要敞开心扉，需要"面对面"的沟通。

（作者：霍忠义；推荐者：兰明芳）

悬崖上的留言

支地质勘探队要翻过一座大山，由于山路崎岖，他们走了好几天，也没有找到出口。最后，他们来到了一处悬崖下，发现已无路可走。

一名年轻人仔细观察了地形，觉得这座山可以翻越，但大家已经筋疲力尽，也不相信他的判断。于是年轻人自己先尝试往山顶攀爬。过了一会儿，山顶上传来年轻人兴奋的喊声，原来他发现有人在山顶的石头上留言，写着"8月15日到此。"这说明五天前，曾有人从这条路经过。

所有的人都兴奋起来。大家信心百倍，开始努力地往山上爬，几个小时后，终于走出了大山。

这时，年轻人才说出真相"留言是我写的，我是想激起大家的希望。因为我知道只要有了希望，就会有信心，有了信心，就能创造奇迹。"

（作者：李冬梅）

妈妈再打我一次

有一个母亲，独自养育两个儿子。老大不爱读书，偷偷辍学，去南方打工。过年时，老大回家了，母亲不忍儿子在外受苦，让他留在家里，可老大执意要出去。母亲生气地举起竹篾就往他的身上打，身上顿时出现很多血印。可老大没有哭，反倒笑了。之后，老大年年回来都被母亲打，打完了又离开。

有一年，老二考上了大学，老大回家祝贺。母亲想到自己将要孤零零地生活，又举起竹篾来。令母亲没想到的是，这次老大竟然感到了疼，没多久就哭了起来，说："妈，我决定留在家里，再也不去打工了。"原来读书时，老大不想看着母亲独自承担养家的重担，所以辍学，去外面赚钱。过去，母亲打他时，他不哭不叫，是因为母亲打他的力量都足够沉重，说明母亲的身体硬朗。可是刚才，他发现母亲打他的力道轻多了，他顿时觉得母亲的身体大不如前，他不忍心离家了。母亲听了泪眼模糊，她心里清楚，其实她怕把儿子打疼，在竹篾里做了手脚，没想到，儿子竟因为打得太轻，而担心自己起来。

有一种爱，看上去冰冷坚硬，其实它是在等待绽放的时机。

（作者：张小平；**推荐者**：兰明芳）

寻找幸福的人

一位富商设立了一个"幸福"奖的比赛，通过提供照片、图画等来寻找天底下最幸福的人。

参赛作品很多，可富商发现，参赛作品中的人物大多是开着名车的有钱人，或是摘取桂冠的歌星球星。最后，一幅名为《小憩》的作品吸引了他。作品中，一个年轻人戴着安全帽，身子斜躺在建筑工地上，睡得正甜，嘴角边还含着笑。年轻人的怀中搁着一个碗，一只手拿着一根筷子，另一根筷子却掉到了地下，像是刚吃过饭。

富商见了这幅作品大为高兴，随即联系了参赛者，告诉他获了奖。参赛者是个工人，这张照片是他用手机在工地上即时拍下的。

《小憩》的获奖，使很多人难以接受，一时间众说纷纭。可富豪却这样评价道："有饭吃，有事做，睡得香，是一件多么幸福的事啊！这也是生活中大多数人都容易做得到的，但又有几个人能感受得到幸福呢？"

（**作者**：柯玉升；**推荐者**：兰 珏）

（**本栏插图**：安玉民 梁 丽）

学写作文，从读故事开始

擦玻璃的妈妈

□ 曾宪涛

· 青春励志故事 ·

孙亮今年读初二，是市一中学的尖子生，在班里很受老师和同学的欢迎，可孙亮自己知道，他的生活并没有像在学校里那么幸运。他生活在一个单亲家庭，爸爸很早就去世了，妈妈靠做清洁工，一个人把他拉扯大。孙亮自尊心很强，所以从没和同学说起过自己的家庭状况。

这天下午放学，孙亮一进家门，妈妈就兴冲冲地对他说："儿子，妈妈明天要去你的学校干活。"

孙亮一愣："干什么活？"

妈妈说"给你的教室擦玻璃。新年到了，学校要彻底打扫卫生，可怕你们学生擦教室楼的玻璃不安全，所以今天去我们公司请保洁工了。我一听是去你们学校，就主动要求去，我也想看看你是怎么上课……"

没等妈妈说完，孙亮突然大吼一声道："妈——你能不能别去？你别去给我丢人了！"

孙亮气得满脸涨红，这是妈妈没有想到的，她还从没见儿子发那么大的火，她突然明白了，儿子是嫌她干清洁工难看。

明白了儿子的心思，妈妈感到一阵难过，当然不是责怪儿子，而是责怪自己没有本事，不能干一个体面的工作。她很想去儿子学校看看，看看儿子是怎么学习的，可为了给儿子上大学攒钱，她拼命干活，连到学校给儿子参加家长会的时间都没有。本来公司是安排她到别处干活的，一听说有去儿子学校干活的机会，便主动找经理要求调换的，这要是不去，该如何跟经理说呢？

妈妈怯怯地看着儿子，说"公司都安排好了，明天去你学校，我不去擦你教室的窗户，让别人去不行吗？"妈妈想得到儿子的许可，但儿子没搭理她，扭头钻进自己屋里关上了门。

第二天天空阴沉，北风刺骨，不

久竟下起了雪粒。孙亮坐在教室里，不时望望窗外，想到要来学校擦玻璃的妈妈，心里既心疼又害怕，他心疼的是妈妈在大雪天里还要干活，害怕的是妈妈万一出现在窗外怎么办。

虽然妈妈说不来孙亮教室擦窗户，可他还是担心着，在他又看一眼教室的窗户时，窗外出现了一个人影，那是一个清洁工，被一根安全带悬挂在窗户外面，准备为教室擦玻璃。

同学们都朝窗外看去，孙亮低下了头。清洁工穿着工作服，戴着大口罩，一绺头发还露在工作帽外。

清洁工开始擦玻璃了，寒风吹着雪粒子打在她身上、脸上，虽然她戴着胶皮手套，但那沾了水的湿抹布依然叫人感觉到她手上的冰凉。她细细地、一遍遍地擦着玻璃，不一会儿，教室窗户变得干净、明亮了。

同学们都不时地看看擦玻璃的清洁工，唯有孙亮一直不敢朝窗户那边看，因为他之前偷偷地用余光扫了一眼清洁工。虽然看得不是很清楚，但是清洁工额前的那一绺头发，很像妈妈，妈妈平时就是留着这样的刘海。

孙亮满脸通红，生怕同学们知道为教室擦玻璃的清洁工就是自己的妈妈。

这时候，老师突然敲敲讲台说："请同学们把注意力放到课堂上来，不要再朝窗外看了，这么寒冷的天

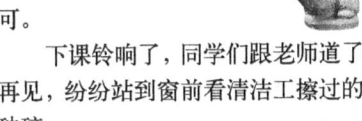

妈妈为啥非要来让他难堪不可。

下课铃响了，同学们跟老师道了再见，纷纷站到窗前看清洁工擦过的玻璃。

见同学们站到窗前，擦玻璃的清洁工摘下了口罩。这时，只听班里最美的女生刘晓飞突然惊叫一声："妈妈——"她拨开同学，扑向窗户。

窗户被打开了，窗外的清洁工解开保险绳，跳进教室。刘晓飞不顾清洁工一身的泥水，与她紧紧抱在一起。

同学们都愣住了，孙亮也愣住了。大家都知道刘晓飞的家庭是班里最令人羡慕的，爸爸是部队的军官，妈妈是公司董事长，而刘晓飞在同学们眼里就像个美丽骄傲的公主。眼前一身泥水的清洁工，怎么竟会是她的妈妈呢？同学们都围着她们母女俩，好奇地听着她们的对话。

"妈妈，你、你怎么成了清洁工，来给我们擦玻璃呀？"

"妈妈来为你们服务不好吗？妈妈早就想来了，来看看你们上课，来为你们服务，只是没有机会。"

刘晓飞不知如何表达自己的疑问："不是……妈妈，这到底是怎么回事呀？"

刘晓飞的妈妈这才做了解释。今早她去下属的保洁公司检查工作，恰巧遇上一个女工跟经理请假，说不愿

气，有人为我们擦玻璃，为我们创造好的学习环境，同学们更要珍惜，不要再分心跑神了。"说到这儿，老师指着孙亮，"这一点大家要向孙亮学习，他就一直没朝窗外看……"

老师的表扬让孙亮的脸腾地一下烧起来，他垂下头去，感到全班同学的目光都集中到他身上，似乎同学们都知道了清洁工就是自己的妈妈。他真想赶紧钻到桌子底下藏起来。

同学们听了老师的话，不再朝窗外看，开始静静地听老师讲课。可孙亮的脑子里却是一片混乱，老师讲的话一句也没听进去。他只希望妈妈赶快离去，担心下课后，有去过自己家的同学认出妈妈。此刻，他真有点恨

来学校干活，因为自己的儿子在这个学校上学。经理不同意，说人员都定好了，现在去哪里找人调换，还指责说是女工昨天主动要求去学校干活的，现在临时变卦不行。那个女工急得都要掉泪了，刘晓飞的妈妈问清了情况，听说是去女儿的学校，就提出顶替那女工来学校。

说到这里，刘晓飞妈妈慈爱地看着女儿又说："你不是埋怨妈妈整天

在外面忙，从来不管你吗？妈妈也觉得对不起女儿，心里有愧，这回就让妈妈来补偿一回，为你和你的同学擦一回窗户，妈妈要把你们教室的玻璃擦得又干净又明亮，让你们好好学习。"

刘晓飞听了妈妈的话，忍不住亲了她一下说："妈妈你真好！"

周围同学也都激动地跟着喊："阿姨你真好！"

刘晓飞又拿起妈妈的手，心疼地说："这么冷的天，妈妈太辛苦了！"

刘晓飞的妈妈说："傻孩子，你哪里懂，做妈妈的为自己孩子服务，再苦也是甜，我在外面擦玻璃看着你们上课，简直就是一种享受，别人的妈妈还没这份福气呢。"

听了这话，孙亮不由脸红到了脖子，好在没人看见，他急忙远离了同学们，一个人躲到一边，竟有一种想哭的感觉。

放学回到家，妈妈看到儿子脸色难看，小心翼翼地对他说："妈妈今天请假了，没去你学校干活。"

儿子看着满脸皱纹的妈妈，知道她也想像刘晓飞妈妈一样，得到那种特殊的母亲的享受，然而妈妈却没有那个福气。

孙亮恨自己，恨自己的虚荣，恨自己没有出息，竟然嫌妈妈的工作丢人，他突然抱着妈妈大哭起来。

（题图、插图：安玉民　梁　丽）

如果是《西游记》里的人物

- ◆ 十几岁，青春年少，我们是无所畏惧的孙悟空；
- ◆ 二十几岁，情窦大开，我们是敢爱敢恨的猪八戒；
- ◆ 三十几岁，沉陷职场，我们是踏实果敢的沙和尚；
- ◆ 四十几岁，岁月如梭，我们是参悟得道的唐三藏。

原来人生就像是西游记呀！

（推荐者：余 娟）

俏皮话

- ◆ 理想的三大劲敌：中考、高考、丈母娘。
- ◆ 谁说我在睡觉，人家只是在观察自己的内眼皮。
- ◆ 听说男人偷腥时，智商仅次于爱因斯坦。这句话揭示了："为了超过诸葛亮，三个臭皮匠在一起究竟做了什么！"
- ◆ 信就信，不信就不信，还整个微信。
- ◆ 书籍是人类进步的阶梯，电子书就是人类进步的电梯。
- ◆ 一个齐刘海，伤了多少无知少女的心，放不下来，扎不上去。

（推荐者：张 涛）

报手机号

报手机号时，
男性一般是 344 格式，
女性一般是 443 格式。
443 我忍了，可世上为什么会有 335 这种非人类？
至于 425，那更是果断绝交啊，节奏永远搭不上。

（推荐者：郝翠英）

说"笑"

- ◆ 皮笑肉不笑是假笑，
- ◆ 皮不笑肉笑是偷笑，
- ◆ 皮肉一起笑是瞎笑。
- ◆ 一个人是傻笑，
- ◆ 大家笑是欢笑，
- ◆ 一人不笑大家笑是开玩笑，
- ◆ 大家不笑一个人是作报告。

（推荐者：张 涛）

·诙段子·

网络上的问与答

有人在网络上提出了自己都回答不了的超级"问题"，后来还真有一群神人回答出来了！

◆ **问**：谁能形容一下CPU、内存和硬盘的关系？

答：你是CPU，内存是碗，硬盘是锅，你吃饭时直接用碗，但是东西是从锅里盛出来的。

◆ **问**：我叫胡一多，请高手给我设计一首藏头诗！

答：胡椒粉，一斤，多少钱！

◆ **问**：听电话时说句什么话让周围的人觉得你很有钱？

答：就一个亿还要请示，我听电话要钱的，浪费电话费。什么？电费涨了一分钱？公司的风扇马上关掉，我上北京找人去。

◆ **问**：保时捷911是不是暗示"9·11"事件的？

答：那奔驰500意思就是说车的前排坐了两个250吧？

◆ **问**：今天很多人都说我脸有点圆，是说我胖了吗？

答：他们是说你欠扁。

◆ **问**：好多女孩子一看到我就变得很淑女，不知道为什么？

答：吓着了吧？

（**推荐者**：鸭 梨）

要救蝎子的种种理由

有这么一个故事：

智者见一蝎子掉到水里，决心救它。谁知一碰，蝎子蜇了他手指。智者无惧，再次出手，岂知又被蝎子狠狠蜇了一次。旁有一人说："它老蜇人，何必救它？"且看那些曾经被蜇过的智者，都有什么样的答案：

◆ 智者甲印堂发黑，虚弱地答："第一次，是救它……第二次，是我方才把戒指掉水里了。"

◆ 智者乙答"蛇蝎蜈蚣乃美味也，在我叫洪七公的时候就最爱吃了。"

◆ 智者丙答："因为我是天蝎座。"

◆ 智者丁叹了口气说："吃这么多年的地沟油，我想试试自己是不是百毒不侵了。"

◆ 智者戊忧伤地答道："大道理人人都懂，小情绪难以自控。"

◆ 智者己叹了口气，轻轻唱起那首熟悉的歌："蜇（这）就是爱，说也说不清楚……"

（**推荐者**：小 丁）

初恋情人叫什么

□ 陶百军

老周的儿子毕业了要找工作，抱回家一大沓子报纸，让老周把上面的招聘启事剪下来做个分类。

老周翻着报纸，忽然一个大大的企业形象广告吸引了他，因为那广告上有这家企业女总的头像——这人老周认识。她是老周三十年前读高中时的初恋情人，面庞五官很像，眉角的那颗小黑痣简直就是防伪标志。只是她的名字，老周一时想不起来了。

老周注意到广告的最后一行字：肖总经理携全体员工共创未来。

是的，初恋情人确实姓肖，可是她的名字，老周还是想不起来。

儿子所学的专业和老周这位初恋情人的企业很对口，考虑到他们过去是情人的这层关系，老周思忖，找她给儿子安排一个过得去的职位，应该问题不大。问题是，求人之前，必须要想起她的名字啊！

左思右想，不得要领，老周决定给老同学刚子打个电话问问。

电话接通后，刚子竟然也支吾起来："是姓肖……肖雅丽……肖丽娜……好像都不对……她不是你的初恋吗？怎么来问我了？"

老周叹气说："是我的初恋，可是我忘记她叫什么名字了！"

老周只好又问了另一位同学，可那位同学也记不起肖同学的名字。

就在老周愁眉莫展的时候，妻子下班回来了。

妻子看见那份报纸，问老周："这不是你的老相好——肖丽洁吗？"

老周恍然大悟地说："对，对，肖丽洁，就是这个名字！"

老周不禁吃惊，结婚的时候，他跟妻子交代过这段经历，没想到她一直记着人家的名字呢！

理想的规格

□ 李冬梅　改编

约翰是一名生物学的博士生。学校有规定：博士生有在专业杂志上发表过论文的才能毕业。为了发表学术论文，约翰给一家专业杂志投稿，可每次比他差的论文都发表了，而他的却迟迟未发。约翰很不服气，于是找到杂志的主编，质问道："您为什么不发我的论文？"

主编镇定自若地回答："因为您

不了解我的用稿要求。"

约翰手里拿着这个杂志社最新出版的一期杂志，指着一篇文章说："这个家伙就掌握了您的用稿要求吗？他的文章胡编乱造，漏洞百出！"

主编笑道："就是因为他了解我的用稿要求，所以我才刊用了他的文章。"

约翰问道："请告诉我用稿要求到底是什么？"

"其实，我的用稿要求很简单。"主编解释说，"举个例子说吧，您拿一张标准的 A4 纸……"

约翰拿了张纸，主编挑了挑眉，说："A4 纸的规格应该是 210mm × 297mm，而我喜欢的规格是156mm × 66mm。您明白了吗？"

约翰摇摇头道："没，没有。"

主编有些失望："那您回去好好琢磨琢磨吧。既然156mm × 66mm 是一个规格，那肯定有某种东西是这个规格的。"

约翰还是一脸茫然，主编提示道："一种很有分量的东西！想在我们杂志上发表文章，只要有一百个这个小东西就够了，我马上就会给您上稿。祝您好运，期待着您再次光临。"

约翰听了一头雾水，于是他向主编的秘书请教"请您告诉我，156mm × 66mm 到底是什么东西？"

秘书幽幽地说道："唉！百元美钞的长和宽……"

地震来了

□ 张延艳

小野到东南亚某国旅游，朋友们好心提醒："那里是地震多发地，很危险，最好别去那里了。"

小野不在乎地说："没事，最近十几年那里都没发过大地震，我不会那么倒霉的。"

小野是陪领导一起去的，领导走南闯北，把全世界都游了个遍，唯独差那个国家了，所以他特别想去。

到了旅游地，小野就到超市采购物品，买了整整一大包吃的。他想：如果真的发生地震，被困在地下，这些食物至少能充饥半个月。

当天晚上，没有丝毫预兆，地震真的发生了。大地晃动，小野惊醒，情急之下，他随手拿了一包牛肉干，就逃命似的往外跑。

小野和领导分开两路逃跑，但都没逃出酒店，就被埋在了废墟之下。小野心想：还好自己拿了点吃的充

饥，否则岂不是要饿死在这里了？他看了看那包牛肉干，一下子惊呆了，原来自己拿的不是牛肉干，而是一包牛肉味的狗粮。

而另一边，领导见小野把食物留给了自己，大为感动。他的手机还有信号，于是给妻女发短信，写了小野把大部分吃的都留给自己的事情。

一时间，消息传到了单位里，同事们都特别感动。大家相信领导既然能发信息就一定有救，但直到七八天后领导才从废墟里被救起，当时他因为严重缺水而深度昏迷。回国后，领导办了病退手续，在医院里休养。

病退是小野跑着帮他办的，这时的小野已经提拔为中层领导了。领导一直不解，问："你比我埋得深，为什么你在废墟下半天就被救出来了？"

小野说："其实，也是凑巧！我当时错拿的是狗粮，因为地震后食物匮乏，当地的几十条狗闻到狗粮，围着废墟狂叫，我就这么被救出来了。"

马虎小媳妇

□ 张凤武

小佳结婚不久，婆婆放心不下儿子，就来儿子家里住了几天。婆婆发现儿子结婚后从王子变成了奴隶，洗衣、做饭、拖地、买菜，什么事都要干。婆婆不乐意了，说了小佳一通，小佳不好意思地说："妈，因为我平时比较马虎，所以你儿子就不让我做事了。"

婆婆一听，自告奋勇道："别怕，我来教你，保准你能做好……"

这天，婆婆带小佳去买菜，她让

小佳去蔬菜摊拿点葱，小佳领命去了，可回来时，她的手里拎了一把蒜苗。原来，小佳把蒜苗看成了葱，二话没说就买了。

第二次，婆婆又带小佳去买菜，还是让小佳去拿葱，结果她一马虎听成了洋葱，拿了个大大的洋葱回来。

还没等婆婆数落，小佳就看到买西瓜的摊位，急急走了过去，婆婆不放心，怕小贩坑她，给她不熟的瓜，就跟在她身边。小佳挑了一个西瓜，问小贩："这瓜怎么卖？"

小贩说："五块钱三斤。"

小佳算了算，大声说："这么贵啊，两块钱一斤行不行？"

婆婆傻眼了，忙说"哪有你这样砍价的，人家开价五块钱三斤呢，你说两块钱一斤，不就等于六块钱三斤吗？我们不是亏死了？"

小佳恍然大悟地点点头。

婆婆简直断了教小佳做家务的心，小佳讪讪的不好意思。

几天后，婆婆因为家里有事，要回家。她一走，小佳立马打电话给妈妈。电话一接通，不等妈妈开口，小佳便滔滔不绝地诉苦，诉说婆婆的不是，说自己这些天来遭受的苦难。

数落了半天，电话那边传来了叹息声，对方无奈地说："小佳，你这孩子多马虎啊，我是你婆婆，下次打电话看准了号码再拨……"

（本栏题图、插图：顾子易　包丰一）

523

2012 SEMIMONTHLY 下半月刊 11月

STORIES

欢迎登录本刊主办"故事中国网"（www.storychina.cn）

故事会

—STORIES—

2012 年 11 月

下半月刊·绿版

何承伟　社　长、主　编

夏一鸣　副社长

吴　伦　常务副主编(兼绿版负责人)

姚自豪　副主编(兼红版负责人)

本期责任编辑：刘迎曦

电子邮箱：liuyingxi1203@163.com

绿版发稿编辑：

朱　虹　颜轶超　黄美舟　陶云韫(见习)

美术编辑：李宝强

电脑制作：郭瑾玮

本社办公室电话：021-64375030

上半月刊编辑部电话：021-64335114

下半月刊编辑部电话：021-64336469

(上海市绍兴路 74 号 邮编：200020)

主管、主办：上海文艺出版(集团)有限公司

出版单位：《故事会》编辑部

发行范围：公开

———————————————

出版、发行总监：张　凯

电话：021-64313938

广告业务：上海故事会文化传媒有限公司

广告总监：张　淮

广告业务：021-34010383

广告投诉：021-64333738

广告经营许可证

沪工商广字 3100320080016 号

发行：中国图书进出口上海公司

特别提示： 凡本刊录用的作品，即视为本刊已获得该作品与《故事会》相关的网上传播、汇编出版、电子和录音录像制品等权利。本刊向作者支付的稿酬，已包含了上述各项权利的报酬，如有特殊要求，请提前说明。

・笑话・

裂缝

周末，老婆正清理卫生间，忽然大喊一句"老公！咱家新换的面盆裂了！"老公赶紧跑去一看，上面果然有两条黑色的裂缝。

幸好还在包换期，老公赶紧拨了售后电话。没多久，来了两个维修工，气喘吁吁抬来一个新面盆。可等他们刚把面盆拆了，就停下来恶狠狠盯着小两口不动了。

小两口不解地问："怎么了？"只见维修工挑起那两条黑"裂缝"，怒道："你们看仔细了！这分明就是两根头发！"

（志　明）

（本栏插图：包丰一）

你怎么也有

公司新来的小伙子第一天上班，还不知道饭后发水果的惯例。等他午饭回来，发现桌上多了个桔子，就忙问："谁的桔子放在我桌上了？"

一个同事听了应道："这桔子是发给你的。"小伙子还不解，问："为啥？"同事就干脆开玩笑说"因为你长得帅呗！"

谁知小伙子把那同事上上下下打量了个遍，怀疑地问："那为啥也发给你了？"

（布　瓜）

换个位子

有个教授坐火车出差，回到家的时候，已经面色惨白。妻子了解他，就问他是不是又晕车了。教授点点头，说："我坐的位子背向车头，那方向我不习惯。"妻子埋怨道："你真是个书呆子！跟对面的人解释了换一下，不就省得受这份罪吗？"

只听教授一本正经反驳说："我对面座位上没人，我找谁换去？"

（路　游）

4

玩得怎样

老李打网络游戏上了瘾，每天茶饭不思。他儿子看着担心，想分散一下他的注意力，就赶紧掏钱给他报了个旅游团，好说歹说把他劝出了门。

过了一礼拜，老李回来了。他儿子赶紧关心道："爸，这几天玩得咋样？"

老李一拍大腿，兴奋地说："嘿！别提多带劲了！跟我同住的是个网游高手，这几天我一直呆在宾馆里跟他切磋，把原来玩的那个游戏又玩高了三级呢！"

（李小彦）

划 算

一个人走在路上，远远望见迎面开来一辆豪车，速度慢得反常。他再走近一看，只见车上坐着个胖老板，车后有两个人正气喘吁吁推着车。

这人便问车是不是坏了，需不需要帮忙。

谁知那胖老板连忙摇头笑道："不用了，我的车好着呢！"

这人更纳闷了："没坏你还让人推？"

只听那胖老板哈哈大笑道："嗨！你看油价都破八了，当然是雇人推车更划算！"

（顾 磊）

退不退

帮朋友到酒店聚餐，叫了一箱啤酒。可服务员却冷冷地说："我们这儿点酒，喝不完没开瓶也不能退哦。"大家都骂这是霸王条款，有个人却说算了，又对服务员说："那就先来一瓶吧！"

酒来了，那人把酒分光，让大家一口干了，又喊服务员再来一瓶，又分光干掉。

这么折腾了十来次，酒店经理来了，赔笑说："各位，今天店里电梯坏了，各位在五楼，我们一次一瓶跑起来太累。要不各位来一箱先喝着，喝不完咱再退？"（春 娇）

减肥

有个姑娘立誓减肥，决定每天只吃两餐，拒绝零食，让妈妈监督。

可这天晚上，她实在馋得受不了，拿起钱包就要出门。

妈妈一看就明白她这是要去买零食，忙制止说："你不减肥了？"

姑娘反应快，借口道："嗨……反正我有男朋友，有人要了……胖就胖点吧。"

她妈听了，盯了她好久，憋了句话："那这次你确定不想换男朋友了？"

（魏 海）

困 惑

这天，小外甥到舅妈家串门。舅妈问小外甥："刚上小学吧？在学校遇上过啥不明白的事吗？"

小外甥点点头。

舅妈赶紧关心道："说来听听。"

只听小外甥困惑地说："我们做眼保健操的时候，讲台上有一个同学示范，另一个同学监督。可是示范的同学让我们跟着他做，监督的却不让我们睁眼，一睁眼就扣分。舅妈，你说我该怎么办啊？"

（童 画）

付 款

有个人开了个网店卖电话卡，每次等交易平台上显示"买家已付款"，他就给对方的电话号码充值。

有一天，这人跟朋友哭诉自己被人骗了。朋友很纳闷"现在网上买卖规范，操作简单，怎么会呢？"

那人解释说自己还没等买家付款，就帮对方充值了。

朋友更纳闷了，问："你平时挺精，怎么这种傻事也做得出？"

只听那人哽咽着说："对方比我还精，他的网名就叫'买家已付款'，我一看这个就点充值键了。他一买还竟买了一百张！"

（胡 虎）

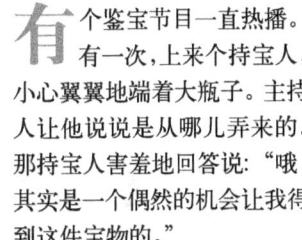

低热量

这天，小胖放学回家跟妈妈说："妈妈，我以后每天要把饭放凉些再吃。"

妈妈听了，觉得冷饭伤胃，坚决不同意。

可小胖却坚定地说："妈妈你平时不老说我胖吗？把饭放凉些吃可以减肥的。"

妈妈听了觉得更离谱了，问他哪儿听来的。

小胖一本正经地解释说："今天老师上课告诉我们，胖，是因为高热量的食物吃得太多了。所以我准备每天把吃的都放凉些，热量不就低一些了吗？"

（汪 杰）

宝贝儿子

一个女人领着宠物狗看兽医。医生问她："你这只狗……"

女人马上打断道："你怎么能喊他'狗'啊'犬'的呢？人家听了会伤心的。"

医生哭笑不得，问不叫狗叫啥。女人竟说："他可是我的宝贝儿子！"

医生点头问："那你儿子哪儿不舒服啊？"女人焦虑地说："他最近心情不好，总喜欢咬人。"

医生听了，冷笑道"那你儿子从前打过'狂你儿子疫苗'吗？"

（胡 欣）

鉴宝

有个鉴宝节目一直热播。

有一次，上来个持宝人，小心翼翼地端着大瓶子。主持人让他说说是从哪儿弄来的。那持宝人害羞地回答说："哦，其实是一个偶然的机会让我得到这件宝物的。"

主持人一听，觉得有故事嘛，赶紧追问。只见那持宝人抬起头，笑呵呵地说："那是大前年吧，我逛庙会的时候套圈圈，就把它给套回来了。"

（之 之）

（本栏目欢迎原创作品、翻译作品。来稿可从邮局寄发，也可从网上传递。如为电子邮件，请发以下信箱 liuyingxi1203@163.com）

有事生非

□ 刘丽华

小马二十五六，当民警几年了。这天晚上他去市医院找人，正巧撞见一个戴口罩的男人送来一个伤员，他不禁暗笑，现在的人还真有意思，这个造型也太有个性了点吧。可没多久，小马就接到通知，说一辆摩托在小东门附近给撞了，等交警赶到时，肇事者已对现场做过处理，跑了。虽然当时现场没有人直接看见撞车的过程，但有人看见一个戴口罩的男人把伤者抱上了车，往市医院开去。所以现在交警基本锁定"口罩男"为肇事嫌疑犯。

小马接了通知心里一惊，懊恼得直拍脑袋。照通知的描述，自己刚才看到的那个口罩男很可能就是交警锁定的嫌疑犯，而自己竟然就这么和嫌疑犯擦肩而过了！现在再去追，肯定已经来不及了。不过，小马心里一咯噔，回忆起来，这口罩男还真眼熟啊。

思来想去，他忽然觉得这口罩男的体态特征像极了一个人——自己父亲的至交杨伯伯。有一次杨伯伯感冒了，戴着口罩和自己打照面，那样子就和刚才的口罩男一模一样！

可要把杨伯伯同肇事者划上等号，小马实在有些难以接受。杨伯伯是教育局局长，为官清正，一直是小马心中的楷模。

但感情归感情，一番挣扎过后，小马还是去了教育局。不过他却没有径直去找杨伯伯，而是溜到了停车场。他想，杨伯伯要真是肇事者，他的车上就必定会留下些痕迹。所幸，让他松了口气的是，围着杨伯伯的车转了好几圈之后，他连个修补的痕迹也没发现。

这时候，交警队根据现场勘查做的鉴定报告出来了：肇事车辆应该是一款新上市的车型，全市也就十多辆。

小马一听乐坏了，心想这回你可跑不掉了！果然，经过比对排查，交警队没多久就锁定一个叫金三的嫌疑人。而且，据人反映，事发那晚，金三曾驾车经过小东门地段。大家找到金三的车一检查，后视镜果然刚换过。铁证面前，金三无从抵赖，当场就招了。可等大伙儿再问救人的事儿，金三居然直摇头，说："我跑都来不及，哪儿还有心思救人啊？"

案子查到这里，小马恍然大悟，原来自己撞上的那个口罩男另有其人啊，而且是不折不扣的好人。一定得找到他！

如今媒体多发达，这好人好事立刻也在市民中间不胫而走。有人说，口罩男的行为点亮了整座城市；也有人说，口罩男的蒙面之举很聪明，既帮了人，也保全了自己，值得推广。

事情影响一大，市领导也作出批示：对口罩男的义举务必给予表彰。小马把车祸的案子破了，又是当时医院的目击者，所以寻找口罩男的任务自然落在了他头上。不过现在小马一点也不急，心想：口罩男之所以戴口罩，不就是怕别人赖上自己是肇事者吗？现在肇事者都给揪出来了，风风

光光的好名声，有谁不愿要呢？再加上电视台"寻找好人"的栏目每天滚动播出，他现在要做的就是坐等口罩男自己现身了。

可谁知又过了好几天，口罩男还是没动静。这下，小马急得成了热锅上的蚂蚁。

这天晚上，他琢磨来琢磨去，忽然一拍脑袋——自己当时虽然排除了杨伯伯是肇事人的可能，但不能排除他做好事的可能啊！于是，他当晚就去了杨伯伯的家。

可等小马说明了来意，杨伯伯却皱着眉头，摇摇头说："唉，小马，不好意思啊。伯伯年纪大了，连那晚上

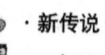
自己去干啥都想不起来了，怎么可能去救人呢？"小马正要追问，这时，杨伯伯的老伴打来电话，让他下楼搬大米。

小马忙跟着下去帮忙，下楼时无意中发现，杨伯伯跑下楼梯的姿势果然跟口罩男出奇地像。他猛一拍脑门，半开玩笑试探道："杨伯伯啊，我看那救人的口罩男怕就是您吧？"谁知杨伯伯听了这话，把米袋子往地上一放，严肃地说："你小子怎么还是冒冒失失的？没有证据，别乱说话啊。"

杨伯伯的反应挺反常，小马决定先绕开他，从结果入手，把证据找实了，到时候杨伯伯不认也得认！于是

他连夜赶去了市医院，把每个科室问了个遍，想看看那里有没有杨伯伯留下的就诊或者探病记录。如果能查到相关记录，那么就有希望把口罩男和杨伯伯挂上钩。可惜的是，小马依然一无所获。可他这么一暗访，医生护士对他的动机都猜了个八九不离十。很快，有小道消息传出，好人就是教育局杨局长。

这天，小马刚进办公室，一个同事就上前跟他调侃："你小子不地道。"看小马一头雾水，同事又说，"别装了，我跟你对个答案，那口罩男是教育局的杨局长对不？"小马一惊："你从哪打听到的？"

"还用得着打听？"说着，同事拿出托人从杨局长车座椅上提取的一丝沾血迹的纤维，让小马连同伤者的血样一块送到鉴定科，结果当天就出来了，两份血样吻合，杨伯伯救人之举成了定局。

看见了鉴定报告，杨伯伯长叹了一口气，终于承认自己就是口罩男。可小马心里还有一个疑惑，他不禁追问道："杨伯伯，我闹不明白啊，坏人没抓住的时候，您怕被赖上不站出来，我能理解；坏人抓住了，您觉得做个好事不留名，不主动站出来，我也算是能理解；可我都找到您家里去了，您还躲着不肯站出来，这到底是为个啥？"

只见杨伯伯呷了口茶，拍拍小马

的肩，说道："你不知道，最近局里快要考评了。"

小马愣了会，没想通，问："杨伯伯，选举和做好事儿还能有冲突？"

杨伯伯自嘲般地笑了笑，说："我嘛，多一事不如少一事，就怕好端端多出个事来添乱啊。"

这不解释还好，一解释小马更蒙了："杨伯伯，您做的是不折不扣的好事儿啊！怎么会添乱呢？"

只听杨伯伯叹了口气，道："小马，现在好多事儿啊，确实是先包装、再炒作，一炒就火。大伙儿被忽悠多了，也就爱长心眼了。现在是没事则已，一有个什么事儿吧，总会从四面八方涌过来各种各样的评论。你做个啥，都会有人冒出来说你是作秀。我做件好事救个人，那是做人的本分。可我也怕人言可畏呀。我这个年纪，

不求嘉奖表扬，只想在自己的岗位上安安稳稳做点事情，不要惹来无事生非的麻烦。"

杨伯伯这话说得特别沉重，小马听了心里更沉。从杨伯伯家出了门，小马听见自己前头，有一胖一瘦俩老头聊闲天，说的就是他们的老邻居杨伯伯。

只听胖的那个低声说："不正常呗！他早不救人、晚不救人，偏赶在考评这个节骨眼救人，目的肯定不单纯啊！"

"就是，"瘦老头接过话茬，"他这是有意炒作，为自己业绩加分呗！以前还觉着他正派，现在才知道全是装出来的，人心不古啊！"

这时，小马看看手里的调查报告，觉得确实别提多沉了。

（题图、插图：安玉民　梁　丽）

· 本刊信息传真 ·

"和气致祥"杯新编孝德故事大赛评选结果揭晓

由恒源祥家纺产业集团与《故事会》杂志社联合举办的"和气致祥"杯新编孝德故事大赛比赛结果于近日揭晓。

经过近一年的征稿与评选，共收到来自全国近二十一个省、市、自治区共计878篇稿件。最终，经过初评、复评及终评的严格评审，评出以下佳作：

金　奖：妈妈的除夕夜（浙江　黄水晶）奖金3000元。

银　奖：加减寿命（广西　黄金柳）奖金1500元；跟妈学的（江苏　童树梅）奖金1500元。

铜　奖：真情大蒜味（山东　林华玉）奖金1000元；灵丹妙药（湖南　佘远香）奖金1000元；找遗嘱（浙江　陈志荣）奖金1000元。

优秀奖：再丑也是娘（黑龙江　菊韵香）等12篇（详细名单见"故事中国网"）。由恒源祥家纺产业集团提供礼品1份。

家有 "黄金牛"

□ 杨信社

"老牛拉破车"

都说天上不会掉馅饼，可这世上竟然会有天上撒黄金的好事！你别不信，最近这好事就让李老汉给碰上了。

事情是这样，这天李老汉在山坡上放牛吃草，远远看见一辆小轿车走走停停，折腾半晌，最后停在山坡下的柏油马路上。随后，车上下来个男的，四下里张望了会儿就跑上山坡，喘着粗气，对着李老汉问道："大……大爷，你这牛的力气大不大？"

李老汉拍着胸脯说："瞧你说的，我这牛可牛着呢！"

男人又问："能拉动我这车吗？"

李老汉向那小轿车瞧了一眼，自信地说："小菜一碟！"

"太好了！"男人双手合十，说，"你的牛我雇一天，再雇上你，五百块，咋样？"

好家伙，一天五百块！李老汉心头一动，可转眼看看牛，心一横拒绝了："那不成，你这车拉上一天，非把它累死不可。"

那男人赶紧解释："没说要让它拉上整整一天，你只要把它带到约好的地方，拉上一小段就成。"

原来是这么一回事：那男人一个月前买了眼前这辆车，可开了没几天就出问题了，老熄火，到4S店修了好几次都没效果，厂家和店家还相互推诿，现在竟然没人理睬他了。刚才熄火的时候，男人无意间瞅到李老汉的牛，就想出个"老牛拉破车"的主意，臊臊商家的脸。

李老汉平时就恼那些赚昧心钱的商家，于是爽快答应："兄弟，这个忙我帮定了！"

第二天一早，李老汉就赶着牛来到了约定地点。只见男人早已在车的前盖上拉了条横幅——"老牛拉破车！"李老汉把牛绳往车子的保险杠上一拴，看男人把好了方向盘，就牵上牛的缰绳向4S店进发了。

这一招还真灵，很快便招来围观者无数，消息灵通的记者也扛着"长枪短炮"赶来了。店员见事情搞大了，赶紧找了老板。老板一面让手下驱赶着记者，一面向男人满脸堆笑地说："兄弟，何必把场面搞得这么大？要怪就怪刚招的维修工技术太差劲。这样吧，这次我干脆给你换一辆……"

车换了，这男人果然也说话算话，当天就给了李老汉五百元，还提高嗓门说："你先走，不行我还雇你的牛……"李老汉也提高嗓门喊"没问题，随叫随到！"

这钱赚得可轻松了。不过让李老汉更没想到的是，他的牛经媒体一炒作，立马成了网络红牛，网友还送一个绰号：维权神牛！这下不得了，李老汉又接到几宗维权的活，赚的钱比他种一年庄稼还多哩。乡亲们都说李老汉运气好，养了一头"黄金牛"。

家有"黄金牛"

这头黄金牛，不但引来不少要维权的主顾，还把李老汉分了家的儿子也给引回了家。这儿子倒也爽快，进门不问老爹过得咋样，却直接开腔说："爹，听说最近咱家那头大耕牛成了黄金牛，你看我成天靠卖苦力过日子，钱赚得太吃力。要不你就把这牛给我吧！每个月我给你几百块生活费得了。"

可怜天下父母心，李老汉听了这话，虽说又恼又伤心。可看着儿子那副怂样子，心一软，答应了。

儿子兴高采烈牵着牛走了，一走两个月，再也没上门。李老汉走了儿子，没了牛，地也不用耕了，每日里闲得心直发慌。他三番五次去儿子家想看看牛，可儿子不在牛也不在。据说，儿子靠着这头牛，赚得盆满钵满的。

白天见不着，李老汉就打算选个傍晚，到儿子家死等。这天夜幕降临，李老汉终于看见儿子牵着牛慢吞吞回来了。

李老汉三步两步迎上前，对他的牛摸着、叫着，眼眶禁不住沁出了老泪，那牛也闻了闻李老汉的袖口。李老汉抬头对儿子说："快把它牵到牛栏，让它赶紧歇歇脚！"

儿子"哦"了一声就把牛往院子里牵。可是，奇了怪了，那牛却死活不肯往儿子的院里迈一步，只是在李老汉的身边依偎着。李老汉明白了：自己想牛，牛也想他啊！于是李老汉把缰绳从儿子的手里抢了过来，铁青着脸说："瞧你把牛累的，都不愿跟着你了，我呀，得把它带走了！"

这黄金牛可是儿子的摇钱树啊，儿子哪里舍得？他连忙拦住李老汉："爹，不行啊，我还有好多活等着呢！"李老汉也是铁了心要牵走牛，怂怂地说："那我也不能让你挣钱不要牛命，今天我非把牛牵走不可！"

说来也怪，那缰绳一到李老汉手里，牛顿时温顺起来，迈着大步就跟李老汉走。儿子见势不妙，拦又拦不住，就绕过去拽住了牛的尾巴，仰着身子向后拉，就这样，父子俩一个在前牵缰绳，一个在后拉尾巴，较上劲了。

父子俩的"拔河比赛"没僵持一会，那牛就有意见了，"哞"地长吼一声，踩起了蹄子。李老汉心疼了，这样夺来夺去，受罪的是他的牛啊。于是他一松手，儿子便扑通一声摔了个屁股蹲儿！

李老汉看儿子摔倒了，赶紧松开缰绳，跑过去搀儿子，等儿子摸着屁股站起来，却发现那牛自己向李老汉家跑去了，他只好冲着牛哭丧着脸喊道："回来、回来——"

李老汉乐了："这可是牛自己选的，你可别怪我。"儿子捂着屁股，疼得追又不能追，只能求李老汉了："爹，你就行行好吧，我明天真的还有活啊，儿子我在外头混不容易，总得言而有信吧？"

李老汉低头想了想，左右为难，最后还是答应了："这可是最后一次，明天我到你这里牵牛，完了给牛放假一个月！"儿子连忙点头答应。

14

黄金不换牛

第二天傍晚，李老汉又来牵牛了，敲了半天门，儿子终于开了，可见是李老汉来牵牛，话也不说一句，回过头就往屋里走去。李老汉感觉儿子今天不大对劲，一琢磨，可能是要给牛放假了，不能挣钱心疼吧，所以他也没太在意，径直向牛栏走去，牵上牛就走了。

说起来，儿子家到李老汉家，平日里走路也就二十分钟。可这次李老汉牵着牛，足足走了一钟头。到李老汉的牛栏，那大耕牛就蹲在干草上一动不动了。李老汉喂它最好的饲料也不吃，李老汉心里嘀咕：别是病了吧？第二天清早他便请来了兽医。

兽医检查完了，长叹一口气，说："老李，这牛活不长了，给累坏了，我也回天无力了。"说完扛着医药箱摇摇头走了。接到兽医的"死亡通知"，李老汉差点没晕倒在地，他抚摸着牛凸出的脊梁，呜呜地哭了起来……

忽然，李老汉擦了擦泪，狠骂了一句："挣钱没够的混球儿，我非揍你一顿不可"，接着操起扫帚便找儿子算账去了。

刚到儿子家门口，李老汉却收住了脚步。只听院子里炸开了锅。他往里一瞧，只见围了一圈儿看热闹的乡亲，中间是一个陌生的小伙，气势汹汹嚷道："老子不管那么多，老子花了几年的积蓄买了那破车，如今这破车

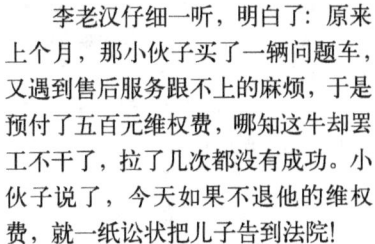

· 大千世界 众生百相 ·

的事还没整明白呢，又摊上这个，你得给我负责……"

李老汉仔细一听，明白了：原来上个月，那小伙子买了一辆问题车，又遇到售后服务跟不上的麻烦，于是预付了五百元维权费，哪知这牛却罢工不干了，拉了几次都没有成功。小伙子说了，今天如果不退他的维权费，就一纸诉状把儿子告到法院！

得了，敢情人家是来找这"维权神牛"讨说法维权来了！李老汉知道，自己和儿子的账可以慢慢算，但欠人家的钱得马上还啊。于是他大步走上前去，对儿子厉声训道："臭小子，还不赶紧把钱还给人家！"

儿子很不情愿，扭扭捏捏地说："爹，我都跟他说了，等牛歇好了再帮他拉一次不就得了，何必要退钱？"

李老汉不等儿子说完就上去给了他一巴掌："还拉个屁！咱们的牛啊，活不长了……"接着他把兽医的诊断结果告诉了儿子。

儿子听后，沉默不语。李老汉语重心长地说："儿子，咱借牛给别人，本来为的就是帮别人维权。可你倒好，自己反倒先侵权。人啊，不能把钱看得太重，看得太重就容易犯浑，咱瞧不起赚昧心钱的人，也别让人家瞧不起咱，快把钱还人家吧……"

这次，儿子听了，一声不吭蹲在地上，哑巴了。

（题图、插图：安玉民　梁　丽）

· 微博故事 ·

故事会 ■ 新浪 微故事大赛

10月优秀作品选登　主题：最美好的事

@ 风铃炸弹 她拖着疲惫的身体回到家，发现丈夫不仅准备了满桌饭菜，还买了一个鲜奶蛋糕。她脑子飞快地转了转，忍不住责怪丈夫"儿子上大学花销那么大，不过年不过节你搞这么多吃的干什么？"丈夫难掩喜色，指着蛋糕上用奶油写的"美丽新人生"，柔声道"亲爱的，咱们的房贷终于还完了！"

@ 佳zhui求 市场上人来人往，我抱着刚满一岁的女儿骑坐在摩托车上等人。女儿突然乱蹬，我一晃，竟连人带车一起向右慢慢倾斜。右边有条沟，我的脚撑不着地，又无法腾出手来掌控车把……就在我惊恐万分之际，车子竟神奇地回正了。我扭头一看，只见一个褐色上衣的年轻人匆匆离去……

@ 潘材怪 少年时他独自去了海外，数十载后，已是一名热衷慈善事业的成功商人。在他七十大寿的宴会上，有人问他"这么多年来，让您感到最美好的事是什么？是创业时挖到第一桶金，是企业成功上市，还是慈善受助者对您的感激？"他沉思片刻："对我来说，最美好的是离开家乡前，与父母吃的那一顿饭……"

@ 南京黄飞鸿 娟在生日前收到一个快递，里面是双鞋子，大小、款式正合适，她打了好几个好友的电话，都问不出是谁送的。老公故意逗她：会不会是有人暗恋你……三天后，外出的邻居打来托收电话，终于止住了娟的猜想和兴奋。老公要补送一双同样的鞋，娟叹口气："不用了，那种美好的感觉已经没了！"

@ 鱼翔_浅底 一富翁来求高僧点化何为美好，高僧只是不停地请他喝茶，不说半字。富翁满心失望，欲起身告辞，高僧开金口道："施主，你若再呆一个时辰，老衲定念一句美好经文给你听。不过，这一个时辰你务必端坐此地。"富翁答应，又如坐针毡地过了一个时辰。终于，高僧再开金口："施主，请如厕。"

@ 喜乐真人 我与交往不久的男友明在湖边漫步。碧波荡漾的湖面上一对慈祥的老夫妇正在划船，这让我不由想起自己的父母早年离异，而我一直寄养在伯父家的心酸经历。"我要是有一对像他们一样恩爱的父母该多美啊！"我感叹道。"这个简单！"明笑着说，"如果你嫁给我，他们也就是你的父母了！"

@潜龙在天天潜龙 韦志所在的公司规定：员工之间不准谈恋爱。可他还是偷偷地和同事小梅好上了。俗话说纸包不住火，这事终究被老总知道了。韦志想这下完了，等着被炒鱿鱼吧……果然，老总特意召开会议，说"由于不断有人违反员工之间不准恋爱的规定，因此我决定——从今天起，废除这条规定！"

（大赛启事见本期P43）

究竟谁的娃

□ 菊韵香

赵大海是东城派出所的所长，胆大心细，又尽职尽责，所以他片区里的治安，那是好得没话说。

这天，赵大海在一个小区附近巡查，忽然瞧见前头走着一个衣衫褴褛的老太太，正东张西望，手里好像还小心翼翼抱着个包袱。

这个背影赵大海一看就知道，是一直在竹竿巷附近拾荒的陈老太。赵大海心想，看陈老太那个小心劲，难不成今天捡着什么宝贝了？

赵大海年轻力壮，几大步就要超过陈老太。趁这时候，他好奇地往包袱里一瞧，好家伙，里头竟然是个不足月的娃娃！

赵大海心里犯嘀咕了：一个六十多岁的拾荒老太太，怎么好端端地抱着个婴儿呢？他赶紧查问道："我说陈老太，你手里的娃娃是咋回事？"

陈老太被赵大海忽的一声喝，惊得一激灵，她回头一看，才定了定神，怯怯地说道："是……是赵所长啊。我……我正没辙呢。这女娃是我头两天拾荒捡来的，我一个拾荒的，又养不起。赵所长，你说该咋办吧？"

原来是个弃婴，被父母狠心舍弃，怕是有重病。赵大海二话没说，带着陈老太和婴儿直奔派出所，明确分工："小张，你是女同志，马上送婴儿去医院做检查；小宋，你带陈老太去做笔录，时间地点，一定要问个明明白白；大李和老王，辛苦你们跑一趟竹竿巷，摸排要细，争取找到目击证

人。对了，顺便给报社打个电话，发动群众查找女婴的父母。遗弃婴儿涉嫌犯罪，这个案子必须尽快侦破！"

没多久，同事们带着女婴从医院里回来了，还带回个好消息：孩子非常健康，半点毛病都没有！这时候，陈老太也做好了笔录该离开了，可她临出门，还一步三回头地往那婴儿身上看，一脸的不情愿。

赵大海看在眼里，感叹着：人心都是肉长的，这陈老太带孩子才几天，就这么舍不得了，可见这孩子的亲爹妈也太狠了。

赵大海也不知愣了多久的神，却

瞅见一个老大爷扯着个小伙子，骂骂咧咧进了派出所。那小伙子许是理亏，耷拉着脑袋任打任骂。一进门，老大爷就嚷嚷着要报案，边说边骂道："简直气死我了，我养了他二十多年，真没看透他竟是个浑到家的主。"说完就一大巴掌掴上了小伙子的脸。

赵大海连忙拉开他俩，问道："大爷，到底咋回事？他怎么气着你了？"

"他是我儿子，十足的混账！"老大爷气呼呼直喘气，边骂边道出了事实：原来前天，儿媳生产，是个女孩，可没等老两口见上孙女一面，小两口就犯了浑，偷偷把孩子给扔了！

生而不养，算啥父母？赵大海也黑了脸。小伙子愧色满面，唯唯诺诺，不用老大爷动手就赏了自己两个嘴巴子："警察同志，我知道错了。等我后悔了回头去找，孩子就……就没了。求你们一定帮我找到她，今后，我会好好照顾她。我发誓！"

赵大海心里倒不像这父子俩那么着急。凭他二十年当警察的经验，按照陈老太和小伙子交待的时间，现在睡在自己派出所里的这个婴儿，多半就是小伙子扔了的孩子。

所以他好好批评了小伙子一顿后，才安抚道："算你运气好，刚有人捡了个女孩给送到所里来了，你看看是不是你家孩子。你可得保证，从今往后得好好尽好当爹的责任！"

道："听这一带居民说，两天前的深夜，有人隐约听到陈老太平时住的危房里，不单单有婴儿的啼哭声，还有大人撕心裂肺的哭嚎声，听上去像女人生娃。"

又是竹竿巷？又是陈老太？赵大海愣了半晌，心想：这个陈老太肯定有问题！刚才我要是不查问，她能把孩子交给我吗？说是要把孩子交给我们处理，可她离开的时候怎么还一脸不甘心？最近媒体老是报道不法分子靠拐卖儿童行乞，难不成她也是其中一员？这个问题严重了，一定要彻查到底！

想到这儿，他喊了两个同事，叫上刚才那父子俩，直奔竹竿巷陈老太寄居的危房。大伙儿前脚还没跨进去，果然就听见里头传来一阵婴儿的啼哭声。待大家推开虚掩的房门循声望去，只见陈老太正在哄一个嗷嗷待哺的婴儿。大家上前一看，那孩子果然是个兔唇！这时候，刚才那小伙子喊道："这回对了！她才是我女儿。我女儿的左耳朵耳垂上，长着颗芝麻大的黑痣！"

这时，陈老太显然慌了神。赵大海忙质问："这孩子别又是你从哪儿捡来的吧？我看你就别再编了，人家亲爹可都找上门来了。我问你，早上你交给我的孩子是哪儿来的？"

好半天，陈老太才怯怯道："这个的确是我捡来的，早上那……那个，

小伙子听了，转悲为喜，千恩万谢，可他看过女婴后却又僵住了，连连摇头说："不是，她不是我孩子。我孩子生下来就有病，是……兔唇。这年头，生男生女都一样，可孩子是个兔唇，我一时半会儿接受不了，又怕打击我爸，才随便敷衍他了个理由……"

赵大海怔住了，本来以为就要皆大欢喜了，谁知原来是半路又蹦出个案子。他赶紧问："那你把孩子扔哪儿了？"小伙子忙答说是竹竿巷。

这时，赵大海的手机响了，一看，是派去竹竿巷走访的同事。电话那头反映，暂时还没找到目击者，不过，有个情况值得怀疑。

赵大海急问："啥情况？"同事回

是我外孙女。"

赵大海冷笑一声:"你不是睁着眼睛说瞎话吗?你一直独居,连女儿都没有,哪来的外孙女?我看你还是坦白从宽吧!"

他这一质问,陈老太急得眼泪汪汪,把这事原原本本交代了:原来,几个月前,陈老太拾破烂的时候发现了一个精神不太稳定的孕妇。陈老太赶紧把人领回家,又观察了几天,也就猜出个十之八九了,料定她是在外头流浪,被谁欺负了。

陈老太孤单了一辈子,到了六十,遇上这么个可怜人,顿时心生怜悯。她当时就心一横,认下了这个闺女,决定再苦再累,也得把人留下来照顾好。她还给女人起了个名字叫翠芬。可谁知翠芬刚把孩子生下来,又走失了。

说着,陈老太又看了一眼兔唇娃娃,叹道:"偏巧那天我走到竹竿巷,又听到了这个娃娃在哭。抱着两个孩子,我犯了愁。一个都难养活,更别

说俩了,非得送掉一个。可要送人,谁会收养病孩子?想来想去,今天早上我在小区附近走来走去,就是先想给翠芬的孩子找个好人家,这才碰巧遇上您。接下来剩了这个病孩子,就得托老天要有眼,让我多捡点破烂多赚点钱,再给她瞧病。"

说完,陈老太把手擦了擦,从兜里摸出了三张百元大钞,递给赵大海,说:"这些是我拾荒攒下的,本想得空再送过去。我怕人家嫌弃我的钱都是零票,今天特地去店里换的。赵所长,要是你们能给孩子找个好人家,这钱就算我这个当姥姥的一点心意吧!"

听到这儿,赵大海啥都明白了。他一句话都没说,掏出五百块钱塞进陈老太的手里,掉头就走。他清楚,眼下要做的事很急也很多:跑报社,让世人看清一颗善良的心;跑民政,为陈老太她们申请救助;还要发启事,寻找翠芬……

(题图、插图:张恩卫)

□ 童锡钧

救命的金鲤鱼

刘大江和秀娟小两口在镇小学门口开了个小卖铺。他们两口子都是勤快人，又挺有经济头脑。这不，最近学生们流行养蚕宝宝，刘大江便起了个大早，去银行取了存款，准备去进些桑叶卖。

等他取了钱往回赶的时候，在车站捡个手绢包，包里大钞小钞的有上千元。这事搁有些人兴许就昧下了，可大江不是这号人。他想：包里碎钞多，丢钱的多半是个穷人。这钱没准儿是借来救命的，丢了不得急死了？准得回来找。

这么想着，大江没离开，傻傻站在道边等那丢钱的人。

大江足等了两个钟头，终于有一个女孩跑过来，满脸汗水扯住大江，急火火问："大哥，您在这看没看到一个包包？"

大江说看到了也捡到了。接着他问了包的样式，里面装的什么，女孩说的都对，大江就把包拿出来交给女孩。女孩打开核对后，大江转身要走，女孩却拉住大江不放，说："大哥，你救了两条命啊！这钱是我借来给婆婆看病用的，本来就不够，谁知刚才路过这里还给挤丢了，要是找不回来，婆婆救不了，我也活不成！"说完，她从包里抽出两张大票要给大江，大江连连回绝，还从怀里拿出一多半取出来的钱，硬塞进女孩手里就转身跑了。女孩追了一气追不上，只好抹着眼泪离开了。

大江躲过女孩，回到家里，秀娟

已经等急了，问怎么回来得这么晚？大江就把女孩的事说了一遍，秀娟说做得对，可说完她却发愁地看着大江欲言又止，急得大江问了几回才说："小宝来信了，说学校又追他交齐学费，咱家存款也不多，本来，想着这钱够了，现在……怎么办啊？"

大江听了也发愁，小宝是个孤儿，吃百家饭长大的，在县高中读书，学费一直是大江两口子包下的。夫妻俩本来商量好，把存款取出来给小宝了交学费，再去邻县买桑叶。现在，这钱给了女孩大半，眼瞅着够交学费的没买桑叶的，两口子对望着发愁。

过了一会，大江说："这么办吧，明天你先把小宝的学费寄去，这是大

事！买桑叶的钱一会儿我出去借不就行了？"秀娟说："好吧，我回娘家看看有没有多余的钱。"这样两人连夜出去借钱，好在亲朋好友都爽快，一两天就把钱借回来了。

钱一凑齐了，大江就开农用车去了邻县。谁知，他好久没走这段路，不知道这里的路况，车给颠坏了。这里前不着村、后不着店的，很少有车来，大江干着急没办法。

就在这时，大江身后上来一辆农用车，车上坐着一对小夫妻和一个中年妇女，车型和大江的车一模一样。其实，大江的车毛病不大，换个小零件就行，只是大江出门急忘准备了。这时，大江像看到了救星，可没等他拦，那车自己停下了，小夫妻中女的跑过来，拉着大江喊恩人，大江也乐了，还真巧了，她就是大江在镇上遇到的那个女孩。

女孩叫过丈夫和中年妇女说："妈、二奎，这就是我跟你们说的恩人！"原来，女孩叫兰草，和二奎是新婚夫妻。那天，二奎妈突发心脏病，两人把妈妈送进医院，却没带够钱，兰草慌着跑回村借，钱没借够不说，回去路上还给人挤丢了。幸亏碰上了大江，不光找回了

想，是什么样的鲤鱼让二奎妈舍不得呢？于是他跟着二奎去了西屋，看到西屋炕上有个大鱼缸，里面养着两条金鳞金翅的金鲤鱼，在鱼缸里游来游去，别提多好看了。二奎说："这鲤鱼是我几年前下河摸的，我妈没让吃一直养着，要不是你来，妈说什么也舍不得的。"

大江听了，死活拦着不让二奎杀鲤鱼，这么着最后二奎没杀成鱼，陪大江喝了半宿。然后，二奎、兰草让大江到新房住，大江说什么也不去，小俩口拗不过大江，家里屋也不多，两人只好收拾了西屋，让大江睡进去。

谁知，睡到天快亮时，西屋竟然出事了。

原来，西屋本来是二奎家存放杂物的，平时也不住人，大伙儿都不知道屋顶有根梁遭雨朽烂了，就在大江睡进去的当晚，梁断了，屋顶塌了，掉下来的木头、土石刚好砸在大江睡的土炕上。

二奎家三个人听到那惊天动地的一声响，跑出来一看，当时就哭了。二奎妈站在西屋门口傻了，嘴里不停说，早知这样，死活也把金鲤鱼炖了给恩人吃，恩人死了也赚个好肚，强比埋在土里啊！

钱还凑够了数，二奎妈这才得到及时的救治，捡回一条命。

没多久，二奎帮大江修好了车，兰草这才顾上问大江怎么找到这来了，大江就把家里缺桑叶的事说了一遍。兰草听了，高兴地说："大江哥，你算碰对了人，咱村咱家种的桑树最多，有多余的桑叶，啥话也不说了，家去吧。"就这样四人傍晚时进了二奎的家。

没啥说的，恩人到家，兰草和二奎当然得热情招待。不过，天也晚了，现弄也来不及，二奎就到村上小店买了些卤菜，弄了一桌子。可是，兰草看着总觉要是有个鱼就好了。二奎妈听了犹豫一下，跟二奎说，那就把西屋养着的两条金鲤鱼杀了吧。大江看到二奎妈说这话时眉头是皱着的，心

就在这时，三人身后有人说话，他们回头看时，却见大江好好地站着，连头发丝儿都没乱。这是怎么回事啊？三人乐得几乎要冲天磕响头了，拉着大江问他是怎么逃出来的。

大江说："我没逃啊？今个事儿倒是怪了，本来，我在炕上睡得好好的，忽的给水淋醒了。睁眼一看，鱼缸里的金鲤鱼闹得扑通扑通的，把水溅出来弄我满脸满身，把我弄醒了。我正好尿急，就去院里厕所方便，回来时就见屋顶塌了。"

一家人围着大江这个乐啊，说大江这是好人有好报，要是昨晚上真的杀了金鲤鱼，也免不了这场灾祸，只可惜了那两条金鲤鱼，准给砸死了。

大江一拍脑门，说："也许不会呢，我出来时怕鱼再闹腾，弄湿了炕不好晾，就用地上的木板把鱼缸盖上了，把缸放角落里了。"

果然，四人进到屋里一看，尽管炕上落满了木头、土块，可那鱼缸因为放在角落里，还有木板盖着，还真没砸坏，两条金鲤鱼好好地呆在里面，也不闹了。

原来，屋顶要塌时先掉下些小土块，土块里夹杂着生石灰，落到金鲤鱼身上烫得慌，金鲤鱼就闹腾着弄醒了大江。

当下，大江就帮着二奎清理，没多久清完了。二奎越想越觉得大江真是好人有好报，就说："哥啊，你是不知道，往年这会儿不管谁来，咱家桑叶也没多余的，桑树也只是刚刚够自家养蚕的；前年，兰草说，咱还是多种点桑树吧，等咱俩结婚后还得多养蚕，怕到那时桑叶不够用。这样我才又种一些桑树。谁知，种下桑树后，赶上妈妈时不时地闹病，我们结婚后蚕也养得不多，多的桑叶眼瞅着要烂在树下成了肥料，刚好哥你来了，那些多的桑叶就像是给你备下的，你说怪不怪？"

二奎妈忙接话说，做人就得心善，这倒不是迷信，真是一环套一环呐！其实不是金鲤鱼救了大江的命，是大江自己救了自己啊！

大江、二奎和兰草听了，还真是这么回事，都开心地笑了。

（题图、插图：张恩卫）

2012年11月(上)动感地带答案

神探夏洛克："朝"字拆开来就是十月十日，且"朝"还有早晨的意思。

疯狂QA：把三个房间命名为甲、乙、丙，三兄弟分别拿一个房间的钥匙，再把剩下的钥匙这样安排：甲房内挂乙房的钥匙，乙房内挂丙房的钥匙，丙房内挂甲房的钥匙。这样，无论谁先到家，都能凭着自己掌握的一把钥匙进入任意房间。

思维风暴：把球向上抛。

叫花子吃肉

□ 曾凡洪

讨肉吃

张黑赤天生是个吃肉胚子，一顿能吃几斤肉。可惜他生在穷苦人家，吃肉吃得沦落成了叫花子。

这天，张黑赤到西城口要饭，正好算命的刘半仙在卦摊上吃红烧肉。张黑赤顿时就迈不动腿了，流着口水喊着要吃肉。刘半仙刚想骂却心眼一转，打算耍他一回，便说："要吃肉是吧？告诉你个好去处，晚上三更去城门口等着，包你吃个够。"说罢还假装掐指一算，胡说道，"你命中禄米旺，将来要吃一辈子肉，今晚你去西城门，鸿运从此高照。"

这话谁都不会信，偏偏他张黑赤却当了真，三更天果然来到西城门内，远远看见一伙人打着灯笼提着食盒走来。张黑赤早闻见那是粉蒸肉的香气，心想刘半仙还真准，便饿虎般的扑了上去，却被那几个人死死地扭住。这可是县太爷的夜宵，哪里吃得？

原来县太爷喜欢搓麻将，夜夜在"悦春园"和几个财主打到五更天，三更左右衙役会到"醉仙居"酒楼拿订好的粉蒸肉给他当夜宵，这些刘半仙都知道，所以他糊弄张黑赤来讨打。

再说张黑赤被锁在县衙的石狮子上，直到五更天县太爷散了场，才给提出来审。县太爷喝问他为何抢肉？张黑赤头一昂，大声说："刘半仙说了，这是我命中注定的肉，当然要吃！"县太爷看他傻里傻气，正要赶他走，可又心里一动，笑问张黑赤："你真想吃肉？"张黑赤连连点头。县太爷又哄道："肉尽管吃，但要听话。"张黑赤听了忙兴奋地喊："有肉吃就

听话！"

县太爷命人端来一碗红烧肉，张黑赤扑上去，张开大嘴就吃，喉结里还嗯嗯有声。县太爷看着他的贪吃相，嘴角露出一丝坏笑。

骗肉吃

第二天晚上，"悦春园"的牌局打到二更多，王员外的家丁送夜宵来了。到了走廊里，家丁看见王员外靠在条桌上打盹，心里嘀咕，员外这是咋了？不搓麻将反倒坐在这里偷闲，莫不是肚子饿了等在这里吃夜宵？

家丁把食盒放在桌上，躬着腰说："老爷，夜宵送来了。"话音刚落，就见王员外猛地坐起来，揭开食盒，端出夜宵就吃。这是一碗卤猪肉，香气四溢，王员外吃得喉管呜呜作响。家丁一看王员外一副多年没吃肉般的吃相，心里嘀咕：不对呀，员外今天怎么这副德行？再就着微弱的灯光仔细一瞅，妈呀，弄错了，这人根本不是王员外。家丁急忙揪着那人就打。

你猜那人是谁？就是张黑赤！

原来最近一段时间，县太爷手气不好，被王员外赢了一大笔银子。县太爷看见张黑赤身材相貌有点像王员外，头脑里就猛地闪出一个歪主意：让张黑赤冒充王员外骗吃他的夜宵，也算煞煞王员外的手气。

这时候，张黑赤和家丁的吵打声惊动了屋里打牌的人，王员外气得吹

胡子瞪眼，要把张黑赤送到县衙，让县太爷狠狠法办。可县太爷挥挥手说："这是个浑人，何必和他一般见识，今晚的夜宵我请了。来来来，继续打牌，别扫了雅兴。"县太爷发话了，王员外不好再说什么，眼瞅着张黑赤大摇大摆地走了。

还真巧，张黑赤这么一搅，王员外后半夜输了个光，县太爷赢得哈哈笑。散局后，王员外铁青着脸回到家，家丁忙上前赔笑说："老爷，我把张黑赤抓来了，您消消气。"王员外赶紧拿着马鞭劈头盖脸抽了张黑赤一顿，骂道："你胆子不小，敢吃我的肉，我抽死你。"张黑赤熬不过打，大哭说："不能怪我，要怪就怪你赢了县太爷太多银子。"王员外一愣，停了下来，问了个仔仔细细，气得青筋爆出。

这时，管家凑上前小声说："老爷，去知府大人那里告一状。"原来，王员外之所以不买县太爷的账，敢赢县太爷的银子，是因为知府大人是他的女婿，那可是县太爷的顶头上司。

王员外亲自押着张黑赤到女婿面前告了一状，要女婿帮他出口恶气。知府大人笑着劝慰了他一番，说："这还不简单？他唆使叫花子吃了你的卤猪肉，我叫他加倍还你不就是了？"

送肉吃

过了几天，县太爷正在处理公事，忽然手下人来报，知府大人派差

办来公干。县太爷急叫快请，待这差办一进来，县太爷的眼珠差点掉了下来。来人竟然是张黑赤！

只见张黑赤穿着公服，对着县太爷傻笑，还送上了知府的文书。县太爷愣了好一会才看，上面大意是：因邻县正在闹猪瘟，为防止传染，知府衙门决定督促预防，今差遣差办张黑赤检查预防事宜，为时一个月。

县太爷心知肚明，这是知府大人在帮王员外出气。可是派来的人虽是个浑人，事却是个正经事，邻县确实在闹猪瘟，如果真的传到本县，可以将他定个预防不力，革职查办的罪名。

县太爷只得命人看座，忍气吞声地问："张差办，不知你对预防猪瘟有何高见？本县尽力筹办。"张黑赤头一昂，嘴一撇，说："知府大人说了，我是来吃肉的，不满一个月不许回。"

县太爷知道张黑赤是个浑人，有理说不清，只得派了两个衙役好酒好肉地服侍他，还专门给他配了个大厨，顿顿变着花样做。

看着一个叫花子满嘴油腻在自己面前晃来晃去，县太爷恨得牙痒痒，就给总督大人写了一封信。俗话说，朝中无人不做官，县太爷不学无术能当官，靠的是他叔叔总督大人。

总督大人看了县太爷的信，就发文给知府大人，说总督衙门人手不够，要调张黑赤去总督衙门当差。知府大人拿着公文愣了半晌，只得照办。

张黑赤恋恋不舍地带着对酒肉的思念，离开县衙，去了总督衙门。

谁知过了几天，张黑赤摇身一变成了总督衙门的书办，捧着总督衙门的公函来知府衙门公干。公函里说朝廷拨了一批银两修理河道，总督大人特委派张黑赤来督促工期，时间是半年。张黑赤是个浑人，哪里懂什么修理河道？知府大人哭笑不得，知道这是总督大人以其人之道还治其身，替

县太爷报仇来了。他让叫花子吃县太爷一个月的肉，总督大人就让叫花子吃他半年肉。

知府大人当然知道怎样款待张黑赤，好酒好肉管够。可是知府大人心里不舒服，就给恩师吴太师写了一封信。

吃不完的肉

这吴太师也不是省油的灯，马上写起了奏章。这天，太后正带着小皇帝批奏章，就看见了他那份，参总督藐视朝纲，派叫花子督促河道工期。太后早习惯了这种内官和外官的争斗，随手把奏章扔在旁边。小皇帝却好奇地问："母后，这叫花子吃肉真这么厉害？"

小皇帝一问，太后心里一动。原来小皇帝厌食，怎么哄都不好好吃饭，还特别讨厌吃肉，所以长得病恹恹的。皇帝身体好，才是江山社稷的福气啊，太后没少为这事操心，可各种方法都想尽了，无奈小皇帝就是吃不下饭。太后想到这儿，忙下懿旨召张黑赤进宫。

总督不知其中奥秘，赶紧派人锦衣装扮起张黑赤送进宫。太监教了他些礼仪，把他带进偏殿。太后和小皇帝坐在龙椅上，下面摆着只红泥小炉，炉上支着口锅，锅里炖着热腾腾的肉，足有五斤多，香气四溢。张黑赤眼瞅着猪肉，咽着口水，食欲大动。太后刚说让他吃，他就饿狗般冲上

前，早把礼仪抛在脑后。

张黑赤大口大口吃着肉，喉咙里发出狗一样的低鸣声，嘴唇烫起了泡也浑然不觉，一脸的满足样，连太后都被他狼吞虎咽的粗鄙吃相逗笑了。

不多会儿，张黑赤就风卷残云，竟然把五斤多肉一口气吃完了，撑得只打饱嗝，嘴角上流着肉汁，衣服上全是油渍，满足地傻笑着。小皇帝被勾起了食欲，嚷着要吃肉。太后早有准备，命宫女端上肉来，看小皇帝香喷喷地吃着，太后赞许地点着头。

这以后，张黑赤就成了小皇帝的陪吃。自从有他陪吃，小皇帝再也不厌食了，身体自然也越来越好。张黑赤虽然浑，却懂得一个硬道理，那就是把小皇帝哄好了，他就有吃不完的肉。于是他平日里学狗学猫地打着滚叫，逗小皇帝开心，弄得小皇帝离开他就茶饭不思。太后一高兴，封了他为四等护卫，专门陪侍小皇帝。

几个月后，张黑赤告假还乡，要给爹娘修墓，县太爷领了命，鞍前马后地陪着。路过算命摊时，张黑赤掏出二十两银子直往刘半仙怀里塞，说他算命准，自那晚后自己果然飞黄腾达了。

刘半仙惊讶地接下银子，瞅着张黑赤穿着锦衣玉袍远去的背影，一个劲地发呆，心里直嘀咕：这世道怎么了？叫花子真吃到天鹅肉了！

（题图、插图：黄全昌）

『酒瓶』新闻

□ 仰望星空

弄巧成拙

叶东四十出头，开了家正兴广告传媒公司，自己当起了老板。这几年公司办得红红火火，在当地也算小有名气。可就在公司渐入佳境的时候，却把一个大项目给办砸了。

这要怪就怪叶东的副手卢杰。项目本来是为当地的名酒"盛世一品"办一个大型展销会。这酒一瓶就售价上万，在全国名酒里排名也靠前，所以这次展销会对公司来说机会难得，叶东就把具体事务交给了自己最信任的卢杰负责。

卢杰当然费尽心思，加班加点，收集了所有能搞到的资料，还以公司的名义邀请了当地的领导张局长做剪彩嘉宾。

可谁也没想到，压轴的剪彩仪式过后，却出了岔子。问题出在了图文展览区的一组大幅图片上。

据说，当时张局长看到那组图片的时候，脸上的笑容一下子凝固了，没多久，他就跟秘书留下几句话，匆匆离开。很快，局长秘书让工作人员撤下了那组图片。

图片上究竟是啥内容？原来是某次下乡座谈会上这位张局长的特写，而他身边竟赫然放着一瓶"盛世一品"。下乡座谈会的主旨可是访贫问苦，一瓶价值上万的名酒在这种场合出现，还和领导做了组合，味儿马上

就变了。难怪人家会脸色大变，愤然离场。

这么个细节，当然逃不过媒体的眼睛，第二天，关于这事的始末见报了。

大家不禁纳闷，卢杰办事向来以细心著称，怎么这次马屁会拍在了马腿上？

叶东也大为光火，立刻把卢杰喊进自己的办公室，狠狠教训了一顿。可他没想到的是，卢杰竟然一句解释没有，反而硬朗地回答："叶总，事情是我办的，所有责任我来扛！"

叶东被他这话呛住了，喝道："你

一个小小的策划，扛得起吗？张局长秘书来电话了，说这事情必须得给个说法。不过这事已经上报纸了，想躲是躲不过了。所以我干脆给你约了个报社记者。你是学传媒的，公关应该也在行，想个办法，人家来采访的时候，挽回一下局长的形象。"

卢杰听了这话，勉强谢了谢叶东的好意，就直挺挺站在那儿，半晌才憋出句话："经理，我学的是新闻传媒，公关这块还真不怎么在行。"

叶东看着这个平日里的得力干将，气不打一处出，喝道："你小子还委屈？还指望别人来给你擦屁股？你给我听好了，今天中午之前，你必须给我出个方案来！"

末了，卢杰就这么灰溜溜地出了办公室，可叶东一直等到下午下班，也没等到卢杰拿出个方案来找他。

再起波澜

不过第二天一大早，卢杰倒是不请自到了。他拿着一张报纸来到经理办公室，一进门就指着一篇大幅报道，质问叶东："经理，这是怎么回事？"只见这报道的标题写着：传媒公司负责人澄清名酒事件。接下来是具体内容，说其实那酒是与会一个老革命的私藏，也就是个半空酒瓶。局长也根本没喝，只不过当时要拍照，才拿来做了个装饰品。报道通篇以卢杰的名义，'澄清'了这个事实，还承认是失误，并且郑重向受影响的人道歉。

叶东瞟了一眼报纸，拍拍卢杰的肩膀说："小卢，你不是说自己不在行吗？我就帮你把这事搞定了。"

卢杰急得吼道："事关名誉，我没认的事怎么能乱往我身上扣呢？"

叶东也吼道："展销会办成这样，公司亏大了，我现在还没工夫找你算账，你小子得瑟个啥？"接着，他似乎觉察了什么，试探道，"等等，你这态度不对劲啊！难不成你小子还是故意的？"

只听卢杰冷笑一声，争辩道："叶经理，做这行这么久了，我们平时把产品吹得天花乱坠都无所谓，可这次我只是把事实摆出来，怎么就要道歉了呢？我大学的专业是传媒没错，但可是新闻传媒！是叫人讲真话的！"

卢杰这一通话，把叶东急得从座位上跳起来骂道："我看你小子是不知天高地厚，不想混了！给我出去！"卢杰也不含糊，甩门就走。

第二天，卢杰果然没来上班，叶东的桌上多了份辞职报告。卢杰离职的消息，马上就在公司里传开了，众人惋惜的同时，也都安下心来。毕竟，卢杰的离开，也算是为公司解除了一枚定时炸弹。

可就在众人以为事情就此结束时，事态却有了让人始料未及的发展。原来，有网友把那组撤下的照片挂在了网上发了帖，帖子还说到了传媒公司迫于各种压力，将展览会策划人卢杰辞退的事。

这回，帖子一石激起千层浪。因为扯上了策划人被辞退一事，顿时让众多网友觉得其中另有隐情。于是帖子被疯狂转载，一时间整个事件成了网络上被争相讨论的话题。结果，连电视台也凑热闹，在访谈节目里，对类似事件展开了轰轰烈烈的讨论。

由于各类媒体的集体参与，事情越闹越大，逐渐引起了上级领导的重视。张局长涉嫌公权私用，一个月后就被停职调查。这一调查，结果让人瞠目结舌，还查出了大量来路不明的财产，贪污索贿等新罪名也出炉了。这样的结果简直是大快人心。

这样，"酒瓶"事件到此总算是有个交代，一直处于舆论风暴中心的正兴广告传媒公司也声名鹊起。当然，作为宣传对象的名酒"盛世一品"也借此狠狠地火了一把，算是歪打正着。

柳暗花明

这天晚上，叶东给卢杰打了个电话，约他到茶馆一叙。卢杰有些好奇，都这时候了，自己对这个老上司还有什么利用价值？于是他答应赴约。等他到的时候，只见叶东身边还坐着个中年人，笑吟吟地看着自己。待他坐定，那中年人递过来一份合同，卢杰一瞟，竟然是市里报业龙头老大——

《正兴日报》的聘书。

卢杰一时间没反应过来是怎么回事，直愣愣地看着叶东。叶东笑呵呵地介绍："这位是《正兴日报》社会新闻版的王主编，我的老同学。你小子不是想当记者吗？"接着，他给卢杰倒了杯茶，淡淡地说，"当时那篇报道没经过你同意，对不住啊。不过也是想看看你小子是不是敢做敢当；把你辞退嘛，也是来个置之死地而后生。"

"置之死地而后生？"卢杰听得满脸疑惑。

"你被炒掉后，网上那个关于展览会的帖子传播得这么广，你没发现吗？"叶东笑呵呵地问。

卢杰也确实纳闷，这事开始不过就是几张报纸报道了一下，倒是自己被辞退以后，才在网上引起轩然大波。他狐疑地问道："难道，是您在背后做的推手？"

叶东不置可否地回答："你啊，别瞧不上公关这门学问。新闻报道的本质是要用事实说话，这一点，你作为一个未来的记者，算是合格了。但如何传播，也不失为一门艺术。我建议你好好琢磨一下。如何找切入点，层层深入报道，这次，就当我这个老上司在你离职前给你上的最后一课吧。"

卢杰听得完全愣住了，叶东又继续说道："当然，公司的名气一下子就被打响了，宣传目的也算是达到了。这都要归功于你，不惜赌上自己的前途，也要发挥公民的监督职责，才能有之后的发展！所以我才舍得割爱，把你举荐给老王。"说完，叶东才呵呵一笑，呷了口茶。

听到这里，卢杰收起聘书，站起身来说道："谢谢二位，让我受益匪浅！至于我能不能学以致用，二位就等着看我今后的工作成果吧！"

（题图、插图：谭海彦）

密电风云

□ 谢庆浩

绝密电报

第二次世界大战期间，英国有个情报处长叫道格，他反应灵敏、判断准确，深受盟军领导层的信任。

最近战事吃紧，道格已经在情报处待了整整一个月没有回家了。这天晚上，他好不容易抽了个时间回到家里，想好好睡个觉。可他刚进门没多久，就听到一阵急促的敲门声。警卫通报，情报官亨利紧急来访，说是有重要军情报告。

道格忙穿上外套，来到客厅。只见亨利已经急匆匆进了门。等警卫退出客厅，亨利敬了个军礼，却什么也没说。

道格却立刻点头，说道："明白了，马上回军情处！"

原来，亨利敬完礼，把手放回裤缝的时候，悄悄地伸出了三根手指。这就意味着，军情处截获了德军的"E"字头情报。所谓的"E"字头情报，指的是英国情报人员最近才破译的德国"恩尼格码"情报，它本来是德国人手中最厉害的秘密武器。现在好不容易被破译了，英国情报人员终于可以通过它来掌握德国人的特级情报。这可是个超级机密，除了首相丘吉尔和几个高级将领，也就只有他们几个专门负责监控这个电码的情报人员明白其中奥妙。为了保证这个超级机密不被泄露出去，他们采取了极其严格的保密措施，任何场合都不能直接提"恩尼格码"的名字。就像刚才，在道

格家里，为防被监听，亨利用隐蔽伸出的三根手指来代表字母E。

到了军情处，亨利把一份刚刚破译的德军密电放在道格桌上。短短一行字，却让道格心情顿时无比沉重。原来，他手头上的密电是一份指挥密电，希特勒命令他的空军四十八小时后对考文垂地区进行毁灭性轰炸。亨利见道格看着密电沉默不语，急促地提醒道："处长，还差四十个小时，他们的轰炸机就会像蝗虫一样扑向考文垂……请您尽快向上级汇报吧！通知考文垂，做好防空和人员撤离工作，迟了就来不及了！"

道格知道亨利为什么一下子失去了冷静，因为亨利就是考文垂人。道格把密电小心翼翼折好，安慰道："我会尽快向司令部呈报。距离德军的轰炸时间还差四十小时，这时间足够让考文垂去部署一切，他们会安排人员撤离，布置防空炮火，你的亲人会没事的。"

亨利点了点头，抬手向道格敬个礼，快步离开了道格的办公室。

艰难抉择

道格连夜把密电呈了上去。凌晨两点多，道格接到命令，让他马上到最高司令部参加紧急会议。

到了最高司令部，道格不由吃了一惊，知晓超级机密的几个高级将领全来了，丘吉尔首相居然也端坐其中，他手中拿的，正是亨利他们破译的那份密电。主持会议的参谋长告诉道格，今天让他过来参加这个会议，是因为今天的会议必须做出一个艰难的抉择，而现在参加紧急会议的六个人中，同意的和不同意的都各有三个人，既然道格已经知道了这份密电的内容，司令部就索性请他过来帮忙分析一下。

道格这才恍然大悟，按照他的军衔，根本没有资格参加这种级别的会议。到底是什么样的抉择，会这么艰难，让丘吉尔首相都无法直接拍板？

参谋长脸色凝重地说："现在我们已经获悉德军将会在不久后轰炸考文垂，但首相认为从战略的角度看，不通知市民比较明智，考文垂不设防，一切照旧！"

什么？道格惊呆了。考文垂可是一座历史古城呀，那里矗立着数百年的大教堂，有成熟的工业区，更重要的是，那里还住着十几万市民，那可是十几万鲜活的生命！不通知市民，一切照旧的话，德军的炸弹如期而至，会夺去多少人的生命？德军的轰炸在即，为什么不通知市民做好防空准备，好让他们提前撤离？

参谋长见道格满脸错愕，解释道："原因很简单，我们破译了德军的恩尼格码后，它就是我们的超级密码，我们已经利用它在战场上取得了多场胜利。但是德国人也因为连续的失利，开始怀疑这电码是不是被破译了，要是这次我们又提前撤离，就等于证实了他们的怀疑，一旦他们为此更换密码，我们也就失去了战争的主动权！"

说到这里，参谋长语重心长地对道格说："处长，我希望你能慎重投好你自己的一票！你的一票，将决定十几万人的生或死！"

道格沉默了，一边是十几万鲜活的生命，一边是足以改变历史进程的超级密码。不通知考文垂市民提前撤离，成千上万的人会因此失去性命；假如真是因为考文垂提前做好准备而让德军更换密码，失去超级密码的话，这场战争将会遥遥无期——超级密码，就是他们破解战争迷局，提早战胜强大纳粹德国的钥匙。这真是个艰难的抉择……

道格想起德军轰炸伦敦的惨景，他的父母就是在那里被德军的炸弹炸死的。可他又想到这场该死的战争已经持续了好几年，纳粹德国已经让整个欧洲死伤了上千万人，这么惨烈的战争，不仅英国，就是整个欧洲都耗不起了。要是不能让战争尽快结束，死伤的人，将会远远超过考文垂的十几万人。看来，要赢得这场正义的战争，就必须有人做出牺牲！

是到该抉择的时候了。道格缓缓抬起头，颤抖着举起手臂，说："我同意不通知市民，考文垂不设防，一切照旧……"

如山责任

从最高司令部回到军情处，时间已是凌晨五点。道格敲开了亨利的门，郑重地跟他解释了最高司令部的决定。亨利流着泪沉默了好一阵子，半晌才扬起脸对道格说："处长，我有个请求，请您批准，我想回到考文垂去……"

道格还没听完，就断然拒绝了亨利的请求："不行！我来找你有两个原因，一是告诉你最高司令部的决

定；二是向你宣布一个命令，你将被禁闭四十个小时，直到德军轰炸完考文垂。这是为了保密工作的需要，请你理解！"

亨利哀求道格说："处长，我回去不是要泄密。只是现在考文垂和我的家人即将面临生与死的考验，我怎能独自置身于外呢？更何况，原本是我截获了德军的密电，现在却只能眼睁睁看着考文垂在我的面前毁灭，看着我的家人毫无防备地暴露在德军的炸弹下，对于他们，我是个彻头彻尾的罪人呀。所以我一定得回到考文垂，回去和他们生死与共。我用名誉和性命向您担保，绝不泄露密电的内容！"

道格还是坚定地摇了摇头："你是个情报人员，该知道保密工作容不得半点感情，没有人冒得起这个险。德国轰炸考文垂之前，你绝对不能回到考文垂！"说完，他喊来两个卫兵，把亨利架进了禁闭室。

亨利刚进黑洞洞的禁闭室，就扑到小小的窗洞前，看着远方的一小片天空。窗洞所对的方向，正是考文垂，再有不到四十小时，那里就将迎来德军的狂轰滥炸……

良久，亨利才冷静下来，回转身。此时，他却怔住了，禁闭室的铁门已经牢牢关上，而道格竟然没有离开，依然留在禁闭室里！

"处长，您……"

"我陪你一起禁闭四十小时。"

亨利惊呆了，禁闭室的铁门如此牢固，道格还有什么不放心的呢？只见道格痴痴望了一会儿窗洞外的天空，半天才说"这也是因为保密工作的需要。我的一对儿女几天前刚去了他们外公那儿，他们外公家，就在考文垂大教堂附近……"

亨利什么都明白了。两行泪水从他的眼眶里流了出来，他努力直了直腰，对着道格默默地行了一个军礼。

四十小时后，德军的轰炸机群如期而至，在连续十一个小时的狂轰滥炸后，毫不设防的考文垂成了一片废墟。恢宏雄大的考文垂大教堂周边更是给炸得只剩下一片焦土。

德国人对考文垂的大轰炸大获全胜，希特勒手握捷报，不可一世。就这样，英国以牺牲一座历史古城为代价，换取了德国人对其密码安全可靠的自信，换取了秘密情报来源的连续不中断，从而换来整个欧洲战场的最后胜利。

战胜纳粹德国后，一个雨后初晴的早晨，道格和亨利手握鲜花，回到考文垂市。曾经在轰炸后变成废墟的考文垂市，此刻重又焕发了无穷的生机，历经战争的古城，就像雨后的天空，更蓝更净更美丽。

两个男人泪流满面，紧紧拥抱在一起……

（题图、插图：佐　夫）

书剑恩仇

□吞墨鱼

怪师顽徒

康熙年间，苏北古黄府有一个姓夬的塾师，格外与众不同，有两大古怪之处。

其一，他不像别的塾师谨遵孔夫子"有教无类"的训诫，而是对孩童挑三拣四——资质愚鲁、反应迟钝的傻孩子不教；品行端正、聪明伶俐的好孩子也不教，却专拣那些大人们都觉得顽劣难驯、调皮捣蛋的"坏孩子"来教！也别说，他教出的学生，且不去说那些中了秀才中举人的，就是那些没有读出功名的，长大后无论干了哪一行，居然都成了行当里的状元！

其二，他更不会像大多塾师那样，为了报酬同家长从年头争到年尾，而是别有定规——到了年尾，他的报酬由家长看着给：认为教得好就多给些，认为教得差就少给些，甚至可以分文不给。但可怪的是，每到年尾，家长们给他的报酬总是塾师行中最高的！

由于有这两大怪处，又由于他这夬姓的读音本就念作"怪"，人们就自然而然地称呼他为"怪先生"。

怪先生"怪"名在外，所以每到年关，聘他去坐塾的家长们总是快把他家的门槛踏破。

不过，这一年的年关，怪先生的家却门可罗雀，居然没有一个家长登门拜访，他不由地甩着袖子连连叹气："咄咄怪事，咄咄怪事！"

到了正月十五，日过正午，终于有一辆双开门的轿帘马车停在了怪先生家门口。车夫是个精瘦汉子，利索地拉开轿帘门，一个管家模样的小老头走了下来。管家自言姓刘，说受主

人吴员外之命特聘怪先生府上坐塾。本来，怪先生觉得他没按自己的规矩把学童带过来瞅瞅，心里老大不高兴，有心拒绝，但转头望见身后的老妻和几个半大不大的孩子，怪先生不由一声长叹，接过定金，头一低上了马车。

马车拐弯上道跑得挺快，但直到天黑，那车夫仍一个劲扬鞭催马。怪先生很快就不辨东西南北了，一惊之下索性在车内闭目打坐。不知过了多久，马车终于在一处红灯高悬的大门前停下。怪先生下车一看，只见四下尽是黑黢黢的山岭，眼前孤零零一座大院别无人家，门额上写着"义和山庄"几个大字，好怪！

此刻，一个衣着体面的红脸汉子迎上来，不用说，他就是一家之主吴员外了。一番嘘寒问暖后，吴员外将怪先生引入客厅。厅内已摆好了一桌丰盛的酒宴，吴员外和刘管家轮流把盏，向怪先生敬酒。怪先生不觉酩酊大醉，待一觉醒来，已是第二天中午。吴员外这才领他来到书房。书房里窗明几净，正中还张挂着一张孔夫子像，帷幄外一高一低两张桌椅相对，看来要教的只有一个学童。怪先生不由又暗自咋舌：为儿子单请一个家塾先生，这吴员外非富即贵！

这时，刘管家领着一个年方八岁、乳名叫瓜娃的学童一蹦三跳地走了进来。在吴员外连声催促之下，瓜娃挤眉弄眼、极不情愿地向孔夫子像和怪先生各磕一个头，算是完成了拜师仪式。就在吴员外和刘管家向怪先生献茶、攀谈的片刻工夫，瓜娃冷不防抓起书桌上的毛笔，饱蘸浓墨，一转身"刷"地在孔夫子像上涂下了又长又粗的一条竖线，雀跃欢呼道"看我给孔老头添了根拐杖，他不用担心走路跌倒喽！"

吴员外面色顿时尴尬起来，不安地望着怪先生，惟恐他怪罪之下一怒而去！不料怪先生却喜上眉梢："小小年纪便知道尊老，孺子可教，孺子可教也！"吴员外抹抹额头上的冷汗，同刘管家对望一眼：这个怪先生果然怪得与众不同！

末了，吴员外向怪先生拱拱手："在下出门在外事务繁多，不能常陪先生，山庄里的一切由刘管家打理，您生活上有不便之处尽可向他提！"随后又递上一把戒尺，扯过瓜娃，叮嘱怪先生对瓜娃严加管教，若不听从，尽可用戒尺打！瓜娃却翻翻眼珠撇撇嘴，一把挣脱，跑到书房外玩去了。怪先生见状，微微摇摇头，心说：怪事何其多也！

自这天起，怪先生开始教瓜娃识字描红，但瓜娃总坐不住，人在书房心在野外，一天认不了几个字。怪先生便索性领着瓜娃走出书房来到山野，瓜娃说抓鱼他就下河，说掏鸟他就上树，两人在草丛里捉蛐蛐、采野

花、躲迷藏……玩得不亦乐乎。不过，怪先生抓来鱼，瓜娃要认个"鱼"字；掏来鸟，瓜娃要认个"鸟"字……如此大半年下来，瓜娃竟也把《三字经》、《百家姓》、《千字文》上的字认全了！渐渐地，瓜娃对怪先生产生了对父亲般的依恋，言听计从，言谈举止也变得文绉绉的。

另辟书径

中秋节后，按学规先生要为学生讲解四书五经了，谓之"开讲"；而家长则要再摆宴席敬先生，谓之"秋宴"。吴员外终于又露面了，仍是那个精瘦汉子赶着马车送他来的。酒过三巡，菜过五味，吴员外站起来正要说感谢的话，怪先生却手一摆，道："你不是瓜娃的爹，这话不该你来说！"吴员外愣住了，一时张口结舌，脸红得发紫。

这时，一直站在吴员外身后、沉默不语的马夫抱拳朗声道"先生好眼力！多有得罪了，在下就是瓜娃他爹。"原来这精瘦汉子才是家长，红脸汉子只不过是他的手下而已！

一旁陪宴的刘管家惊问："先生咋看出来的？"怪先生一笑："很简单。"说罢，手一指红脸汉子道，"瓜娃一点儿也不怕他，可平常我向瓜娃提起他爹时，他总是面露畏惧之色。"随又一指

精瘦汉子，"刚才你俩下车时，瓜娃第一眼去看的不是车轿帘，而是马后的车前座。如此，谁是他爹岂不一清二楚？"

精瘦汉子挥挥手，命红脸汉子和刘管家退下，对怪先生道："真人面前不说假话，先生识人断事精准，想来也能猜得出在下是干什么的了？"怪先生摇摇手，说："我只知道你是瓜娃的爹，至于你是干什么的，非吾知也，我也不想知道。"

精瘦汉子呵呵一笑，固执地说下去："在下是干什么的，您必须知道。因为事关先生开讲后给瓜娃讲什么书！"怪先生一怔："讲什么书？难道你还能不让瓜娃读四书五经吗？"

"说的对！"精瘦汉子说着，变戏法似地拿出两本书来，一本是《三

国》，另一本则是《水浒》！莫非这就是要为瓜娃讲的书？只听精瘦汉子又道，"实不相瞒，在下做的是刀头舔血的生意。用朝廷的话来说，就是专门与他们作对、占山为王的盗匪，手下足有上千弟兄！"说罢，他自斟了一杯酒喝了。

怪先生听了，略略点头道"难怪年关时无人上我家门，原来是你的手下把别家大人全吓跑了，也难怪你转来转去不让我知晓义和山庄到底在什么地方！不过，你为何要让瓜娃读这两本书呢？我看瓜娃是块读经书的好料子……"

精瘦汉子哈哈大笑"龙生龙，凤生凤，老鼠的儿子会钻洞。盗匪的儿子便只能做盗匪，岂能读书中科举？"说着又拍拍两本书，一本正经地说，"积我二十年做盗匪的经验，这两本书太宝贵了！兵战奇谋、笼络之道，尽皆包容其中。我若是早十年读过这两本书，恐怕今天远不是只做个山大王的局面了！"随后他又大手一挥，道："闲话少说。请先生将这两本书从头到尾讲给瓜娃听。山寨的第一把交椅我早晚要交给他，肚里没货怎行？先生也可看得出，瓜娃聪明机灵，天赋不低，若是再把这两本书吃透了，岂不是如虎添翼？"

怪先生惊得目瞪口呆：教书几十年，这两本书还真没教过，更没有遇

到过要把儿子培养成盗匪头儿的爹！

见怪先生不语，精瘦汉子又道："若是先生不愿教，我可另请他人，您不必为难。"

怪先生沉吟片刻，终于一抽嘴角："这两本书，还是我来教吧。"

精瘦汉子大喜，又翻开两本书指指点点道："先生为瓜娃开讲《三国》时，务必要重点讲讲刘备。这刘备一个卖草鞋的，十来年便三分天下有其一，手下文臣武将如云，连诸葛亮都甘心尽忠到底，没有一套笼络人心的本事，能行？讲《水浒》时，则要重点讲讲吴用。这个书生太不简单了，一肚子计谋，从劫取生辰纲到智取大名府，哪一桩不是他的主张？果不愧是'智多星'。若是瓜娃把刘备和吴用的本事各学个三五分，他年定会青出于蓝，做出一番大事业！"

精瘦汉子走后，怪先生开讲了。只见他一袭长衫，把《三国》和《水浒》往书案上一摆，一手执醒木，一手挥扇子，拖腔拉调讲说起来，高兴了，还会来一段清唱，分明是摇身一变，成了说书先生！瓜娃听得有趣，学得入味，随着书中情节的推演，或喜或悲，或叹或愁。师生二人完全沉浸在书中了，就连催促他们吃饭的刘管家也常常被吸引得呆在门前……

师恩徒报

眨眼间到了年底，待两本书讲完

的时候，精瘦汉子又来了。随同精瘦汉子一起来的，还有一个戏班子，说这是要在为怪先生摆宴饯行，唱连轴大戏。

晚上，戏台上风灯高挂，就要开场。台下却只有四个听戏的：精瘦汉子爷儿俩以及怪先生、刘管家。精瘦汉子将一张点戏的折子递给怪先生，请他点戏。怪先生一看戏折子，只见上面的剧目尽是三国和水浒戏，顿时明白了，这是要借着戏考察考察瓜娃学得如何呢！他便把戏折顺手递给了瓜娃。瓜娃想也没想，便点了两出热闹戏：《桃园结义》和《三打祝家庄》。精瘦汉子不由拍掌叫好！

台上幕布拉开，锣鼓铿锵响起来，戏子们穿梭来往，你方唱罢我登场。台下精瘦汉子同瓜娃说刘备、扯吴用，娓娓而谈。不一会儿，精瘦汉子就发现儿子不仅把两本书中关于刘备和吴用的情节弄得滚瓜烂熟，且能对书中人物加以褒贬，计策的得失也能探究一二，不由喜上眉梢，连连向怪先生投来赞许满意的目光。

两出戏罢，戏折子又回到了怪先生手中。怪先生这回不再客气，点了《白帝城》和《蓼儿洼》两出戏。精瘦汉子心中一咯噔：这两出戏可不是什么好戏，一出唱的是刘备病死白帝城，托孤诸葛亮；一出唱的宋江死葬蓼儿洼，吴用、花荣坟茔哭祭、双双殉葬，都是交代人物结局的戏，实在

凄凉悲惨！果然，待台上幕布闭合、鼓停锣消之后，瓜娃脸上已没有了先前的眉飞气扬，仍坐在凳子上拉着怪先生的手，皱眉问个不停："先生，我看白帝城刘备托孤，分明已是预见到自己兴复汉室的大业无望，敢问先生，刘备为什么败了？"

"问得好。"怪先生赞道，"其实《三国》开头便说了，天下大势，合久必分，分久必合。汉朝已失人心，百姓久厌战乱之苦，刘备不识大势，只以兴复汉室笼络人心，岂能成事？"

瓜娃又问道："吴用为宋江殉葬蓼儿洼，难道只有死路一条、再无他计吗？"

怪先生点头道"同刘备一样，吴

用也是不识大势！《水浒》第一回，最先出场的几个人乃是高俅这帮小人，可谓群小登台，乱自上始，百姓想求太平而不可得！可吴用和宋江却想用招安换富贵，无异于水中捞月，机关算尽仍是死路一条，倒不如直肠子李逵所说'杀去东京，夺取鸟位'，虽死犹不失英雄！"

瓜娃大悟："识得天下大势并顺势而为，才是真正的英雄！"

"好徒儿，不枉为师教你一场，你可以出师了！"怪先生鼓掌称善。一旁的精瘦汉子插不上嘴，听得一愣一愣的。

第二天，怪先生要离开义和山庄了，送他回去的还是那辆马车，只是驾车的变成了那个红脸汉子。怪先生与瓜娃师生二人恋恋不舍，自不必提。就要上车了，刘管家拿眼直望主

人，意思是该给怪先生报酬了——银子已准备好了，雪白的细丝银锭整整五百两呢！却见精瘦汉子一脸阴沉，嘴巴紧闭，一声也不吭。更怪的是怪先生竟也对报酬闭口不提，拱拱手便上了马车。难道怪先生辛辛苦苦教了一年书竟分文不值？刘管家很为怪先生抱屈，却猛想起昨夜主人爷儿俩在书房里不知为什么争吵了一夜，心中才多少有了点明白：定是主人认为怪先生教"坏"了瓜娃！可在自己的眼皮底下，怪先生又是怎么把瓜娃教"坏"的呢？这事真奇怪！

只说怪先生回到家中，对此番外出为师的经历绝口不提。几年后，朝廷发兵进剿百里外的北芒山盗匪，一场血战，死伤无数，最后匪首彭三大王兵败自杀，其子却去向不明。人们纷纷传言，彭三大王的儿子认为天下大定、人心思治，起兵割据与朝廷对抗乃是逆势而动，难以成功，一再劝诫父亲金盆洗手、另谋他业，无奈父亲不听，他便个儿出走自闯生路去了。怪先生闻言，并不惊奇，只满斟一杯酒，面向北芒山，醇酒祭奠。

时光倏忽，又是多年过去了。康熙四十七年，流落民间的前明朱三太子被朝廷搜获，诛连甚众，全国随之掀起一场搜捕前明皇

裔的腥风血雨。重赏之下，夬先生居然被人告发，说他本是明神宗的第四十三个孙子，明亡后隐姓埋名——之所以选择"夬"这个怪姓，是因为明朝皇室向来是按五行六十四卦来排辈份和位次的，"夬"为第四十三卦，以此来暗寓他在明朝皇室牒谱上的排序。官府大喜，将夬家男女老少悉数捉拿，押送京城。人们议论纷纷，都说这下只怕姓夬的要全家斩首、无人生还了！

可是，出乎人们意料的是，自打夬家被押到京城后，竟有一位不知名的富商为其上下奔走，花费无数，终于帮他们撇清了罪名，使他们安然出狱。

夬先生起先很是纳闷：自己的亲戚朋友中没有谁是富商啊？

等他们一家人出了京城门，正为迢迢几千里的返乡路发愁，却见一辆大马车停在了他们面前。车夫恭恭敬敬请他们上车，并说雇车钱已有人付过了，付钱的人姓彭，只是不方便前来相见而已。

夬先生一家人更是奇怪，待上了车，又发现宽敞的车里摆了一张小桌子，上面有四样菜蔬：水芹、韭菜、红枣和栗子。夬先生愣怔片刻之后明白了，不由眼圈一红，喃喃道："这是学生敬先生的释菜之礼啊！老夫当年还真没有看走眼，瓜娃如今有出息了！老夫回去后，还要教瓜娃这样的'坏孩子'……"

（题图、插图：谢　颖）

· 本刊信息传真 ·

故事会 ■ 新浪 微故事大赛

11 月征集主题：囧故事

篇幅最短、含"金"量最高的故事，等待你的挑战！

《故事会》杂志和新浪微博（weibo.com）联合主办微故事大赛继续进行，邀请各路故事名家、草根英雄和世外高人展开较量！

本次大赛所有作品通过新浪微博平台征集（搜索＃微故事大赛＃），每月一个主题，当月设金奖 1 名，奖金 1 字 10 元（字数低于 120 的按 120 字计）；银奖 2 名，奖金 1 字 5 元，另设年度奖项。优秀作品将在每月的《故事会》上刊登，并结集出版。9 月颜色故事金奖得主：张冰；10 月最美好的事结果已经揭晓，详情请登录故事中国网（www.storychina.cn）查看。

11 月微故事征集主题：囧故事。生活中，职场上，恋爱时，时时处处会遇到囧事、糗事、尴尬事，或让人捧腹大笑，或让人回味自省……正文字数在 130 以下，力求情节出人意表，立意隽永深远，文字鲜明生动。本月的微故事达人或许就是你！截稿日期：11 月 21 日。（本期刊物特别选登 10 月微故事大赛优秀作品，详见 P16）

班长令

□ 朱胜喜

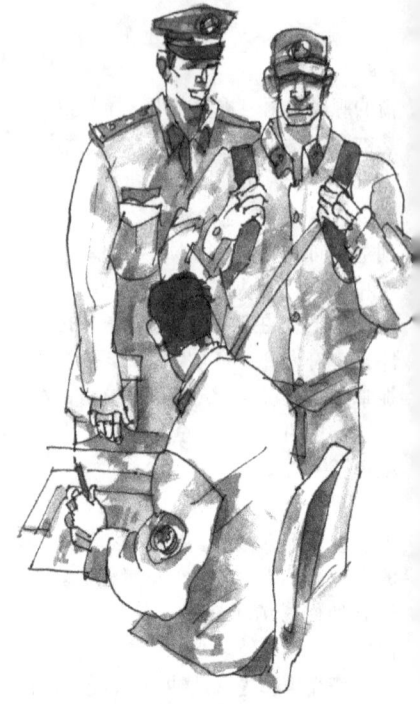

都说铁打的营盘流水的兵。我十八岁就当了兵，在部队一干就是好几年。这年秋天，老班长刘明服兵役到期，恋恋不舍地脱下了军装。送别的时候，我心里挺伤感，却又有些欣喜。因为老班长一离开，就意味着要任命一个新班长。在我们班剩下的人中，就算我兵龄最长，那么班长的位子，舍我其谁？现在，就只等着连里下达任命的班长令了。

这天，我正哼着小调在宿舍里制订班里的训练大纲，突然，门一开，连长领着一个老兵走了进来，对我说："这是从兄弟连调来的，到你们班任代理班长。"

我都还没回过味来，这个老兵就向我伸出手来自我介绍"你好，我叫李好，请多多支持我的工作，让咱们班的工作再上一个新台阶！"

我只好硬着头皮和他象征性地握了握手，赶紧找了个借口走开了。这时候，我的心里早已乱成一团麻。我是个来自农村的兵，在部队的每一丁点进步，都意味着离走出乡村更近一步，跟理想的幸福生活靠拢一点。可就在这时候，半路杀出个程咬金，抢走了我的机会。但我又转念一想，他不就还只是个代理班长吗？既然只是一个班代，就说明我还有机会公平竞争！

想到这儿，我开始琢磨怎么个竞争法。忽然，我想起来马上就是周末了，一般战士们为了表现，会争着去厨房打下手。为了不让别人占了先，头天晚上我就悄悄溜进厨房，把多余的那把刀偷了出来，藏在枕头下。

可就在吹熄灯号之前，值班员高

声通知:"今晚全连内务大检查,看看有没有违禁物品!"

我一听,脑袋嗡嗡作响,枕头下面的菜刀可怎么办?

当连长走进我们班的房间时,我的额头上直冒冷汗。不多久,我就被喊进了连长办公室。不等我解释,连长猛地一拍桌子喝道:"作为一个老兵,竟敢藏匿违禁刀具!"我忙解释"连……连长,我……我没有违纪。"连长冲我一瞪眼后一指桌上的菜刀:"没违纪?那这是什么?"我欲哭无泪地说:"是刀,是菜刀,是咱们连炊事班的菜刀……"

连长听完我结结巴巴的解释后,用手轻轻地连连拍我的肩头说:"你这个兵……你这个兵……"一副欲言又止的样子。

我从连长房间走出来时,又怔住了,只见李好走上来,安慰地搂着我的肩头说:"喜子,没事了,咱们回去!"

我心想,得了吧,来看热闹,还假惺惺地献什么殷勤。我不会就此放弃的。

一计不成,再实施第二套方案。一个休假日,我和战友们在玩扑克时,通信员高喊"喜子,有你的信!"我取了信,有意在战友们面前不停地显摆。不多会儿,就有人注意到信封上头印着我老家市政府的字样。没过多久,大伙儿都在传:喜子有亲戚在

老家的市委大院里工作,挺有背景的。

当晚,李好找我谈班里的工作。末了,他一脸平静地问我"你真有亲人在你们老家的市里工作?"我一扬脖子自豪地说:"是啊,是我父亲,不过只是'小人物'而已。"我说完,开心地笑了。李好见我笑,也跟着一起乐了。

从这以后,战友们时不时地向我打听我那亲戚的情况,我却笑而不语。不过,手头花销却越来越大,我

越是这样，越增加了神秘感。

这天，我正在一群战友的簇拥下神吹海吹。这时，李好悄悄地凑在我耳边说："你父亲来部队找你了。"我一听，猛地从椅子上跳了起来。父亲在老家的市政府大院做清洁工，怎么突然跑到部队上来了？

父亲一见我，就责问："你隔三差五地要我汇钱，又让我用市政府的信封不停地给你写信，我弄不明白，就跑来看看……"

我一边听父亲的训斥，一边瞅着站在不远处的李好，心里冷得像冰窖。我的把戏穿帮了。

刚刚送走父亲，班长令下来了：李好正式被任命为班长。

当天，李好就在俱乐部请全班战友吃饭。席间，他冲我频频敬酒，好像今天荣升的是我。最后，李好用手一拍我的肩头说："别灰心，俗话说，塞翁失马焉知非福，等待你的天空说不定是碧空万里，任你畅游！"可我却边听边在心里冷笑，妒意十足：这就叫得了便宜还卖乖。

不过，不知是不是李好的话应验了。不久，因为我在军报发表了一篇文章，没多久就调了团机关里做专职的宣传报道员。

之后，我努力地写稿子，又屡屡获奖，为部队拿回不少荣誉。鉴于我的成绩，经过层层考核后，我被破格提升为少尉排级军官。

可就在这时，我忽然得到一个消息：李好为救一个新兵，被子弹打残了一条腿，过早地结束了他的军旅生涯。

正当我犹豫要不要安慰一下李好，他却拖着一条伤腿找我来了。

他再次用手拍了拍我的肩头说："喜子，在我离开军营前，得告诉你一个秘密。"我一听，愣了，他有什么秘密非要告诉我呢？李好笑了笑，说："我也是老班长刘明带出来的兵，他退役时找到我，让我到他这个班任班长。他说这是班长的命令。他还说，喜子你在写作方面很有天赋，你不应该挤在一个小小的班里，否则将来未必有所成就。所以，在连长的安排下，我就来到了这个班，把你'挤'走了，'挤'向了属于你的人生舞台……"

听着李好的诉说，我心里一阵阵地颤抖，我的老班长，我的新班长，你们令我羞愧啊。

我一抬头，冲李好说："班长，在班里时，我不曾叫你一声班长，今天请你对我下达一个班长口令吧！"李好听到这儿，眼眶潮潮地点了点头："那就来一个齐步走！"

"齐步——走！一二……一二一……"李好下达了一个对我来说迟到了的班长口令。

我庄重神圣地迈开步子，一行热泪夺眶而出。

（题图、插图：谭海彦）

大用场

□ 邓增文

有个木材商人，一天在山林转了很久，都没找到满意的木料。这时，迎面来个山民，扛着块木头，商人一眼就看出那是块珍品。特别是尾上的杈，做装饰更难得。商人心想：看这人傻乎乎的，说不定我能捡个漏。

他赶紧上前假装恳求："老乡，我是个游客，迷路了，请帮忙带个路。"说着递上支烟。山民放下木头坐在上面，点了烟和商人闲聊起来。聊了一会儿，商人装作才看见木头，问："这尾上的杈留着碍眼，为何不砍掉？"山民憨憨地说："这你就不知了，这杈不长不短正合适，我在山里转了一整天才找到，千金难求。"商人暗吃一惊：看样子这山民是老手，今天想要捡漏怕是不易。

但他不死心，过了一会儿又扯到木头上来："这木头被砍破不少皮，难看。"山民又憨憨一笑道："可它心实，皮破了不碍事。"商人又一惊，看来他知道这种木头皮薄而脆，下料时应去皮。烟抽完了，山民扛起木头带着商人往山下走，不一会儿来到村里。商人到村头店里买了酒肉来到山民家，说是答谢引路之恩。他想山里人敦厚，喝酒后一切都容易谈，说不定还是会折价把木头卖给他。

就这样连干了好几杯，商人见火候差不多，就提出想买那木头。谁知山民大手一挥，说："我这里木头多得堆成山，你随便拿。但刚扛回来的那根不行，它有大用场。"说着他带商人来到后院羊圈，将那木头立在羊圈棚边沿，只见那木杈正卡着羊圈棚悬着的桁条。这时，山民得意地说："前天我家一头公羊发情，把原来的顶木撞坏了，我在山里找了一整天才砍回这木头。你看它不长不短，多合适。"

（题图：杨宏富）

一张特殊的罚单

这天傍晚，杰克下了班，急着开车回家。没多久，他发现自己超速了，更糟的是，他的身后还跟上了一辆警车。

杰克只好硬着头皮把车停下，只见身后走出警车的警察，竟是和自己住同一区的鲍勃。这实在太尴尬了。

等鲍勃上来，杰克耸耸肩，解释说："今天老婆打电话催着我赶紧回去给女儿过生日。"

只见鲍勃也耸耸肩，一声不吭，只顾低头写罚单。

杰克又嘟囔道："我觉得自己没超多少啊。"

这时鲍勃边写边冷笑说："你整整超过了上限二十码呢！"

杰克明白没戏了，等鲍勃把罚单递过来，他嘲弄地说了句："谢谢。"

鲍勃没再说一个字，回到警车里。杰克一边打开罚单，一边想，这次又要罚多少钱？可他发现这不是一张罚单，上面却写着：

亲爱的杰克：

我有个女儿，六岁时被一辆车撞死了，是因为司机超速。后来那司机服刑期满，又可以自由拥抱他的三个女儿。可我只有一个女儿啊。我无数次试图原谅那个人，也无数次以为原谅他了，但也许我并没有。所以现在，我需要再原谅他一次。请为我祈祷。小心！杰克，我的儿子是我剩下的所有。

鲍　勃

杰克转过身，刚好看到鲍勃的车开走。杰克看着它，直到它消失。整整十五分钟后，他才发动了汽车，慢慢地开回家，祈求得到宽恕，希望到家后能拥抱他的妻子和孩子们。

（作者：凌淑元）

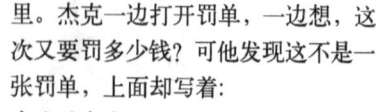
成功的时机

小桂宝家种了些黄豆，已经到了该收获的日子。

这天下午，烈日炎炎，小桂宝在豆子地里捉蝈蝈，动作一大，就碰到了豆荚。这一碰，有些豆荚居然就爆开了，豆粒蹦得到处都是。

小桂宝一看，赶紧跑回家，找了镰刀，拉着爸爸说"咱家豆子都熟透了，赶紧收吧。"

可爸爸却不紧不慢地回答："明

早再说吧。"

小桂宝以为爸爸累了，就自告奋勇说："爸，那你歇会儿吧，我一个人也能行。"可爸爸却拦住他说："你也别去。"

小桂宝以为爸爸嫌他人小，不会割，有些不服气，赌气要出门。这时爸爸笑着解释说："你别急。现在日头正猛，豆荚都晒焦了，一碰就爆开了，得浪费多少豆粒啊。明早就不一样了，夜里下了露水，豆荚潮湿了，自然不会爆开。"

小桂宝听了觉得有理，便等到第二天。果然，父子俩一粒豆子也没有浪费。

收获，也是讲究时机的。同样是熟透的果实，如果收获的时机得当，就会满载而归；否则，到手的果实也会不翼而飞，让你劳而无功。

（作者：赵盛基）

有一个女孩，没考上大学，就在本村的小学教书。可她老讲不清楚数学题，不到一周就被轰下了讲台。母亲安慰说："满肚子的东西，有人倒得出，有人倒不出，别伤心，也许有更适合你的事。"

后来，她外出打工。可她手脚太慢，过不了关，又被老板轰回来。母亲对她说："手脚总是有快有慢，别人已经干很多年了，而你一直在念书，怎么快得了？"

再后来，女孩当过纺织工，干过管理员，做过会计，但无一例外都半途而废。然而，每次女儿沮丧地回来时，母亲总会安慰她，从没抱怨。

三十岁时，女孩凭着点语言天赋，做了聋哑学校的辅导员，接着又开办了一家残障学校。最后，她成立了残障人用品连锁店，竟然变成了个大老板。

这天，女孩凑到年迈的母亲面前，她想知道，前些年她连连失败，自己都觉得前途渺茫时，为什么母亲对她这么有信心。

母亲朴实地说："一块地，不适合种麦子，可以试试种豆子；豆子也长不好，可以种瓜果；如果瓜果也不济，撒上些荞麦种子一定能开花。因为一块地，总有一粒种子适合它，也终会有属于它的一片收成。"

听完母亲的话，女孩落泪了。她明白了，实际上，母亲那恒久不绝的信念和爱，就是一粒坚韧的种子；她的奇迹，就是这粒种子执著生长出的奇迹。

（作者：李 芸）

（本栏插图：佐 夫）

母亲的信念

学写作文，从读故事开始

神秘的 "跑友"

□ 陈伟民

这人不认识

李志强三十出头，不抽烟、不喝酒，就爱晨跑，十几年如一日。

这天晨跑，他却迎面遇见个怪男人，四十出头，貌不惊人。怪就怪在，这男人一跑一个拐。

李志强刚想上前扶一把，却发现他不像是刚摔伤了。难不成是个瘸腿？瘸腿还晨跑？厉害！

李志强正感叹，瘸腿男人竟主动跟他打起招呼："嘿！你好！也来跑步啊？"李志强不禁一愣，出于礼貌，他朝男人点头笑了笑，心里却说：这人我好像不认识吧，怎么会跟我打招呼呢？会是谁呢？

第二天一早，李志强又遇上了这个男人。这次，男人竟停下来跟他寒暄。这一聊，李志强更困惑了，这男人对自己的情况还挺了解，可自己却怎么都想不起来在哪儿见过他。但好几次话到嘴边，他都没问出口，直到道别，李志强的心里还嘀咕着：这人到底是谁？

转眼过了一礼拜，这天寒暄完，那男人顿了顿，问道"你还没吃早饭吧？走，今天我请客！"说完，便拉着李志强往附近一家小吃店走。

无功不受禄啊。这回，李志强实在忍不住了，问道："大哥，你是不是认错人了啊？我可不认识你啊！"

想不到那男人听了反而笑着说："兄弟，以前咱们是算不上熟人，可这一礼拜下来，至少也算是个跑友了，吃个早饭总不过分吧？"

"跑友"？现在挺流行"驴友"、

"网友"，可"跑友"李志强还真是头一遭听说。不过他转念一想，现在骗子多，防人之心不可无，就连忙推脱："不好意思，今天家里有客人，不陪你吃了，好意我心领了。"那男人听了，有些尴尬地说："那就明天吧。"

认识这个人

第二天一早，李志强为了避开瘸腿男人，特意改变了晨跑路线。谁知过了一会儿，他的肩膀给人拍了一下。等他回头一看，发现竟是那个瘸腿男人，正上气不接下气地问："你今天怎么在这里跑啊？还好给我碰上了。昨天不是约好了吗？今天我请你吃早饭！"

李志强听了，恼了，回绝道："我们萍水相逢，你却好端端非要请我吃早饭，你到底是谁？图个啥？"

谁知这男人竟委屈地嘟囔："非要图你点啥才能请你吃早饭吗？我就是觉得说话得算数！昨天不是说好了吗？你看看，为了这顿早饭，我追你都快跑断了腿呢。"

李志强一听，心里一阵愧疚：万一人家真就是个实诚人，自己这样拒人于千里之外，是不是太过分了？于是他点头答应："行，冲你这句话，我应了。"

两人就这么来到家小吃店坐下，男人点了小笼和汤，又掏出支烟递给李志强。李志强接过一看，嘿，大中

华，这烟可不便宜。

瘸腿男人把烟点上，笑道："哎呀，都忘了自我介绍了，我叫王汉宾，市建筑公司的水电工。"

李志强愣了：他是个工人，给我递中华，图个啥？可转念一想，自己有啥好让人图的呢？

就在李志强胡乱猜疑时，服务员将早餐端上了桌。王汉宾朝他羞涩地笑了一下说："不好意思！今天只能随便吃点了，下次我请你到冶春楼去吃蟹黄包子。"

冶春楼蟹黄包子？二十块钱一只，李志强自己平时都不大舍得吃呢。他怔怔地看了王汉宾一眼，不知这家伙葫芦里到底卖的什么药。于是他又忍不住问："王大哥，你是不是有什么事要我帮忙呀？"

王汉宾愣了一下后，有些恼了，说："不就吃个早饭，至于吗？你再这么着我急了！"

李志强的脸不禁红了起来：人家诚心诚意跟我交朋友，我却老怀疑人家另有企图，累不累啊？

于是，他放下心来，跟王汉宾边吃边聊。聊着聊着，发现还真挺投机。这么一顿早饭下来，李志强对王汉宾的情况也略知一二了。他老婆是一家超市的营业员，儿子在市三中上初三，学习成绩还不赖，一家三口小日子过得挺美满。

等吃完了，王汉宾付了钱，一拍

大腿道:"我说兄弟,我俩那么投机,不如以后早上就一块儿晨跑吧,搭个伴,跑起来也有劲。"李志强也觉得这是个好主意,于是,从此以后,两个人还真的成了名副其实的"跑友"。

不过没多久,李志强就觉得有些尴尬了,王汉宾毕竟瘸了条腿,速度完全跟不上自己。每次李志强耐着性子跑完全程,都要等上一会儿,王汉宾才气喘吁吁地跑上来,嘴里不停地

道歉:"不——不——好意思啊,拖累你了。"说完,还一定要请李志强吃早点赔不是,一边请,一边还潇洒地说:"兄弟,你别瞧我只是个普通水电工,收入还是可以的。"李志强总是推脱不过,心里有点过意不去。就这么一来二往,两人成了朋友。

一天中午,李志强外出办事,路过一家建筑工地。突然看到栅栏旁边蹲着一个人很眼熟,再一看,竟然是王汉宾。只见他满脸灰土,正埋头啃着只山芋。看他那狼吞虎咽的样子,李志强心里一阵酸楚,可又百思不得其解:他为什么要在我面前装富呢?

于是,他顺便问了问工地门口的一个工人,那工人听说问的是王汉宾,说道:"嗨,他啊?我们这儿出了名的老实人。就是脾气有点怪,最近拖着一条瘸腿,干什么却都跑着去。问他为啥,他就笑笑说是练速度。"

李志强听了,心里一咯噔,转念一想,最近王汉宾晨跑的速度还真是快了不少,自己都不用等了。想到这儿,李志强心头一阵感动,这王汉宾跟朋友晨跑都那么当真,真是憨到冒傻气啊,自己还是别去拆穿他了。

神秘的背后

又过了几天,李志强一早刚跑出小区,就见王汉宾迎面跑来,一脸焦急地嚷道:"哎!兄弟,这几天你到哪

去啦？"李志强朝他苦笑了一下，说"不好意思，我爸生病，在三院住院好几天了。"

"什么？伯父住院了？"王汉宾迫不及待地问，"什么病啊？"李志强笑了笑说："老毛病，关节炎。"

王汉宾听了，急说："这也不是小病啊！我去看看伯父吧。"李志强连忙摇手说："算了，没啥大碍。"

"这怎么行？兄弟一场，伯父生病，我肯定要去看的。你稍等，我去去就来。"王汉宾说完，还没等回话，便一拐一拐地回家去了。

李志强知道王汉宾的性格：憨厚老实，说到做到，所以只好站在那等，反正王汉宾的家住得也不远。

可这一等竟然一小时都过去了，还不见王汉宾过来。李志强心里急得直咬牙：这家伙今天到底葫芦里卖的什么药？

终于，他忍无可忍，直奔医院。谁知没多久，王汉宾竟然拎着礼物，带着老婆儿子推门走进病房。李志强见他满头汗水，怪道："我等了你半天，你到哪儿去了啊？"

"嘿嘿！"王汉宾朝他憨笑了一下，满脸歉意地说，"不好意思。我刚到家，就接到儿子班主任的电话，说我儿子中考考了600分，上重点线了，一激动，所以来迟了。"

这时，李志强的父亲也激动地插话说："这个分数可以报市一中啦。"

王汉宾苦笑着摇摇头说"市一中可是重点中的重点，我怕分数不够。"

"怕什么呀？"李志强的父亲连忙说，"我就是市一中的校长。"

"什么？"王汉宾猛地一拍大腿，惊道，"伯父就是一中的校长？这下可好了，我儿子有指望了。"一旁的李志强却一眼看出端倪：王汉宾惊讶的表情也太夸张了，甚至还多少带着些尴尬。

此刻，李志强一下子明白了。王汉宾瘸了条腿，根本不适宜跑步。可他为了能认识自己，说穿了，为了能认识自己在市一中当校长的父亲，不惜拖着残腿跑步，也要让儿子进重点中学，真是可怜天下父母心啊。于是，他也没戳穿，等送王汉宾出门，才半开玩笑说："王大哥，看来你早就有预谋了嘛！"

只听王汉宾叹了口气说："兄弟，别怪大哥。这事儿你不问，我今天也得好好解释。我只是个小百姓，可上一中就算分数刚够，也最好有个门路。我那么大年纪了，都没为什么事求过人。这次为了儿子，豁出去了。认识你那么久，我每次想开口，都没拉下面子来。今天你说伯父住院，我想无论如何也得抓住机会，厚一回脸皮！为了儿子，我也是迫不得已啊！"说完，一抹浊泪涌出他的眼眶。

（题图、插图：谭海彦）

生死一张嘴

□ 冯海鹏

明朝开国那阵子，天下初定，几年休养生息之后，京城里也初现繁华。

这天，聚客居茶馆来了三位客人，一进店，便引来四下里阵阵唏嘘。为啥？原来这三位，一个只有一只手，一个只有一只眼，另一个只有一只耳。他们进了门，也不在意旁人诧异的目光，径直找了个靠窗雅座，等伙计上了茶，便饶有兴致地边饮边聊起来。这一开聊，旁人就听得入了神。

一只手

只见"一只手"端起茶杯，咂了一口，清清嗓子，开了腔：

"想当年，我手脚双全，只因连年灾荒沦为乞丐，入了丐帮。当时帮主叫吴能，武功了得，最初也算义气，可惜后来专横跋扈。我们稍有不从，便要被他打得半死，敢怒不敢言。

"也真是花无百日红。这日，来了个陌生乞丐，生得器宇轩昂，不怒自威。一夜，他偷偷把我们喊到一处，悄声问：'敢问各位敢不敢跟了在下，和那吴能争个高下？'见我们面面相觑，那人笑了，声如洪钟：'各位，大丈夫宁为玉碎，不为瓦全！岂能忍气吞声、贪生怕死？'听他慷慨陈词，大伙都摩拳擦掌道：'干！就干一场！大哥，我们听你的！'大哥哈哈一笑'你们权且等待时机，待我召唤！'

"自那晚起，大伙儿开始暗自联络。直到一天，大哥决定和吴能叫板。那晚血流成河，我现在想来都心有余

54

悸。最终，双方都伤亡惨重，却打了个平手，大哥便邀吴能坐下来以赌为约：'我不忍再看兄弟们丧命。所以，今儿咱打个赌，谁输了，请主动让出地盘，另走他乡吧！'

"吴能冷冷一笑：'话是不错，但以何为赌注啊？'大哥摇摇头说'任凭兄弟直言！但赌注必须在你我之间，不牵扯弟兄们就成！'

"吴能一愣，道：'那好，三日后，我一定奉上赌约！望兄弟不要反悔了啊！'第三天晚上，吴能真派人送来了赌约，赌注是要大哥的那只右手。我们顿时目瞪口呆，大哥却仰天长笑，拔刀便往手上砍去。兄弟们一阵惊呼，迅速夺过大哥手中的刀，跪地苦苦相劝。大哥也落了泪，豪情万丈地说：'为了兄弟们，我失一只手算得了什么！'突然，有人大叫一声：'大哥能为兄弟们失一只手，兄弟们有何不可？反正吴能也不知是谁的手！'说完，大家全都伸出手臂。大哥苦笑一声，摇头道：'兄弟们有所不知，吴能要我右手，分明是知道我这右手上长有七星之痣，你们的怎可乱真啊？'听大哥这么一说，我的心里咯噔一下。真是巧了，我的右手上刚好也有七星之痣！是啊！大哥可舍右手，我有何不可？说话间，我已经手起刀落，砍掉了自己的右手。

"等我醒来的时候，竟发现大哥在我床前长跪不起。我那只手送去之

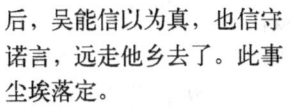

后，吴能信以为真，也信守诺言，远走他乡去了。此事尘埃落定。

"不瞒各位，那只手，我至今还静心保存，时刻带在身上哩！"

一只眼

一只手说完，仰天长舒一口气。此刻，"一只眼"拱拱手感慨道："仁兄仗义，兄弟佩服！"接着，他低头啜饮一口清茶，娓娓讲起了他自己的故事：

"说起来，我和兄弟遭遇有几分相似。因为年年战乱，民不聊生，各地义军纷纷举旗。我就是那时候背井离乡，入了义军。我们大哥也是仗义之人，处处抚恤乡亲。对待兄弟们，更如同手足。这样过了一年，大哥用心思虑，告诉我们，真正的大义是推翻朝廷，才能救百姓于水火！可单凭我们这样远远不够气候。

"这日，我们的人马来到一座城下。怎奈守城的竟闭门不出，大家吵吵嚷嚷，却并无良策。大哥沉默良久，沉稳地说道：'朝廷不仁，但我们义军要有义，他们不动手，我们绝不动刀枪，这第一箭要等他们放，我们才可信服于天下，仁义于乱世啊！'可是，如何让人家放出这第一箭呢？

"这天夜里，大哥一夜未眠。第二天，他下令在离城池三里远的地方安营扎寨，只派一队人马上前叫骂。我

就在这队人马当中。临行前，大哥把我叫到跟前，不舍道：'今日，如果守军放箭，你没准就会命丧黄泉，你可还愿意去？'我哈哈大笑：'大哥放心！你既为大义，为天下，我一介匹夫何足挂惜？'大哥听了，拍拍我的肩，已是热泪盈眶。

"到了城下，我义无反顾地走到城前，拼力叫骂。正当口干舌燥之际，只听'嗖'的一声，一支冷箭从城头凉飕飕直朝我射来，不待我反应过来，一股血花迸溅，那箭生生扎进了我的右眼。我瞬间倒地，不省人事。

"这一箭顿时燃起了兄弟们心中的怨气，大家一鼓作气，一举拿下了那座城池。

"从此，我失去了一只眼睛。大哥对我不离不弃，悉心救治，最终保下我这条命。一天晚上，大哥'扑通'一声跪在我面前，涕泪横流道：'我对不住兄弟了啊！'说罢才告诉我真相。

"原来，见守城的迟迟不肯动手放箭，大哥无奈之下偷偷找来一个亲信混入城中，向我射出了那支冷箭，差点结果了我的性命！这才有了后来的攻城。我起初是惊愕，但转念便释然了。大哥为苍生为百姓行大义，用我区区一只眼却换来立足之地，值！

"我扶起大哥，只听他说：'你的大义我不忘，兄弟们不忘，等将来大事即成，天下苍生更不会忘！你安心住下，成大事之日，便是我接兄弟共

享荣华之时！'说完，拜别而去。

"刚才兄弟说还留着那手，不瞒二位，那只眼睛我也保存至今啊！"

一只耳

听他们说完，一直默默听着的"一只耳"突然击掌道："那我也凑个趣，不怕二位耻笑！"

"这事已有几年了。那时候，我的大哥举义旗，已经占了一席之地，正踌躇满志，开疆辟土。那时我已经跟他多年，以兄弟相称。怎奈我一介匹夫，无谋无略，实非将才，仍是个兵。

"那时义军虽然士气高昂，可军纪散漫，大哥为此彻夜难眠，决心整治。可从哪儿着手，又拿谁开刀呢？

"那晚，大哥把我叫到帐中，一脸凝重问他待我如何。这还用说？亲生父母、手足兄长不过如此！大哥听罢点头：'我如今想要你一只耳朵，你可舍得？'我拍拍胸脯：'我虽匹夫，却懂义字，别说一只耳朵，就是肝脑涂地，在所不惜！'大哥听完，长舒一口气，说：'我有一计，请你依计而行！'我听完，倒吸一口冷气。

"第二日，校场练兵。大哥威严坐于台上，令人宣读军纪。之后，大哥起身，道：'各位兄弟，时至今日，我们已自称义军，既为军者，便应有纪，若非如此，怕我们也不会长远。从前，你我兄弟相称，偶有破格之事，我也听之任之；如今军纪已宣，望各位依

律行事，若有怠慢，按律处置！'说到这里，他略略一顿，'今日，我们暂且做一操练，我给列首一个密令，一传二，二传三，依次下传，谁若有误，军法处置！"说罢，传令开始。

"结果，我们这队列末竟得到一个误令。大哥忙一一追查，可想而知，本应是'敌军四十四人'到我这里给传成"敌军是十四人'。我立刻被五花大绑架了出来，大哥瞅我一眼，下令：'听错密令，定是耳朵有了问题，要它何用？割了吧！'在我凄厉的叫声中，一只耳朵被一刀割下，扔在地上，满是尘土。整个操练场顿时安静下来，所有的人都目瞪口呆。

"不消说，之后我被大哥秘密安置起来，如今才出来行走。和你们一样，那只耳朵我至今保存。我想，那是我对大哥的义，是对义军的义，也是对苍生之义啊！"

一张嘴

一只耳说完，三人默默相视，然后击掌而起，相互一拜，感慨道："这真是义薄云天舍手眼，滴泉之恩报何时！"他们正感慨，在座茶客早已经击掌叫好了，没想到天下义士比比皆是，眼前这几位虽貌不惊人，却个个深明大义。

忽然，一个中年男子走出来，对三人施礼请道："三位若不嫌弃，不妨到寒舍一叙！"三人看着中年人，虽

是布衣，却气度非凡，便点头答应。

走出茶舍不远，便到了那人的住处。刚坐定，那人便开口说："实不相瞒，在下姓何，是个说书人，略知些时事英雄。今天看三位心似有些不便言说之情，不知道三位意欲何为啊？"

三个人面面相觑，默而不答。这何先生哈哈大笑："如若在下猜得不

错，三位是为面见当今皇上无门而苦恼吧？"

三人一听，顿时一惊，接着含笑默认。

只听何先生叹道："天助我啊！遇到三位可是我日夜所盼！我闻当今皇上深感创业艰辛，对有功之士感恩戴德，我送你们三位义士面见皇上，我定也是功不可没啊！"

三人见何先生这么一说，顿时喜出望外。

何先生果然有些门路，不消三天，他已经打点妥当。

这日一大早，何先生便领着三人跟在一个太监身后面见了皇上。

皇上端坐殿堂，威严无比。三人胆战心惊斗胆抬头偷偷一看：天啊，正是当年自己的大哥啊！皇上走下来，快步上前将他们一一扶起，含泪

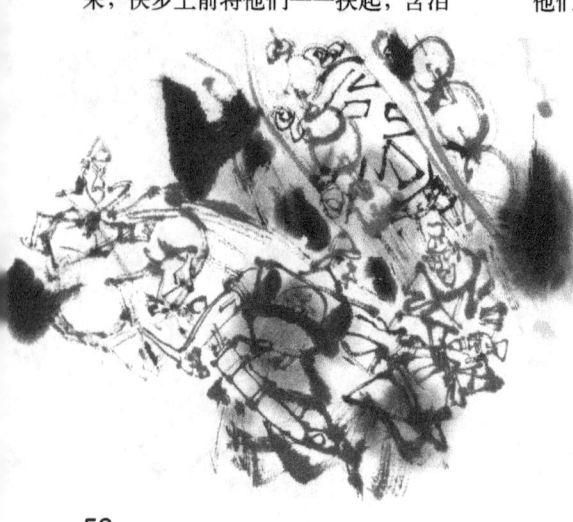

说："果然是你们啊，如今我既得天下，列位兄弟功不可没！今日得见，我一定好好报答三位义士！来啊，替我答谢义士！"说完，皇帝一甩手，几个卫兵将他们架起来，便往外拖。七拐八拐，终于到了一间阴森的房里，三人才被放了下来。三人又胆战心惊地问侍卫："皇上这是做什么啊？"侍卫哼了一声，从怀里取出一个精美的瓶子，面无表情地说"这是皇上钦赐的鹤顶红，三位自己了断了吧！"

一句话说完，三个人顿时面色苍白，"扑通"一声瘫坐在地上。在喝下那鹤顶红之前，三人终于明白，这都怪自己的一张嘴啊！大哥如今贵为皇上，当年的那些事情如何提得？可他们自己倒好，好一张破嘴到处乱说，犯了大忌。

他们不知，在另一个屋子里，那何先生也在死前悔恨不已，狠狠地抽自己的耳刮子，边抽边自语道："你这张嘴啊，说了一辈子话，结果，还是死在这张嘴上了吧！"

几个人最终死在皇宫，而民间却都在传说，皇帝感念当年恩德，将三位义士封为上宾，在皇宫里过上了人间天上的富贵日子。

（题图、插图：黄全昌）

· 诙段子 ·

幽默的广告语

◇ 在烈火中永生。——火葬场标语
◇ 为了确切无疑地相信，必须从怀疑开始。——私家侦探所广告
◇ 意料之中的事情往往不会发生，意想不到的事情却经常出现。——保险公司广告
◇ 不要担心自己变老，到你终止变老的时候，你就死了。——老年公寓广告
◇ 每个成功的男人，都必备两个：一

个家中拥有，一个随身侍候。——电动剃须刀广告
◇ 食物的最佳佐料是饥饿。——食堂标语
◇ 女人在男人心中的分量，和磅秤上的成反比。——减肥药广告
◇ 优秀的人，无论男女，完全有可能一个萝卜好几个坑。——心理咨询中心标语

（推荐者：木　旦）

◇ 在网上团购了一包小号纸尿裤,时间华丽丽地过去了十六天我才收到。这时宝宝已经该穿中号的了……
◇ 有次网购了双鞋，明明注好36码，拆包的时候发现居然是44的，联系客服说是免费退换，于是我退了，却一直等不到换来的那双。
◇ 网购的花草种子，店家赠了包向日葵种子，出于好奇，想尝尝啥味，犹豫了好久，舔了舔，甜的，换一颗再舔一舔，不止甜，还是五香的，这是新品种吗？剥开一尝，还是熟的啊。
◇ 买家："见面交易行吗？"卖家："呵呵，抱歉，我们只接受邮购。"买家："您说个地方，我去。"卖家："确实不方便呢。"买家："您可以蒙面，或我蒙面……"
◇ 卖家"亲，请问你拍下了吗？"买家"还没有，不好意思呀，我忘记登录密码了，我打电话问问我老公……"卖家"好的，不急的哦，慢慢来。"买家："我已经拍好了，可是我又忘记付费密码了。我再打电话问问我老公……"

（推荐者：余　娟）

网购笑话ABC

地理班与非地理班的区别

◇ **晚上看到月亮。**

非地理班同学：哇，月亮好美！

地理班同学：上弦月，上半夜可见，西边亮。

◇ **天气预报说：明天会迎来新一轮降雨降温过程。**

非地理班同学 带好伞，多穿点衣服。

地理班同学：冷锋过境，大风、降温、雨雪天气。

◇ **语文课：苏武在贝加尔湖边牧羊。**

非地理班同学：苏武真艰苦！

地理班同学 贝加尔湖，世界最深湖泊。

◇ **日历显示9月24日。**

非地理班同学：马上就要放长假了。

地理班同学：太阳直射点在赤道上了。

◇ **台风将在上海登陆。**

非地理班同学：求放假！

地理班同学 北半球气旋，上海吹西北风。

◇ **维多利亚。**

非地理班同学 贝克汉姆他老婆。

地理班同学 维多利亚湖，东非高原，尼罗河的源头。

（推荐者：卫　勃）

开学之各种心情

◇ 开心版：隔壁班的同学看过来，这里的老师非常帅！

◇ 骄傲版：我能想到最骄傲的事，就是寒假把作业做完了。

◇ 勇敢版：真的勇士敢于面对银行卡上的余额，敢于正视磅秤上的数字，敢于直面迎接开学的到来。

◇ 诗词版：你上或者不上学，学校就在那里，按时开学。

◇ 杯具版：快开学了，发现原来还有个叫寒假作业的东西。

◇ 淘宝版：亲，开学了，我保证您的生活是全新的，知识是货真价实的，快乐是终生包换的，烦恼是可以退货的，祝福您收到了吗？请给个好评吧，亲！

◇ 文艺版：给我一段时间，游离在现实的轨道之外。让我安安静静地在阳光下被轻轻感动，再疼痛地流下眼泪，感受一个轮回的艰辛，然后回归生活，继续做回一个每天为学习和梦想而奔波的学生。

（推荐者：罗名强）

（本栏插图：佐　夫）

横山秀夫（1957年1月17日—）出生于日本东京都的小说家、推理作家，创作了一系列具有强烈心理悬念的小说。作品善于深刻揭示事件背后的社会性，细腻剖析人物的心理弱点。

口头禅

□横山秀夫

雪江今年快六十了，在家庭裁判所做家政调解委员。这天，她接了一个离婚调解的案子。提出离婚的是女方，叫好美。她的理由是丈夫酗酒又找第三者，自己跟丈夫的关系越来越冷淡。她提出好几次离婚，但丈夫都不答应，无奈，她只好到这里来调解离婚。

雪江看着档案，不禁同情起这个好美来。这时，一个少妇在母亲的陪同下进了办公室，那少妇应该就是好美了。就在这时，雪江发觉自己好像认识这对母女。雪江赶紧打开档案，查了旧姓一栏，确定好美在出嫁跟着老公姓以前，姓时泽。没错！就是她了。

按规定，如果遇见熟人，雪江应该提出回避。但今天，她决定装作不

认识这母女俩，而且她一改初衷，决定在这个案子上能拖就拖。

谁让这母女俩勾起了雪江的伤心往事呢？原来，这个时泽好美，是雪江女儿的高中同学。雪江的女儿读高中时，本来学上得好好的，可忽然有一天，竟然得了抑郁症，窝在家里决定不去上学了，而且闭口不谈原因。雪江费尽心思，也没能说通女儿，只好接受现实，辞掉了工作每天在家陪着女儿。

过了一段，女儿好不容易愿意出门了。有一天雪江带着女儿逛超市，忽然觉得有人往自己这边看。她扭过头去，发现那边果然有一个高个子女孩，穿的是女儿学校的校服，狠狠地盯着女儿。再看女儿，立刻变得脸色

苍白，嘴唇发青，浑身发抖。等雪江再去看那个女孩，人家已经去收款台付款了。收款台那儿还有人等着她，看上去是女孩的妈妈，一看就是有钱人家的太太。

从那天后，女儿又不肯出门了。雪江干脆问女儿："那个女孩是不是在学校一直欺负你？"谁知女儿嚷道"别管我！再管我闲事，我就死给你看！"

雪江见没法让女儿开口，只得通过街道委员会打听到，那母女俩姓"时泽"，女孩叫好美，跟自己女儿一样，都上高二，是女儿隔壁班的。

回忆到这里，雪江回过神来，看看眼前的时泽母女俩，着装简朴、满脸疲惫。她心里冷笑一声：真是风水轮流转，如今你们也有倒霉的时候。反正你们也没认出我，那我可要给我女儿报仇了。

接着，雪江假装客气地跟时泽介绍调解流程，故意把调解时间说得很长，说起码要调解六次，折腾半年。一听要半年，时泽好美沉不住气了，抱怨道："半年我等不了，那个人太坏了！我父母和朋友都支持我离婚……"

雪江立刻打断她，严厉地说"你冷静点。这点小事算什么，你就忍着点儿吧。我看了下材料，你跟你丈夫是高中就谈恋爱的吧？"

这话让时泽好美愣了半天，只好慢慢解释说："是的，那人特别难缠，

我只好答应。而且只要我一对其他男孩子感兴趣，他就马上大吼大叫，我不知道为这个被他惩罚过多少次了。"

雪江却反驳说："那一定是因为他太喜欢你了。"接着，她又想引导好美多说些高中的事情，好套出她为什么要欺负自己女儿。

可好美却只是列出了一大堆离婚的理由：丈夫对家庭不负责啦、有外遇啦之类。雪江心里想着 得了吧，就你这个德行，多半是自己有外遇了。接着她匆匆送走母女俩，喊进了好美的丈夫。

不过，一看这男人，还真就是个吊儿郎当的花花公子，这么看来好美倒是没说谎话。说到好美，这男人抱怨起来："这娘们儿太烦人了。"

雪江奇怪地问："那你怎么还不同意离婚？是还有感情吗？"只听那男人愤愤地说："哪儿还有什么感情啊？不过要是她一提离婚，我就马上答应，岂不是太没面子了？"

原来这男人果然是个无赖。这一瞬，雪江倒有点同情起好美来，就草草打发走了这个男人。

过了几天，好美第二次来到办公室，雪江却仍然硬起心肠来刁难她，而且心里有种看落水狗的快感。她还雪上加霜地说："看你丈夫的态度，还要牵扯财产和孩子的抚养问题，这事情多半要拖上一年呢。"

好美听了怒道"你开玩笑吧，我

可等不了那么久！那么我不调解了，我要直接上法庭打官司离婚！"

雪江似笑非笑地说："真对不起，调解优先你知道吗？如果没有正当理由，我们可不会轻易把这种案子转交到法院。"

最终，好美怒了："凭什么？你把我当傻子啊？"

可雪江却把卷宗往桌上一摔，厉声道："这点小事算什么，你就忍着点儿吧。"又是这么一句话，气得好美哑口无言。

这天晚上，雪江已经出嫁的女儿来电话问好，雪江忍不住跟她提起了好美这个人。她本想跟女儿好好炫耀一番自己报仇的成果，谁知道女儿一听到"好美"这个名字，就大吼道"妈妈！你觉得把自己女儿的幸福给毁了，特别有意思吗？"

雪江简直怀疑自己的耳朵，还没张嘴辩驳，就听女儿又吼道："别管我！再管我的闲事，我死给你看！"这叫声跟高中那会儿一样悲痛。雪江的心猛地抽了一下，自己的女儿究竟跟这个好美有什么纠葛啊？想到这里，雪江心中涌起了一种不祥的预感来……

又过了几天，好美又来到雪江的办公室。这次，她似乎变得冷静多了，她对雪江说："那人同意协议离婚了，我是来申请把调解程序改为协议离婚的。"

雪江听了感到有些诧异，接着，她慢吞吞说道"上次我们已经谈过了，你丈夫并无大错……"没等她解释完，好美竟然盯着她的眼睛说道："这次我带来证据！我找人调查了，把和他好上的那个女人找出来了！那女人二十九岁，高中就跟他好过，现在两个人死灰复燃，又搞到一块儿去了！"

雪江也不知为什么，越听越紧张，脱口问道："死灰复燃？那证据呢？"

这时，好美脸上露出了蔑视的笑容，说："证据就在我眼前！"

雪江此刻的心跳到了嗓子眼，可

好美手上却什么也没有啊。雪江厉声问道"你什么意思？"

好美直视着雪江的眼睛说："证据在你手上！"

雪江听了，"啊"了一声，一阵沉默之后，好美又开口了："我跟那人中学的时候就好了，高中嘛，我觉得就是牵个手，接个吻什么的，可谁知道那人竟然提出要去开房间。我家教很严，没同意，就在那时候，那个女的出现了，不择手段接近那人，两个人最后还真去开了房！"

听到这里，雪江霍地站起来，喝道："不许胡说八道！"

好美也紧跟着抬起头来，仍然直视着雪江，这眼神，跟当年雪江在超市里见到的一模一样。好美继续滔滔不绝"我没有胡说八道，那女的从中间插了一杠，您说她是不是很卑鄙？但是好在恶有恶报，她居然怀孕了！那人把自己所有的钱都拿出来，求那个女的去堕胎。那女的也真把孩子打掉了，不过从那以后，就再也不来学校了。活该！"

"住口！"雪江听到这儿，忍不住伸手要去扇好美一巴掌，可好美从椅子上跳起来向后退去，边退边说："我撤销调解申请，我要协议离婚！"

没多久，好美顺利离婚了。

这天，雪江来到一家咖啡店坐着发呆。原来好美那天说的那个女孩，正是雪江的女儿。她现在又恨又自责。这时候，咖啡店的门开了，推门进来的正是好美。雪江等着好美走到自己身边，面无表情地说道"今天约你来这里，耽误你了。"说着，她把一个信封推到好美面前，说，"里面是三万日元，请收好。"

原来当年女儿和那男的把钱全都拿出来，也够不上打胎的钱，于是，好美为了把自己的男友重新夺回来，把自己仅有的三万日元全都掏了出来。

好美看见信封，冷冷笑道"我不是已经说过，我不要！"

雪江无力地说道："请务必收下，就当个请求吧。"

看着雪江的样子，好美心中也生出些许同情，勉强收了钱。

只听雪江半天又吐出一句话："我们之后就没有必要再见面了，可最后，请再回答我一个问题吧——你怎么知道我是她的母亲？"

好美笑了，回忆说"我逼问过她一次，是不是跟那男的去开房间了？当时她满不在乎地对我说：'这点小事算什么，你就忍着点吧。'把这种事这么轻描淡写就带过去了，哪像一个高中生能说出来的话？所以我印象深刻。你记不记得调解的时候，你也对我说了好几次这句话，我开始是吃了一惊，然后就想起那天在超市里，带她买东西的，正是你。"

说完，好美转身走出了咖啡馆。

（题图、插图：佐　夫）

攀越巅峰的意义，不仅仅在于体味"会当凌绝顶，一览众山小"的豪情，更为了涤荡心灵、战胜自我的壮志……

攀越巅峰

□袁夫之

1.山狼挑战

河阳市地处二三级阶梯交界，山峦起伏、风景秀丽，地貌得天独厚，是个攀岩的好地方。三年前，一个叫李文的年轻人，成立了一个叫"步云登山"的俱乐部。这是河阳市第一家室内攀岩俱乐部。李文是个攀岩好手，做事又兢兢业业，没多久，就成功地举办了几次室内攀岩大赛。在他的努力下，河阳市的室内攀岩运动出现了蒸蒸日上的势头。可就在这时，河阳市第二家攀岩俱乐部——"山狼"俱乐部成立了。

市场就好比一块蛋糕，李文把这块蛋糕做大了，也把狼引来了！而且是一头胃口不小的饿狼。

河阳市登山协会下属的一个攀岩基金会，每年有一百万的攀岩基金。往年，按照竞争机制，这笔钱板上钉钉是步云登山的。可今年，这个山狼俱乐部的老总——刘眯眼居然来找李文，高傲地说："今年这一百万肯定归我们山狼！"

刘眯眼的蛮横惹恼了李文，两个人没说几句就吵了起来，越吵越凶。最后，刘眯眼说："敢不敢和我比一场，谁输了，自动退出申请基金！你有胆吗？"

听说要比赛，李文笑了。原来在山狼刚成立的时候，就邀请步云登山搞过一场友谊赛。当时，在难度赛上步云登山赢了，速度赛山狼扳回一

局，成了一比一。于是大家最后进行了一场抱石赛。所谓抱石，就是攀上一块高度三米左右的大石头。这项运动，号称岩壁上的芭蕾，观赏性极高，当然了，难度也相当大。

抱石是李文的强项，他亲自出马，三下五除二，便以压倒性优势战胜了刘眯眼，步云登山捧得了总冠军的奖杯。所以，这次面对刘眯眼的挑战，李文淡淡地说："就你们那点资质，和我比赛？"

刘眯眼斩钉截铁地说："比！如果我赢了，你自动退出申请程序，攀岩基金归我！我输了，我再赞助你一百万！敢不敢？"说这话时，他一对

小眼睛里放着寒光。

李文心里说：和一个手下败将比赛有什么不敢的？于是他便一口气答应下来了。可这次，李文错了！上次是一种在友好气氛下的邀请赛，而这次却是事关一两百万资金的生死战，可想而知该有多凶险啊。

接着，两人商量起了比赛具体方案。刘眯眼先是否定了再举行一次室内攀岩比赛的提议，接着又否定了野外攀岩赛的几条备选线路。最后他直接提议去燕子山西峰，拿着开山镐，各自开发一条线路。

燕子山是河阳市最高最险的一座山，尤其它的西峰一侧，直接就是一个内凹式的悬崖。从没听说有哪个攀岩者征服过燕子山西峰，只听说这一侧出过人命。更可怕的是，由于西峰山势的屏蔽效应，这一带没有手机信号。换句话说，在这里如果遇险，根本无法呼救，只能听天由命了。

"怎么样？"刘眯眼挑衅地看着沉思的李文说，"是不是男人？敢不敢跟着爷开线去？"

李文被他这么一激，拍案而起，说道："开线就开线！不就是燕子山西峰吗？还怕了你不成？"

就这样，两人约好了这场疯狂的比赛：各自在燕子山西峰开一条线，谁开的线综合难度大，谁获胜。

李文回家后仔细想想，感到自己太冲动了，居然答应去开线！还是去

燕子山西峰！这不是老寿星上吊，嫌命长吗？可羞刀难入鞘，自己号称河阳第一攀岩高手，若是反悔，以后步云登山还有脸在河阳混吗？

李文觉得自己不光不能反悔，而且必须赢！于是，他开始做起了比赛的准备工作。

第一步，李文按惯例先联系了几家保险公司，没想到保险公司一听这样的比赛，没一家愿意接这宗生意。最后一家保险公司发来的信中还说：李先生，您组织的这次比赛等级为极端危险，我们不能提供任何意外伤害保险服务。信的最后，保险公司还委婉指出，任何妄图以自杀的方式骗取保金的行为是愚蠢和无效的，建议李文去看看心理医生。李文见最后一家又黄了，心情沉重地长叹了一声："唉——保险的事没戏了！"

2. 何人保护

李文第二步要做的事是：找一个技术高明而又经验丰富的保护人。因为攀岩从来都不是一个人的战斗。野外攀岩至少要两个人，前头开路的叫先锋，后面跟进的叫保护人。先锋腰间拴着绳索，绳的另一端拴在保护人身上。攀岩时，先锋用开山镐在岩壁上沿路打好安全挂锁，把绳索挂在安全锁上，保护人在后面根据先锋攀爬的高度慢慢释放绳索。如果先锋发生坠落，保护人收紧绳索，通过岩壁上

的安全挂锁和绳索的合力，对先锋形成了保护。这种保护方法就叫"下方保护"。

先锋攀爬到顶端固定好绳索之后，保护人开始攀爬。保护人一路攀爬，一路解开先锋挂在安全锁上的绳索，而先锋就在顶上慢慢回收绳索，这样，如果保护人发生坠落，先锋就对保护人形成了保护，这种保护方式叫"上方保护"。

所以，很明显，一个技术高明而又经验丰富的保护人对野外攀岩活动的成功起着至关重要的作用。李文左思右想，他的徒弟毕竟从事攀岩活动时间尚短，达不到他的要求。

正在李文苦恼万分的时候，他的启蒙教练——市登山协会王主席听到消息，给他来了电话，告诉他一些关于刘眯眼的事，这让李文更苦恼了。

这个刘眯眼，三十来岁，当过工程兵，转业后当过特警，还做过消防官兵的特训老师，教授的科目就是野外攀登。王主席说，他曾劝阻这种危险的比赛，但刘眯眼坚持要比。所以，王主席特地打电话来，嘱咐李文千万小心。

最后，王主席说："要不我帮你推荐一个教练？此人姓杨，外市的，曾经是绝顶的野外攀岩高手，经验非常丰富！而且，听说他曾经攀登过燕子山西峰。"

李文听说攀过燕子山西峰，赶忙

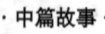

说："教练倒不必了，能不能请他做我的保护人？"

"这个……"王主席犹豫了一下，说，"这个可有些难，据说他已经金盆洗手了，现在只教不练。你可以去找他试试……我想，他的门生故旧很多，即使他不答应做你的保护人，也一定会推荐一个合适的人选。"说完，王主席给了李文杨教练的地址。

李文拿了地址，激动得当即打点好行囊，买了车票，就赶到了杨教练的住处。

杨教练是个黑瘦的中年人，独自一人住在小山村里。当他听说李文的来意后，连连摇头说："王主席是我的老朋友了，他难道没告诉你我已经多年没攀岩了？让我给你做些指导还可以，让我做保护人是不行的。"

李文赶紧说："王主席倒是说过，不过我想你既是攀岩界的高手，即使多年没攀过，但技术经验都在，上手应该很快。"

杨教练苦笑着说："抱歉，真的不行，我患了恐高症。"

一听他患了恐高症！李文惊讶地说："你不是曾经攀过燕子山西峰吗？怎么……"

杨教练脸色黯淡下来，说："我是攀过燕子山西峰，不过没成功，从那以后，我就患上了恐高症……"

李文看着满脸忧伤的杨教练，一时不知该说什么，过了好一会才说道："既然这样，那么杨教练，你能不能给我推荐一个技术高、经验丰富的保护人？"

杨教练说："这倒可以，不过我要先看看你的能力，再确定给你搭配什么类型的保护人。"说完，杨教练把他带到院子里一块三米高的石头面前，铺好抱石垫，要李文表演抱石。

李文二话不说，猛身而上，腾挪移跳，一口气做了了九十多个动作，将这项号称"岩上芭蕾"的抱石运动技巧展示得淋漓尽致。

李文得意地看着杨教练，没想到教练皱着眉头说："技巧和体力都还说得过去，不过我发现你选择了最复杂的一条抱石路线，这块石头，换了别人，只用十七个简单动作就可以完成，可你刚才竟然做了九十多个高难度的动作。"

李文解释说这次攀越燕子山西峰是一次比赛，而比赛的规则，就是要选择一条最具难度的路线。

杨教练听了哈哈大笑，道："攀岩比的不光是体力和技巧，更重要比的是脑子，观察山势，判断出最简洁的路线，并用最简洁的动作完成，这才是高手。可你倒好，要走最复杂的路线，舍弃脑子不用，那不是傻子比赛嘛！请问，你的对手到底是谁？"

李文尴尬地说："他叫刘眯眼，是河阳市山狼俱乐部的。"

杨教练笑得更开心了："你确定你的对手是刘眯眼？"

李文点点头，杨教练又说"我实话告诉你，你们这种傻子比赛，可以说就是自寻死路，没有人愿意来做保护人，除非，那人也是个傻子。"就在李文被说得正无语时，杨教练笑道："不过，我手里还真有这么一个傻子！"

杨教练话音刚落，就听门外有人高喊："教练，我来了！帮我找到保护人了没有？"李文一听，惊愕地回头一看，只见刘眯眼背着一个大包袱，眯着眼睛站在门口。当见到李文时，他那对小眼睛突然瞪得有铜铃那么大，惊愕地说："是你？"

李文和刘眯眼面面相觑，经过一番解释，李文才明白了事情的经过。

原来在李文忙着联系保险公司的时候，刘眯眼也忙着联系他在攀岩界的朋友，请他们给自己当比赛的保护人。没想到，刘眯眼的结果竟然和李文联系保险的结果一模一样，他的朋友们一听这样的比赛，都以各种理由婉拒了。无奈之下，刘眯眼只好拨了杨教练的手机，请他帮忙推荐一个保护人。

明白了事情的经过，杨教练冷冷地说："懂了吗？这场比赛，没人愿意给傻子做保护！而单打独斗的话，结果百分之百是摔死。而且摔死了，也得不到一分钱意外保险。你们还要坚持比吗？"

李文苦笑着没有吭声。

刘眯眼却说："教练，你给出个主意，这场比赛我一定要比！"

杨教练想了想，说"如果你俩都不愿放弃比赛，那么，可以换一个比赛方法：就是你做他的保护人，他做你的保护人。"

李文和刘眯眼听了都纳闷地望着杨教练，心里说："这样还怎么比？"

杨教练解释说，燕子山西峰到顶峰的可攀距离大约有一千米，而攀岩用的绳索，一般长度是五十米。整个燕子山西峰约有二十几个绳距。所以，杨教练建议，两人将原来每人开一条线的规则，改为轮流做先锋和保护人，合力开发一条线路。

比如，第一个绳距，李文做先锋，刘眯眼在下方保护，李文成功后，接着在上方保护，刘眯眼攀登。第二个绳距，改为刘眯眼做先锋……以此类推，最后的胜负，就以首攀成功的数目来判定。所谓首攀成功，就是不论先锋还是保护人，第一次爬某个绳距，无一次坠落就取得成功。

这样的规则看起来比较合理，刘眯眼点点头，表示了满意。李文想了想，摇摇头，说："这样不行！"

为什么？杨教练和刘眯眼都纳闷地看着他。李文指着刘眯眼说："他做保护我不放心！他是为了钱来的，如果我坠落时，他故意把绳子脱手，就

把我摔死了。我如果死了，攀岩基金自然就归他了。"

刘眯眼一听勃然大怒，一把揪住李文的衣领，大嚷道："我还不放心你呢！我坠落时你把我的绳子脱手怎么办？你做先锋时故意踩下石块把我打下山怎么办？"

杨教练赶紧拉开二人，说"都别急别吵！听我把话说完！"待两人都安静下来，杨教练才说："第一，你们非要比赛。第二，你们没有选择，只有互相保护。第三，你们对彼此的保护人不放心。那么只有一个办法了……"

杨教练的办法很简单，那就是他们两人的比赛不要通知任何媒体和救援组织。那么，如果一个人遇难，另一个人身子悬在半空，无论是无保护攀登还是固守待援，都是死路一条。

因为即便是救援组织得到消息赶来救援，仅仅是翻越崇山峻岭到达燕子山西峰，至少需要一周时间，而悬在空中待援的人能坚持一个周吗？更何况这里是通讯盲区，能不能通知到救援组织还难说呢。

换句话说，这样就成了一场要死都死、要活全活的比赛。

李文觉得有理，便点了点头。而刘眯眼却支支吾吾地说："可是……最起码得有个裁判啊！要不然，他输了耍赖怎么办？我有个朋友……"

李文冷笑一声，拉着杨教练的手说："杨教练，就请你替我们当裁判！"

3. 满腹疑云

杨教练点头同意了，李文情不自禁微笑起来，刘眯眼却显得有些心绪不宁。

两人就在教练家住了下来，接受杨教练的一些针对性指导。这天傍晚，李文训练完回到房间，忽然听到隔壁隐隐传来刘眯眼的声音："西峰……比赛……他答应……到时联系！"

李文轻手轻脚走过去，正好看到刘眯眼合上手机。他看到李文，先是一慌，接着故作轻松地耸耸肩说："给我老婆说一声，让她别担心！你这样看我干吗？

这有什么问题吗？难道就连打个电话也违规？"

李文一把夺过刘眯眼的手机，将刚才的电话回拨了过去。很快，听筒里传来一个男人笑呵呵的声音："眯眼，还有什么事？我办事你放心！到了西峰吱一声……"

李文啪地将电话摔在地上，看着脸色煞白的刘眯眼，愤怒地说："你老婆是男的？你别告诉我其实你是女扮男装！"

杨教练知道了情况也非常生气，刘眯眼流着眼泪解释说，电话是一个朋友打来的，自己其实是交代后事，万一出事托朋友代办遗嘱什么的。

李文问："那他在电话里一直笑？还说什么办事放心？到了西峰吱一声？"

刘眯眼又解释说，他那个朋友嗓子声线有问题，哭起来像笑一样。另外，所谓办事是指办丧事，至于到了西峰吱一声，刘眯眼也不明白，他认为李文肯定是听错了，因为西峰那儿没有通讯信号，刘眯眼就算想吱声也吱不出来啊。

这比赛到底还进不进行？李文犹豫了。刘眯眼在一旁赌咒发誓，最后杨教练说："这样吧！把手机都交出来，咱们明天出发！西峰那么大，就算有人提前得知消息，不知道确切地点，想找到我们也和大海捞针一样！"

两个人便这样交出手机，收拾好行囊，跟着杨教练出发了。经过多天跋涉，他们来到燕子山西峰，杨教练架好仪器测温湿度和风向，李文和刘眯眼则拿着望远镜，观测山势，寻找合适路线。

李文发现了一条路线，杨教练看后，皱眉道："你以前参加过野外攀岩吗？"李文尴尬地摇摇头，刘眯眼嗤笑一声，说"他也就只会在室内比赛玩玩！"

李文不服气地问："教练，问题在哪儿？你不是说要寻找最简洁的路线，用最简洁的动作完成吗？我觉得这条路线符合你说的特征啊。"

杨教练说："这条路线，半山往下杂草比较多，半山往上，有好几棵树木。这些杂草树木，在一般的登山人眼中，是提供助力的好帮手，但对你们攀岩者来说，却是危险万分。"

接着杨教练解释说，杂草树木会遮挡保护人的视线、缠住绳索，对攀岩者构成威胁。而且，草木之下，必定存在土壤或是完全风化的岩石，挂绳索用的安全锁钉在这些岩质差的地方就危险了。

李文恍然大悟，刘眯眼在一旁嘲笑道："攀岩场馆岩壁都是特制的，你什么也不用担心。野外攀岩，你得考虑岩质、天气、风向、给养和很多紧急状况呢。教练，你看看我找的这条路线，应该没问题吧！"

李文见刘眯眼发现的线路，一路全是坚硬的岩石，岩质很好；沿线寸草不生，视线也比较通透；岩壁的倾斜度非常理想，发生坠落的时候，攀岩者不致被突出的岩石划伤。再听刘眯眼的解说，李文不由暗暗点头。

没想到杨教练听完，却摇摇头问了句："这条线路有多长？"刘眯眼暗自估算了一下，说："应该有四十个绳距吧！"

教练又问："那你算过没有，这四十多个绳距，要用多少膨胀栓和安全锁？这些东西加起来重量是多少？"

刘眯眼和李文都傻眼了，是啊，这四十多个绳距的膨胀栓和安全锁加

起来恐怕不下二百斤，两人分摊，一人也得负担一百多斤。再加上绳子、镁粉、开山镐等装备，背着这么重的东西，还怎么攀岩？

"可是，教练……"刘眯眼急道，"燕子山西峰有一千米，至少是二十个绳距。二十个绳距的装备负重也不是个小数目啊！每人至少也得六十斤！那……还攀什么？"

杨教练说："线路和负重的问题你们就不要担心了！我来解决！现在的问题是，李文没有野外攀岩经验，刘眯眼的攀岩技巧不行。我建议你俩抓紧这几天互相传授经验和技巧，互相切磋，取长补短。毕竟，增强保护人的实力，也是为了自己活命嘛！"

两人仔细想想杨教练的建议，觉得还真是这么个事！虽然满肚子不情愿，刘眯眼也只好无可奈何地打起精神，详细地教李文野外攀岩的经验。李文也苦恼地指出了刘眯眼在抱石技巧方面的不足，还教给了他手指胶带的十几种缠法，以保护手指和加强指掌力量。

杨教练在旁边笑着说："现在，你们还认为对方是自己的对手吗？"李文和刘眯眼听了，都只是闷闷地哼了一声。

接下来，两人你教我学，我教你学，一丝不苟，真有点倾囊相授的味道。有时，看到刘眯眼焦灼地讲着，那副恨铁不成钢的表情，让李文忍不住

产生了一种伙伴和战友的感觉。可是，当看到对方的小眯眼中偶尔发出的精光，李文又不由暗暗警告自己：别忘了，你们是要一决胜负的！要小心！他，是你的对手！

李文不由又想起了那天那个神秘电话，对刘眯眼更加警惕起来。这天深夜，李文起来解手，突然看到刘眯眼帐篷中红光一闪，不由一惊。他回到帐篷呆了一会，又悄悄出来，却什么也没发现。

第二天夜里，李文一直留心注意着刘眯眼帐篷的动静。果然，到了半夜，刘眯眼的帐篷中又出现了一丝红光，而且，亮了半个多小时。

李文觉得太古怪了！这天早晨，他借口腹泻没有参加体能训练，而是悄悄地进入刘眯眼的帐篷，在枕头下面翻出一个四四方方的小东西。李文拿在手中，反复看了一会，轻轻一按中间的一个按钮，一道细细的红光亮了起来。

原来是GPS超小型移动定位器！李文愤怒了！

李文觉得这场比赛没有意外伤害保险，没有紧急救援！有的却是一个患有恐高症的教练兼裁判，还有一个无时无刻不在欺骗你、随时可能置你于死地的保护人！他决定退出比赛。

4.诉说苦衷

于是，李文开始一边骂骂咧咧，

一边收拾行李。这时候，刘眯眼明显气短了很多，他乖乖地站着，看着执意要走的李文，解释起了自己参加这次比赛的真正意图。

原来，刘眯眼成立山狼之后，发现单凭攀岩教学培训，山狼永远无法超越步云登山。于是，他开始开拓一些配套的攀岩业务，并取得了一些成绩。但他发现，人们对攀岩的关注度不够，对山狼的关注度更不够，他想到在年初与步云登山搞的邀请赛很吸引媒体的关注，于是想再组织几次和步云的比赛，却都被李文拒绝了。

无奈之下，刘眯眼就想到了用攀岩基金激怒李文，向他挑战，说白了，就是一种炒作，是为了吸引社会的关注度，以推广攀岩这项运动。

那个神秘电话就是他的一个搞媒体摄影的朋友打过来的。刘眯眼和他约好，让他藏到燕子山西峰偷偷摄影。至于所谓的"吱一声"，就是刘眯眼到了之后，每天晚上打开GPS移动定位器，让他那个朋友通过接收器就能找到这里。

刘眯眼讲完，真诚地说："说我是为了山狼这不错，但我不也是为了攀岩界吗？李文，你应该理解我！你想想，我们野外攀岩比赛的视频在电视里一播放，那会引起怎样的轰动呀！"

李文冷笑道："谁知道你说的是真是假？我可不想被你从山上推下来

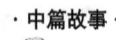

摔死的时候，还帮你推广什么山狼攀岩。"

刘眯眼急了，说："李文，不信你再等一周！等那摄影师朋友一到，你就知道我说的真假了！再说了，旁边有摄影的，如果我推你，那就拍下证据了！我也活不了！你说是不是？"

李文冷冷地说："对不起！你自己玩吧！"

刘眯眼一把拉住他，说"算我求你，李文！看在同道份上，帮帮忙！其实即使是野外登山，我知道我也不可能赢你，你的基本功扎实！我只是为名！利是你的！咱们各取所需，不好吗？"

李文想了想，说："那好，那就马上比赛！不摄像！也不等你的朋友！"

刘眯眼脸涨得通红，大声说"如果那样，我冒这么大风险和你比有什么意思？"

李文不容置疑地说："那就不比！我可不想让一个满脑子想出名的家伙做我的保护人！"

"你……"刘眯眼恶狠狠地瞪着李文半天，才说，"好吧！我答应！马上比赛！"

两个人找到杨教练，说明情况，杨教练问："好吧！明天倒是个好天气！你们都准备好了？开弓没有回头箭，确定要继续比？"两人点点头，又异口同声地问："教练，说说路线和负重怎么解决吧？"

杨教练淡淡一笑，说："你们看，这里有一条路线！"接着，他拿出一张绘画好的草图，指指点点地描述起来。

教练的这条线路，初步估算，有二十一个绳距，在岩质和岩壁倾斜度方面也确实让人无话可说，让二人最惊喜的是，这条线路的前十二个绳距都已经打了安全锁，换句话说，这是一条已经开了一半的线路。

杨教练说："这样，你们只要开发九个绳距就可以了，负重应该不到三十斤！"

刘眯眼看了一会儿线路，点点头，李文忍不住问："教练，那二分之一的线路你是怎么发现的？"杨教练脸上的表情忽然变得有些僵硬，半响之后才说："这你就不用管了！"说完，转身走出了帐篷。

李文扭头看着刘眯眼，说"你知道这条线路怎么回事吗？"刘眯眼若有所思地看着杨教练的背影，摇摇头说："管他怎么回事，只要有路线就好！明天就要比赛了，对付旋风的办法你可要用点心，千万别半路莫名其妙摔死了，害我跟着赔上一条性命。"

李文看了他一眼，揶揄道"还是担心你自己吧！你那个三指引体腾挪的诀窍还没掌握好，动作总是做不到位！别在这上面出问题！"

5.命悬一线

第二天清早，三个人来到了线路的起点。果然，如杨教练所说，线路上的安全锁一个个清晰可辨。杨教练说："先锋要注意保持线路，还要观察安全锁是否牢靠；保护人要小心石块坠落，观察和提醒先锋绳索情况。开始吧！"

李文和刘眯眼整好装备，开始攀岩了。前三个绳距很简单，两人手脚并用，都实现了首攀成功。第四个绳距，刘眯眼做先锋，发生了一次坠落，而李文则在第四个绳距上轻松实现首攀成功。

四比三，李文领先，刘眯眼脸色就有些难看了。

从第五个绳距开始，难度越来越大，两人一直爬到第十一个绳距，再没一次首攀成功。

按赛前布置，第十二个绳距是这条已开发线路的终点，也是这次攀岩的一个难点。这块岩石微微外突，而且突出面很高，面上附着点很少。

这个绳距，应该是刘眯眼做先锋，可刘眯眼接连坠落了十几次，最后泄气地说："喂，你来吧！我休息一会。"于是两人换过位置，李文做先锋。坠落了八次之后，他终于在第九次，攀上了岩石顶，两人都情不自禁地欢呼了一声。

李文套好上方保护用的最后一个安全锁，慢慢收拢绳子，刘眯眼开始攀爬。起初攀爬倒很顺利，当他快要翻上岩石的时候，突然发生了异变。李文脚边那个保护用的安全锁螺栓突然弹出了一节，接着，刘眯眼的身子便沉甸甸地坠了下去。

安全锁出问题了！李文大吃一惊，刚要出声，他的身子就被绳索一带，跟着人便翻下了岩石。"嘭"的一声，绳子弹了几下，李文就悬在了半空，身子缓缓地旋转着。李文低头一看，脚下是万丈的深渊，掉下去必定粉身碎骨！

头顶上方传来了刘眯眼的叫声："怎么搞的？怎么不检查上方安全锁？"

李文抬头一看，只见刘眯眼一只手攀住岩石的边缘，两脚荡在半空，身上的绳子被扯得笔直。此时两个

人，一个吊在半空，一个悬在岩石上，两人腰间的绳子拴在一个即将脱落的安全锁上，真是命悬一线啊！

李文大声辩解道："本来是你做先锋的，你爬了那么多次，谁会想到你没检查过！"

刘眯眼愤怒吼道："你脑子进水了？我没爬到上面，怎么检查那个锁？"

李文愧疚地说："好了，别吵了，赶紧想办法！你先右移再下移，套入下方的安全锁，我看你右边和下边都有附着点。"

刘眯眼呸了一声："我早看见了，可你的绳子扯着我，我怎么下移？"

李文想想也是，苦恼地说："那现在怎么办？"

刘眯眼恨恨地说"谁知道怎么办？"

李文焦急起来，觉得这样等可不是办法，他悠着身子慢慢荡了两下，想向岩壁靠近。刘眯眼怒喝一声："你不要命了啦？还荡绳子！螺栓脱落了怎么办？呆着别动！"

可这样干等着也不是办法，李文正要反驳，刘眯眼叫了起来"看！杨教练来救我们了！"

李文低头往下看去，只见山脚下有个小小的人影，正在悬崖间腾挪，向自己这边攀援了过来，正是杨教练。李文心中一震，不由惊诧地说道"他不是有恐高症吗？"

突然，李文眼光一扫，发现山下的草丛中站着一个人，手里拿着摄像机，正对着教练和自己的方向在狂拍。

"你，"李文愤怒地说，"你的朋友早就到了？"

刘眯眼得意地撇撇嘴，说："当然，你执意要走的时候，他就来了。一来就给我发信号，要不然，我为什么突然答应你？"

李文说："那你可千万要坚持住，你要一松手，你那朋友就只能拍到咱俩掉下去摔死的画面了！"

刘眯眼突然怪笑道："你说他如果拍下我笑着摔死的情景，这事情会不会更轰动？"

6.揪心往事

就在刘眯眼快要支撑不住的时候，杨教练赶到了。他抓住岩壁上一个缝隙，将腰间的绳子扔给李文，把李文慢慢拉近岩壁，接着就闭上了眼睛，大口喘气。

李文使出全身解数攀上岩石，将刘眯眼和杨教练先后拉了上来，筋疲力尽的三个人，躺在石头上好半天都动弹不得。此时，李文忍不住问道："教练，你不是有恐高症吗？"

杨教练有气无力地说："那怎么办？难道眼睁睁地看着你俩摔死？"

刘眯眼长舒了一口气，说"终于活下来了！教练，你是怎么徒手无保护成功攀爬十一个绳距的？"

杨教练仰望着天空，淡淡地说："其实也没什么，这条线路就是我开发的。"

李文和刘眯眼听了都是一愣，杨教练说："还记得我问过你们对手是谁？现在能回答我了吗？"

李文和刘眯眼对望一眼，没有吭声。杨教练又说："我给你们讲个故事。从前有个国王，喜欢驾马，他找到全国最好的教练学习马术。学成后，他挑选出全国最好的马和教练比赛，没想到，国王还是输了。"

李文和刘眯眼，不约而同地想：怎么会输呢？

杨教练继续说："国王很奇怪，就请教原因。教练告诉他：驾马的要领就是要全神贯注于自己的马，协调全身的技能和马同步，可国王在领先的时候担心教练赶上他，落后的时候又想超过教练，全部的精力没放在自己的坐骑上，却放在对手身上，这样怎么能赢？"

看着若有所悟的两个人，教练神情严肃地说："我曾经犯过这样的错误，在这第十二个绳距上失去了我的爱人，我不希望你们再犯和我一样的错误。"啊？两人听了都是大吃一惊，忙问是怎么回事。杨教练眼睛里含着热泪，讲起了发生在几年前的事情。

那时候，杨教练的爱人是国内登山界的一把好手，水平还胜过丈夫一筹。杨教练心里不服气，每天超负荷地训练，希望超过自己的爱人。但遗憾的是尽管他努力训练，可在各种攀岩比赛中，他总是落在下风。

后来，杨教练和爱人来到燕子山西峰，决定开发一条野外攀岩线路。两人经过观测，最后选定了这条路线，开始攀登。

前十一个绳距都很顺利，但到了第十二个绳距，做先锋的杨教练几次攀登都失败了，最后他爱人做先锋首攀成功，并在岩石上钉好了安全锁。杨教练见了急眼了，几次试攀都失败了。而且在最后一次攀爬中，由于用力过猛，他手臂脱臼，悬在了半空。

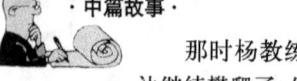

那时杨教练已经无法继续攀爬了，他的爱人只好徒手下攀求援，结果因为救人心切，失手摔死在燕子山下。杨教练则在半空悬了三天，幸运地被一群路过的登山爱好者发现，救了下来。从此，杨教练患上了恐高症。

杨教练泪眼婆娑地讲完往事，激动地说："如果我不是一心想超过她而超负荷训练，如果不是为了赶上她而用力过猛导致旧伤复发，那么我就不会出事，她也就不会死！你们知道吗？我被吊在半空，看着山下她的尸体。我整整看了三天呀！"

李文和刘眯眼听了眼睛潮湿，心里发酸。杨教练抹了把泪水，抬起头，一字一顿地说："所以，记住，你们的对手不是你的保护人，也不是任何人。你们的对手，始终是这座燕子山西峰！"

接下来怎么办？李文和刘眯眼都

犹豫了。教练有恐高症，他是凭着救人的强大信念的支撑，才一口气攀上了第十二个绳距。现在，人已经救下来了，他的恐高症恐怕犯了！

往上走困难重重，可带着一个患有恐高症的人往下走更危险。李文和刘眯眼一商量，决定继续攀登。由李文作先锋，杨教练居中，刘眯眼断后保护。

接下来的路线，难度更大了，还要边攀边埋设安全锁。李文和刘眯眼都掏出了开山镐。这时，李文手拿着开山镐，再没有卖弄技巧的念头，只想赶快结束这场比赛，把杨教练安全地带回家。

三个人顺利地开完八个绳距，来到了燕子山西峰的最难点，也就是燕嘴石下。这燕嘴石，就像一只燕子的嘴巴，凌空突出岩壁八九米。这也是燕子山西峰最后一个绳距，攀过燕嘴石，他们就成功登顶了。

7.我们赢了

此时，杨教练脸色变得惨白，他的恐高症犯了。刘眯眼脸色铁青地看着燕嘴石，口中喃喃说道："在山下看起来很小，没想到了跟前，居然突出这么大！"

李文问杨教练："教练，开山镐在这里完全用不上，怎么办？"

杨教练额头冷汗直冒，望望燕嘴石，闭上眼睛沉默了一会，说："在燕嘴石下打安全锁的难度太大，只有一口气翻过去！"

"可是……"李文艰难地咽了口唾沫，"这要是坠落了，被绳子荡回来，摔在岩壁上，可是很危险的。"杨教练依然闭着眼睛，摇摇头说："没别的办法，只能如此。"

刘眯眼自告奋勇说："我来，这次我作先锋！"说完，他抓了一把镁粉，腾身而上，像一只倒附在天花板上的壁虎，向前攀去。不料攀了不到两米，刘眯眼突然"啊"地大叫一声，从石顶坠落下来，身子被绳子一扯，狠狠地撞在了石壁上。

李文赶紧拖动绳索，拉起刘眯眼。一看，只见刘眯眼的一只胳膊和半边脸已是鲜血淋漓，他抹了一把脸上的鲜血，大吼一声："再来！"又向前攀去，攀了四米多远，又坠落下来，"砰"地摔在石壁上，这次摔得更狠。

李文看得冷汗直冒，似乎彻底丧失了攀岩的勇气。

三个人都不说话，岩石下静悄悄的，只有刘眯眼发出痛苦的呻吟声。杨教练掏出水壶喝了一口，把剩下的水全浇在头上，然后拾好绳索，淡淡地说："我来吧！李文，做好保护！"说完，向岩顶攀去，他攀得很慢很慢，好长时间才攀出了五米多远。

忽然，教练的双脚一松，只靠两只手攀着，身子悬在半空。只见他左手抓紧附着点，缓缓伸出右手，从后背取出开山镐，照准岩壁一下一下狠狠地敲击起来。

敲了十几下，终于敲出了一个孔洞。杨教练熟练地一手从袋里中掏出膨胀螺栓，砸进空洞中，又将安全锁塞了进去。做完这一切，杨教练将绳索套在安全锁中，转头对李文大喊一声："拉紧保护！"

李文赶紧拉紧绳索，杨教练慢慢放开挂在岩壁上的左手，李文清楚地看到，杨教练的三根手指已经扭曲变形。他为了钉安全锁单手悬挂，用力过猛导致骨折！他忍着骨折的剧痛，坚持钉完安全锁，这需要怎样的毅力啊！

"教练！"李文大喊一声，眼泪簌簌而落。

杨教练满头汗水扭头对李文说："现在好了，我在燕嘴石中间钉了个安全锁，这样两头保护，坠落时就不会摔到岩壁上了。"说完他低头看看脚下的万丈深渊，脸色煞白地说"好久不曾有这种体会啦！"

李文愣愣地说不出话来，刘眯眼在一旁大声吼道"李文，该你了！你不是号称河阳抱石第一吗？该你表现了！下面有摄像机照着呢！来，像个男人一样，攀越它！"

李文伸手抓了把镁粉，定了定神，就向岩壁攀去。他前有杨教练后

有刘眯眼保护，很快就攀到了安全锁的位置。在与杨教练擦肩而过的时候，杨教练低声说："你一定能行！拜托了。"

此时，李文的脑子极度清醒，世间的一切似乎都脱离了他的躯体，现在他唯一的想法就是攀登。他又往前攀了三米，离燕嘴石的最外缘只一米多距离，但前面，一个附着点也没有。李文静静地攀在岩石上一动不动。刘眯眼和杨教练都紧张地看着他。

突然，李文双脚脱落下来，像刚才杨教练一样只凭双手吊在半空。接着，他左手换右手，右手换左手，身子转了个个。刘眯眼一时不明所以，惊讶地张开嘴巴。只见李文双臂弯屈，两脚向前伸去，脚尖勾住了燕嘴石的尽头，没等刘眯眼的惊呼声出口，李文来了个传统武术的标准动作——倒挂金钟，紧跟着一个翻身，跃上了燕嘴石。

"啊！哈哈哈……"杨教练和刘眯眼看得兴奋地笑起来。

李文把两人拖上了燕嘴石，三个人并排坐在燕嘴石顶上，大口大口喘着气。杨教练看看缠着一圈圈胶带的手，说："从今以后，我是真的攀不了岩了。不过我还是很高兴，我终于攀上了燕子山西峰，而且，我克服了那讨厌的恐高症。"

刘眯眼搂着李文的肩膀说："你刚才那个动作漂亮极了！不愧是河阳抱石第一！我输了！"

李文摇摇头说："我们的对手不是对方，而是燕子山西峰！没有你，我攀不上西峰！是我们赢！"

刘眯眼哈哈大笑，道"我当然赢了，我要出名了！我正在承揽攀岩场馆建设的业务，这次实况转播绝对会带来轰动效应！对我来说，输给你一百万，比起广告费来可是划算多了！不过，这一百万赞助可不是现金赞助，我给你建一个价值一百万的岩壁训练场怎么样？"

李文微笑着点点头，杨教练在一旁说："我觉得你们还可以再合开一个新的俱乐部，专门从事野外攀岩。要知道，越多的俱乐部出现，标志着这项运动就越有广泛的空间。至于我，可以做你们新俱乐部的教练，当然了，我还是只教不练！"

刘眯眼大声说："好主意！为了庆祝我们合作愉快，大家一起对着镜头笑笑吧！"

于是，三个人放声大笑起来，笑声久久地在山谷中回荡。

当天晚上，河阳电视台播放了这场疯狂比赛的全程视频，步云登山和山狼俱乐部一时名声大噪。不久，河阳市又成立一家俱乐部，名字叫"云中狼"野外攀岩俱乐部。这家俱乐部的场馆建设由山狼全程参与，教练姓杨，是个只教不练的黑瘦中年人。

（题图、插图：杨宏富）

封面故事

　　"名人讲故事"是《故事会》多年前的一个品牌栏目，当时是由我主持的。1999年12月，我们力邀莫言先生给杂志写篇故事，先生是个爽快之人，"今年的事今年完"，12月31日他的大作《茂腔与戏迷》就过来了，还特地附了一封信，态度谦和地说自己"心中忐忑，不知是否合用"，如不合用的话，可以"另写一篇"。在信中，他对"故事会现象"十分感慨，说："故事会的400万份是一个值得深思的现象，即便是'雅人'，在火车上轮船上也不会拒绝故事会这种刊物。"

——夏一鸣

茂腔与戏迷

茂腔是一个不登大雅之堂的小剧种，流传的范围局限在我的故乡高密一带。它唱腔简单，无论是男腔女腔，听起来都是哭悲悲的调子。公道地说，茂腔实在是不好听。但就是这样一个不好听的剧种，曾经让我们高密人废寝忘食，魂绕梦牵，个中的道理，比较难以说清。比如说我，离开故乡快三十年了，在京都繁华之地，各种堂皇的大戏，已经把我的耳朵养贵了，但有一次回故乡，一出火车站，就听到一家小饭店里传出了茂腔那缓慢凄切的调子，我的心中顿时百感交集，眼泪盈满了眼眶。茂腔这个不好听的小戏为什么能迷住人？这个问题放下暂且不表，各位看官，不才小子今天就给诸位讲两个关于茂腔的故事。

我们村的人几乎都爱听戏，但喜欢到入迷程度的，大概只有三五家，孙驴头算一家。孙驴头的老婆、儿子都是戏迷，娶来家一个儿媳妇更是一个超级戏迷，这叫做"不是一家人，不进一家门"。有一天傍晚，孙驴头在灶前烧火，儿媳妇站在锅前和面，准备往锅沿上贴饼子。这时，忽听到旷野里传来一声胡琴声，拉的是茂腔的过门。公公和媳妇都把耳朵竖了起来。媳妇说："爹，您听。"

孙驴头说："听到了，今晚谭家村有戏。"

媳妇说："爹，加大火，吃了饭好去听戏。"

孙驴头捏起儿媳妇的脚就要往灶里填，儿媳妇怒道："爹，老不出息，您想干什么？"

孙驴头看看儿媳妇穿着红绣鞋的小脚，不好意思说，只好和着旷野里传来的胡琴调门唱道："叫声儿媳莫错怪，误把金莲当火炭儿——"

锅热了，儿媳挖起一团面，放在手里颠巴颠巴，"吧唧"一下子就贴到了孙驴头的额头上。孙驴头大叫道："媳妇，你干什么？"

儿媳妇看看公公的狼狈相，和着胡琴的腔调唱道："叫一声公爹莫错怪，误把额头当锅沿儿——"

这个故事过分夸饰，属于民间笑话一类，其真实性值得怀疑。下面讲一个真实的故事。

文革后期，我们村来了一支工作队，队员二十多人，全是县茂腔剧团的演员。我们村情况比较复杂，在县里都挂了号，工作队下来，是要帮我们揭开阶级斗争的盖子。

自从工作队进村之后，村子里欢天喜地，好像过年一样。因为这些队员里，几乎包括了县茂腔剧团的全部名角。譬如青衣宋丽花，花旦邓桂秀，老旦焦闰英，老生高人滋，小生薛尔名，武生张金龙……都是如雷贯耳的人物，平日里可望而不可及，如今就在我们眼前，与我们同吃同住同劳动，我们的幸福和兴奋，无法用语言形容。

工作队自己不开伙，吃派饭，一般是三人一个小组，挨家轮户地吃。那时生活十分困难，每人每年只分二百多斤粮食，麦子只有二十来斤，也就是够过年包饺子的。但为了让工作队的同志们吃好，家家户户都把过年的麦子拿出来磨了。这是完全彻底地自发自愿，甚至带有比赛的色彩，家家都想做出新花样来，让工作队的同志们吃得高兴。

原以为这支工作队与过去那些工作队一样，顶多住十天半月就会撤走，但没想到他们住了一个月还不走。家家那点白面已经消耗得差不多了，想给同志们换成糙饭，一是面子上过不去，二是心里舍不得。因为那些做饭的女人们不管是不是戏迷，都喜欢这些演员。

我们生产队会计的老婆是一个麻子，相貌差点，但心肠特热，见到那些演员同志们，尤其是见到男演员同志们，她的眼睛里水汪汪的，感情充沛得要命。为了在没有白面的情况下让同志们吃饱吃好，她充分地发挥了粗食细做的天才，把家里的绿豆、豇豆泡涨轧碎，羼上蔬菜，用棉籽油炸成焦黄的颜色，让同志们吃。同志们吃了都赞不绝口。这种做法很快普及开来，每到做饭的时候，村子里就洋溢着炸丸子的气味——几十年过去了，这种食品还在我们村子里流传着，并且有了一个美丽的名字：茂腔丸子。

给工作队做饭的家庭，必须是贫下中农，表现好的中农也可以。这是一种政治待遇，也是一种荣耀。那些捞不到给工作队做饭的黑五类分子家的女人们，心中的痛苦是十分深沉的。富农王金的女儿王美，人物标致，嗓子也好，是村子里唱戏时的主角。自从工作队一进村，她的眼睛里就始终饱含着泪水。她将自己家里的麦子磨成面粉送到麻子家，让她做了给同志们吃，麻子不领情，还向大队里揭发了她，说她想拉拢腐蚀革命干部。村里想游她的街，但遭到了工作队的反对。

她送面不成，就把面粉做成火烧、大饼等精美食品，偷偷地送到工

作队同志们的窗前。她曾经对麻子女人说："婶啊婶，我恨不得把心扒出来给同志们吃了。"麻子女人当然不会替她保密，很快就宣传得全村皆知，工作队的同志们当然也听说了。那个小武生张金龙感慨地说："她如果不是富农的女儿该有多好！"

小武生短小精悍，目光炯炯有神，走起路来脚下像踩着弹簧。他不但能翻空心筋斗，嗓子也不错，村子里的女人们都喜欢他。尽管他感叹王美的出身不好，但他还是跟王美好了，就在打谷场边的草垛里，被人当场捉了双。小武生立场不稳，中了糖衣炮弹，犯了路线错误，被提前打发回去。

有人提议将王美判刑，报到县里，县里说交给村子里批斗。挨批斗时，王美始终面带笑容，看那样子丝毫没有悔意。她的态度激起了以麻子为首的女人们的反感，她们扑上去，一边撕咬一边骂："撕了你这个浪货！咬死你这个骚狐狸！"

第二年夏天，村子里的女人们在一个月内生了十几个孩子——麻子最能干，一胎生了两个。这些孩子长大后，有的像薛，有的像高，其中有八个都像小武生。他们目光炯炯，走起路来脚步轻捷，脚下仿佛踩着弹簧，天然地会翻空心筋斗。

（题图：天星）

在民间故事中，有一类骗局故事。它们有的说的是如何恶作剧，有的说的是如何以其人之道还治其人之身。下面几个小故事，博大家一乐，也提醒大家能触类旁通，可以幽默机智地解决些生活中的小麻烦。

一眼人和两眼人

有一个岛上住着个懒汉叫赛崎，从早到晚都祈祷能不劳而获。

一天，他听说邻岛住着些只长了一只眼睛的人，就马上决定拐一个回来，到各处展览赚钱。

赛崎说做就做，赶紧赶上一艘船，来到了邻岛。刚一上岸就看到个一眼人向他走来。他赶紧假惺惺赞道："天哪，盼了这么多年，我终于见到一个像您一样的人了！"一眼人仔细打量了一下赛崎，礼貌地回应："谢谢。"

赛崎又狡黠地说："我恳切地邀请您去我的家乡做客，请上船吧。"一眼人犹豫了一下，说："这主意不错，不过我要先回家打个招呼，您也顺便来家里坐坐吧。"

赛崎便跟着那个一眼人回家，他边走边想着："明天你就得蹲在笼子里乖乖给我赚钱喽！"可当他刚跨进一眼人家的门槛，几个人就逼上来把他团团围住，一边围一边还大嚷着："快看！这个人有两只眼睛！赶紧把他捆起来！关在笼子里展览去，我们要赚大钱了！"

就这样不到一个钟头，赛崎就给关到了笼子里。一眼岛的居民们统统拥过来，每个人交上一块钱，就可以参观这个两只眼的怪物。

懒汉赛崎就这样被人家弄去赚钱了，他的一生也就这样完了。

公鸡下蛋

从前有个国王，身边有个坏巫师和一个好宰相。巫师总想找机会害死宰相。

有一天巫师陪国王打猎，借机对国王说："臣听说在这片森林里有一种野公鸡会下蛋，而且那蛋可以延年益寿！"国王听了就命巫师把这种鸡找来。

巫师却故作神秘地说："陛下，这种鸡只有全天下最有学问的人才能找到。"

国王问他谁最有学问，巫师赶紧回答是宰相。于是，国王下令，叫宰相在半个月内找到野公鸡。这可愁坏了宰相。

宰相有个孙子，聪明伶俐。他见宰相愁眉苦脸的样子，忙问了个清楚，然后他笑道："爷爷您别急，我有办法。"

第二天早上，宰相的孙子代替宰相上朝了。国王一看奇怪了，便问："你怎么跑到这里来了？你爷爷上哪儿去了？"宰相的孙子说："陛下，今天我爷爷来不了。"

国王问为什么，宰相的孙子回答："他在家生孩子呢！"

国王听了哈哈大笑："你这孩子平日里聪明伶俐，今天怎么胡言乱语，男人家哪能生孩子呢？"

宰相的孙子说："既然陛下知道男人不能生孩子，那野公鸡怎会下蛋呢？"

国王听出了他的意思，把那个搬弄是非的巫师从王宫赶了出去。

骗子和牧人

从前有个牧人牵了只羊，骑着头驴赶集。三个骗子知道了，就去骗他。第一个骗子趁他在驴背上瞌睡，把山羊脖上的铃解下来系在驴尾巴上，把山羊牵走了。牧人发现山羊不见了，忙去找。

这时第二个骗子走过来，问他干吗。牧人说羊被偷了。骗子就说看见个人牵着只羊刚走过去，准是那小偷。牧人忙把驴交给这位"好心人"看管，自己去追羊。可等他两手空空回来，驴子和"好心人"自然没影了。

牧人伤心极了，边走边哭，来到个水池边，看见一个人坐在那儿，哭得比他还伤心，就问为什么。

那人告诉牧人，他带着两袋金币去城里买东西，在水边歇脚，却不小心把袋子掉水里了，自己又不会游泳，如果牧人给他捞上来，愿意送给牧人二十个金币。

牧人心想：羊和驴虽丢了，但现在可以得二十个金币，还有得赚。他忙脱光衣服跳下水。

过了很久，他光着身子、两手空空地从水里爬上来，才发现衣服、干粮也不见了，他仅剩的一点钱还在衣服口袋里装着呢。

（本栏插图：安玉民　梁　丽）

碰瓷不容易

□杨信娟

黄三是个碰瓷党，靠耍无赖过日子。可现在司机警惕性高了，他的日子不好过了。

这天，黄三大半天也没找到冤大头，正垂头丧气，一个老人牵着条狗走过来。那狗东嗅嗅西嗅嗅，忽然嗅了一下黄三的脚。黄三恼了，对着狗肚子就是一脚。那狗便一口咬在黄三的脚脖子上，疼得他直喊："别走，你的狗咬我了！"

老人一看黄三脚上的牙印，连声道歉。黄三讹了一千块钱，这才罢休。

黄三用这钱打了预防针，还剩了几百块，脑瓜一转来了主意：今儿咱就碰狗瓷！

趁着牙印还新鲜，说干就干。黄三来到另一条街上，不久便遇到一个遛狗的女人。黄三赶紧上前，走到狗旁边时，忽然"哎哟"一声蹲在了地上，冲女人嚷道："你的狗咬我了！"

女人回身看到牙印，惊慌失措地道歉："大哥，对不起，我，我赔钱……"说完就翻开了坤包。黄三暗喜，可是女人很快停下手，叫道："不对呀，我的狗戴了牙套……"说完掰开爱犬的嘴巴，露出厚厚的牙套。黄三见状，赶紧溜了。

这回黄三有经验了：行动前要观察狗的嘴巴。

他又走到另一条街，盯上了遛狗的男人，看准了锋利的狗齿。他瞅准个机会，一下子在狗跟前蹲了下去，捂着腿肚子假装惨叫起来。

谁知话没喊完，黄三便感觉前面来了一阵风——几个壮小伙奔过来，三下五除二把他摁倒在地，黄三惊道："你们干什么？欺负人是不是？"

这时，遛狗的男人掏出证件，喝道："不许动，我们是便衣警察！我们怀疑你是毒贩！呵呵，我这条警犬可从来没咬错过人！"

绝 招

□李 谦

王慧到一家减肥院应聘业务经理，过五关斩六将，只剩最后一关——当场说服目标客户。

于是，老板领着大家来到闹市区，手一指道："就他！"大家儿一看，是个器宇轩昂的中年人，稍显富态，可绝不至于要减肥。

王慧却微笑上前，递过名片。中年人皱眉道："我还需要减肥？"王慧不卑不亢说："您需要的不是减肥，而是健身塑形！您是做跨国生意的吧？发达国家惯例，成功人士都是健康达人，富态是不善于管理自己的标签。细节决定成败啊……"听罢，那中年人居然接过名片，说过几天再找她详询！

大家正暗暗点头，一旁传来了吵骂声，是两个乞丐在打架。老板眼睛一扫，指向了一个看热闹的孕妇，大家都捏了一把汗，让孕妇减肥？可能吗？

王慧却稍稍沉思，递过宣传单，微笑解释："您放心，我不是来劝您减肥的，不过您也得注意适当饮食，营养过剩可对孩子不好。我有个表姐，肚子上脂肪过厚，刀口崩裂三次，现在宝宝都满月了，还跟她住在医院里……"孕妇听了神色慌张，连连问起控制体重的办法。

大家正啧啧赞叹，老板竟把手指向了刚吵好架的圆脸乞丐。

让乞丐减肥？简直是天方夜谭！大家正不平，王慧已过去说道起来。这头大伙儿听不清，只看到那乞丐连连点头，接过了王慧的单子。

待王慧走回来，大家都争先恐后问她详情。她莞尔一笑，道："我就在他耳边说了一句话。"大伙儿忙猜："莫不是许诺免费减肥？"

王慧摇摇头，说道："我跟他说'你看刚跟你吵架的对头，不就是因为比你瘦了那么点儿，每天得比你多赚多少啊？'"

大家听罢，都愣住了，随即响起了一片掌声。

最佳防盗

□ 潘李君

季大志的儿媳在城里生了个大胖小子，等着老两口去帮忙。这是喜事，可老两口发愁了：这一走好几个月，头年儿子结婚买的全新家电，怕是要被小偷惦记上了。

这天一早，季大志大张旗鼓喊来几个亲戚，把家电搬走了。到了夜里，他又领人把家电从别家搬上车，刚要开路，却被两个联防队员给拦下了，说是村民举报有人夜间行窃。季大志只好说清楚，原来他是想使一招暗渡陈仓，让大伙都以为季家给搬空了，再把家电挪回家里去，好骗过小偷的眼睛。不过，这计划也跟着不胫而走，泡汤了。

碰巧，老村长来串门，聊家常聊到了难处。原来，村长的儿子在城里谈了个女朋友，准备回来摆喜酒。可"裸办"吧，显得太寒酸；大办吧，就要置办新家电，挺浪费。真是左右为难啊。

季大志一听，心里顿时有了主意，说："哈哈，这个好办！"

村长精神一振："快说来听听。"

季大志说"别的我帮不上，家电你尽管搬，几乎是新的。搁在你家，我一百个放心！"村长一听，真是两全其美呀。就这样，问题解决了，老两口终于放心地进城看孙子去了。

没多久，村长给季大志捎去了个红包。季大志说啥也不要，村长说这是儿子的喜气，岂有将"喜"拒之门外的道理？

过了段日子，村长又给他捎了红包。说是村里的张老三在家办喜酒，也借用了他的电器。接着还有李老四，王老五，情况也都差不多，都上赶着排队预约呢……听了这些，季大志乐得直笑："嘿，这可真是一石二鸟，最佳防盗啊！"

老娘来短信

□ 李成毅　李文雯

阿狗好喝酒。这晚，他又在朋友家喝多了，到第二天天亮，还赖在朋友家的被窝里，满身酒气。

这时，床头柜上的手机响了。阿狗顺手拿起手机，只见一条短信跳了出来："不孝子，跑哪儿去了？赶紧给老娘滚回来！"

阿狗吓了一跳，扑通掉下床来，抓起外套就要走。可忽然他反应过来了：不对啊，自己老娘不是已经去世多年了吗？

他再看手机，才回过神来，手机是朋友阿刚的，多半是昨晚上大家喝高了给搞混了。他赶紧找遍全屋，却就是不见阿刚，可那头老人家肯定生气了，阿狗就决定帮忙先回复道"我是阿刚的朋友阿狗，我俩拿错手机了。他现在肯定是有事耽搁了，事办

完，他肯定马上就回家了。您千万别生他的气。"

阿狗发完短信，放下手机想继续躺一会儿，不料那边短信就回过来了："他成天跟着你们这群狐朋狗友混，总也不干正事，老娘能不生气吗？"

阿狗想，这阿刚的妈平时脾气不是挺好吗，怎么忽然变成个泼妇了呢？但转念他就明白过来了：阿刚才娶了老婆，和他妈分开住了，大概他妈是怪他娶了媳妇儿忘了娘，就找了个借口撒撒气。

想到这儿，他赶紧回短信安慰老人"这事儿您就别怪阿刚了，他娶了老婆，也就有了苦衷，就像我一样，老婆叫我走三步，我就不敢走两步。再说，怕老婆，这也是好多男人的通病……"

没想到，这次他手机还没放下，那头电话居然打来了。阿狗连忙接

死宅的境界 （潘胜奎　编绘）

（《故事会》漫画版精品选登）

奇奇，别总赖在家里，这样容易抑郁。

你这么年轻美丽，其实有好多社会活动应该参与。

告诉我，你在上班的时候，有没有最开心的期许？

下班！早点回到家里。

电话，只听那边劈头盖脸就骂道："你这烂阿狗臭阿狗，咋就红口白牙地贬低我，就好像我是什么母夜叉，恶媳妇呢？结婚之后，我比他还孝顺他妈。今天是周末，我早就和他说要回去看看他妈，可他到现在都不回来，你还在那里满嘴喷粪……"

这时，阿狗酒彻底醒了。坏了，坏了，原来这个"老娘"就是阿刚的老婆呢！

（本栏插图：包丰一　顾子易）

绿版编辑部各编辑邮箱：

吴　伦：wulun54@126.com
朱　虹：zhong98305@sina.com
刘迎曦：liuyingxi1203@163.com
颜轶超：yanyichao1004@sina.com
黄美舟：huangmeizhou@163.com
陶云韫：tao19851101@gmail.com

524

2012 SEMIMONTHLY 上半月刊

12月

STORIES

欢迎登录本刊主办的"故事中国网"（www.storychina.cn）

故事会
～STORIES～

2012年12月
上半月刊·红版

何承伟：社 长、主 编
夏一鸣：副社长
吴 伦：常务副主编（兼绿版负责人）
姚自豪：副主编（兼红版负责人）

本期责任编辑：姚自豪 丁娴瑶
电子邮箱：dingxianyao@126.com

红版发稿编辑：
吕 佳 石莎莎 李 丹
美术编辑：李宝强
电脑制作：郭瑾玮

本社办公室电话：021-64375030
上半月刊编辑部电话：021-64310547
下半月刊编辑部电话：021-64336469
（上海市绍兴路74号 邮编：200020）
主管、主办：上海文艺出版（集团）有限公司
出版单位：《故事会》编辑部
发行范围：公开

出版、发行总监：张 凯
电话：021-64313938
广告业务：上海故事会文化传媒有限公司
广告总监：张 淮
广告业务：021-34010383
广告投诉：021-64333738
广告经营许可证
沪工商广字3100320080016号
发行：中国图书进出口上海公司

·笑话·

恢复原状

房租又涨了，大松决定搬走。房东说："搬走可以，但必须将房子恢复原状。"

大松不明所以，问要恢复什么。

房东说："你刚搬进来时，沙发没凹陷，墙纸没发黄，冰箱没异味，电视没色差……"

大松委屈地说："这都怎么恢复啊？"

房东说："都去商场买新的就可以了嘛！"

大松气急，问道："那商场里有卖蟑螂吗？"

房东问："买蟑螂干什么？"

大松说："你不记得我刚搬进来时，屋里有很多蟑螂吗？"　（李从渊）

（本栏插图：包丰一）

新款手机上市

苹果手机5代即将上市，小张平时不怎么舍得花钱买电子产品，这次却显得很高兴。

同事觉得奇怪，便问："小张，你那么高兴，盼着去买苹果新手机吗？"

小张笑着说："我去年不是买了一个山寨苹果手机5代吗，现在终于可以光明正大地拿出来用啦！"

（杨瑶）

工地上，有个年轻工友抱怨道："活是我们干的，受到表扬的却是组长，最后的成果又都变成经理的了，真不公平！"

旁边一位老工友笑着说："你看表的时候，是不是先看时针，再看分针，可是运转最多的秒针，你却看都不看一眼的？"　（久儿）

工友的抱怨

4

最强点名

朋友跟小刘聊起大学老师点名的招数，说道："有的老师是课前点，有的是课后点，有的是课间点……真是难以捉摸。"

小刘笑笑，说："我有个老师从来不点名，只是每学期里，他会给来上课的同学随机拍三次集体照。"朋友感慨说："真好啊，拍集体照给你们留念。"

小刘接着说："每学期最后一节课，老师就让所有同学去认照片。如果能在三张照片中都找到自己，那么恭喜，期末考试就通过了；能找到两张的，考试加10分；只找到一张的，恐怕得补考；任何一张里都找不到自己的，就回家等着重修吧。"

（小弄鱼）

明日之酒

汤姆告诉朋友昨天在酒吧里喝了一种特别的鸡尾酒。

朋友问："怎么个特别法？"

汤姆掰着手指说："一份伏特加，一份朗姆酒，一份龙舌兰酒，一份白兰地，一份金酒，一份威士忌，混合均匀。这款鸡尾酒叫'明日酒'。"

朋友问："为什么起这个名字？"

汤姆答："一口干掉，等你知道为什么，已经是明天了……"

（连山群）

救猫

有只小猫在树上"喵喵"叫，引来很多女生围观。

这时，几个强壮的男生冲进人群，二话不说，费了好大的力气把猫"救"了下来。

突然，有一个女生嘀咕："猫不是会爬树吗，要人救下来干什么？"

旁人朝那女生瞟了一眼，道出了其中玄机："醉翁之意不在酒呀，这个时候，就是个猴子也得救下来！"

（驿 路）

二百五

一对夫妻去超市购物，结账时收银员告诉他们："正好二百五。"

丈夫一听，觉着太晦气，就让老婆再随便挑几件商品。老婆得令后，一转身又进了购物区。

不到两分钟，老婆就抱着一大堆商品到了收银台。虽说多消费了，但毕竟不当"二百五"了，丈夫很高兴地问收银员："这次多少钱？"

收银员很快地扫码，看了一眼电子屏幕，"哇"了一声："先生，你们这次是两个'二百五'！"

（孙凡利）

四书

阿强陪外甥女做作业，外甥女问道："小舅，'四书'除了《论语》，剩下的三个是什么啊？"

阿强告诉她："是《孟子》、《中庸》、《大学》。"

外甥女又问："哦，'孟子'是哪两个字啊？"

阿强在纸上写给外甥女看了，外甥女又问"中庸"怎么写，阿强又写了。

最后，外甥女开口问："'大学'是哪个大学？"

阿强不耐烦了，随口说"就是你想上的那个大学。"

外甥女点点头，在"四书"后面填了：《论语》、《孟子》、《中庸》和《清华》。

（丢月）

含蓄的表达

年轻的琳达害羞地把一份电报递给发报员，这份电报是发给一名士兵的，电文只有一个字："行。"

好心的发报员建议说："就一个字是不是少了？你花同样的钱，可以发10个字。"

"我知道，"琳达解释说，"如果我把这个'行'字说10遍，他肯定会认为我急着想嫁给他。"

（李从渊）

不识庐山真面目

小优参加一个选秀节目，所有参赛选手被指定去一家影楼化妆。

这天，小优来得最早，接着又来了一个女孩，她单眼皮，黑皮肤，显得很土。

一起选秀的选手小优都很熟悉，可她怎么也想不出眼前这个人是谁。

慢慢地，女孩依次被上了粉饼、腮红、眼线、假睫毛……小优这才恍然大悟，忙跟她打招呼："主持人好！"

（林伐桑）

砍 价

小莉逛街，在一家小店里看中一条裙子。老板叫价55元，小莉还价45元。老板不同意，非要55元不可，小莉也不肯让步。

两人争来吵去都有些急了，老板大声说："一口价55，你要就拿去，不要赶紧走，别耽误我做生意。"

小莉也生气了，立马掏出100元钱"啪"地塞到老板手里，说："55就55，又不是没钱，给你100，找我55。"

接着，老板果断地在包里找了55元给小莉，还舒了一口气地念叨："我又没多要价，这裙子卖55就根本没赚你什么钱……"

（迎 风）

竹竿妙用

夫妻俩吵架了，妻子气势汹汹地对丈夫一顿狠批，奇怪的是，每每妻子说到高潮处，地板上总听到发出"咚咚"的声音。

丈夫疑惑地问："为什么每次你骂我是'废物'的时候，楼下的太太总会拿竹竿戳天花板？"

"还不明白吗？"妻子说，"她的意思是——顶楼上的。"（小 冬）

本栏欢迎来稿，读者、作者可将有新鲜感、有精彩细节的笑话佳作投寄给我们。来稿一经采用，最高稿费为一则100元。本期责任编辑电子信箱：dingxianyao@126.com。

我来给你
洗刷刷

□ 孙凡利

单位人事调动，我被分到了郊区的一个分厂，和我一起去的还有另外两个同事：张山和王开放。我们三人的家离单位都很远，中午就必须在单位解决午餐，一合计，便买来锅碗瓢盆，准备自食其力。

可一个难题出现了：谁负责做饭？张山自告奋勇："我来。"我一听，马上应道："我给你打下手。"王开放年龄最小，思量了一下，说："那我就来洗刷刷，每天负责刷碗吧。"就这样，每天我买菜、切菜，张山掌勺，吃完以后，王开放洗刷刷。

工种决定地位，没过多久，在这三个人的小集体里，张山就成了老大。张山在我和王开放面前说一不二，用他自己的话说，自己掌握着"核心技术"。的确，买菜、切菜和刷碗只能算是力气活，掌勺可是响当当的手艺。

张山自恃比别人高一头，整天透着股傲气。我看不惯他，和王开放商量想算计张山。王开放很反对："能给咱做饭，谢人家还来不及，可不能想歪了。"瞧这王开放，一副息事宁人的脾性，奴性太重，我决定自己干一把，挫挫张山的锐气，下班后，我就偷偷留了下来……

第二天中午，张山和往常一样，往炉子旁一站就吆喝起来："上油……上葱花……上菜……"我和王开放围着他跑前跑后。

一会儿，饭菜都做好了，我夹了一块肉片，一尝，我的妈呀，这是什么味呀？王开放吃了一口也吐了出来，掂着饭盒对张山说："这是什么菜，味道咋这么怪？"张山干挠头，不知得罪了哪路神仙。

张山琢磨了半天，开始挨个检查配料，很快，他在盐袋上发现了疑情，大声吼道："谁换成味精了？"我往前一步："别拉不出屎赖茅厕！"

张山一听这话，恼了，我出言不逊，显然是在挑战他的"霸主"地位，他二话没说，抢起炒勺就打在我的头上，"当"的一声，勺把断了。我也不是熊包，一拳过去，张山变成了熊猫眼。王开放一看不对，站在两人中间左推右挡，百般周旋，才算平息了一场"战争"。

这番交火之后，虽然三人还是在一个锅里吃饭，张山和我却形同陌路，表面上风平浪静，内心却谁也不服谁。这一天是周末，下班时，王开放邀我和张山到他家里喝酒，看得出，他是想做个和事佬。唉，都是一个锅里吃饭的，老是这样像有"深仇大恨"似的，也不是个事儿。

我没拒绝，张山也答应了，我们都按时到了王开放家。王开放的老婆特贤惠，在厨房好一通忙活，数了数，整整做了十个菜，端上桌时，张山不禁劲叹起来："有形。"我也使劲抽了抽鼻子："有味。"王开放一举筷子："别客气，开吃！"

我尝了第一口"红烧排骨"，就停不住筷子啦，一边吃一边朝王开放竖大拇指："福气呀！"王开放则举着酒杯说："过奖了。"

张山一边大口大口地吃着菜，一边逗着王开放的儿子小虎问："你爸爸是不是有福气？"小虎撅着嘴，摇摇头："是我妈有福气。"

"你妈有福气？"张山嘴里的菜都忘了嚼，"你爸除了会刷碗，没别的能耐，怎么是你妈有福气呢？"

"就是我妈有福气！"小虎摆出了一副不依不饶的样子，"我爸做的菜才好吃呢！"

王开放让小虎闭嘴："别胡说！"

"我没有胡说，我说的是真话。"小虎看着张山和我，好像是求援似的。张山再也坐不住了，他霍地跳起

来，看着王开放："原来你小子深藏不露啊！"

王开放摆了摆手："孩子的话你也信啊？"

"童言无忌。"我正了正身子，"快说，你有什么花花肠子？"

王开放看了眼妻子，像是得到了批准，对张山和我解释说："我有苦衷啊！"他咽下一口酒，只好讲了自己的故事。

原来，王开放是个厨师，起初在一家大酒店工作。由于厨艺精湛，没多长时间，就坐稳了头把交椅，被称为"后厨一哥"。可人一旦站得高了，得意了，不免就忘了形。

王开放想当然地认为，酒店少了

自己就转不了圈，成天牛气哄哄，对身边的人也越来越看不起了，稍有不顺，他就对身旁的服务生、小徒弟颐指气使，经常骂得他们狗血喷头。

有一天，事情发生了：不知谁在汤里捣了鬼，客人吃坏了肚子，老板赔了好几万。工作自然是没了，回家后，王开放非常自责，打算另起炉灶，自己当老板。妻子说啥也不愿意，最后，她只得和王开放约定：开饭店可以，但有一个条件，他一年之内必须不显摆自己的厨艺，做到了这一条，就说明他有克制力，成熟了。就这样，王开放来到了新公司……

"原来你是来公司修行的啊！"我怎么也没想到，一直默默"洗刷刷"的王开放，竟是一位不显山不露水的高手！我看了看一旁的张山，他满脸通红，不知是酒上了头还是羞得厉害。我也不知道自己的脸红不红，但我感觉到了脸上火辣辣的。

王开放装作什么都没看到，他端着酒杯问道："请问两位大哥，这一年里我低调得够不够？"

我和张山异口同声："一百分。"听到别人对老公真诚的评价，王开放的妻子开心地笑了。

王开放一看妻子的脸色，便对我和张山说："明年我饭店开业，二位一定要来捧场。""那是一定。"我拽着张山的手说，"我们都来给你洗刷刷！"

（题图、插图：安玉民　梁　丽）

如果有来生

◆ 人类说："如果有来生，我要当被子，不是躺在床上就是在晒太阳。"

◆ 被子说："如果有来生，我要当熨斗，不是挥洒热情就是冷眼旁观。"

◆ 熨斗说："如果有来生，我要当电缆，不是牵引光明就是享受权力。"

◆ 电缆说："如果有来生，我要当电线杆，不是穿山越岭就是高高在上。"

◆ 电线杆说："如果有来生，我要当树，不是生根发芽就是开花结果。"

◆ 树木说："如果有来生，我要当飞鸟，不是迎风飞舞就是啼鸣歌唱。"

◆ 飞鸟说："如果有来生，我要当猎枪，不是瞄准猎物就是仰天鸣响。"

◆ 猎枪说："如果有来生，我就要当人类，一边上网冲浪一边还在胡思乱想。"

（推荐者：徐承旭）

军训教官搞笑语录

◆ 笑什么啊？牙要笑掉了，晚上打算喝粥啊？

◆ 正步走，排头步伐小点！后面的人韧带都快拉伤了！

◆ 看齐了没有啊？怎么一条弯曲的直线在我面前？

◆ 什么叫齐步走，就是在你们逛街的基础上，把你们的双手从裤兜中拿出来，前后摆动。

◆ 天黑了（指要晕倒了），打报告。

（推荐者：报喜鸟）

他们在聊天

维基百科说："我知道所有事情！"

谷歌："我拥有所有事情！"

微博："我认识所有的人！"

网络："没有我，你们什么都不是！"

这时，突然停电了——

电力："你们倒是继续得瑟啊……"

（推荐者：长 路）

脱袜子

◆ 脱了袜子，自己闻，叫"日记"；

◆ 脱了袜子，请人到家里闻，叫"博客"；

◆ 脱了袜子，让路过的人闻，叫"论坛"；

◆ 脱了袜子，挂在广场上请所有人闻，然后再去闻别人的袜子——恭喜你，你已经玩"微博"啦！

（推荐者：小山娃）

·诙段子·

灌水大本营

- 夜深人静的时候，我常常问自己，当初决定来地球，到底是对是错？
- 男生说喜欢不化妆的女孩子，其实是指喜欢不化妆还漂亮的女孩子。
- 我们每个人都是梦想家，当梦走了，就只剩想家了。
- 我的人生一半是倒霉，另一半是处理倒霉的事。
- 我要努力攒钱，争取买一个自动取款机。
- 我上吊都快死了，你还说我在荡秋千。
- 该花的钱还得花啊，不然人在天堂，钱在银行，悲剧逆流成河。
- 担自己该担的心才是有责任心，担自己不该担的心那叫瞎操心。
- 奥运会目前裁判最公正的项目是射击，可能是因为选手手里都有枪……
- 我现在听歌都是转过身去，闭上眼睛，听到高潮，就猛拍大腿转过来。
- 我们永远是客户眼里的"没头脑"，客户也一直是我们心中的"不高兴"。

（推荐者：太阳树）

幽默之门

- **球 门：**构造简单，造型也不算美观，但永远都是无数球迷关注的焦点。
- **防盗门：**不防君子防小人，为安全把关，贼想进来没门儿。
- **阀 门：**说白了就是各种液体和气体的"海关"。
- **快 门：**虽是一扇微型门，但作用非常大，开门关门速度之快堪称世界之最。
- **城 门：**从古到今，一怕失火，二怕被攻破。
- **油 门：**工作起来油水很大，不断有人为它"加油"。
- **卷帘门：**爱岗敬业、能上能下、能伸能缩。一般晚上出现，要是白天见到，你得吃闭门羹。
- **车 门：**开与关都有"一把手"帮忙，真是好惬意啊!
- **舱 门：**在门家族中地位最高，成绩也最辉煌。神九与天宫一号在太空接吻，开的都是这道门。
- **冷 门：**这个门虽然看不见摸不着，"产量"也有限，但不少人都在制造。

（推荐者：驿 路）

（本栏插图：安玉民 梁 丽）

故事会 ■ 新浪 微故事大赛

@吃素的沙漠狼　爹得了早期胃癌，医生说问题不大，做了切除手术，一般都会好的。可爹心理负担很重，整天唉声叹气。娘非但不劝，还打发我们兄妹隔三岔五地向爹诉苦：学费交不上了，麦子地里燕麦长疯了……"你们真不让我省心！"爹跺脚骂娘。娘这是害爹！幼小的我们敢怒不敢言。谁料，一年后爹的病竟好了！

@非常郁闷V　车祸使他昏迷不醒，神情痛苦扭曲，医生最终诊断为脑死亡，问其妻要不要拔掉维持心跳的管子，妻流着泪坚决地说："不！"她天天对着他倾诉呼唤，祈祷奇迹出现……数月后他毫无起色，在家人和医生的多次苦劝下，她终于同意拔管，在她用颤抖的手将管子拔出时，他痛苦扭曲的脸倏然变得安详了。

@ 喜乐真人　搬运工师傅给我家搬家具时，手划伤了。他临走时我拿来一包旧皮手套，让他挑一双留着干活戴。他推让后终于选中一双，我哑然失笑："您拿的这双是女式的！"他显得有些尴尬："我粗皮糙肉的不碍事，我老婆爱臭美，但跟着我没条件打扮。这东西好看又抗风，她一定会喜欢的……"

@男生爱情日记　"爸爸，我班上转来一个自闭症同学，他从不微笑，大家都不跟他玩，我该怎么办？""向他微笑呗，最爱微笑的人跟他说话，他会获得你一半的微笑！"儿子听完，点头睡了。几天后，

儿子回家一脸沮丧："他没对我微笑，而且他退学了。"爸爸刚想安慰一句，儿子突然又笑了："不过他临走时塞给我一块糖！"

@哲嫡　妻原本很漂亮，却被一场大火毁了容，我从不带她一起外出，妻也无怨言。这天我对她说："老同学聚会，一起去吧。"妻欣喜若狂地在镜子前左照右照："穿这行吗？"我说："好看！"妻笑了。我和妻来到饭店，她说："你先进去，我去趟洗手间。"过了一会儿，我收到妻的短信："我回家了，今天是我最开心的一天。"

@潜龙在天天潜龙　被困矿井下的一老一少身体越来越弱。少年哭道："俺不想死，俺还没娶媳妇呢！"老人骂他："孬种！哭啥哭？不就是娶媳妇么？咱把宝贝丫头嫁给你！"渐渐地，老人撑不住了。可他不忘叮嘱少年："我可把丫头交给你了……"获救后的少年找到老矿工的家，邻居说他是个老光棍，哪来的丫头……

@吃素的沙漠狼　那年盖房缺根檩条，四处买不到。酒桌上，跟邻村初中同学峰说起此事，他悄悄告诉我，他们村长家屋后有，晚上跟他去拉。见我不敢，他拍着胸脯说："出事我担。"在酒精的作用下，我干了。第二天后怕，偷偷去邻村打听，才知昨晚偷的檩条是峰家的。"为什么？"我问峰。他挠着头说："我那口子小气……"

（大赛启事见本期P32）

一时糊涂

□高国俊

佟新夫妻俩开了家纸板箱厂，专门生产各种规格的包装箱，厂子不大，连老板总共只有十个人。

春节前夕，有个开服装厂的客户张老板，来到他们厂结清尾账。那张老板把两摞百元面额的钞票往办公桌上一放，说："老佟，快过年啦，过来给你们拜个早年，顺便把账结了。这是欠你们的两万，数额不大，就不用支票转账了，你清点一下。"

佟新一看，高兴得不得了，有的客户欠了钱，上门催好几遍还推三拖四，你看人家张老板，亲自送上门来，咱也不能显得小家子气，于是就说："不用点，不用点，张老板，难道我还不相信您吗？"说完，他就起身沏茶。张老板说是还要到其他地方办事，不耽搁了，便拿了收据转身告辞。

送走张老板，佟新还没进屋，就听见老婆沈梅在屋里喊他过去，佟新忙跑进屋去，只见老婆正在验钞机上"啪啦啪啦"地验刚才那两摞钞票，她边验边说："已经查出七张了，都是假钱！"佟新一听，头立马就大了："怎么会这样？"

沈梅连续又验了好几遍，最后确定，张老板送来的这两万块现金里，掺了七张百元假钞，唉，真是知人知面不知心啊！沈梅气坏了，冲着佟新发脾气："当面银子对面钱，你连这点规矩都不懂！"说着，她就准备给张老板打电话，佟新急了，连忙用手摁住了电话机："算了，算了，明年还指望人家照顾咱的生意呢，你这一挑明，人家肯不肯承认且不说，明年的生意肯定黄。"

沈梅不服气地说："那就吃这哑巴亏了？"佟新叹了口气"待会儿将假钞烧掉吧，破财免灾，以后注意这种人就是了。"沈梅不情愿地"哼"了一声。

按理说，这也不过是几张假钞的事，塌不了天、陷不了地，不料事情非但没完，而且越闹越大。

一天傍晚，佟新厂子里的仓库由于电线老化引起了火灾，那是简易仓库，值不了几个钱，可里面存着数量很大的纸板材料和成品，值好几十万呢。佟新关了电门总闸后就跑去救火，一路上，他想：不能报"119"，消防车一来，用水一冲，这纸板和箱子肯定全报销。于是，佟新对跟在身后的老婆大声嚷着："快给员工们打电话，叫他们快来救火，越快越好！"

厂里有八个员工，全租住在附近，沈梅连忙跑进办公室，看着墙上的"员工花名册"，按着上面的手机号逐个通知："韩平吗，我们厂里的仓库着火了，快来救火呀！"那边的韩平听后说："呀，老板娘，我中午吃了不干净的东西，接连拉了五六次肚子，现在腿软得迈不开步不说，恐怕还有热度……"

沈梅没时间听韩平说病情，又摁了个号码："喂，侯常花吗，厂里失火了，快过来帮忙救火呀！"那边的侯常花忙解释说："哎呀，这可怎么办呢，我现在不在家呀，正陪着孩子在医院看病呢，孩子正在挂水……"

沈梅大汗淋漓地继续打电话："喂，喂，卫小东吗，厂里失火了，快回来救火！"电话里回答说："对不起，老板娘，我正在排队买回家的火车票呢，队伍排得老长老长的，我一离开就……"沈梅撂下电话，继续再打，她急得都带哭腔了："高天亮吗？我是老板娘啊，厂子着火了……"没等沈梅说完，只听电话那头大喊一声："什么，着火了？"沈梅还想说几句，让高天亮赶紧过来，那边的电话随即挂了……

沈梅把八个员工的电话打了一个遍，立刻和丈夫一起去救火，就在这时，一辆出租车急速驶来，停在厂门口。车子一停，跳下一个人，他那脑袋，是剃了一半的阴阳头，看样子是正在理发。他跳下出租车后，不顾一切地向仓库冲去，他就是高天亮……

半小时后，火终于灭了，三个人拼死拼活，只抢出不到一半的材料和成品，其余的，连同那间简易仓库全都化为了灰烬。尽管这样，还多亏了及时赶来的高天亮，这小伙子着实卖命，他在没有任何防护品的情况下，硬是用双手推、身子拱，把没有着火

的纸板推离火源，减少了损失，而自己被严重灼伤，身上烤得全是泡。佟新一看，赶紧将他送了医院。

这高天亮，平时干活也不怎么的，这一次竟然如此拼命，这倒真是奇了怪啦！第二天，工友们去医院探望高天亮，有人凑近他的耳朵，悄悄地问："天亮，为什么头发都没理完就从镇上打车到厂里来救火，还受了伤？"

高天亮沉默了好一会儿，说"前不久，老板娘发工资，我虽然在外面送货，可一回来，别人就告诉了我，说是你们每个人的工资里都混了一张假币。我急着打开我的工资袋，仔细查看，却并没有发现假币。嗨，你说，老板和老板娘对我这么好，难道我不应该报答他们吗？"

其实，高天亮的工资袋里没有假币，倒不是老板娘待他好，而是假币只有七张，发到高天亮那里就没了。

佟新很快知道了这事，他气坏了，一个劲地训斥老婆："亏你想得出，我让你把假币烧掉，你竟然把它们混在员工的工资里，怪不得他们都不来救火，原来都让你得罪遍了！这下可好，七百块假币没烧，倒毁掉了二十多万的真金白银！"沈梅早已泣不成声："都怪我一时糊涂，酿成大祸，人心对人心，八两兑半斤，以后我再也不做这种昧良心的事了……"

（题图、插图：安玉民　梁　丽）

寻找 『蹬山倒』

□ 高凤顺

现在流行"吃货"这词儿，市交通局的副局长郝农超，就是这样一个爱好美食的人。这天下班前，郝农超给各科室送了一张请柬，说是周五晚上，邀请每个科室出一人到他家做客。这让众人百思不解：一不逢年过节，二非婚丧嫁娶，郝副局长请哪门子客？这家伙搞什么名堂？

不过，白吃白喝谁不乐意？晚上，每个科室还是各派了一人来到郝家，加上三位局长，正好一桌。一行人踏进餐厅，看着满满一桌菜肴，眼都直了：那一盘一盘的各式佳肴，全叫不上名字，是些什么菜呀？

上桌喝酒，自然是局长坐首席。局长姓庞，他也不客气，端起酒杯，指着面前的一盘菜问道："老郝，这是啥菜呀？"郝农超"嘻嘻"一笑，一一介绍道："这是'凤凰展翅'、'天鸡虾排'、'龙凤呈祥'、'点豆成金'、'爆炒双翅'、'天女乾坤'……"

名字起得好，味道也着实可口，这一桌酒菜，吃得尽兴，喝得够味。酒足饭饱，庞局长在沙发上坐下，这才想起问道："老郝，这'点豆成金'是用什么材料做的，怎么这么好吃？"

郝农超诡异地一笑，说："很简单，就是豇豆烩金龟子，用的是金龟子的幼虫……"

郝农超还没说完，庞局长就吓得跳了起来："什、什么？金龟子？"金龟子可是一种有害的昆虫呀，吃水果，啃林木，啥都吃，可恶心哪，他又问："那'龙凤呈祥'呢？"郝农超微微一笑，答道："是蚯蚓和天蛾……诸位，实不相瞒，今天我请大家吃的就是'百虫宴'，不过，全是可以食用的昆虫。"

一句话惊得众人愣愣地说不出话来，醉酒的也立刻清醒过来，先是庞局长肚子里开始翻江倒海了，他一连张了几次嘴，肚子里的东西涌到喉咙口后，他又拼命咽了回去。众人纷纷站起，有的打嗝，有的作呕，全是满脸的疑惑和惊愕……

庞局长稍稍平静后，他有点恼怒了，责问道："老郝，你竟让我们吃了一顿虫子？"

郝农超不慌不忙地从书橱里拿出几份报刊，平静地说："联合国粮农组织呼吁'食肉者'改吃昆虫，以减少动物饲料消耗，减少温室气体排放量。我查阅了不少资料，咱们地区有一百多种昆虫可以食用，而且味道可口，今天各位不是尝到了吗？"客人们回味着刚才吃到的菜肴，也确实有味道。

庞局长翻看着那些报刊资料，嘴里嘀咕着："话虽不错，可你也应该提前告诉我们一声呀！"

郝农超"哈哈"一笑，说："我要是提前告诉你们，你们还敢来吗？不过，我这桌还算不上'百虫宴'，仅有几十种，而且还有一味十分有名的'蹬山倒'，想尽了办法，到最后还是没搞到，可惜啊……"

庞局长有点好奇："什么虫子叫'蹬山倒'，好吃不？"

郝农超说"那可是好东西，小时候吃过，唉，现在很难找到了。"他看着庞局长，又胡诌了一句："传说古代的彭祖就常吃它，要不人家彭祖怎么活了八百年呢？"

郝农超前面的话是真的，后面彭祖吃"蹬山倒"的话，可就是瞎编的了。没办法，这是老婆让他这么说的……

百里寻一

果然，就是郝农超瞎编的那半句话，让庞局长来了劲儿，这以后，他几次建议郝农超去找"蹬山倒"。

其实，"蹬山倒"就是蝗虫的一种，郝农超在筹备"百虫宴"时，原本就想用它作压轴大菜，他曾打电话给乡下的父亲，可父亲在电话里说，现在漫山遍野都用农药，"蹬山倒"早就看不见了，不过，偏家岭可能还有"蹬山倒"。偏家岭是父亲的老家，路远山高，是本市最边远的小山村。

庞局长知道这些后，说啥也要去偏家岭找"蹬山倒"，郝农超回家将这事告诉了老婆，两人商议了一番。

去偏家岭村有150里路，这一天，郝农超和庞局长两人，让司机开着车出发了。到了偏远的县城，他们便换乘吉普车，在离小山村30里时，吉普车也不能前行了，只好徒步爬山。

爬过了一道岭，庞局长已经累得直喘气了，他实在走不动了，便就势坐在一块石头上，动弹不得。

就在这个时候，郝农超突然兴奋地喊道："看，那里有只'蹬山倒'！"这句话像一针强心剂，庞局长立刻跳了起来，瞪大眼睛一看，只见一只约有十厘米长的"蹬山倒"，正懒洋洋地趴在一丛杂草里晒太阳。庞局长顾不得满地的荆棘、尖石，撅起屁股，四肢着地，憋住呼吸，偷偷地朝"蹬山倒"爬去。大概这只"蹬山倒"正在睡觉，还真被庞局长一手按住了，可这家伙好大的劲，拼命挣扎，小腿上那几根尖利的毛刺竟刺进了庞局长的手指。庞局长一边吮着指头上的血，一边以欣赏的口气说道："这家伙怎么这么大劲儿呀，成，就凭这个，我就吃定它了。"

一句话提醒了郝农超，他想起儿时烧烤"蹬山倒"的趣事，便找了几把干枯的枝叶，点着火，揪去"蹬山倒"的头，带出它的内脏，然后捻住躯干放在火堆里烧烤起来。可惜就一只，他只好把烤熟了的"蹬山倒"递给庞局长："局长，尝尝味道。"

庞局长接过来掰开一看，呵，里面是满满的卵籽，透着一股香味儿，他一口就放进嘴里嚼起来，连声说道："好吃，好吃！"吃完了，他擦了擦手，"怪了，我怎么浑身有劲儿？走，前进！"

郝农超听了，心中暗暗好笑：哪有这么神，还不是心理作用？

九九归一

庞局长脚下生风，很快爬上了最后一道岭，偏家岭就在眼前了。他一手叉腰眺望四野，像一个打了胜仗的

将军，对郝农超说："老郝，回局里后你找工程科来这里勘察一下，怎么也得修一条公路吧！"

郝农超赶紧回道："那是，上级不是一直要求村村通公路嘛！"话刚说完，庞局长却站住了，说："老郝，村里人要问咱们干啥来了，总不能说来捉'蹬山倒'的吧？那多掉价啊，人家会笑咱们没出息，咱们就说是来考察修路吧……"郝农超忙说："对，对，你刚才不是说要修条公路嘛！"

郝农超找的是一个表叔，表叔很好客，听说郝农超他们是来准备修路的，立马把这个好消息传了出去，这一下小山村可热闹了。表叔说一定要他俩住上几天，并表示午饭后就带他们四处转转，这正合庞局长的心意。

整个一下午，表叔带着他们两人满山转悠，介绍山势坡度和进山的最佳途径，庞局长和郝农超一边听着，一边严密地搜索着"蹬山倒"，到太阳落山时，两人总算捉到了十几只。

山里人有自己的待客方式，晚饭还挺丰盛的，可是，庞局长专吃郝农超做的爆炒"蹬山倒"，弄得表叔有点不解：莫不是咱农家做的菜不好吃？郝农超看出了表叔的心思，便解释说："我们局长是'老太太啃麻花——专好这一口'，他喜欢这东西。"

庞局长吃得不亦乐乎，还把最后剩下的三个"蹬山倒"装进了塑料袋，说是拿回家给儿子尝尝。正说着，庞局长放下了筷子，问表叔"能不能养殖'蹬山倒'？"表叔笑着说："有养牛、养羊、养鸡、养猪的，没听说过有养'蹬山倒'的……"

郝农超在一旁听了，忽然想起网上看到的资料，他赶紧说："有啊，现在养蝗虫的很多，也有养'蹬山倒'的，我记得好像黑龙江就有养殖'蹬山倒'的技术传授，投资也不大。"

庞局长听后乐坏了，一拍大腿说："那就养'蹬山倒'，我估计到时候城里饭店就会抢疯了！老郝，你回去后赶紧查找资料，写一份报告给市里，偏家岭就是咱们局的扶贫单位，最好走走你家夫人的后门，一定要与偏家岭结对子。"

郝农超的老婆在市"扶贫办"当主任，当天晚上，郝农超就给老婆打了电话，讲了庞局长的想法，没想到老婆在电话里"咯咯"地笑了起来，她说："市里要求各局委办和贫困村结对子，帮助脱贫，可没一个单位愿和偏家岭村结对子，嫌路远，你们庞局长也是说了一大堆理由，推三挡四的。这回，我就想通过你的'百虫宴'，让他自己提出来，呵呵，这也是'九九归一，终成正果'嘛！不过你不能透露这个底，还得吊吊他的胃口，记住啊……"

（题图、插图：谭海彦）

·神探夏洛克·

5秒钟难题

夏洛克去看望住在郊区别墅的金太太。按了一会儿门铃后，没人应答。别墅前面的台阶上，送来的报纸堆了一摞。台阶下还放着一瓶发霉变质的牛奶。夏洛克试着推了推大门，发现大门并没有上锁。他推开门进去，万万没想到在一楼餐厅里发现金太太的尸体，她似乎是突然遇袭，头部被钝物重创致死。看样子已经遇害一个星期以上。房间凌乱不堪，贵重的古董花瓶、首饰都被洗劫一空。

夏洛克只用了5秒钟，就知道了嫌疑犯是谁。您知道了吗？

超级视觉　溺水的男人

画中的男人不小心溺水了！他正伸出双臂，张大嘴巴，高声呼救。

怎样才能迅速让他得救？方法十分简单，请开动脑筋想一想。

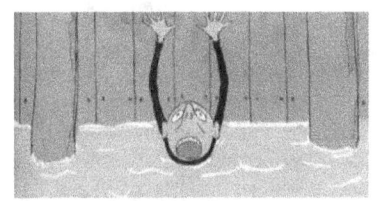

疯狂QA　粗心的爸爸

爸爸把5000元现金落在了客厅的桌上。等他想起来时，钱已经不见了。家里只有他两个儿子，大米和小米。

大米说："是的，我看到了。我把它放在了你房间的书桌上，用一本黄皮书压着了。"

小米说："我也看见了，我把它夹在了黄皮书的第113和114页之间。"

您知道是谁撒了谎吗？

思维风暴　印度女王

从前在印度，一个女王拥有两匹马，她用这两匹马去攻打邻国的国王，经过激烈战斗，国王的人马都被杀光了。战争结束后，胜利者和失败者全部并排躺在同一个地方。您能解释这里的原因吗？

想知道答案吗。方法一，直接扫描二维码。方法二，登录http://t.cn/zlnUsOx，查询"动感地带"答案的同步更新。方法三，购买12月下《故事会》！动感地带，与您不见不散。

天作美，不惜福，色迷了双目；
自作孽，不可活，财迷了心窍……

自作自受

□卢卫平

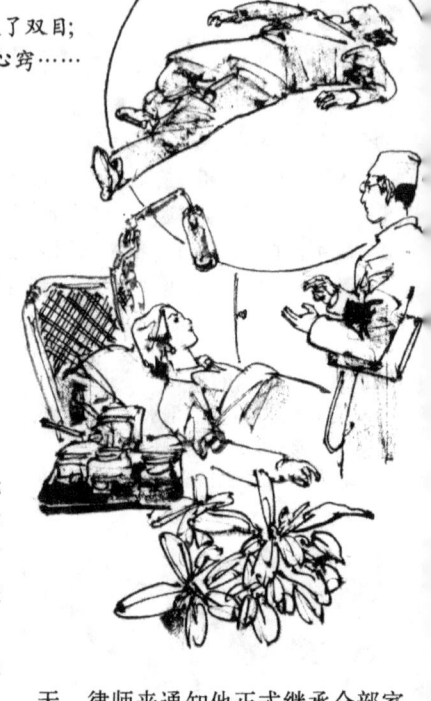

张天光是个穷光蛋，但是他的老婆刘晓红却是个勤奋、能干的女人，开了自己的公司，还在郊区有了厂房。张天光借着老婆的光，住进了别墅，还开上了名车。

日子是过得越来越逍遥了，但张天光的心思却越来越贼，偷偷勾搭上了一个小情人。小情人天天吵着要当正宫娘娘，逼着他跟老婆离婚。张天光确实不想跟刘晓红过了，但他不敢主动提离婚，原因很简单，家里的财权是刘晓红一手掌握的，他在外头那点花花事要是被刘晓红知道了，铁定是要他净身出户的。张天光一只眼睛盯着小情人的漂亮脸蛋，一只眼睛盯着刘晓红的万贯家产，天天琢磨着一个人财两收的法子。

有一天晚上，张天光做了一个梦，他梦到刘晓红出了意外，命归西天，律师来通知他正式继承全部家产……这个梦，张天光是笑醒的，从那天起，张天光像是被鬼迷了心窍，总是盼着这个梦能成真。

没想到，这个贼心眼儿盼的机会真的来了。

这一天，刘晓红让张天光去银行取五十万元现金，送到郊区的厂房。张天光取了钱，到厂房的时候，才发现刘晓红的车停在门口，但人不知去了哪里。

张天光进了屋，他把装钱的包顺手放在桌子上，突然，刘晓红放在桌上的手机响了，于是，张天光随手就接了。

这电话是汽修厂打来的，说是刘晓红那车的刹车油管不行了，随时会漏油，上午，厂里的工人失误，还没换新油管呢，就让刘晓红把车开走了。

张天光反问了一句："那不是开回来了，也没出啥事呀！"那边在电话里说："随时会出事的，刚才没出事，那是她命大！"张天光又问了一句："不是还有手刹车吗？"那个人说："哎哟，兄弟，你不会不知道吧，车速一快，就算是把手刹拉上了，也不能马上停下来，车还会往前走一段，那不就撞上了？"

听到这儿，张天光的鬼主意立刻窜上了心头：天助我也！这么说，她再开车，就会出车祸。她一死，家里、公司里的钱都是我的了，真是天赐的好机会！

电话那头，汽修厂的师傅还在追问："喂，车现在在哪里？我赶紧派人把车拖回来修……喂？"

张天光可不傻，他赶紧装作信号不好，支支吾吾地挂断了电话，为了避免多事，他索性把刘晓红的手机关了。

这时，刘晓红进来了，说刚才去了仓库。张天光当然没提修刹车的事。刘晓红一坐下来就忙开了，又是打电话，又是发邮件。张天光坐在旁边假装翻杂志，心里却盘算着老婆什么时候会开车上路。

没过多久，有人敲门，张天光去开门。门一开，闯进来两个男人，一个手里晃着尖刀，一个手里举着铁棍，全是凶巴巴的样子。张天光马上就明白了，冲钱来的，估计是在银行取钱时就被盯上了，今天是周末，厂房地处郊区，人烟稀少，难怪歹徒就这么大摇大摆闯上门了。

其中一个男人疾步走上前来，一把抢过桌子上的皮包，打开一看都是钱，笑了。张天光心里说，拿走吧，就当破财送瘟神了。

那两个人又要走了张天光和刘晓红的手机，显然是不让他们报警。等到他俩走到门口，却又折了回来，其中一人对张天光说："带我们去开你的车！"

张天光见歹徒想要自己的车，心里真舍不得，那可是名车啊，还是让他们开刘晓红的车走吧，那不过是辆普通车；再说了，他们开刘晓红的车走，刹车坏了，一定会出车祸，到时候钱还能拿回来。想到这里，张天光就说："好，我带你们去。"

歹徒很谨慎，带着刘晓红一起去。四个人来到外面停车的地方，张天光见到自己的名车和老婆的车停在一块儿，就分外惹眼，他心还真有点虚。当他带着两个歹徒朝着刘晓红的车走去时，其中一人举起铁棍，狠狠

一棍敲在张天光的腿上，气恼地说："就知道你跟老子耍花样！你以为我们不知道你开的是哪部车吗？我们是从银行一路跟来的！"张天光一个趔趄就倒在地上，他感到自己的腿折了，疼得直哆嗦，没想到，另一个人更凶悍，也不开口，干脆就一刀捅了过来……张天光本能地用手捂住了伤口。

刘晓红一看，急了，赶紧从张天光上衣口袋里翻出车钥匙，扔给了歹徒，那两个人骂骂咧咧地，带着钱，开着张天光的车就跑了。

这时，刘晓红打开了自己车的车门，要把张天光往里面抱，想赶紧把老公送医院。张天光却急了，他想起刘晓红的车根本不能开，刚要开口说，却又把话吞了回去。他想：好不容易才有这么好的机会啊，这一说，他的发财梦就破灭了啊！

他两只手死死地把住车门，硬是不上车。刘晓红生气地说："不去医院，你想让血流光吗？"

张天光低头看看自己的伤口，也不知道是疼糊涂了，还是麻木了，这一刻，他竟然觉得自己的伤口没什么大碍，于是，他装模作样地说："我动不了啦，你还是让救护车来吧，你快进屋打电话……"

刘晓红没别的办法，只好进屋打电话。不料一进屋，刘晓红才发现电话线给歹徒扯断了。于是，她只好把车开出去一段，去附近的镇上打电话。

看到刘晓红上了车，趴在地上的张天光竟然按捺不住地露出了笑容，他是兴奋呀，眼看他的计划就要得逞了……

可当刘晓红的车开出了厂区，不见了影，张天光又觉着哪里不对劲，他的视线越来越模糊，地上的血也越来越多……坏了！张天光突然想起一件重要的事：这车一开就要出车祸，可是，现在刘晓红可不能死呀，她死了，就再也没有人知道自己受伤躺在这里，即使有人来，最快也得星期一，只怕那个时候，自己早就死了……于是，张天光张大嘴巴想喊，可他连出声的力气都没有了，他开始慌张地朝外爬，但是没爬几步就爬不动了，时间一分一秒地过去了，张天光昏死了过去……

张天光的梦成真了一半，刘晓红果然出了车祸。不知过了多长时间，她醒了，发现自己躺在医院的病床上，她急切地问医生："我怎么会在这里？"

医生说："你出了车祸，有人打了120，你在医院里昏迷两天了。"刘晓红想起了车祸前的事，连忙询问医生自己老公的情况，医生长长地叹了口气，说："都两天了，你说，他还有救吗？"

（题图：刘斌昆）

24

儿子要进
重点班

□鹿　鸣

张家是平和、安乐的三口之家，可这天有点不平静了。中午，儿子张小元放学回来，进了门，书包一扔，招呼也不打一个，就躺在自己的床上，使出了平时十八般武艺中最高的一招："绝食"，可见事态的严重性。老爸张一洹马上走过去，低声下气地讨好说："儿子，你这招管用，老爸不管啥事，先答应你了，起来吃饭吧。"

张小元翻了个身，没好气地说："我要进重点班！"

张一洹奇怪地问："你学习挺好，那就进吧，又没谁拦着你。"张小元一骨碌坐了起来，没好气地说："现在，学习好也不行，还得送礼！"

张一洹是市甲骨文研究所的一个普通职员，收入不高，听说要送礼当然觉得沉重，可目前的状况，又不得不办，可送什么礼呢？他试探着问儿子："直接送钱也忒俗了，要不咱给你们杨老师送点购物券？"

张小元又撇了撇嘴。"爸，你很有钱吗？你准备送多少？有个家长送了一千五的券，我们班主任杨老师在商场相中了一套三千元的西服，竟然当场打电话又让家长送了一千五！"

"这也有点太无耻了吧？"张一洹愣了，忍不住脱口而出，"儿子，你们杨老师喜欢什么呀？咱争取花最少的钱，发挥最大的作用。"

张小元想了想，说："他喜欢附庸风雅，喜欢装作有文化。送别人没有的、有品位的东西，他一定高兴，他一高兴肯定就能把我分到重点班。

哦，对了，上级不让搞重点班，我们称为培优班。"

张一洹挠挠头，沉思了一会儿，拍拍张小元的肩膀，笑着说："好了，你只管放心吃饭吧，老爸有办法了！"

过了一天，张一洹去了学校，他送给杨老师两个扁扁的小纸盒，用一个很不起眼的小塑料袋装着。张一洹没提重点班的事，杨老师也没怎么客气。等张一洹走了，杨老师迫不及待地打开了纸盒，这一看，杨老师不禁小声地惊叫起来："哎呀——"

不看不知道，一看吓一跳，纸盒里蓝色丝绸包裹的，竟然是两片鹅蛋那么大的龟甲，灰白的龟甲上面，刻着几个似画非画的文字，那是甲骨文啊！龟甲背面有烧过的小坑，似乎还残留着几千年前的泥土呢，杨老师知道那叫"卜窑"。其实，生活在这个城市的人，对甲骨文多少都有些了解、爱好，毕竟这里是殷墟的所在地、甲骨文的故乡嘛！

据说当年，这种甲骨文论字卖，一个字就值一两银子。看这两片，每片上面差不多有十来个字，到了现在，这得值多少钱啊！况且，这宝贝你有钱也没地儿去买呀，杨老师很高兴，当天下午就把张小元列入了培优班的名单。

收到甲骨文后，杨老师想着自己马上要评高级职称了，正愁没好东西给校长送呢，于是咬咬牙，把其中一片送给了校长。校长也惊呆了，连声说是好东西，还说依他的做人原则是不会要的，等他把玩两天，就让杨老师再拿回去，君子决不夺人之爱。杨老师赶紧说："瞧您说的，好像我是贿赂您。这是我费了好大劲，专门给校长弄来研究我国古文化的。"校长听了，拍拍杨老师的肩，很领情的样子。

不料没过几天，一条爆炸性的新闻很快在市里传开了：市甲骨文研究所失窃，部分珍贵甲骨文被盗。事情是这样的：不久前，两个农民工来到市甲骨文研究所，送来了他们挖地基时，偶尔翻出的几片甲骨文，要无偿地捐赠给研究所，所里自然接收了。可是这些甲骨文尚未来得及登记造册，就离奇地被盗了。目前，各级领导都很重视，警方正在加紧侦查中。杨老师一得到这个消息，头立刻就大了，你想，一般人家，哪来这么珍罕的甲骨文？再说，张小元的父亲张一洹就在市甲骨文研究所工作，而且时间又这么巧，他刚刚送来甲骨文，那边就爆出了失窃的消息……现在，杨老师十分怀疑那两片甲骨文的来历！

当地的报纸、电视台不断地报道着有关的案情，杨老师如坐针毡。要想人不知，除非己莫为，杨老师知道纸包不住火，时间越久越不利，他有心主动到公安机关去举报，又担心有受贿的嫌疑；况且，两片甲骨文中的

一片，他已经屁颠屁颠地送给了校长，查出来，算不算行贿呢？

很快，公安部门再次发布公告，敦促犯罪嫌疑人投案自首，争取宽大处理。到了这个时候，杨老师再也坐不住了，他终于硬着头皮去找校长，吞吞吐吐地问道："校长，那天的那片甲骨文，您说把玩两天，不知道把玩完了没？"

校长一听，好像不认识似的看着杨老师："我刚才没听清楚，杨老师你说啥？"事到如今，杨老师豁出去了，只好承认收了学生家长的礼物，就是这两片珍贵的甲骨文，而现在他发现，这两片甲骨文极有可能就是失窃的赃物，公安部门正在悬赏通缉……

校长一听，脸都灰了。又过了两天，校长把杨老师叫了过去，桌上摆着杨老师送的那片甲骨文，校长冷冰冰地冲杨老师扬了扬下巴，示意让他拿走。杨老师心惊胆战地偷偷看了看校长，校长的两眼血红血红的，那样子，恨不得一口吞了他！杨老师顾不上这些了，拿了甲骨文转身逃了出去。同时，他又怀着一腔怒火，立刻把张小元的名字从优班里划掉了。

由于杨老师的"投案自首"，张一洹立刻被缉拿归案。可是，案件的进展很不顺利，张一洹拒不承认文物失窃是自己所为，直到警方拿出那两片甲骨文，张一洹才开了口，他承认那是自己送给杨老师的，但是，那不是失窃的文物，只是自己在地摊上买来的仿品。

警方根本不相信张一洹的解释，他们请来几位研究甲骨文的专家。专家们说，这两片甲骨文柔美洒脱、刀法娴熟，疏密有致又古朴多姿，一致认定为甲骨文中不可多得的珍品，他们甚至当场围绕这两片甲骨文到底是属于第四期还是第五期展开了激烈的辩论。一个教授激动地说："从这两片甲骨文的内容上看，它记载了一个叫'洹'的贞人询问求学的事情。"所谓贞人，就是专门在龟甲或兽骨上刻字，从事占卜的人。教授

接着说："由此可以得出两个结论——一是在考古史上，又新发现了一个名叫'洹'的殷商贞人，使有据可查的、总共几十人的贞人队伍又增加了一个成员；二是早在殷商时期，我国就开始出现公学，把我国公学记载的历史，又往前推了一千多年。单就这两方面讲，这两片甲骨文的价值就不可估量！"

可张一洹的嘴还很硬，坚持说这是仿品，警察最后当场拿出了技术部门的鉴定，证明这两片龟甲确实有了三千多年的历史。到了这个时候，张一洹才低下了头，沉默良久，无奈地说了实话。

张一洹说了这两片龟甲的来源：在殷墟周边、小屯的农田里，偶尔会捡到无字的龟甲，他拿回家后，用刻刀仿造真品刻制、并且精心做旧后，送给杨老师的。

警察一听，心想，既然是捡来的无字骨片，当然就不能算是盗窃了，可这真是张一洹自己刻制的吗？张一洹说，这两片甲骨文的内容，就是他仿造真品的语法，记录了儿子张小元能否进入重点班的事情。那个贞人"洹"，其实就是张一洹自己。在警察的要求下，张一洹拿起自己特制的刀具和放大镜，当场在龟甲上刻起来。

一会儿，专家们坐不住了，既难堪又震惊，因为张一洹刻制的新作品，和那两片"赃物"果然是一模一样。专家们承认，截止目前，还没有发现其他人能刻制出如此乱真的甲骨文！张一洹告诉他们，自己酷爱甲骨文，私下探索刻制甲骨文已经有十几年了，之所以一直保守着这个秘密，是他担心别人知道了，会来找他造假骗钱，他无奈地说："文物市场的造假，已经够害人的了。"

说来也巧，就在这个时候，盗窃文物的犯罪嫌疑人落网了，他们是在交易赃物时被外地警方当场擒获的，张一洹则被无罪释放了。

不久，上级的调查组到了学校，大量事实证明，杨老师师德败坏，已经不再适合担任教师职务了，并立即做出了相应的处理。第二个处理决定是校长停职，调到其他学校做调研员。原来，他把杨老师送的那片甲骨文，送给了对此同样酷爱的局长，最后却又不得不向局长讨要了回来，这就难怪杨老师在索回甲骨文的时候，校长的神态似乎要一口吞了他。校长私下里对人说："唉，喜欢甲骨文的人，实在太多了……"

张一洹出了名，大家对他的称呼也从"老张"很快变成了"张老"。说实话，现在普通人想见他一面，都已经很难了，而他的儿子张小元，由于成绩优异，也如愿以偿地进了培优班。

（题图、插图：刘斌昆）

追杀一只鹦鹉

□ 李兴春

建安十三年，也就是公元208年，曹操率八十三万大军南下，谁都以为他的意图是消灭孙权、刘备政权，统一天下，其实曹操的真正目的，竟然是为了追杀一只鹦鹉。

这个机密消息是曹操的主簿杨修透露出来的，堂堂丞相为了一只鹦鹉大动干戈，一开始谁都不信，但随着曹操大军一路南下，把沿途的鹦鹉几乎捕尽杀绝，聪明人就开始相信了。

第一个相信的是诸葛亮，他急忙给刘备送来密信，要刘备派出精于捕猎的将士，全力捕捉一只红嘴绿毛、脚爪黑里带红的鹦鹉，这只鹦鹉十分灵巧，特别会学人话。只要把这只鹦鹉捉来献给曹操，八十三万大军就可不战而退。

第二个相信的人是周瑜，他也赶快禀报孙权，要捕捉这么一只鹦鹉献给曹操，如此就可保住江东六郡八十一州。

第三个相信的人是庞统，他对遇到的每一个老百姓说："你们只要捉到这么一只鹦鹉，献给曹丞相，不但能受重赏，图个下半世富贵，家乡父老也会从此安享太平了。"

于是，刘备、孙权的所有人马，和数不清的老百姓都一起开始捕捉鹦鹉，成千上万只鹦鹉送到了曹营，曹操看了，摇摇头，又把它们放了。

这么多的鹦鹉，都不是曹操要找的？他到底找的是哪一只鹦鹉呢？诸葛亮和周瑜一商量，便秘密地和徐庶联络——他身在曹营心在汉呀，于是徐庶悄悄去向杨修打听，因为杨修善于揣摩曹操的心思。

不料杨修却卖起了关子，百般推

诼，直到徐庶再三央求，他才说出了自己的猜想：原来，曹操负尽天下人，天下人都怕曹操，除了一个狂士——祢衡，他不怕曹操。祢衡恃才傲物，谁都看不上眼，他曾经裸衣击鼓，痛骂曹操。曹操要杀他，又怕落个妒贤害能的名声，就把他送到气量狭小的荆州刺史刘表那里，想借刀杀人。祢衡到荆州后果然又得罪了刘表，可刘表也学奸了，不杀他，把他送到脾气暴躁的江夏太守黄祖那里，也是要借刀杀人，于是祢衡又得罪了黄祖，这回难逃一死，被黄祖杀了。黄祖的儿子黄射曾经送给祢衡一只鹦鹉，那鹦鹉红嘴绿毛，脚爪黑里带红，又特别会学人话。祢衡得到这只鹦鹉后，把他击鼓骂曹的骂人话，教给了这只鹦鹉，这只鹦鹉学得惟妙惟肖，一字不漏。祢衡临死前，把鹦鹉放飞了。要知道祢衡有才，骂人的话必定特别难听，曹操害怕这只鹦鹉把祢衡骂他的话向世人扩散，于是，他起兵八十三万南征，要捉住那只鹦鹉，杀掉，以绝后患。

杨修说了自己的推测，又透露了自己知道的内情："现在捉来的这么多鹦鹉，虽然都是红嘴绿毛，脚爪黑里带红，又会学人话，但还不是祢衡教的那只鹦鹉。据我所知，祢衡击鼓《渔阳三挝》骂曹丞相，他教的那只鹦鹉听得懂《渔阳三挝》的鼓点，会踩着鼓点跳舞，只要捉到的鹦鹉也会踩

着《渔阳三挝》鼓点跳舞，那一定就是祢衡教的那一只了。"

徐庶听了心中暗喜，从杨修处回来，就马上把这消息悄悄传递给刘备、诸葛亮。没过多久，刘备的人就在江夏又逮到了一只鹦鹉，也是红嘴绿毛，脚爪黑里带红，会学人话，而且会踩着鼓点跳舞，于是又命人马不停蹄地送到了曹操跟前。

曹操见到鹦鹉后，吩咐一名鼓吏击《渔阳三挝》，鼓声一起，这鹦鹉马上就听懂了，立刻踩着鼓点跳起舞来。曹操大喜，立刻传令把鹦鹉杀了。

这边厢正要动手，不料鹦鹉突然开口说起话来："曹丞相不要杀我。曹丞相是古今第一贤相，世间少有的英主！文安邦，武定国；胸怀宇内，气吞四海；奉天子令不臣，救万民出水火；宽宏仁爱，知人善任；远近归心，群雄拜服。周公重生之不及，孙吴再世让三分。曹丞相霸业指日可成，美名万代传扬……"

这鹦鹉挑尽了人世间最动听的话歌功颂德，曹操听了大喜，对周围的人说："这只鸟儿还算识时务，不像那个祢衡不知天高地厚，自寻死路。"周围的官吏纷纷奉承："丞相天威，连鸟儿都不敢冒犯，何况是人？"

鹦鹉的马屁拍得曹操实在舒服，曹操哪里还舍得杀这"马屁精"？鹦鹉捡了一条命，于是马屁拍得更起劲了，天天在曹操耳边说好话，曹操志

得意满，头脑发热，竟然不顾天时地利，决意一举击溃孙权、刘备。他已经听不进任何人的劝告，在长江上横槊赋诗的时候，扬州刺史刘馥只说了一句让他不高兴的话，他就一槊刺死了刘馥。

接下来的情势急转直下，赤壁鏖战，孙权、刘备联军一把火烧光了曹操的战船，把他八十三万大军打得一败涂地，只剩二十七骑随他败走华容道，若不是关羽手下留情放他一马，他连老命都不保了。

曹操回到许都，越想越气，头风病又犯了，痛得他一连几天吃不下饭、睡不着觉，只好请来神医华佗治病。华佗一见曹操这个样子，惊讶地说："上次不是给丞相献了个偏方吗？若是丞相照方服药，这病一定能断根的，怎么现在又犯了？"

原来，曹操率八十三万大军南下抓鹦鹉，起因就是华佗给他开的药方。当时他头风病发作，请来华佗治病，华佗虽然给他缓解了疼痛，但又说道："丞相这病时好时犯，难以断根，要想断根，除非服一个偏方。"曹操问是什么偏方，华佗就告诉他：祢衡在江夏教了一只鹦鹉学人话，学的净是骂曹操的话，曹操只要能把

这只鹦鹉捉来，听它说上三天三夜的话，病就能断根。识别这只鹦鹉的方法是它听得懂《渔阳三挝》的鼓点，会踩着鼓点跳舞，别的鹦鹉没这本事。于是，曹操就起兵南下，追杀那一只鹦鹉。华佗虽然告诉他要先听鹦鹉说话，他没领会到华佗的本意，心里想的却是一抓到鹦鹉就尽快杀掉，永绝后患，这就是这一次曹操大举进攻的战略意图。

现在，曹操见华佗发问，便气呼呼地说："亏你还说得出口，就是相信了你的偏方，我亲率大军南下去抓祢衡教的鹦鹉。那鹦鹉是抓来了，我也没杀它，还天天听它说话，这病照样没治好！"

华佗问："这只鹦鹉还在不在？

我听听它是怎么说话的。"

原来这只鹦鹉命大，竟然也随曹操败军逃回了许都。曹操下令把鹦鹉连笼子一起提来，鹦鹉一见曹操，立刻说起话来，华佗侧耳一听，只见它巧舌如簧，满口阿谀奉承，什么好话都说尽了。华佗听了，叹了一口气，说："当初我听说祢衡教一只鹦鹉学骂丞相的话，骂得难听极了，我突然就想起了一件往事——以前丞相破袁绍的时候，袁绍手下有个陈琳，他写了一篇骂丞相的檄文，因为骂得太厉害了，结果丞相看了后惊得一身冷汗，正在发作的头风病一下就好了。所以，我才给丞相献上这么个偏方，只要把祢衡教的那只鹦鹉抓来，让它骂，丞相听了一定会毛发倒立，一身

冷汗，这恰好就是治头风病的灵丹妙药，没想到这只鹦鹉尽说好话，丞相只会越听越舒服，哪会惊出冷汗？又怎么能治头风病呢？"

曹操听了这才恍然大悟："我上了诸葛亮、周瑜的当啦！祢衡根本不会教鹦鹉说好话，一定是他们捉到这只鹦鹉后，重新教它说好话，然后献来天天吹捧我，使我骄傲轻敌，才有赤壁之败。"

这段鲜为人知的秘事，罗贯中不知道，《三国演义》里才出现了完全不一样的情节。后世人把当年祢衡在江夏为鹦鹉作赋的江洲命名为"鹦鹉洲"，其实是在纪念这只鹦鹉，它可是曾经为孙刘联军破曹立下大功的呢！

（题图、插图：黄全昌）

· 本刊信息传真 ·

故事会■新浪 微故事大赛

12月征集主题：意外事件

篇幅最短、含"金"量最高的故事，等待你的挑战！

《故事会》杂志和新浪微博（weibo.com）联合主办微故事大赛继续进行，邀请各路故事名家、草根英雄和世外高人展开较量！

本次大赛所有作品通过新浪微博平台征集（搜索＃微故事大赛＃），每月一个主题，当月设金奖1名，奖金1字10元（字数低于120的按120字计），银奖2名，奖金1字5元，另设年度奖项。优秀作品将在每月的《故事会》上刊登，并结集出版。10月最美好的事结果已经揭晓，详情请登录故事中国网（www.storychina.cn）查看。

12月微故事征集主题：意外事件。没有意外的生活平淡如水，但意外带来的未必都是惊喜，也可能是灾祸，本期请你讲述那些没有想到的故事……正文字数在130字以下，力求情节出人意表，立意隽永深远，文字鲜明生动。本月的微故事达人或许就是你！截稿日期 12月21日。（本期刊物特别选登10月微故事大赛优秀作品，详见P13）

妈妈，
别哭

□周　锦

　　牛宏宇是市内一所大学的学生，就在半年前，发生了一场车祸，他的爸爸和肇事司机一起遇难，坐在副驾驶座上的妈妈则受了重伤。虽然花光了家里所有的积蓄，但最后，妈妈的左臂还是没有能保住。

　　妈妈出院后像是变了个人似的，不出门也不说话，总是一个人在房间里呆呆地看着四壁。家里的不幸，使牛宏宇一下子长大了，他抹干了泪，劝慰着绝望的妈妈："妈妈，别哭，还有我呢！"

　　为了照顾妈妈，开学一个多月

了，牛宏宇却连一天学也没去上过。这一天，妈妈以决断的语气要儿子明天就回学校去，她可以让大姨来照顾。

　　牛宏宇考虑了一会儿，答应了妈妈的要求，不过，他提了一个条件：妈妈做的绿豆糕最好吃，让大姨帮着做，他要带些回学校，让同学们一起吃。看着儿子眼巴巴的样子，妈妈心里一酸，答应了。

　　几天后，牛宏宇带着简单的行李，和一袋妈妈千辛万苦做出来的绿豆糕，回了学校。

　　没过几天，牛宏宇乐颠颠地回来了，随同来的还有一个同学，叫小张。小张一见妈妈，就用一种几乎是崇拜的语气说："阿姨，你做的绿豆糕比外面买的好吃多了，又能美容清火，我女朋友特别喜欢，你明天再帮我做一

斤好不好？"说着，他双手递过了五十块钱。

妈妈愣住了，她一边把钱推开，一边看了看儿子。不用想就知道，这小张分明就是儿子请来哄她开心的"托儿"。外面的糕点店多着呢，她做的绿豆糕怎么比得过那些专业面点师的手艺？更别提她只有一只手，虽说有大姨帮着，但好多工序都使不上劲儿了。

没想到，牛宏宇没有一丝撒谎的内疚，反而对小张说："我家的绿豆糕真材实料，我妈做一次要花大半天

呢，你才给五十块钱，真是太那什么了，你好意思拿得出手？"

看到小张苦着脸的样子，妈妈突然觉得有些好笑，她想了想，还是接过了钱。小张有些欣喜若狂，赶紧掏出几个小巧精致的模具递了过去，说那是女朋友最爱的花样，用它们做出的绿豆糕，他女朋友一定更喜欢。妈妈不动声色地接了过来，心里更苦涩：儿子是为了自己好，这才演这样的戏，但是，难道儿子不怕她日后知道真相后更绝望吗？

妈妈没想到的是，从"卖"出第一斤绿豆糕开始，连续一个月，儿子每天都会拿些钱回来，说是同学预付的钱，刚开始时只有几十块，后来慢慢地每天到了两百多。牛宏宇怕妈妈太辛苦，执意让大姨辞工过来帮忙。妈妈有了活儿干，又有人陪着聊天，心情不知不觉地开朗了不少，但是，她心底仍然压着块大石头：就算儿子在校园摆摊卖绿豆糕，可每天也绝对卖不了那么多钱，这一张张大票子到底是怎么来的？她暗暗决定：一定要去学校一趟，亲眼看看儿子到底在做什么。

几天后的一个下午，妈妈由大姨搀扶着来到了牛宏宇的大学。这是她第一次在受伤后主动走出家门，来之前，她已经做好了充分的心理准备：目睹儿子的一场无法想象、不堪入目的"绿豆糕"骗局！

两人一进校门，嘿，说来也巧，还真有几个学生边走边吃着绿豆糕呢，这是不是就是她做的呢？妈妈忍不住叫住了一个女生，问她这绿豆糕好不好吃，在哪里买的。那女生笑眯眯地说："您是说这'喜乐果'吗？买不到的，你让我们学校的'微笑跑腿哥'帮你跑个腿，他就会送你一块，很划算哟！"

妈妈惊呆了："喜乐果？微笑跑腿哥？"

"是呀，跑腿哥说了，'喜乐果'就是能带来微笑和快乐的果子，吃一块，一天都会有好运气呢！跑腿哥跑一次腿只收两块钱，送三楼以下都不加价。不过您要想吃的话得快点下单，好多人都是冲着他的笑脸和'喜乐果'请他买货送货的。他又是个好学生，只送货到六点半，时间一过就要去上晚自习了哦！"

女孩说完，美美地咬了一口"喜乐果"，要走了，大姨连忙拉住她，问那"跑腿哥"是不是叫牛宏宇，女孩为难地眨巴两下眼睛，突然兴奋地指了指前方："看，跑腿哥来了，你们自己问他吧！"

前方迎面而来的那人把自行车蹬得飞快，这"跑腿哥"果然就是牛宏宇！妈妈的心里苦苦的，却掩不住浓浓的甜：怪不得儿子能挣这么多钱，他其实不是在卖绿豆糕，而是在校园里为同学跑腿送货，亏他想得出，绿

豆糕竟成了他开拓客源、招揽生意的一块招牌！为了让她获得活下去的勇气和动力，孩子竟然在背后辛辛苦苦地做了那么多事，作为一个母亲，她到底算是成功还是失败呢？

正在这时，牛宏宇也看到了前方的妈妈和大姨，他大吃一惊，手脚都不知往哪放了，车子的把手一歪，立刻往旁边倒去。他重重地摔倒在地，车前和后座装载的各式小包裹也散落在地上……

牛宏宇摔得很疼，不过，当看到妈妈含着眼泪走来时，他脸上立刻露出了讨好的微笑："妈妈，别哭，我一点都不疼，真的……"他看了看母亲的脸色，赶紧又补上了一句，"我只是在空闲的时候帮同学跑跑腿，当健身了，一点也没耽误学习，不信你去我们宿舍问问……"

妈妈用仅剩的右手揉揉眼睛，笑了："傻小子，我断了手都没喊疼呢，你最多就蹭破点皮……你不知道吧，老妈我除了会做'喜乐果'，还学会了'幸福饼'、'雨后彩虹糕'，回家做给你尝尝？"

牛宏宇愣愣地看着妈妈久违的笑脸，突然什么话也说不出来了，他一下子扑上前去，伸手紧紧地抱住妈妈，忍不住"哇"的一声，哭得天昏地暗……

（题图、插图：谭海彦）

一桩突发的纵火案，六个离奇的嫌疑犯，历经一场荒谬的生死
审判，结局却是一出柳暗花明的好戏……

纵火奇案

□ 张　力

唐太宗年间，有一回，洛阳城搞了一次庙会。那一天，街上熙熙攘攘，好不热闹。中午时分，突然不远处人声喧哗，还传来一阵阵呼救声，据说是几间铺子着火了。官府的人很快赶来，抓了六个纵火的。

被抓的六人中，一个是屠户，一个庄稼人，一个书生，一个小货郎，一个江湖郎中，还有个茶商。六人被关到牢房里，都害怕不已，只有那书生一脸正气，虽然文质彬彬，脸上却没有一丝惧意。

当天晚上，一个长得凶巴巴的官差来到监房前，把六份饭递到里面。饭菜非常丰盛，有鱼有肉，还有酒呢，这倒是奇怪了，牢房里哪有吃得这么好的？牢房的日子这么好过，大家都来吃官司了！

那个茶商见过世面，他一瞅，眉头拧成疙瘩，问官差："官爷，不对啊，给我们的饭食怎么这般丰盛？"

外面的官差一撇嘴，鼻子里"哼"了一声："为什么饭菜这么丰盛？因为这是断头酒，你们马上要被处斩了！"

这话一说，众人全都吓坏了，腿发软，眼发晕，还有人尿了裤子，可死到临头，还有啥法子？等官差走了，众人想到要死也不当饿死鬼，只得含着泪，把饭菜扒拉到碗里，一边哭，一边吃。

过了一会儿，那个官差又来了，

表情很是怪异。他走到监房前，说："一二三四五六，你们一共六人，京兆府大人说，'六'这个数太顺，你们结成伴到阎王那里可能会闹事，思来想去，大人说要杀五个，留一个。"

六人听了，面面相觑，留一个？真的会有一个幸运的人活下来？这念头一起，几个人立刻拥到那官差面前，争求起情来，每人说了一大堆自己应该活下来的理由，只有那书生面色坦然，什么都没说，没半点怯色。

官差听了，没理他们，一摆手，两个狱卒抬来一张小桌子，上面放了一叠一尺见方的白纸，一把毛笔，还有研好的墨水。

几个人正面面相觑，官差干咳了两声，说："你们六人，把你们中间最应该死的人写在纸上，字写大一点儿，一张纸写一个。每轮中谁的名字出现最多，就杀谁，六人里面杀掉五人，剩下的就是那个命最硬的人——他可以不死。"

官差说着，又按照牢房里的规矩，分别给六人起了一个"阎王勾魂名"：屠户叫钱盛，庄稼人叫赵观，货郎叫陈下秋，书生叫盖挺军，郎中叫孙世和，茶商叫周贞天。

名字取好，官差让大伙儿想想，酝酿酝酿，该写谁就写谁。这一下监房里可炸了锅，每人都游说其他人别写自己的名字，茶商说如果他最后幸存，他家里有的是钱，一定善待其他

五家的家眷，屠户说，他如果活下来，就可以天天给其他五家供送猪肉、羊肉……众人又是乞求，又是谩骂，人之喜怒哀乐、七情六欲，全都写在脸上、出在口上。

书生起先不愿写，说这是不仁不义。官差冷笑着说，你要是不写，无法把那个可以免死的人确定下来，那六个人就得全死。书生想了想，只得也写。于是，六个人拿了纸笔，各自躲着，远离别人，纷纷动笔。

第一轮，六人各交了一个名字上去，交完后，除了书生，个个面如土色，浑身颤抖不停，不知灾祸降到谁的头上。

官差把纸拿过来一一看了，每看一张就瞅瞅六人，目光如利剑，落在谁的身上，谁就心惊肉跳。看完后，他一拍桌子，喝道："结果出来了，名字最多的是——钱盛！"

"钱盛"，就是那个屠户，屠户虽然吓得面色煞白，但他毕竟平时白刀子进、红刀子出，胆子自然比别人大些，他顿时大骂起来："凭啥选我？我做屠户这些年，老人买肉半价，残疾人买肉不要钱，我是个好人，你们好坏不分、良莠不辨，我到阎王那里等着，你们过来我就一刀捅死你们！"

屠户嘴里嚷嚷着，可衙役人多，七手八脚就把屠户押了出去，紧接着，隔壁监房里传来"咔嚓"一声响，那分明就是刀子砍在肉身上的声音，

以后就没了动静，看样子自然是身首异处，一命呜呼了。

第二轮，官差看了看交上来的五个名字，大声喊道："第二人是孙世和，拉出去砍了！"

"孙世和"就是那个郎中，郎中随即也被押了出去，片刻后，隔壁又传来"咔嚓"一声，郎中也命丧黄泉了。

第三轮杀的是"赵观"，就是那个庄稼汉；第四轮被砍的是货郎陈下

秋……

官差正要喊第五个人的名字，突然，茶商说道："官爷，我看这事有点蹊跷。按理说，每次被砍头的必定是得票最多的那人，我第一次交上去的名字是赵观，你砍的是屠户钱盛；我第二次交的名字是陈下秋，你砍的是郎中孙世和。如此看来，被砍头的，好像未必是得票最多的，我想，其他人或许会有和我相同的疑虑吧？"

官差听罢，十分恼怒，牙根子咬得"咯吱咯吱"响："你啰嗦什么，要你死你就得死，不死也得死，来人，把周贞天砍了。"

"周贞天"就是那茶商，茶商一拖出去，五人就全都毙命了，虽然这过程着实蹊跷，但书生好歹是最后的幸存者了，他皱皱眉头，感慨地说："没想到我却能活着出去。"

官差的三角眼朝着书生瞟了一下，"哈哈"大笑："你想出去？本来么，我们是想杀五人的，可后来一想，万一放出去的那人把滥杀五人的事说出去，怎么办？"

书生气坏了，怒声喝道"其实你们根本就没想让一人活命！你们这些浑人，不详查案子就杀人，杀人也就罢了，还拿人取乐。大丈夫坐不改名，立不改姓，我不叫什么盖挺华，我叫吴东知！"说着，书生大笔一挥，运笔如飞，在纸上写下"吴东知"三个字，他想自己死也要死得光明磊落，

于是脖子一横："来吧，砍头吧，二十年后又是一条好汉！"

官差看了看"吴东知"三个字，又瞟一眼书生，说"什么？二十年后又是一条好汉？哈哈，你二十年后必定是个老头！"

"来人，把他们都放了。"官差吆喝一声，大手一挥，从隔壁监房里走出五个人来，他们正是刚才被"砍头"的货郎、庄稼汉、屠户、茶商和郎中。其实，刚才那一声声"咔嚓"，砍的是一只羊，几刀下去，羊早就被砍成几大块了。

官差叫人支起一个大锅，烤起了羊肉，他说："各位受惊了，这羊肉是给你们压惊的，这也不怪我，我也是奉命行事。"

说罢，官差把交上来的那些纸细心挑拣了一番，他只捡出书生吴东知在五轮中写的那些字，一边看一边说："真是好字，力透纸背，苍劲有力，好字啊好字，可惜写字的人脖子太硬，想求个字难于上青天，这下好了，字全了。"

茶商问道："我们都写了很多字，你怎么只把吴东知的字挑出来？"

官差"哈哈"大笑："你还好意思问，你们写的字都跟狗爬的一样，难看极了，谁要你们的字？"官差说着，把吴东知写的那些字排成一行，大声念道："贞观盛世天下和——吴东知。"

原来，唐太宗酷爱字画，知道吴东知书法了得，可派去求字的人都碰壁而归，要想让这个倔强的书生写一句赞美的话简直是难上加难。皇帝不开心，身边的人急了，思来想去，于是就想出个"火灾砍人"的法子，给几个人取了特定的名字，里面含有太宗皇帝想要的那几个字，而"贞观"正是当时的年号。

到了这时，众人才明白怎么回事，屠户咧着嘴笑了："俺说呢，俺又不叫钱盛，原来你只是想要个'盛'字。"

茶商大笑，数落起屠户来："谁想要你的字？人家要的是东知兄弟的字。"

吴东知自然也全明白了，怪不得他们每次砍的，都是他写下名字的人。他恨恨地说："为一句美言不惜纵火涂炭百姓，何等昏庸！"

官差走上前来，笑嘻嘻地说："吴先生，这您可就误会了。您不知道，我们纵火是假，求字是真啊！"官差拍拍手，走进来几个满脸全抹着炭灰的狱卒，官差说："瞧瞧，你们在庙会上看到的浓烟滚滚，其实就是他们在灶头里扇出来的。要不动点脑筋，哪能请得动您的大驾呢！"

一屋子人听了，都"哈哈"大笑起来，这时，羊肉也熟了……

（题图、插图：谢　颖）

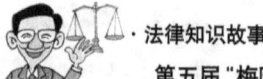

你能否继承遗产

□ 安广禄

田家寨的李大妈早年守寡，独自一人含辛茹苦，把儿子田大壮拉扯大，并给他成了家。

可田大壮从小脾气暴躁，性格古怪，经常为一些琐碎事和李大妈吵架，所以李大妈打心眼里不喜欢他。田大壮成家后没多久，李大妈便分户独住，如此一来，一家人倒也相安无事。

一晃十多年过去了，这一年，李大妈突然被确诊为胃癌晚期，于是一下子病倒在床，再也起不来了。

看到这情况，村主任代表村委会出面做田大壮的工作，希望他能搬回去和母亲住在一起，这样就能照顾母亲。田大壮的媳妇却说"当年说是分家，其实大壮没分到啥家产，当时说好的，让我妈另外找人照顾，村主任要是不信，我把那份合约拿出来给你看。"

村主任说"不用了，你说的都是事实，可现在你妈卧床不起，你们不照看谁照看？"

田大壮的媳妇说："妈平时最讨厌大壮，啥好处都没给他，如今有病了又想让他照顾，世上哪有这样的好事？"

村主任说："夫妻都没有隔夜之仇，妈和儿子能有多大的矛盾？你妈现在需要有人照顾，如果你们真的不愿意侍候你妈，那就由村委会出头找人侍候，但咱把丑话说在前头，谁现在侍候你妈，你妈百年后她的那份家产就是谁的，你们到时可别后悔。"田大壮两口子相互看了一眼，媳妇说："不后悔，谁看上那份家产谁就去侍候吧。"

村主任说："敢不敢写下字据？"田大壮的媳妇说："敢！"

事有凑巧，有个外来户长期在村里租住，一直想要个落脚地，所以，一听到李大妈家这件事，那外来户就表示愿意不要报酬去侍候李大妈，并保证把她侍候好，条件是李大妈百年后，她的遗产由外来户继承。

在村委会的撮合下，李大妈和那外来户立下赡养协议，规定了双方的权利和义务。作为见证人，村委会在字据上盖了公章，村主任还在上面签了字。

几年后，李大妈因病去世，可没想到田大壮两口子却把那个外来户打发出家门，理由很简单，这家里的一切怎么也轮不到外姓人来享受。村委会多次做田大壮两口子的思想工作，均没有做通。村民们非常气愤，纷纷为外来户抱不平，支持外来户到法院告田大壮，并说："你的官司一定能打赢。"

就这样，官司打起来了。法庭上，外来户拿出了当年和李大妈立下的抚养协议，村主任代表村委会在法庭上作证，不但证明了协议的真实性，还拿出了当年田大壮两口子立下的字据，并说，谁侍候老人，老人去世后谁就可以得到遗产。

法院审理后作出最终判决：田大壮长期不履行法定赡养老人义务，遗弃行为显然。而且，他既没有悔过表示，也没有获得李大妈生前原谅，故依法已经丧失了继承权利。至于那个外来户，因与李大妈生前有抚养协议，依法应由他继承。判决结果宣读完毕，田大壮不得不低下了头。

律师点评：

《你能否继承遗产》的故事主要涉及了一个法律问题，即抚养协议的法律效力。根据"继承法"规定：公民可以与抚养人签订遗赠抚养协议。按照协议，抚养人承担该公民生养死葬的义务，享有受遗赠的权利，所以故事中的外来户继承李大妈的遗产是有法律依据的。相反，由于田大壮不赡养老母，既不悔改也没得到老母生前宽恕，他的行为不仅因此丧失了继承权，而且构成了遗弃罪，触犯了刑法。

（题图：张恩卫）

红版编辑部各编辑邮箱：

姚自豪：yaobianji1950@126.com;
吕　佳：lujia411@yahoo.com.cn;
石莎莎：ssasha@163.com;
丁娴瑶：dingxianyao@126.com;
李　丹：lidan090@gmail.com.

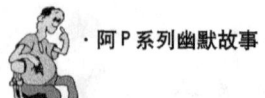

植入广告

□ 村口等你

阿P是一名三流演员，演技一般，长相普通，可演戏绝对卖力，而且随叫随到，价格公道。

最近一个叫钱来水的，投资了一部电视剧《农村情感》，马上就要开拍了。阿P在剧中演"男九号"，开拍之前酬劳已经谈好，一集2000块钱，一共40集。拍了几天戏，阿P发现编剧欧阳麻子老是改剧本，有时加词，有时临时往里加演员。

阿P心里疑惑，他和欧阳麻子挺谈得来，便想找个机会问问。那天，大伙拍完戏，正蹲在地上吃盒饭，阿P蹭到欧阳麻子身边，瞅瞅四周没人注意，压低声音说："你做编剧的老改词，多麻烦啊，涂了改，改了涂的……"欧阳麻子连连摇头："没办法啊，为了赚钱，很多企业都往戏里塞广告，有的大老板还把自己的小蜜塞进来，叫她露露脸。"

哦，是这么回事呀，怪不得前不久老是在戏里喝某品牌的牛奶，有一次拍的胶片几条都没过，阿P一连喝了五瓶牛奶，差点喝吐了。

想到这些，阿P禁不住骂了一声"他奶奶的！"欧阳麻子知道阿P心里不满，就悄悄地说："兄弟，拍戏挺苦的吧？这40集你拿不到10万吧？"阿P叹了口气，说"能拿8万就不错了。"

欧阳麻子在阿P耳根子边小声嘟囔道："想赚钱不？这次有个机会。"

阿P一听到"钱"，蛤蟆眼顿时发出光来，眼下手头正紧着呢，有钱怎么能不赚？他马上应道："太想了，房子首付，我还差20万呢。"

欧阳麻子把阿P拉到一个人少的地方，小声说道："钱来水的电视剧全是广告，没开拍，成本早收回来了。可是剧中这么多广告我们一分也拿不到啊，现在机会来了，他不是加广告吗，我们自己也加广告。"阿P没听明白：

"加广告？广告商不是和钱来水的经纪公司联系吗？我们拿不到啊！"

欧阳麻子"扑哧"一笑："你太实诚了，他钱来水能拉广告，我们自己也能……兄弟，我就和你直说了吧，我也是人，不能免俗，有企业找到我了，看了我的剧本，觉得能往里加广告，我负责广告策划，你负责'展示'，赚来的钱我们半劈，你看行不？"

钱不咬手，谁不想多赚钱呢，两人一拍即合，决定偷偷在电视剧中植入广告。好"戏"就这么开场：有一出戏是阿P参加婚宴，夹肉时筷子打滑，刚出锅的肉掉到脚腕子上，把他给烫伤了。欧阳麻子对阿P说："我已经和一家皮鞋企业沟通了，只要植入他们公司的皮鞋，我们就能分到10万，我们一人5万，怎么样？"阿P乐得牙都蹦出来了，连说"行行行"。

拍喜宴时，阿P故意没穿剧组服装部安排给他的那双鞋，换上了带有明显牌子的皮鞋。开拍时，导演眼睛很尖，对阿P说："你的鞋子怎么换了？"阿P说："那双鞋子破了，所以换了双新的。"导演正在犹豫，欧阳麻子来了，笑着说："导演，他那双鞋子破了，要再买双同样的鞋子，会耽误拍摄进度的。"

导演听了，只得作罢。开拍后，导演把镜头拉近，对着阿P的脚，来了个5秒钟的特写，不用说，皮鞋广告成功植入！

几天后，欧阳麻子凑到他跟前，把一张银行卡递到阿P手里，说里面是5万块钱。阿P一听，难掩心中的兴奋，一个植入广告抵得上自己20多集的收入啊，真是太容易了。

过了几天，欧阳麻子又拉来一个裤子广告。《农村情感》有一出戏，是阿P和他亲家掐架，亲家气得在他屁股上踹一脚。欧阳麻子说，这出戏导演肯定得给阿P的屁股一个镜头，只要把带有牌子的裤子对着镜头，广告植入就成功了。这家企业规模不小，老板很舍得花钱，只要成功植入广告，两人就能各分到20万块钱，阿P一听，乐得一个晚上没睡好觉。

那天，拍摄开始了：阿P冲着亲家一通骂，亲家急了，抬腿冲着阿P的屁股就是一脚，阿P又兴奋又紧张，那亲家要踹他，一抬腿，阿P的屁股就直接送上去了，不仅如此，他还加了一点戏：被亲家踹倒在地，趴在地上，屁股对着镜头一撅一撅的，那裤子的牌子跟着上下起伏，很有视觉冲击。导演十分满意，说是挺滑稽，挺有喜剧感，连夸阿P懂戏。

拍摄了两个来月，陆续有几家企业找到欧阳麻子，粗粗算来，阿P自己已经拿了40多万，房子的首付早已够了。有句话叫"痛并快乐着"，数钱数得手抽筋，那也是让人幸福的痛啊，多赚钱谁不想啊！

这一天，欧阳麻子又找到阿P，说接了个"大活"，对方是一家珠宝公司，如果成功植入广告，阿P一人能分40万，都抵得上一年的收入了，阿P一听，乐坏了。

怎么才能巧妙地植入广告呢？欧阳麻子煞费苦心，终于找到了突破口。有一出戏，是阿P和亲家斗嘴，钱来水在这一场景里植入了一则化肥广告，阿P穿着某品牌化肥的文化衫，胸口上有一个明显的品牌图案。为了让广告来得明显，镜头肯定会往上拉一点，这样一来，阿P的脖子自然成了"展示柜"，而他的脖子上戴着那家珠宝公司的项链，只要镜头扫到，那广告就植入成功了，而且这是广告中的广告，钱来水为了植入化肥广告，肯定不会在意阿P的脖子。

开拍时，阿P穿的是低领衫，他的表演非常卖力，和亲家斗嘴时说话唾沫星四溅，时不时地晃动脖颈，那珠宝项链给人的视觉冲击太强了。导演喊了一声"过"，欧阳麻子兴奋得直跳：太好了，这次植入真的太成功啦！

半年后，《农村情感》播出了，收视率非常骄人，阿P名利双收，虽说他仅是男九号，可因为这电视剧火了，他也跟着红了；要说利嘛，呵呵，就在他植入了项链广告的这一集刚播完，阿P就收到了欧阳麻子的短信："对方已经给你卡上打了40万元，请查收。"

过了一些日子，阿P刚参加完一个观众见面会，正在给一些观众签名，忽然听到有人叫了一声："赵小蔫！"阿P一愣，抬头一看，只见一个女人朝他走来，一见这女人，阿P晕了……

一年前，阿P认识了一个女网友，视频后，他不由有点心猿意马了，这女人太靓丽了，和小兰比，那真是一个西施，一个东施。要说阿P嘛，虽说自控能力不错，但遇上这样的女人，也难免会犯错误。大约一个月后，阿P学个时髦，瞒着小兰，来了个"网友约会"，到了那女网友的城市，两人在一家宾馆里见了面。当天夜里，两人多喝了几杯，阿P喝醉了，由那女网友搀扶着回到了宾馆房间。阿P倒到床上就睡了，一觉醒来，天已大亮，阿P大吃一惊：自己身边，正睡着那个女网友……阿P吓坏了，他这人，和女人开开玩笑，说说荤段子，至多拉拉扯扯，那还行，要想真刀实枪，他哪有这胆子，小兰这女人哪惹得起？阿P冷汗一身，战战兢兢地穿好衣服，像做了贼一般，逃离了宾馆……

眼前正朝阿P走来的女人，正是那个女网友，"赵小蔫"，正是阿P和那女网友交往时编造的假名。阿P想不明白：当初回到家里，他怕留下后患，比方说，那女网友讹诈自己，说是怀上他的小孩呀，要支付抚养费呀，胁迫他和小兰离婚呀……于是当机立断，邮箱、QQ，全都终止了，这还不算，阿P还对小兰说演角色需要，找了一家搞微型整容的，在脸型上做了一点变化，按理说那女网友是不太能认出自己的呀，今天怎么找上门来了？

阿P还算冷静，赶紧从人群中走了出来——毕竟自己现在是公众人物了呀，他正想脱身，女网友已经走到了他的身边，冷冷地笑着："你就是赵小蔫吧？"

阿P不承认："我不叫赵小蔫，你认错人了吧？"

"认错人？哼，别装了，你就是烧成灰我也认得出！"女网友愤愤不平地说着，"你演的这部戏很火，你和亲家斗嘴那出戏很出彩，脖子上的项链非常惹眼……你穿的是低领衫，我一眼就看到你锁骨上面有一朵红梅胎

记，有人开玩笑说你可能给'红梅'牌浴巾做了植入广告，我说不是，那是你的胎记——我能不清楚吗？那天夜里，我就躺在你的身边！"

女网友这话一出口，原本躲在人群里、捧着花、想给阿P惊喜的小兰，愤愤地把花砸在了阿P脸上，扭头就跑了。阿P哭丧着脸，想追出去，又觉得没脸，那脸色比死人还难看：天啊，植入广告害死人啊……

女网友接着说："喂！你还在给我装傻是吧？那天的宾馆房间费说好AA制的，你那天装疯卖傻地跑了，是想赖账吗？快还钱！"

阿P一听"还钱"两字，脸色瞬间回暖，他想起来了：那天他慌里慌张地从宾馆逃跑了，确实是忘记退房结账那一档子事了……

阿P爽气地从钱包里摸了钱，交到女网友手里的时候，他还贼头贼脑地问："那天，咱俩……没什么吧？"

"呸！想得美！"女网友白了阿P一眼，"真有什么，我今天就不讨这个数了！"

女网友拿了钱，骂骂咧咧地走了。经过这么一闹腾，现场再也没什么人来找阿P签名了，阿P一个人被晾在一边，但他心里舒坦不少，心想还好，我依旧是清白的，回去找小兰解释的时候，我还是有底气的！

（题图、插图：顾子易）

根据美国作家罗伯特·洛普雷斯蒂的同名小说翻译、改编

刚从监狱出来的人

□方陵生　编译

你想想，"刚从监狱出来的人"，会是什么样的人？基根，就是这样一个人，他在朗曼州立监狱呆了25年，刚从监狱出来，准备去加利福尼亚州看他妹妹。他是昨天傍晚来到这个小镇的，因为他的车坏了，只能送到汽修厂，这才不得不在小镇的汽车旅馆里过夜。

今天早上，基根从汽车旅馆出来，来到一家餐厅，随意找了一个座位坐下，叫了份早点。此刻，他呆呆地看着面前盘子里的炒鸡蛋，好像是在琢磨这里的炒鸡蛋会不会比监狱里的好些。

一会儿，基根开始吃了，他万万没有想到，就在埋头吃早点的时候，一个警察悄无声息地走到了他的身后，紧接着就响起了手枪上膛的声音："咯嗒"……

基根抬起头来，回过身子，他看见一个警察正举着枪对着自己！这警察很年轻，看起来有些紧张，拿枪的手微微颤抖着。如果有人拿枪指着你，你的第一反应会怎样？大惊失色？暴跳如雷？基根的反应有些不同寻常，他轻轻放下手中的叉子，又放下另一只手端着的咖啡，和颜悦色地说道："早上好，警官先生。"

"早上好……"警察轻声说道，他的声音因紧张而有些嘶哑，"现在我要求你——将双手放到柜台上去，掌心朝下！"

基根按他的话去做了，紧接着，警察问了基根的姓名，又核对了一些情况。基根一边回答，一边眨巴着眼睛，他有些困惑，不知道警察是从哪儿打听到这些的。自从来到这个镇上，这些事他只提过一次，那就是昨天傍晚在珠宝店里准备给妹妹挑礼物时说过，难道说这个小镇上每个人每时每刻都在盯着所有的陌生人吗？

那个警察一边持枪逼视着基根，一边继续盘问："今天早上你去过帕拉蒂姆珠宝店？"

"没有，我是昨天去的。"

"可有目击者说你今天早上在那里出现过，有人抢劫了珠宝店，枪杀了店主……"

"不是我，我没干。"

基根话音刚落，一个二十出头的瘦小青年走了过来，显然，他不敢近前，只是站在警察身后，大声嚷着："是你干的，就是你，是你杀死了我叔叔！"

哦，这就是基根一到餐厅，就有警察用枪逼着他的原因！基根想起来了，昨天傍晚他去珠宝店时，正好看见眼前这个小伙子在店里拖地板呢，他有点明白了，于是叹了口气，说："哎，警官，你一直用枪这么对着我，我会很紧张的。我想你还不如用手铐先把我给铐起来，这样我们大家就都不用那么紧张了，怎么样？"

"这办法听起来还不错。"警察不敢大意，时时保持着戒备的姿势，他缓缓移开枪管，随即用手铐"啪"的一声扣上了基根的手腕。警察在基根身上搜了一遍，什么也没找到。基根解释说，他的车在汽修厂里更换配件，就是因为车坏了，他才不得不在这个小镇上过夜。他是从汽车旅馆步行到这儿的，皮夹留在旅馆房间里了。

警察让基根去警局接受调查，基根说没问题，然后，他让侍者从他衬衫口袋里拿钱付账。走出餐厅时，基根轻松地对侍者说："这里的炒鸡蛋还不错。"

那警察让守候在门外的副手到旅馆取基根的身份证件，基根如此合作，倒让警察有些吃惊：这是怎么回事呢？犯罪嫌疑人如此配合，倒实在是少见！

警察把基根和那个珠宝店的小伙子一起带到了警局，警察先自我介绍，说自己是哈特警官，并再次询问珠宝店的情况，基根重复了先前所说的那些：他是在昨天珠宝店快关门时

去那里的，想看看能不能找到妹妹喜欢的项链之类的饰物，不过去那里主要还是为了打发时间，因为他的车正在修理。

正盘问着，门"砰"的一声被撞开了，副手兴奋地闯进来，喊道："长官，我们找到了嫌犯的枪！"

"在他房间里？"

"不是，在汽车旅馆后面的垃圾箱里。"

那个珠宝店的小伙子叫埃迪，此刻正站在警务室门外，他听到这些话后，神情激动了，叫道："我早就说过，就是他干的！"

哈特警官又问有没有找到皮夹子，副手说找到了，然后把皮夹递给了哈特。

哈特拿着皮夹翻来覆去地仔细察看，又拿起证件，对着基根的脸，看了又看，说："没错，照片上的人确实是你。"

说着，哈特警官又翻了翻皮夹里的其他一些证件，其中还有工作证。紧接着，哈特警官把埃迪叫进了警务室，说："年轻人，看来事情没有你想象的那么简单呀！"

埃迪惊讶地说："怎么个不简单？他有入狱前科，而且刚从监狱被放出来，警察还找到了枪！"

哈特说"这正是问题的所在，假设他杀了店主，然后带着可能会将他送进监狱的枪走出商店，走过四条

街，将枪放在最有可能让人找到的地方——他住的汽车旅馆后面的垃圾箱里，这可能吗？"

埃迪眨眨眼睛，说："你们不能就这样放过他，警官，他杀了我叔叔，我在珠宝店开门十分钟后去店里时，发现我叔叔已经躺在地上惨死了。"

哈特耐心地解释说，他需要证据，需要有人看见基根今天进出过珠宝店的证据，他对埃迪说："我想，你能不能再好好地想一想，也许你会记起来，你到那里的时候，正好看见这个家伙离开呢？"

埃迪把心一横，断然说道："警官，我想起来了，我追出巷子，正好看见他从后门跑出去。"

"嗯，你说得很好，这对案子很有帮助，"哈特点了点头，"现在我问你，起先你为什么不说？我想，那是因为你不想承认你有后门的钥匙，对吗？"

一听这话，埃迪脸色一变："你调查过我？"哈特一笑，说："因为你叔叔曾对我说过，店里经常少东西，他怀疑你私底下配了店里的钥匙。他说，如果被他当场逮住，他一定要开除了你，今天早上就是这么个情况，对吗？你在珠宝店开门之前早一步到了店里，想找点什么东西去典当，却不想被你叔叔当场抓住，然后你就下了狠心，一不做二不休，要想不被开除，那就杀了你叔叔，然后还可顺理

成章地继承下这个珠宝店。"

埃迪再次将手朝基根一指，声嘶力竭地嚷道："警官，我告诉过你，是他干的——"

"这也是我先前所推测的，"哈特点点头，"一个有前科的嫌犯是个不错的替罪羊，他刚从监狱出来，急需钱花，这个主意真的不错，不是吗？"

埃迪还想辩解，可是，就在这时，哈特把那张从基根的皮夹里抽出来的证件扔在埃迪面前，埃迪一看，他什么话都说不出来了，"基根先生是朗曼州立监狱的狱警，这是他的警官证。"哈特说着，他又微笑着面向了基根，"我想，你在珠宝店里说，在监狱里呆了25年，是指你在那里工作了25年，刚退休，是吗？"

"没错。"

"恭贺你功成身退。"话说到这儿，哈特还是有点疑惑，"你很配合我们对你的盘查，不得不说，你可真沉得住气。"

"呵呵，"基根笑道，"如果有人用枪指着我的脑袋，我一般不会和他争辩。我想，如果我安静些，尽量配合，会有助于尽快弄清事情的真相。"

埃迪被戴上了手铐，基根转身对他说："小伙子，我能给你一个忠告吗？告诉你，到了朗曼监狱，当心一个叫奥蒂兹的家伙，他可是那里最严厉的狱警。"

（题图、插图：佐 夫）

谁是"备胎"

□ 邵惠滨

小茹长得清秀水灵，皮肤白皙，加上个头高挑，是个十足的美人坯子。大学毕业后，她考上了老家县城的公务员，上班以后，单位里不少单身男青年都忍不住要多看她几眼，抓住各种机会跟她套近乎，可没有一个敢公开追求小茹的，你想一想，这么漂亮的女孩能没有男朋友吗？

这天，小茹和闺密小琪在单位餐厅吃午饭，张大姐笑眯眯地凑到小茹跟前，悄悄地问："小茹啊，你现在有没有男朋友啊？"

小茹大眼睛一眨，笑嘻嘻地说："没有啊……"

一听这话，小琪有点惊讶，瞪着小茹欲言又止，张大姐又说"给你介绍个对象，好吗？"

"好啊，对方咋样啊？"

"嘿，我跟你讲，这小伙儿跟你特般配，长得很俊，个头有一米八五，也是公务员……"

两个人你一问我一答地聊着，旁边的小琪听得一愣一愣的，为啥？她知道小茹有男朋友的呀！一会儿，张大姐要小茹等她电话，她会尽快安排两人见面的，说完，张大姐端着饭盘子走了。

回办公室的路上，小琪急忙问："你跟子凯分手了？我记得你们在大学里感情很好啊……"

"没有啊，我们现在感情也好得很呀！"

"那你怎么还去相亲？你想脚踏两条船？"

"看你想哪儿去了，我只是想认识个新朋友而已，又没说跟他谈恋爱。"

小琪听了有点不明白，介绍对象就是为了谈朋友，谈朋友就是谈感情，难不成感情是可以分成几份？虽是闺密，小琪也不好意思多问，两人说笑着，就一路回到办公室工作了。

没过几天，单位里所有的单身男青年都知道了小茹没男朋友，几个胆大的开始公开追求她了，小茹倒是不拒绝，但也没有答应，含含糊糊的，一直同几个追求她的人保持着暧昧的关系。

与此同时，张大姐也安排小茹去相亲。那一天，小茹早上高高兴兴地去，晚上又开开心心地回来了，小琪问："怎么样？帅不帅？"

小茹笑眯眯地说"挺好的，不错的一个男孩儿。"

"心动了？"

小茹非常神秘地拉着小琪坐到床前，悄悄地说"其实我只是想发展一个'备胎'而已。"

"'备胎'？"

"是呀，做人啊，不能太死板。虽然我跟子凯谈了三年，可现在我们却异地工作，过几年能调到一起工作还行，要是不能呢？"

小琪说，这样做总是不太厚道，小茹不以为然："这有什么不厚道的？我又没真正答应这个男孩儿，我只是想跟他保持着若即若离的关系，万一子凯真的离开我，'备胎'立马转正！"

"这么说来，你的'备胎'不少啊，单位里还有好几个呢，哈哈……"

"小样儿，看我不揍死你！"两人嬉闹起来。

就这样，除子凯之外，小茹同时跟几个人保持着关系，其中"资质"最高的"备胎"，就是张大姐介绍的那个。

生活很现实，一年后，子凯迫于家庭的压力，跟小茹提出了分手。小茹伤心了好几天，可是她也明白：异地相恋可以，但总不能异地结婚吧？小琪半开玩笑、半认真地安慰小茹，说："开心点吧，你不是还有个很好的'备胎'嘛！"

不久，小茹第一次主动去约"备胎"出来吃饭。那天夜里，小茹很晚才回单位宿舍，小琪立马迎上去："哈哈，'备胎'转正了吗？"

小茹垂头丧气地说"别提了，那个男孩在外地有个女朋友，过几天他要去女朋友的城市工作了……"

小琪呆呆地望着小茹，心里不由地嘀咕着：唉，到底谁是谁的"备胎"呀……

（题图：佐 夫）

东客厅，
西客厅

□ 宋维杰

北宋年间，大将军陈平勇府中要招一名奴仆。那几年，数省逢灾，非涝即旱，庄稼地里不出粮食，能讨口饭吃十分不易，所以遇上这样的机会，穷苦人都想方设法往里挤。最后，一个叫罗刚的人撞了大运，从上百人中胜出，当了陈府的仆役。

罗刚进府第一天，管家就告诉他，说是陈老将军脾气有些怪，叫他小心做事，万不可鲁莽。罗刚谨小慎微，少说话，多做事，虚心好学，腿脚勤快。

陈老将军为朝廷立下汗马功劳，当今圣上十分倚重，平时来府中拜访的人也络绎不绝。罗刚很快就发现了一件怪事：陈府有东、西两个客厅，东边的稍大，里面摆设简陋，只有几张椅子，一张桌子，而更蹊跷的是，这

些椅子竟然全是断了一条腿的，只剩三条腿。西边的客厅稍小些，但里面陈设气派，给人富丽堂皇的感觉，桌椅齐全，而且椅子全是四条腿的，没有残缺。

罗刚暗自嘀咕：东客厅里全是三条腿的椅子，这怎么坐呢？

按照陈府规矩，每逢客人来访，客厅里的桌椅都必须重新擦拭一遍。这一天，管家说有客人要来，罗刚跑到东、西两个客厅，把桌椅全擦拭了一遍。

一会儿，客人来了，陈老将军瞅

了瞅桌椅，把脸一沉："怎么没擦拭桌椅？"管家连忙在一旁说："刚刚擦过了。"陈老将军一瞪眼："我瞅着怎么总不太干净，再擦一次！"管家给罗刚使个眼色，罗刚也不敢多话，赶紧走了过去，小心翼翼地再把桌椅擦了一遍。

客人走后，管家把罗刚叫到一边，说："老将军脾气怪，我们要格外小心。这桌椅，擦早了，老将军看不到，心里就会觉得不干净；擦晚了，就会耽误事……"罗刚无奈地问："那怎么个擦法？"

管家说："最好是你刚刚擦完，老将军正好进来，这样既不耽误事，又能让老将军看到。"

罗刚心想，这也不算难，只要自己提前来到客厅里，把桌椅擦完，等老将军进来，自己再装模作样擦拭一下，这就行了。

可让人意想不到的是，一连几天，罗刚都被管家骂了，因为近日府中客人多，老将军会见客人没有定规，一会儿东客厅，一会儿西客厅，翻来覆去不停地换。有时候，罗刚擦的是东客厅，老将军却到西客厅会客，人无分身之术，擦拭了这边，那边就误事了。

罗刚心中不免有了怨言：这陈府也真是的，桌子、椅子擦得这么干净，对椅子本身却是一点不讲究，三条腿的也不修一修，让人怎么坐？还有，

既然东客厅全是三条腿的椅子，坐着不稳当，那何不把客人全引到西客厅去呢？这样一来，东客厅就没必要打扫了，我也不至于两边忙啦！

那一天，府里来了一个胖胖的官吏，罗刚想，这位大爷少说也得200斤，应该到西客厅吧，东客厅的椅子是三条腿的，恐怕经不住这大爷一坐。

这么一想，罗刚赶紧跑到西客厅一阵忙活，把桌椅擦得亮里带光，就等老将军进来后，再擦最后一下，可左等不来，右等不来，一会儿就听到老将军在外面怒喝了："怎么不擦拭桌椅？"罗刚一听，坏了，这回去的是东客厅——三条腿的！

人总有开窍的时候，慢慢的，罗刚悟出了要领：进陈府的人，凡是文臣武将、达官贵人，总之有身份的，老将军一般都会在"三条腿"的东客厅里会见；凡是装束一般的普通人，都会引至西客厅，享用"四条腿"的待遇。

这倒真是怪事，在陈府，身份越高贵，越是不受待见，老将军到底为何如此安排，罗刚说不出道理来，反正就是这么一个规律。罗刚开了窍后，被老将军呵斥的次数明显减少，他也学乖了，每次听说有客人要来，他都会屁颠屁颠地跑到管家那里，打听客人的身份、来历，由此确定打扫哪个客厅。

那一天，管家告诉罗刚，府里要来一位客人。罗刚眯着小眼问来人是谁，管家摇了摇头，说不知道。罗刚脑袋机灵，他蹲在门口等。不多时，远处走来一个穿着粗布衣服的大汉，脸黑衣脏，一看就是贩夫走卒之类的平头百姓。

罗刚心里有数，回身跑到西客厅，一边擦桌椅，一边嘟囔着："将军见的人，大都是高官富贾，没身价的，来这里凑什么热闹，害得我跑前跑后地伺候。"

擦完桌椅，罗刚竖直耳朵，想听老将军的脚步声，不料好一会儿没动静，他凑到门口往外一瞅，坏了，只见老将军领着那个粗大汉，竟然往东客厅走去……罗刚倒吸一口凉气，我的妈呀，真是真人不露相啊，一副邋遢相，竟然还会受到这么高的礼遇！

罗刚来不及多想，三脚两步奔到东客厅，赶紧把三条腿的桌椅擦拭完了，将军脸上虽然有些不悦，但还算没当场发作。

罗刚擦完桌椅，赶紧溜人，但他没走多远，而是躲在院中的角落里，伸长脖子往客厅里瞅。刚开始时，客厅里还算平静，没听到什么声响，约摸半炷香过后，突然传来了老将军大声呵斥的声音，再后来，"乒乒乓乓"一阵乱响，不用说，老将军发了脾气，在砸东西啦！

罗刚赶紧跑进东客厅，只见老将军一脸怒气，而那个粗大汉，被骂了个狗血喷头，灰溜溜的，可嘴里还在嘟囔着："六亲不认，哼，脑子坏了！"这话可把老将军气坏了，他怒不可遏，二话不说，抓起一把椅子，就往粗大汉身上砸去……罗刚一看要出事，急巴巴地伸手去挡，椅子砸在他

身上，"啪嗒"，三条腿断了一条，成两条了，还把罗刚砸痛了。罗刚咧着嘴，有苦说不出，那粗大汉一看苗头不对，跑了。

老将军见椅子砸痛了罗刚，心中不忍，脸色平和了不少。罗刚见老将军放下了架子，便不再那么畏惧了，乘机说出了长久存在心里的疑惑：老将军会见客人，为何要分东客厅、西客厅？椅子为何要分三条腿、四条腿？

老将军听了，沉思了一会儿，说："四条腿的椅子，自然是四平八稳，坐着时无需用心。而到我府上来的人，大都是来商议国家大事的，商议大事的，岂可不用心？我让他们坐三条腿的椅子，他们自然会正襟危坐，不敢怠慢，坐着时用心，说话时留意，这才是议论国计民生

的态度。也有些人，来我府上，原本没有什么大事，说话聊天，无需用心，让他们到西客厅去，坐四条腿的椅子，坐得安稳些，也不妨事的。"

听到这里，罗刚终于明白了，平时到府上来的那些达官贵人，都是来谈大事情的，大事情需上心，容不得马虎，所以要坐三条腿的椅子；而那些平常人物，或来下棋，或来闲谈，没必要正襟危坐。

罗刚连连点头，钦佩老将军为人处世的睿智，突然，他又想到了什么，便问道："刚才来的那个人，衣着平常，不像是来谈大事情的人，将军怎么也把他请到东客厅，坐那三条腿的椅子？"

老将军一听，面孔一板，说："那是我的一个远房亲戚，想走我的门路，想请我出面，在官衙里给他谋个差事做。这种见不得光的事，我断不会做，这也是大事，需用心谈的，容不得半点马虎。"

罗刚听罢，对老将军敬仰至极。自那以后，每次到东客厅，擦拭那些三条腿的桌椅时，他总是特别上心了……

（题图、插图：谢 颖）

六魂找替身

□ 李志强

陈寿是一名公司销售，这个工作没有底薪，全靠业绩提成。公司有一个规定，在不损害公司利益的前提下，允许各种方式的竞争手段，当年销售业绩排名第一的员工，担任次年的销售主管，每月有高额补贴和管理话语权。这样一来，销售部内部竞争非常激烈，整日里斗得不可开交。

这天，销售部一行六人，到郊区开展宣传工作，回城时天已黑透，能见度非常低。经过一个叫"五马坪"的地方，刚好是一个三岔路口，突然起了大雾，车子莫名其妙地熄火了，大伙儿想打电话求救，所有的手机又都没了信号。大家无奈地下了车，销售主管带队走了一圈儿，又回到了原地。几次三番，都是兜了一圈后又回

到原地，大家都累得筋疲力尽，陈寿突然想到了什么，惊恐地大叫："这不会是传说里的鬼打墙吧？"

顿时，所有的人汗毛倒竖，大家手牵手，紧紧靠在一堆儿，谁都没说话，紧张地看着黑漆漆的四周。车，开不了；路，没法走，大家一时无计可施，只能在原地干坐着，时间一长，睡意上来，全都迷糊着睡过去了。

第二天天亮时，大家先后醒来，这才发现居然睡在一座坟墓旁边。墓碑上没刻字，是块无字碑。大家心惊肉跳，这时雾气散尽，车子也能发动

了，众人坐上车，终于离开了这个鬼地方。

回公司不久，奇怪的事情发生了，陈寿总感觉自己精神上好像出了问题，会突然产生幻觉：自己的头颅完全消失不见了，只剩一个没头的身体杵着，而且呼吸困难，就像被什么勒住了脖子一样……幸好，这种幻觉持续时间很短，只有几分钟。陈寿悄悄找了医生，医生怀疑是臆想症，开了些口服药，可不见好转。

有一天，陈寿接到一个客户电话，让他送六面豪华落地镜到指定地点。这可是个大单，陈寿惊喜不已，先到了客户家里，测量了一下尺寸，然后亲自带着几名安装工人送货过去。当天，客户临时有些事耽搁了，安装时已是晚上。

要安装的地方，是一个很大的试衣间，有两道门，内墙上留了六个位置。工人安装镜子时，陈寿好奇地问客户："为啥要把镜子安装成六边形的样子？"

客户笑笑说："现在的女人试衣服，一面镜子不能满足她们的审美需要了，必须要全方位、多角度，她们才会满意。"

等六面落地镜安装好，陈寿心血来潮，走到镜子围成的空地中间，想摆几个姿势，试着照照，就在这个时候，他突然惊得魂飞魄散：六面镜子里，突然出现了他的身影，却不是完整的，这面镜子里看到的是脑袋，那面镜子里是躯干，还有两个胳膊、两条腿，一面镜子里一样！

陈寿瞪大了眼睛，下意识地往后退了一步，这么一退，镜子里的脑袋、躯干、四肢，也随之各自做出相应的动作……

这场景太诡异了，陈寿吓坏了，差点就瘫软在地上，他连滚带爬，奋力推开一扇门，像亡命之徒一般逃走了。

遇到了这样的怪事，陈寿坐卧不安，他联想到从五马坪回来后出现的奇异感觉，决定去那里打听一下。

这一天，陈寿到了五马坪三岔口，在附近村庄遇到一个六十多岁的守墓老头，那老头讲了一段离奇的故事：那个坟墓有些年头了，也说不清是哪朝哪代的事儿，据说是一名高官的墓。那个高官因为得罪了小人，皇帝又偏听偏信，最后高官惨受酷刑而死。家人收殓了遗骸草草埋葬，不敢在墓碑上刻字，这才留下了一块无字碑。因为死状太惨，后世的盗墓贼压根儿就不敢光顾。

陈寿疑惑地问："咋个死法呀，连盗墓贼都怕？"

老头说："五马分尸，人的四肢、脖颈被绳索勒住，拴在五匹马的尾巴上，然后五匹马分别向五个方向奔跑……"

原来"五马坪"的名字有这么恐怖的来历，陈寿听了，冷汗禁不住顺着后背直往外冒。

老头接着又讲了起来：冤死鬼都会找替身，这五马分尸的鬼，同样也要找，不过他找替身难度很大，因为生前身体分裂成六块，所以魂魄也成了六个部分，必须要在相同的时间、相同的地点，遇到在一起的六个人，而且这六个人必须是彼此心存芥蒂、互相争斗，然后魂魄分别附到六个人的六个不同部位，七七四十九天期满后就夺魂而去。驱走冤魂的方法也很简单：六个人互相信任，不再有争斗之心，形同一体，这样就无法分

成六个部分夺魂而去，坚持三个时辰，可在半年内无事；若要完全驱走冤魂，必须要满六个月。又传说镜子是照魂之物，因为是六魂分开，所以在晚上有六面镜子围绕时，魂魄会现出原形，陈寿能在六面镜子里看到身体分离的异象，就是这个道理。

陈寿心想：自己会出现没有头颅的幻觉，难道是头颅被冤魂附体了？他转念又想到：其他五个同事莫非也出现了这样的幻觉？陈寿扳着指头一算，天哪，已经四十八天了，到了四十九天，那就期满了，他们六人的魂魄，就会被夺走了！

陈寿谢过老头，赶紧回城。时间已经是黄昏了，他挨个打电话，好不容易把大家叫到一起，先讲了五马坪古墓的故事，然后说出了自己的奇异经历。

大家默不作声，表情逐渐严肃，继而又从严肃变成惊恐。主管小声地说："我、我时常感觉没了右手……"

接着有人说感觉没了左手，又有人说没了右脚，还有人说没了左脚，最后一个同事愤愤地说："我他娘最惨，我会突然感觉到整个躯干没了，只剩下一个脑袋和四肢在空气里孤零零地晃荡！"

一会儿，陈寿坚定地伸出一只手，用宣誓一般的语气断然说道"忘记过去的不愉快，放弃争斗吧！"紧接着，其他五人不约而同地伸出手

来，六只手叠加着放在一起……说来也怪，当天晚上，没有一个人出现幻觉，第四十九天安然度过。就这样，陈寿越发相信守墓老头的说法，再不敢有半分勾心斗角的想法，即使被同事抢了客源，他也忍了，权当是同事的无心之过。从此之后，陈寿再也没有出现过没有头颅的幻觉，一时心情大好，有心想问问其他五个同事的情况，又怕别人忌讳，只好作罢。

这天晚上，陈寿扳着指头细细地算起了日子，老头说的半年期限只剩最后一天了，也就是说，只要一过明天，就完全驱走冤魂了。不料就在第二天，主管突然遭遇了车祸，失去的，恰恰是一只右手！事情还没有完，当天晚上，另一个同事左手触电导致神经坏死，被截肢……

两个同事出事后的次日，剩下的四个人聚在一块儿聊天，这才知道，大家后来都没出现幻觉，这表明他们四人确实是放弃了算计别人的心思。

那一天，四个人结伴去看望住院的主管，主管见四人安然无恙，不觉后悔莫及，他叹了口气，对陈寿说："我曾经在一段时间里放弃了和你的争斗，但有一次，我怀疑你在背后耍心眼，于是就疑神疑鬼起来。我想，这种冤魂找替身的说法说不定是子虚乌有，倒不如面对现实，趁机多捞点合同，多赚点提成，保持业绩第一，能够在明年继续当主管。就这样，我开

始对你做起了小动作，可我想不到真会有这样的报应，真会被冤魂夺去右手，这往后的日子……"说到这里，主管难以克制，禁不住大哭起来……

上次陈寿去五马坪回来后，主管就曾说过他时常感觉没了右手，想不到这次他果然在车祸中没了右手。四个人听得惊心动魄，他们安慰了主管几句，然后打算去探视另一个失去左手的同事，主管说："你们别去了，他胆子比我还小，现在变得有些疯癫了……"

后来，陈寿又去了一趟五马坪，找到了那个守墓的老头，老头听了他们六人的事，长叹一声，说："人总是喜欢争斗的，要放弃心里的那点欲念，不是每个人都能做得到。你很不幸，头颅被冤魂缠着，你又很幸运，恰恰因为头颅的重要，你才会有清醒的心智。那个五马分尸的冤魂，找到了右手和左手的替身，其余四段，还在等着别人呐！"

陈寿的心"怦怦"乱跳，他沉吟良久，说："我会告诉身边的人，彼此一定要坦诚相待！"

经历了这件事后，陈寿和他的同事们在工作中就变得十分团结，不过，他们也都留下了后遗症：只要是围起来的镜子，他们都不敢走过去……

(题图、插图：张恩卫)

假枪杆换成真枪杆，逞强一时；假把式不敌真子弹，枉送一命……

子弹从何来

□ 岳 勇

武华强喜欢抽烟，烟瘾特大，一天抽三包，外号"武三包"。他有一只手枪形状的金属打火机，高仿真的，看起来跟真枪没啥区别。每次把烟叼在嘴里，掏出"手枪"，枪口对着烟头，"咔嚓"一声，喷出一团小火苗，不偏不倚，正好把烟点燃，这个时候，武华强就觉得特酷、特潇洒。

武华强本来在一家夜总会做保安，因为和客人打架，被开除了。武华强一时找不到工作，就自己开了一家公司，叫做华强讨债公司。虽说是"公司"，实际上从老板到员工，都是他一个人。公司的业务就是替别人讨债，事成之后收取10%的佣金。武华强讨债的方法很简单，很直接，也很有效：他讨债时，就用自己的打火机手枪抵住欠债人的脑袋，限时还债。对方不知真假虚实，大都会乖乖地把

欠款交还到他手里。

这天上午，武华强的讨债公司来了一个大胖子男人，男人自称姓周，是一家建筑公司的老板。武华强起身问道："不知周老板找鄙公司有何贵干？"

周老板告诉他，自己为了揽到市里的一项大型基建工程，曾给在项目招标工作中有话语权的一位吴局长送了800万元现金。结果这位吴局长食言了，最后并没有把工程给他。他觉得自己上当了，想找吴局长要回那800万元，可吴局长翻脸不认账，他正

束手无策，无意中看见华强讨债公司插在门缝里的业务广告，于是死马当做活马医，就按着广告上的地址找上了门。

武华强一听，心里打起了小算盘：800万元，事成之后就有80万元劳务费，那可是一大笔钱啊，于是当即拍板，握着周老板的手说"您这笔业务，我们公司接下了。您放心，我们是事成之后才收取10%的提成，不成功绝不收取客户一分钱！"

接下这单大生意后，武华强立即展开了行动。首先，他经过潜伏观察，摸清了吴局长的家庭住址和家庭情况，然后在一天傍晚吴局长开车下班回家之后，武华强翻墙进屋，用"手枪"抵住了吴局长的头。吴局长吓得脸色发白，忙叫："好汉饶命！"

武华强说："想要活命不难，我是受周老板之托前来要债的，赶紧把那800万吐出来，我饶你不死。"

吴局长连连点头，说："行行行，钱在书房的保险柜里，我这就带你去拿。"说着，他便往另一个房间走去。武华强拿着"枪"跟在后面，正要走出房门，吴局长忽然一个箭步跨出去，"砰"的一声关上门，将他一个人反锁在房间里……

原来，这个吴局长曾经在部队当过侦察兵，对各种枪械十分熟悉，一眼就看出武华强手里拿的不是真枪，便不动声色地设计将他反锁在屋里，

然后，立即给自己的小舅子打电话。吴局长的小舅子是这一带出了名的混混，手底下有几十号兄弟。不多一会儿，小舅子带着一帮马仔赶到，开了房门，将武华强摁在地上一顿好打。

武华强被揍得鼻青脸肿，这才知道假枪仿真度再高，也唬不住行家。回到公司，他越想越气，一咬牙，就花大价钱托人从黑市买回来一把64式手枪，伺机第二次行动。

星期六这天，武华强揣着真家伙，再次潜入吴局长家，不巧的是吴局长夫妇俩都出门了，只有十二岁的女儿在家做作业。武华强心里想：无论如何，咱也不能白跑一趟。眼珠一转，计上心头，于是就持枪挟持了小女孩，然后给吴局长打电话，叫他赶紧把周老板的800万元吐出来，要不然就回来替女儿收尸。

那吴局长呢，他以为武华强又拿假枪唬人，并没太在意，赶回家还没进门，武华强就"砰"的一枪，打烂了他的车灯。吴局长这才意识到对方手里拿着的是真家伙，就要打电话叫小舅子带人过来，老婆却瞪了他一眼，一把夺过电话，拨打了110。

几分钟后，警车呼啸而至。警察赶到，狙击手就位，谈判专家冲着武华强喊话……这一些警匪对峙的场面大家在影视剧里见得多了，多说没啥意思，咱挑精彩的说：那武华强躲在

屋里嚷道："欠债还钱，天经地义，只要姓吴的把从周老板手里收受的那800万元吐出来，我立马放人，否则，我就一枪崩了这小鬼！"

在现场负责指挥的公安局长叫吴局长赶紧准备钱去，先把对方稳住，可吴局长一口否认收过人家800万元，公安局长把脸一沉："都什么时候了，你还不老实？"吴局长知道否认不了，就苦着脸说："可是……那些钱我早就在澳门赌场里输光了……"这下连公安局长也犯难了。

双方从中午一直僵持到傍晚，武华强见不到钱，情绪越来越激动，房间里不断传出小女孩的惊叫声，所有人的心都揪得紧紧的。公安局长暗暗通知狙击手："一有机会，立即开枪！"但是武华强狡猾得很，一直躲在窗户侧边，几名狙击手都无法向他瞄准。

双方又对峙了一个多小时，天渐渐黑了下来，就在公安局长急得团团转的时候，忽然听到屋里传来一声枪响："砰——"随即是一声女孩的惊叫……

外面的人一下变了脸色，公安局长果断命令："冲进去！"一队荷枪实弹的特警砸开大门，闪电般地冲进屋去，就在这个时候，眼前的情景让所有人惊呆了：只见武华强嘴里叼着一支烟，手里握着枪，仰面倒在地上，一枚子弹从他鼻梁上方穿过，射穿了他的脑袋；小女孩昏倒在旁边，却安然无恙。

警方将小女孩救醒，问她到底发生了什么事，小女孩一脸茫然，摇头不知，武华强怎么会把子弹射进自己脑袋的，这就成了一个谜。有人说是因为手枪走火，也有人说是因为他情绪失控，开枪自杀。其实，真实的情况十分简单：武华强烟瘾犯了，赶紧掏出一支烟叼在嘴里，他习惯性地把枪口对着烟头扣动了扳机，他没想到这一次从枪口射出的不是火苗，而是一颗真正的子弹。

这事一出，吴局长的贪污受贿案也浮出了水面，这倒是周老板和武华强当初没有想到的……

（题图：谭海彦）

大大的音乐世界，小小的二胡里面，故事总有艰辛，心中自有
乾坤……

□ 孙华友

心中的乾坤

1．二胡遭嫌

有这么一家子，老少三代都喜欢二胡，爷爷在世时，是老人家亲自给孙子小宝传授琴艺。爷爷去世后，父亲杨铮给小宝报了几个二胡兴趣班，可都是没学几天，就被老师婉拒了，老师说，小宝的二胡水平太高了，在这个小城里，没有谁能教得了啦！

以前，杨铮以为父亲教小宝拉二胡，也就是图个祖孙俩乐呵，现在听老师这么说，他开始对小宝重视起来。杨铮先是带小宝报考了省音乐学院附中，小宝不负父亲的期望，很轻松就考上了，这一下杨铮没了退路，

在开过一次家庭会议后，他背上二胡，带上小宝，来到省城，开始了他全程陪读的日子。

来到省城，杨铮才发现，像他这样的陪读家长，在学校附近的出租屋内到处都是。他费尽周折，才租到一处小阁楼，日子算是安定下来了。渐渐的，杨铮跟一些陪读家长也熟悉起来，通过交流他才知道，人家的孩子除了上学，还都报了辅导班，一位热心的家长悄悄对杨铮说："要给孩子报班，就报张斯里的，他是音乐学院的教授，不但教得好，关键是报他的班，还有更大好处……"

杨铮听了，觉得新奇，就问还有

什么好处，那位家长"嘿嘿"一笑，说道："这个嘛，以后你自然就知道了。"

杨铮觉得报教授的班，学费肯定便宜不了，一打听，果然如他所料：小课堂是一对一教学，一小时一千块；大课堂是放群羊式的，一小时也要两百块。杨铮夫妇都是普通教师，家里本来没多少积蓄，"拼"不了"爹"，这次来省城，家底几乎全花光了。一想到儿子就要输在起跑线上了，杨铮还是咬咬牙，给小宝报了大课堂。

杨铮怕坐吃山空，就近找了份送水的工作。他是当老师的，身体单薄，现在每天扛着水桶楼上楼下地跑，觉得有点吃不消，每当这时，他就想想儿子美好的将来，这样，再苦再累，也能扛了。

这天收工后，杨铮揉着酸痛的腰腿爬上楼，一进家门，小宝跑过来，说："爸爸，老师说我的二胡质量不行，他要我换二胡。"

听了小宝的话，杨铮的心猛地一沉：这把二胡，是去年刚买的，花了一万多块呢，怎么会质量不行？小宝又说："老师还说了，要换二胡，就到他那里去买，如果我们到别处买，质量无法保证，他就没法教我了。"

杨铮心烦意乱，犹豫了半天，他还是拨通了教授张斯里的电话。张斯里在电话中说，孩子到了这个级别，换二胡是必须的，他那里有好多档次

的二胡，从两万到二十几万都有，家长可以视情况自愿购买。合上手机，杨铮傻了眼，就目前这经济状况，别说二十几万，就是换把最便宜的，两万块钱，也没法筹措呀！

小宝很懂事，见爸爸脸色凝重，便轻轻拿出二胡，躲到一边练习曲子去了。杨铮心里乱糟糟的，直到响起了敲门声，他才回过神来，急忙去开门。来人是房东赵大爷，赵大爷是个清瘦的老头，就住在杨铮楼下。杨铮觉得赵大爷是个难得的好人，因为他从不嫌小宝练琴吵人，要知道，有些孩子练琴跟做贼似的，要瞅房东不在家时，才能偷偷练一会儿。

杨铮急忙把赵大爷让进屋，赵大爷摸了一下小宝的头，笑呵呵地说："小子，今天练琴怎么老是跑调？是不是心都跑回老家了？"赵大爷说完，小宝的脸一下就红了。杨铮一愣，急忙问道："大爷，您也懂二胡？"

赵大爷笑而不答，轻轻拿过小宝怀里的二胡，调了调内外弦，说："二胡因为有两根弦，又叫二弦琴，传说是音乐鼻祖嵇康所创，所以又叫嵇琴，盛唐时期传入胡地，被胡人发扬光大，所以又叫胡琴，流传至今，最终被称为二胡了。"赵大爷说完，随手拉了一小段曲子。杨铮对二胡虽只是喜欢而已，可做了这些年的陪练，赵大爷一出手，他就知道是啥水准了，他坚信，赵大爷就是隐藏在民间的二

胡高手，肯定懂得二胡，于是问道："大爷，您看看，这把二胡质量怎么样？需不需要更换？"

赵大爷端起二胡，仔细端详了一遍，说"这把二胡质量不错，要想换，等以后孩子大了，走上专业演出道路后再换也不迟。"

赵大爷一番话，证实了杨铮的猜想：张斯里要求换二胡，质量问题只是托词，从中牟利才是目的。杨铮一时无语，小宝却对赵大爷说："爷爷，您说我的二胡好，可张老师说不行，他要我爸爸给我换二胡，可是我爸爸没钱……"

谁知赵大爷听了小宝的话，突然变了脸，他猛地站起身，气呼呼地走下了楼。

杨铮顿时呆了，想不明白赵大爷为什么生气，正在疑惑，却见赵大爷又回来了，只是手里多了把二胡。赵大爷把二胡递给小宝，说："小宝，你明天把这把二胡拿给张斯里看看，我倒要让他说说，这把二胡的质量怎么样！"这把二胡，显得有点陈旧，琴身上甚至有些明显的破损。

小宝抱着二胡，仰脸问赵大爷："爷爷，这把二胡比我的那把好吗？"赵大爷挠挠头皮，说"怎么说呢？区分一把二胡质量的好坏，没有统一标准，这要看它在主人心目中的分量了。小宝，爷爷给你讲一个关于二胡的故事，你想听吗？"

小宝连连点头，赵大爷便坐了下来，开始讲故事了……

2. 来之不易

清朝时候，有一位高人，他制作的二胡，做工精良，音质优美，上至宫廷御用乐师，下至民间流浪艺人，都争相购买、收藏。

后来，那个高人得了重病，眼看病入膏肓，他却久久不肯闭眼。高人有三个儿子，他们都很孝顺，每天都侍奉在父亲的病床前。这一天，高人要三个儿子到密室中把平时收藏着的所有二胡都拿来。儿子们不敢怠慢，赶紧从密室中拿来了二胡，放到了病床前。看到二胡，高人不知哪来的力气，他猛地支撑起身子，抓起二胡，一把把地全都摔在地上，砸坏了。砸完了，他高喊几声："乾坤希音，乾坤希音——"

儿子们这才明白，父亲死不瞑目，是因为遗愿未了——所谓"乾坤希音"，是传说中最顶尖的二胡，从古至今，也只是个传说，没有人能真正做出来。这位高人，一生致力于二胡的研究与制作，能制作一把"乾坤希音"，一直是他的夙愿，可现在，眼看就要离开这个世界了，看来是壮志未酬身先死呀！

第二天一大早，三个儿子来到父亲的病床前，跪在地上，磕了三个响头，然后匆匆离家了。女儿哭着告诉父亲：哥哥们去寻找制作"乾坤希音"的材料了。高人热泪盈眶，儿子们的孝心，让他十分感动，但他更知道，"乾坤希音"难得，就是因为制作材料难寻，儿子们这次离家，吉凶难料啊……

兄弟三人，先说老大。老大的任务是寻找老紫檀木。一般人都知道，制作二胡，最好的材料就是紫檀木，但是，新紫檀木中有一种胶质物，它会影响琴身的震动、发音，而随着时间的消逝，这种胶质物会逐年减少，时间越久，胶质物越少，所以，制作"乾坤希音"，必须是百年以上的老紫檀木。

老大告别了两个弟弟，奔着京城去了，因为他知道，老紫檀木物稀价高，只有在天子脚下的京城，或许能觅得。老大奔波了近一个月，才到达京城，他来不及投店歇脚，就去寻访各个木器行，不料所有的木器行都问遍了，得到的答复是：这年头，王公贵族们都争着买紫檀，现在，别说是百年老紫檀，就是新紫檀木，也很难买到。

想想躺在病床上的父亲，老大急得坐立难安。这一天，他失魂落魄地走在大街上，突然，迎面跑来一个叫花子，把他撞了个趔趄，等叫花子跑远了，他才发现肩上的包裹没了。老大一下变得身无分文，就在他绝望的时候，发现不远处有人在围观什么，他挤进去一看，墙上贴着一张皇榜，上面写的大意是：今大清太上皇寿辰将至，有擅于二胡琴艺者，速到内务府报名，如能博得太上皇欢心者，定有重赏。

老大想了想，一咬牙，上前揭了皇榜，跑到内务府报名去了，那些看热闹的顿时一片哗然："哪来的傻小子，这不是去找死嘛！"老大是外来人，他不知道其中的凶险：没人揭皇榜，不是京城内没有二胡演奏高手，而是另有原因。

再说那老大，自小受父亲影响，二胡做得好，演奏也精通，经过一番测试，他顺利地进入了紫禁城。

太上皇寿辰这天，整个皇宫张灯结彩，热闹非凡。太上皇兴致很高，他先点了几出昆曲，又看了几样杂耍，最后，该老大上场了。老大演奏的曲目是《普天同庆》，这首曲子，节奏明快，很是喜庆，老大拉得激情飞扬，竟然把现场气氛推向了高潮。或许老大拉得太卖力，就在他拉完最后一个音符时，只听"嘣"的一声，二胡的外弦断了，现场顿时一片寂静。

老大的冷汗"刷"地就下来了，这是什么场合呀，太上皇的寿诞，琴弦断了，太不吉利了，这可是犯了大不敬的死罪呀！果然，皇上一下变了脸色，就在老大认为自己必死无疑时，突然听到有人鼓掌喊"好"，他抬头一看，竟然是太上皇在鼓掌。别的人一看太上皇都鼓掌了，也都跟着鼓掌喊好，皇上不好发作，只得阴着脸，也拍了几下巴掌。

后来，太上皇宣旨，要老大到养心殿过夜，说要让他再演奏几段曲子。老大来到养心殿，先是拉了几段曲子，然后陪着太上皇说了几句话，最后就胆战心惊地把自己进京的目的说了。太上皇听后，不由得感叹道："你还是个孝子啊！"他说完，对身边的太监吩咐了几句，太监出去后，不一会儿又来了两个侍卫，他们七手八脚，围着太上皇睡觉的龙床忙活开了，干吗？卸下一条床腿。老大正看得稀里糊涂，太上皇却指着床腿，说

"我这张床，就是百年老紫檀木做的，送你一根床腿，足够做一把二胡的了。"老大听了，感激涕零，跪在地上"嘭嘭"地磕头。太上皇一挥手，那两个侍卫拉起老大就走。

趁着夜深，两个侍卫喊开城门，其中一位把一匹马交给老大，说"快快逃命去吧！"

老大哪里知道，其实，皇上早起了杀他之心。原来，虽然皇上已经登基，但实权还掌在太上皇手中，皇上对两个皇帝共掌朝局的现状不满，但又不能轻举妄动。太上皇喜欢二胡，皇上就恨二胡，因为在京城的方言中，"二胡"和"二皇"是近音。二胡有内外两根弦，内线略粗，被称为老弦；外弦略细，被称为子弦，而老大拉断的，恰恰是被称为子弦的外弦，而太上皇偏偏又在这个时候鼓掌，皇上见了，就觉得老大是冲他来的，他能不生气吗？

都说知子莫若父，太上皇早看出了皇上的心思，于是就让老大到养心殿过夜，以保安全。就这样，老大不但捡了一条命，还因祸得福，得到了梦寐以求的老紫檀。他背着太上皇赐予的床腿，快马加鞭，连夜朝着老家的方向飞奔而去了……

赵大爷正说得起劲，这时，赵大妈爬上楼来，冲赵大爷喊道"你个臭老头子，一说起二胡，就什么都忘了，

还不快回家吃药去。"赵大爷站起身，冲小宝做了个鬼脸，说："小宝，一定要好好练琴，练好了，爷爷还给你讲老二、老三的故事。"

3. 福从天降

第二天早上，小宝背着赵大爷的那把旧二胡上学去了，整个上午，杨铮一直忐忑不安。中午，杨铮送完水回家，刚爬上楼，就看到小宝怀里抱着琴盒，撅着嘴坐在门口，一看到他，小宝咧开嘴哭了："老师看到赵爷爷的二胡，一下子就发火了，说我有高人指点，以后就不要去上他的课了。"

杨铮的头"嗡"一声就大了，这时，赵大爷似乎是听到了动静，急忙上楼，他一看这场面，急忙问小宝："小宝，这是咋啦？"

小宝抹了一把泪，又把情况说了一遍，赵大爷听后，气得浑身抖成一团。杨铮见状，急忙把赵大爷扶进屋坐好，给他倒了一杯水。赵大爷喝了一口水，情绪才渐渐平和下来，开始讲他和张斯里之间的那些事。

以前，赵大爷也是音乐学院的二胡教授，有一天，有个年轻人跑上门来，要拜他为师。那个时候，喜欢二胡的人原本就少，一看到有年轻人爱上二胡，赵大爷很高兴，他想都没想就答应了。那个年轻人，就是现在的张斯里。

张斯里很聪明，又肯用功，在赵大爷的精心栽培下，终于考上了赵大爷所在的音乐学院。后来，他由于成绩优异，毕业后就留校任教了。

赵大爷跟张斯里的关系，原本情同父子，可是经过一件事后，两人变得形同陌路，甚至恶语相加。原来，张斯里出名后，就办了个辅导班，收费很高。一开始，赵大爷虽然有意见，也不好说什么，但后来家长的怨言越来越多，赵大爷坐不住了，找到张斯里，批评他只顾赚钱，不顾师德。这时，张斯里已经很有名了，哪里还能受得了赵大爷的指责？他反驳说："我

有付出就该有回报，这是天经地义的事。"

赵大爷没想到张斯里敢反驳自己，当场气得浑身发抖，他说："当年我教你二胡，向你要一分钱了吗？"

谁知张斯里认为赵大爷在揭自己的短，他恼火了，说："当初你不要钱，是你自己的事，如果现在你想要，我可以补给你。"赵大爷是正人君子，清高得很，哪受得了这样的话？他气得当场倒地，脑中风后被送到医院，直到现在腿脚还有点不利落。后来，张斯里也来看过赵大爷一回，可被赵大爷拒之门外，两人就这样扛上了，扛到最后，彻底没了师徒情分。

说到这里，赵大爷拿起那把旧二胡，说："当年张斯里家里穷，买不起好的二胡，我就把这最好的给他用。今天我让小宝将这把二胡拿给他，是想让他睹物思情，能有所悔改，看来我赵冬阳这三个字，在他张斯里眼里是一文不值了！"

赵大爷说完，杨铮父子顿时惊呆了，直到这个时候，他们才知道赵大爷竟然就是在全国二胡界赫赫有名的演奏家"赵冬阳"！一直以来，杨铮父子都把赵冬阳作为心中偶像，谁想不到心目中的圣人，此刻竟然就坐在他们面前！

赵大爷回过头，和颜悦色地对小宝说："小宝别怕，他张斯里不教你，我来教你，怎么样？"其实，自从张斯里那件事以后，有很多家长带着孩子找上门来，要拜赵大爷为师，都被他一口拒绝了，因为他早被张斯里伤透了心。现在，赵大爷答应收小宝为学生，一是他觉得张斯里将小宝除名，是因为自己的缘故；二是他觉得在二胡方面，小宝是个可造之材；更重要的是，杨铮父子为人厚道，不会像张斯里之辈。

这一下，小宝高兴得差点蹦起来了，杨铮也是激动得满脸通红，说："大爷，有您教小宝，是我们父子俩的福气呀，不过这学费，我们该怎么交就怎么交。"一提学费，赵大爷却变了脸，说："以前我跟老师学琴，谁都不敢提一个'钱'字，现在呀，艺术全被钱给亵渎了！"杨铮一听，不敢再提学费的事，他想自己能做的，也就是以后多帮赵大爷家干些体力活了。

4. 蟒口余生

在赵大爷的指导下，小宝的琴艺进步很快，赵大爷暗中吃惊 这孩子，比当年张斯里还聪明，照这样发展下去，前途不可限量。

这一天，赵大爷陪小宝一起练琴，刚练了一会儿，小宝突然停下，觉得琴上似有异常，端起琴来看了又看，果然，他在琴皮上发现一小片凸起，就想用手去扯，一旁的赵大爷急忙制止："别扯，这是翘鳞了，我给你修理一下。"

赵大爷拿过小宝手中的二胡，仔细看了看，又说："一般的二胡，琴皮都是蛇皮，好一点的是蟒皮。既然说到了琴皮，今天爷爷给你接着讲讲老二的故事。"前几天，小宝就被赵大爷讲的老大的故事迷住了，一听现在要讲老二的故事，他急忙支起耳朵，全神贯注地听了起来。

赵大爷一边修理着琴皮，一边开始讲故事——

老二的任务是寻找百年雪蟒的皮。制作"乾坤希音"，必须得用百年雪蟒的皮，因为这样的皮厚薄适中，韧性十足，弹性也是众多蟒皮中最好的。

那一天，老二告别了大哥和三弟，朝着盘龙山进发，因为这百年雪蟒，只有盘龙山上才有。老二长途跋涉了一个多月，才来到盘龙山，他逢人就打听百年雪蟒的事，得到的答复却是众口一词：百年雪蟒？很久以前这里倒是有过，不过它的皮太珍贵了，早被人捕杀殆尽。现在别说百年雪蟒，就是一尺长的雪蟒，也见不到了。

老二不死心，他想盘龙山这么大，说不定在哪个角落里，就藏着一条百年雪蟒，自己何不亲自去找找看？有了这想法，老二一头钻进莽莽的盘龙山，他在山里钻了半个月，不但没见到半条雪蟒的影子，好几次还差点丢了性命。

这一天，老二已经累得筋疲力尽，他一抬头，在这荒郊野外的，竟然发现了一家客店。或许太累了，老二想都没想，就进了这店，要了间房，他头一挨到枕头上，就打起了呼噜。不知过了多长时间，老二做了个噩梦，又觉得浑身不舒坦，睁开眼睛一看，顿时吓得七荤八素：自己被人剥光了衣服，手脚也被绑在案板上，嘴里还被人塞了块臭抹布，一个满脸凶相的歹人，正手拿剃刀，给自己剃头。

老二心想，坏了，这是遇上杀人劫财的黑店了！现在手脚被绑，歹人又手持利刃，自己能做的，就是老老实实躺在那里装睡，然后寻找机会，死里逃生。

歹人给老二剃净了浑身的毛发，然后提来一桶热水，把他的身子冲洗干净，最后，歹人又端来一盆鸡血，涂在老二身上。做完这些，歹人又出去喊来几个壮汉，他们抬起老二，走出客店，七转八拐后，钻进了一个黑漆漆的山洞。老二进了洞，立刻毛骨悚然，因为他看清了，在山洞最里面有个大铁笼子，笼子里蜷缩着一条大蟒，这条大蟒粗如水桶，浑身雪白，正是一条百年雪蟒！

老二最害怕的事还是发生了，歹人们打开铁笼子，把他扔进去，然后又锁好笼子。其中一个歹人对老二说："可怜的短命鬼，让你死个明白吧，以后要找人索命，也好找对人。这条百年雪蟒，是我们总督大人养的，为了养身好皮，每年都得喂个活人。算你命运不济，喂完你以后，总督大人就要剥了它的皮，进京送给皇上，你也算是为国捐躯吧！"

歹人说完，或许是他不愿看巨蟒吃人的血腥场面，便带着几个同伙走了。

很快，鸡的血腥味吸引了巨蟒，它探出了头，冲老二爬来。老二躺着，大气不敢喘一口，因为他知道，这时候只要自己稍微一动，巨蟒就会把他缠住，到时候不等被巨蟒吞进肚子，就已经窒息而死了。

说时迟那时快，巨蟒张开大嘴，把老二吞进肚子，毕竟是一个人啊，那巨蟒一下变得粗如水缸。巨蟒正缓

慢地爬行着，突然，它狂暴地翻滚起来，似乎是剧烈的痛苦使它无法忍受了，也就在这时，一把利刃破膛而出，一下把巨蟒的肚子豁开一个大口子，老二从里面滚出来，浑身满是黏糊糊的脏东西，而那巨蟒，翻滚了几下，死了。

原来，刚才歹人给老二剃完头，随手把剃刀放在一边。老二虽然手腕被绑，但手指还能活动，他趁歹人不注意，悄悄地剃刀藏在手里，加上他年轻时爱到河里游泳，练就了憋气的本事，就这样，他才从巨蟒口里捡回了一条命。

老二用剃刀割开手脚上的绳子，然后剥了巨蟒的皮，用藤条捆缚，背在背上，一口气跑出好几里路，连夜回了老家。

赵大爷刚讲完老二的故事，正巧杨铮送完水回家了，赵大爷对他说："省里一年一度的器乐大赛就要开始，我已经给小宝报了名，剩下的事你也不用多操心，都交给我就行了。"

杨铮知道，省里的器乐大赛影响很大，有很多孩子都是通过这样的大赛出了名，继而走上专业演出道路的。杨铮对赵大爷充满感激，又无法用语言表达，他一把握住赵大爷的手，眼泪差点就掉下来了……

5. 汗血宝马

大赛将至，赵大爷开始给小宝加

课，从运弓、揉弦、换把这些基本功开始，一直到对曲子的领悟、演奏时的情感把握，最后再到赛场上的注意事项，赵大爷都悉心指点。小宝没有辜负赵大爷的一片苦心，他的琴艺有了突飞猛进的进步，杨铮把这一切全看在眼里，扛着水桶爬楼就更有劲了。

这一天，杨铮给一个客户送水，对方打开门，两个人都愣住了，这个客户不是别人，就是当初给杨铮介绍张斯里的那位家长。杨铮换好水，收了钱刚要走人，对方却拦下他，说："别急嘛，我们聊一会儿……"于是，杨铮坐了下来，同是天涯陪读人，两个人的话题，很快就聊到了孩子身上。

杨铮一高兴，就把请赵大爷做家教、小宝参加器乐大赛的事说了，他原以为对方会羡慕，谁知人家却是一脸的不可思议："你怎么请赵冬阳做家教呀？"

杨铮一惊，急忙问："请赵冬阳怎么了？"对方说："赵冬阳是大家、权威，但你知道大赛的评委主席是谁吗？就是张斯里呀！赵冬阳和张斯里有过节，这谁都知道，你也不想想，你请他做家教，张斯里能给孩子高分吗？这些年在大赛上得奖的，可都是张斯里的学生呀！"杨铮这才明白，这位家长当初说报张斯里的班更有大好处，原来好处在这里。

告别了这家长，杨铮心里翻江倒海似的，人家说的没错，从现在的情形来看，小宝得不得奖倒是小事了，得罪了张斯里，对小宝以后的发展没一点好处。杨铮回到家，赵大爷正在辅导小宝练琴，看到赵大爷累得满头大汗，杨铮心中一暖，转而又想，像赵大爷这样的，那才叫德艺双馨，他张斯里算什么？如果孩子没有真本事，就是得个一等奖，又有什么用？

杨铮暗自拿定了主意，不动声色，依旧让赵大爷辅导着小宝，做着最后的准备。

那一天，比赛终于开始了。没出所料，小宝很轻松地过了预赛、复赛，闯进了最后的决赛。决赛的曲目，赵大爷给小宝选的是《战马奔腾》，这首曲子对成人来说，难度也很大，可小宝只有十岁，难度更是可想而知。

明天就是决赛的日子，巧的是，也是小宝的生日。赵大爷知道后，乐呵呵地拉着小宝上了街，他指着琳琅满目的店铺，对小宝说："小宝，你喜欢什么，尽管跟爷爷说，爷爷一定给你买。"

小宝急忙摇头，说什么也不要，赵大爷拉下了脸，小宝才指着一家乐器行，说："爷爷，你给我买一个琴弓就行。"小宝的要求，让赵大爷感到既意外又高兴，他拉着小宝走进了店里，祖孙俩挑了半天，最后，赵大花了好几百块钱，给小宝买了个最好的琴弓。

回到家，小宝拿着琴弓，翻来覆去地看，一副爱不释手的样子，赵大爷在一旁看了，顿时心生怜爱，说："小宝，爷爷做主了，明天比赛，今天我们不练琴了，我给你讲讲老三的故事，就算放松放松了。"

小宝一听，一脸的调皮，说："爷爷，我猜老三的故事，肯定和琴弓有关！"赵大爷拍了一下小宝的额头，乐呵呵地说道："你这机灵鬼！"

赵大爷开始讲老三的故事——

老三的任务是寻找汗血宝马的尾鬃，谁都知道二胡的弓子，是用马的尾鬃制成的，而其中汗血宝马的尾鬃因粗细适中，张弛有度，韧性极好，最为难得。

汗血宝马只有西域才有，于是，老三告别了两个哥哥，买了一匹快马，直奔西北大漠。一路上风餐露宿，一个月后，老三来到了凉州城。那时的凉州城，正是丝绸之路上的交通要道，来自各个地区、各个种族的生意人都混迹其间。老三找了家客栈住下，巧的是，这家客栈里就住着一些来自西域的生意人，其中有个头领，还操着一口流利的汉语。

老三凑上前去，打听汗血宝马的消息，那位头领听了，"哈哈"大笑道"汗血宝马？我们那儿遍地都是，只要你跟着我去，别说是尾鬃，就是白

送你一匹马，也是不成问题的。"老三一听，大喜过望，当天就跟着西域人的驼队出发了。

经过十多天的长途跋涉，这天，驼队终于到达了一处农场。头领对老三说，这农场的主人跟自己是好朋友，场里养着许多汗血宝马，跟他要点马尾鬃，还不是小意思？老三跟着头领拜见了农场主，这位农场主，是个一脸大胡子的外族人，头领跟他交涉了半天，用的全是外族语，老三一句也没听懂。最后，头领从大胡子手中拿过一袋钱币走了。老三懵懵懂懂的，他刚要跟出去，却被两个外族壮汉给架住了。老三这才明白，自己被那头领给卖了！

大胡子的农场里，栽种了无边无际的向日葵，老三被带进地里，开始了没日没夜的农奴般的生活。他受尽折磨，又想着躺在病床上的老父亲，不免心急如焚，时刻寻找着逃走的机会。

一天，老三正在向日葵地里除草，大胡子喝得醉醺醺的，骑着一匹高头大马，来到地里巡视。以前，大胡子也时常来查看，不过他身边总是跟着两个壮汉，今天不知怎么了，竟然是孤身一人来的。老三觉得机会来了，他停下手里的活，狠狠地瞪了大胡子一眼，大胡子果然上了当，他一提马缰，来到老三跟前，然后一扬手，一马鞭甩在老三脸上。老三觉得脸火

辣辣的疼，他猛地一蹿，跃起身来，一下就把大胡子掀下马下。别看大胡子长得粗壮如牛，可抵不住身强体壮的老三，他被老三用马鞭勒住脖子，不一会儿就直翻白眼了。

四周都是高过人头的向日葵，没有人看到刚才发生的一切。老三急忙藏好大胡子的尸体，骑上那匹高头大马，奔着东方飞驰而去。其实，大胡子的农场，只是沙漠中的一片绿洲，离下一个绿洲，至少也有六百多里，大胡子料想没人敢私自出逃，这才放松了警惕，于是给了老三机会。

老三策马扬鞭，一口气跑了六百多里，直到看见一片绿洲，他才勒住马喘口气。老三觉得这匹马真好，情不自禁地用手抚摸了一下马背，可一看手心，红彤彤的，满是血一样

的东西，不由得惊叫一声："汗血宝马！"

老三得了宝马，一下变得神清气爽，他骑着宝马一日千里，不几天就进了大清的国土。这一天，老三终于骑着宝马回到了家中，兄弟三个抱在一起，跪在父亲床前失声痛哭。那时候，父亲昏迷了，迷迷糊糊之中隐隐听见哭声，见老三也回来了，心情一好，病好了大半，接着又将养了几天，竟然能搀扶着走下病床了。这一天，高人抱着制作"乾坤希音"的材料走进了密室，然后紧紧关上了门。十天十夜后，密室的门打开了，高人怀里抱着一把二胡，高声喊道："我做出乾坤希音啦——"话音刚落，他颓然倒地……

儿子们急忙围上去，发现父亲已经没了气息，他的脸上却是一副幸福的表情。

故事讲完了，小宝听得出了神，他抬起头问赵大爷："爷爷，您说真有乾坤希音吗？"赵大爷摸了摸小宝的头，说："做人一身正义，心中自有乾坤！"小宝点点头，仿佛听懂了话中的含义。

晚上，赵大爷爬上楼来，怀里抱了个

红木琴盒，在杨铮父子好奇的目光下，他打开琴盒，从里面拿出一把二胡。这把二胡，通身紫红，灯光之下，散发出一种柔和的光芒，顷刻间，整个房间都充满了古色古香的氛围。赵大爷把二胡递给小宝，小宝拿在手中，觉得很有分量，他隐隐觉得，这把二胡，绝非凡品。

赵大爷望着小宝，说："小宝，还记得乾坤希音的故事吧？这把二胡，就是乾坤希音，明天你去比赛，就用它！"

小宝手捧二胡，一下叫出声来："爷爷，我还以为您讲的故事是编的，讲着玩的，原来真有乾坤希音呀？"

赵大爷"呵呵"笑道："那是当然，爷爷什么时候骗过小宝？"小宝捧着二胡，看了一遍又一遍，脸上满是兴奋之情。

赵大爷回过脸，对杨铮说："我想了很久，明天的比赛，我还是不去的好。"陪小宝去比赛，赵大爷是有顾虑的，一是他不愿看到张斯里，二是怕张斯里看到他，影响小宝的打分。杨铮当然知道赵大爷的想法，他急忙说："大爷，其实我早想过了，从张斯里的为人来看，小宝拉得再好，也不可能得奖。这次比赛，权当让小宝锻炼锻炼，您还是去吧，有您在，小宝也有胆气了。"

听了杨铮的话，赵大爷眼眶一热，说："有你这些话，我知足了。"

6. 心有乾坤

决赛现场设在电视台演播大厅内，赵大爷和杨铮父子赶到时，观众席上已经坐满了人。评委席上，也坐好了一排评委，杨铮抬头一看，坐在中间的，果然是张斯里！

比赛选手要到候赛区准备了，赵大爷拿出二胡，仔仔细细地给弓子打好松香，调好了内外弦的音准，然后把二胡交给小宝，郑重地说："小宝，现在，在你手里的，就是世界上最好的二胡了，有了它，你还怕什么？"小宝用力点点头，说："爷爷，我什么都不怕！"小宝说完，抱着二胡高高兴兴地去候赛了。

进入最后决赛的，一共有六位选手，小宝手气不错，抽签时抽到6号，最后一个上场。这次比赛，分乐曲演奏和技巧展示两个部分，其中乐曲演奏10分，技巧展示1分，两项成绩相加，得分最高的就是冠军。

首先进行的是乐曲演奏，前几位选手，表现都很一般，评委席打出的分也算合情合理，但接下来场上风云突变：5号选手上场后，表现只能算中规中矩，评委席却一下打出了9.9的高分。场下的观众，多数是二胡圈里的人，多少都懂点门道，一看到这个分数，有人开始低声议论了，与此同时，赵大爷的脸也阴沉下来，他隐隐觉得，这次比赛定有黑幕。

接着，小宝上场了，他出手不凡，

运弓快速平稳，换把迅速到位，指法繁复精准，把嘹亮的军号声、疾驰的马蹄声、激扬的马嘶声模仿得惟妙惟肖，《战马奔腾》这首曲子，被小宝演绎得几近完美。一曲奏罢，全场响起了雷鸣般的掌声。

只要眼睛没瞎，谁都能看得出，小宝的水平比5号高出很多，他的分数到底怎么打，观众的目光都落在评委席上。张斯里擦了擦额头上的汗，跟其他评委商量了很长时间，直到台下的观众都有点等不及了，小宝的分数才打了出来，也是9.9分。现在，小宝跟5号分数一样，决定最后胜负，只

能看技巧展示这1分了。

技巧展示开始了，前四位选手，表现还是一般，得分也算合理，等5号上场后，赵大爷不由得支起耳朵、瞪大眼睛，不放过任何一个细节。5号演示的是快速换把，赵大爷一下就听出来了，5号不但节奏有点慌乱，有好几个音符的音准也没把握好，这样的失误，像张斯里这样的专家，按说一下就能听得出，但出人意料的是，评委席还是给5号打出了0.9的高分。

瞬息间，观众席上发出一阵嘘声，赵大爷算是明白了，今天这场比赛，张斯里是铁了心肠，非得把冠军给5号不可了！

最后，小宝上场了。在这之前，赵大爷给他指定的技巧展示是花样跳弓，他坐好以后，却不急于比赛，而是松开了外弦的琴轴，把外弦抽了出来……这一下，赵大爷和所有的人一样，都惊呆了：小宝是想用一根弦来完成他的比赛！

现场一片沉寂，小宝一运弓，一阵"嘤嘤"之声由弱到强，像一只蚊子由远而近；渐渐的，"嘤嘤"之声越来越重，一只蚊子变成了成百上千只，在演播大厅里盘绕。现场开始出现微微的骚动，因为有些观众坐不住了，他们觉得浑身发痒，仿佛真有蚊子在围着他们叮咬……

渐渐的，"嘤嘤"之声低了下去，观众刚要松口气，小宝一顿弓，就听

"嗡"的一声，像是一只野蜂扑面而来，有的观众竟然禁不住缩了一下脖子；紧接着，小宝手中的弓子一阵快似一阵，现场好像有人捅了马蜂窝，"嗡嗡"之声一声紧似一声，似有万千野蜂被人惹了，在大厅内狂飞乱舞，现场每一个人，好像都成了野蜂进攻的目标，浑身起了鸡皮疙瘩……

很快，小宝又放慢了弓速，"嗡嗡"之声越来越弱，一群野蜂仿佛闹累了，一只只飞归蜂巢，最后，小宝一收弓，一切了无声息，大厅内归于平静。小宝站起身，面向观众鞠了个躬，现场掌声如潮，经久不息。赵大爷按捺不住激动的心情，他猛地站起身，用力地鼓掌。

也就在这时，杨铮看到张斯里把评委们召集到一起，像是在议论什么。杨铮的心里顿时有了一种不好的预感，果然，最后评委会宣布：取消小宝技巧展示的成绩，理由听起来似乎很有道理：这是二胡比赛，表现的就是两根弦上的功夫，小宝的行为违反了比赛规则。

对这种结果，赵大爷和杨铮早有了心理准备，两人相视而笑，带着小宝，坦然地离开了演播大厅。就在他们三人刚刚走出电视台的大门时，有两位西装革履的中年男子来到他们面前，其中一位掏出一张名片，递给杨铮，说"我们是北京一所音乐学院的老师，这次是专为学校挑选优秀学生

而来的，经过我们观察，杨小宝完全符合条件，这是我们的名片，我们十分期待你们的电话。"

杨铮和赵大爷听了，攥着两个中年人的手一个劲地握着，满眼泪花，一旁的小宝，脸上也乐开了花……

时间过得很快，小宝要到北京上学去了，临行前，杨铮非要请赵大爷吃顿饭不可。这一天，杨铮倾其所有，挑了一家很好的饭店，一本正经地请赵大爷吃饭。席间，赵大爷郑重其事地将那把二胡送给了小宝，赵大爷没明说，其实小宝也知道，这把二胡根本不是什么"乾坤希音"，只是赵大爷珍藏的琴中最心爱的一把，当初赵大爷将这把二胡说成"乾坤希音"，仅是想让小宝在比赛时增加一些信心，就像赵大爷说的——"乾坤希音，只有心中才有"。

杨铮父子来到北京以后，小宝顺利地在那所全国知名的音乐学院入了学。父子俩想念赵大爷，经常给他打电话。有一天，赵大爷在电话中告诉杨铮：那次比赛果然有黑幕，张斯里事前收了5号家长10万元钱，后来被人举报，张斯里因此被开除了公职，他的辅导班，也因为乱收费的问题，被查封了。现在，赵大爷正谋划着办个二胡辅导班，他要把张斯里班里的那些学生，免费收在门下……

（题图、插图：杨宏富）

才艺表演

某大学表演艺术班的招生面试题是:《和家人一起做一件事》,要求考生和家人一起完成表演。

考生都有备而来,有的表演和父亲打篮球;有的表演和母亲共弹一曲钢琴;还有一对双胞胎,表演了双簧……大家表演得都挺好,但也没有让人眼前一亮的出类拔萃者。

这时,一个女生只身推门进来。主评委问"你一个人? '搭档'呢?"女生为难地说"我没有搭档。我可以无实物表演吗?"评委们答应了。

女生徒手表演了做菜的动作,一招一式,生动细致,评委们都能看懂她在表演洗菜,在切菜,在炒菜……

等女生表演完毕,评委们却紧皱眉头。主评委遗憾地说"你的表演很传神,只可惜,今天的题目是要求考生表演一件与家人互动的事,很显然,你的表演不符合要求。"

正当女生要离开时,一个细心的评委叫住了她:"等等,我想问问,刚才你最后一个动作是什么意思?"女生解释道:"是给手脚不能动的妈妈喂饭。"

全场寂静,之后是热烈的掌声。最动人心弦的表演,就源于生活。

(作者:霍忠义;推荐者:小 米)

赠送的五分钟

城里商场在反季大倾销,晚上八点至十点之间,买一件厚呢子大衣,还可以送一件薄型的。祥子父亲一直舍不得买大衣,这次可以买一送一,就能和儿子一人一件。于是,吃了晚饭,父子俩便匆匆朝城里赶。

当他们踏进商场大门时,却传来十点的钟声。父亲喘着气走到柜台前,说要买呢子大衣,售货员说:"要下班了,快挑吧。不过,今天活动的时间已经过了,不能买一送一了。"

祥子说:"买吧,先买一件给你,我不要了。"父亲尴尬地对售货员说:"同志,我们是乡下人,一路走过来,没赶上，能宽限一点时间吗？"售货员不耐烦地说："要买就买，但公司规定，过了十点就没优惠了。"父亲缩在墙角，说不出话来。

这时，忽然听到一个陌生男子说："小姐，你的表快了五分钟，我的表才刚刚十点，也就是说，这位老先生进你的店铺时，还没到十点钟。"男子举着手表示意，周围的人也纷纷拿出手机看，惊讶过后，似乎明白了那男子的心思，便附和着说："对，才刚刚十点，小姐，你的表走快了。"

售货员疑惑地看表，仔细地端详，好一会儿，她似有所悟，说道"老先生，不好意思，是我的表快了，你可以享受我们的优惠活动。"

时间最无情，任谁都无法和它做买卖，但那个男子赠送给祥子父子的五分钟，却那么温情，叫人动容。

（作者：古保祥；推荐者：丁　咚）

十个节能灯泡

叶芳离婚了，又丢了工作，周围闲话不断，让她很绝望。这天，孩子哭闹得厉害，突然，门铃响了，是两个居委会的大妈上门登记资料。

一个大妈瞥了叶芳一眼，问："户口本上怎么就孩子呀？"叶芳答："我是外地的。"大妈又问："那你爱人呢？"叶芳答："离婚了。"两个大妈

耳语了几句，叶芳觉得她们一定在说她的闲话，关上门，她痛哭了一场。

第二天，叶芳一心求死。她恍恍惚惚地走着，突然看到楼道里贴了告示，让每家去居委会领五个节能灯泡，不知怎么地，她还是去了。

居委会里人很多，好不容易轮到叶芳，工作人员看了她一眼："是你呀，你等等，呆会儿发你的。"叶芳不明所以，习惯性地服从了，站在一边。

等屋里的人都走得差不多了，叶芳才看清楚，发灯泡的两个工作人员就是那天来家里登记资料的两位大妈。她们看了眼叶芳，又交头接耳起来。叶芳忍无可忍，掉头就要走。

突然，其中一个大妈拿了十个灯泡，递给她说："昨天去过你家，你们家面积大，多拿一份儿，怪不容易的。"

叶芳没有带着袋子来领灯泡，十个节能灯泡，她只得抱在怀里带回去。而这十个节能灯泡虽然此刻还没点亮她的家，但分明已经点亮了她生的希望。

（推荐者：张运慧；作者：叶倾城）

（本栏插图：安玉民　梁　丽）

学写作文，
从读故事开始

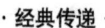
本期主题：说说俗语，讲讲故事

本期栏目我们来说几则俗语故事，故事开场前，我们先从一件相亲的事说起……

热心的王阿姨当媒人，给阿达介绍了对象——阿莉。本来挺好的事，没想到却"喇叭腔"了。

喇叭腔

相传，有个叫阿福的人，吹弯喇叭出了名。那年，江苏太仓的双凤镇上请了好多吹鼓手去游船奏乐，阿福自然也去了。

班子一到双凤镇，竟碰上了好几班吹鼓手班子。阿福他们不甘示弱，要显显身手，出出风头。

游船奏乐开始了，吹鼓手班子各自坐上了一条船，顺着摇船摆荡的节拍，拿出看家本事吹奏起来了。果然，"弯喇叭"最最吸引人，从街尾吹起，一直吹到街头，喇叭声音一点儿都没停过。南北两岸，人山人海，都跟着阿福这班子的船走，还喊着："弯喇叭厉害！""弯喇叭吹得最好！"这时，阿福得意洋洋，面孔通红，喇叭吹得更响亮了。

双凤镇有三里多长，再加船多拥挤，摇得缓慢，足足一个多钟头才罢，"弯喇叭"当然也足足吹了一个多钟头，一刻都没停。

哪里知道，船刚靠岸，"弯喇叭"阿福竟倒在船舱里，立不起身了。阿福一连吹了那么久，尽管他有运气之功，但终究因疲劳过度，力尽精竭，口喷鲜血，闭上眼睛死了。

"弯喇叭"一死，震惊了江南，人们都说喇叭腔听着响，但最终坏事了。此后，只要一说"喇叭"或"喇叭腔"，大家就会领悟到本来挺顺利的事情搞砸了。

听说，相亲那天，阿达装有钱人，对着阿莉一顿显摆，可当阿莉开口问问车子、房子的事，阿达就"露马脚"了。阿莉说阿达是"死要面子活受罪"。阿达不服气，指着阿莉说："你就是'见钱眼开'！"

有一天，马皇后游兴大发，乘轿招摇过市，浏览古都风景。百姓都翘首张望，想一睹皇后的风采。不料，一阵大风吹过，轿帘被掀起一角，马皇后的一双大脚赫然展现在百姓面前。人们惊讶不已，没想到当今皇后竟有这样一双脚！人们争相传言，全城立刻轰动了，"露马脚"一词就这么流传开了。

后来，人们便将隐私、阴谋出现了破绽或彻底败露，称之为"露马脚"。

露马脚

朱元璋加入了元朝末年起义军郭子兴的队伍后，由于他作战勇猛，屡建战功，郭子兴很赏识他，于是将义女马氏嫁给了他。马氏是一个才女，精明干练，辅佐朱元璋实现统一大业。朱元璋当上了明朝皇帝，就封她为第一皇后。

马皇后温柔端庄，举止大方。美中不足的是，她长了一双没有缠过的"天足"。在以小脚为美的时代，女人脚大是一大缺陷。马氏在当了皇后以后，越发地为自己的一双大脚感到不安。因而在大庭广众，总是遮遮掩掩，尽量避免将脚露出裙外。

见钱眼开

相传，宋朝时，苏州有个大富商，非常有钱，人们都叫他"财万贯"。可这个财万贯虽然有钱，却极其吝啬。

那年，京城临安开科，财万贯的外甥顾文秀想进京赶考，但家中贫困，没有盘缠。财万贯的老婆瞒着他给了外甥几件首饰做盘缠，财万贯知道这事后，就像剜了他的心，气得两眼一黑，什么都看不见了。

财万贯瞎眼后，去求法力无边的济公和尚，济公打趣地说："施主，眼不见，心不烦，还是什么都看不见的好啊！"财万贯一个劲地磕头，说："只求神僧医好我的眼睛，弟子愿献上布施。"

济公拿出化缘簿，说："你能出多少？"财万贯狠了狠心说："十两！"济公笑着说："亏你好意思说出口，真是枉为苏州首富了！"

财万贯心一横"一百两！"济公扭转身，说："那你回家摸银子吧！"

财万贯急得抓耳挠腮，最后，他颤抖着说："一、一千两，总可以了吧？"

济公说："那我试试吧！"他假装念了几句咒语，又从身上搓了些泥丸给财万贯吃，却还不见好。

济公说："看来施主的眼是无药可救了。"财万贯又苦苦哀求，济公说："好吧，你的眼睛，临安新科状元才能治，咱们去找他吧！"

财万贯和济公来到临安，找到状元府。原来，新科状元就是顾文秀。顾

文秀命家佣捧上十个大元宝，说："外甥能中皇榜，全靠舅妈资助。这一千两银子先孝敬舅父，就算还盘缠钱吧。"

财万贯一听还他一千两银子，满心惊喜，把十个元宝摸来摸去，恨不得一口吞下去。这时，济公念念有词："心病还需心药医，见钱眼就开，开！开！开！"财万贯只觉两眼一亮，面前是十个银光灿灿的元宝，高兴地大叫："银子！银子！十足的银子！"

济公冷笑一声，说："施主，你这病，因为钱财所得，又因钱财而愈，今后若要再发病，和尚我可就没办法了。这一千两银子，就算你许的布施吧。"

财万贯心疼万分，但他害怕眼睛再瞎了，只好叹了一口气，点了点头。

现在，人们用"见钱眼开"来形容那些吝啬喜财、爱占便宜的人。

死要面子活受罪

孔夫子有一个学生，写得一手好字，只是家里很穷。

有一年冬天，下着鹅毛大雪，孔夫子被一家财主邀请去家里喝酒，还说酒后要请他写几个字。孔夫子想，不如就带那个字写得好的学生去，让学生写字，更显得我这个先生了不起，有面子！

而得到先生邀请的学生却很为难，去吧，身上衣服太薄，冻得受不了；不去吧，先生的话不敢不听。妻子替他想了个办法，说"你把我陪嫁的红棉袄、红裤子穿在里面，外面罩上你自己的蓝布衫，就看不出来了。"于是，丈夫就穿着妻子的红袄红裤和先生一起去了。

这户人家确实非常富有，办了一百桌酒，用的酒杯都镀着金。可是入席时，孔夫子和他学生这一桌少了一只金杯，同桌的几个为了表明自己清白，都掯起衣裳让主人搜身，这时，孔夫子的学生非常尴尬，他暗暗地踢了先生一脚。孔夫子是个聪明人，觉得大概是学生偷了金杯，抄出来岂不是太失面子，就立起身说"算了，算了，何必为了一只金杯弄得大家扫兴呢，就算是我拿了吧。"说着，他摸出十两银子赔给了主人。

回来的路上，孔夫子责备学生，学生却说没有拿，孔夫子问："那你踢我一脚做什么？"学生这才撩起衣衫，露出红袄红裤给先生看。孔夫子恍然大悟，连连跺脚"我白扔了十两银子，还给自己买了个小贼的名声！"

过了几天，那财主派人送来一封信和十两银子，信里说金杯没有丢，是不小心掉在了雪里，天晴雪化，杯子露了出来。银子归还孔夫子，还称赞他气量大。孔夫子叹气说："唉，死

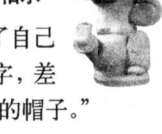

要面子活受罪啊，为了自己的面子，叫学生去写字，差点害师徒俩戴了小偷的帽子。"

阿达、阿莉两人都找媒人王阿姨诉苦，说相亲对象跟自己想的完全就是"悬空八只脚"，这次真是"托人托了皇伯伯"！

王阿姨心里好不委屈，自言自语道："谈不成就都来怪我，两个'没良心'的人！"

悬空八只脚

传说有四个人，一个叫挖井拳，一个叫推山倒，一个叫喝海干，一个叫扳天转。这四个人都想上天做神仙。

有一天，他们四人碰在一起，商量了一番，便放开大步朝天走。

走着走着，有一个人说"我嘴巴干死了，挖井拳有啥本事就拿出来吧。"挖井拳伸手在地上一挖，挖出一口井，大家喝足井水又赶路。

走了一程，前面碰到一座大山挡路，大家对推山倒说："前面路不通了，把你的本事拿出来吧。"推山倒上去用手一推，把大山推倒，四个人就过去了。

走呀走，前面没有路了，只见一片茫茫大海。大家对喝海干说："此地靠你了。"喝海干不慌不忙地张开大嘴，一口气把海水喝了个底朝天，四

人就过去了。

又走了一程，大家要扳天转使出本事，把天扳转过来，好快点到天上去。扳天转双手朝天一举，用力把天一扳，天上的世界就慢慢转了过来。

玉皇大帝坐在灵霄宝殿里，觉得脚底下在剧烈晃动。哦，原来凡间有四个人想上天，已经到了半天高。哼！凡人怎么能到天上来？真是异想天开！

玉皇大帝马上差天兵天将刮起一阵狂风，散出满天乌云，把四个人夹住了。这么一来，四个人的上半身在天上，下半身在半空中，陆地上的人只看见悬空的八只脚。

后来，大家对说话或做事离题太远的都说是"悬空八只脚"，这句话一直传到现在。

托人托了皇伯伯

相传，有一年，乾隆皇帝打扮成商人下江南，来到苏州一家酒店小饮，店小二听他是京城人的口音，便和他攀谈起来"客官尊姓大名？"乾隆随口回答："我叫高天赐，在京城做珠宝生意。"店小二又问"我有个表叔叫刘纶，他是常州人，他在京城做大官的，不知高伯伯可认识？"

刘纶是文渊阁的大学士，乾隆当然认识，但他怕说穿了会暴露自己的身份，便含糊地说："刘纶是做官的，我是做生意的，平时没有往来，但你若有事要托，我可以设法找到他。"店小二就托他带个口信，见到了刘叔叔，代他请安问好。

三年以后，店小二回常州老家过春节，正好碰到了刘纶。店小二便问表叔："京里有个珠宝商高伯伯来找过你没有？"刘纶莫名其妙："哪个高伯伯？"店小二说："高伯伯叫高天赐。"刘纶一听哈哈大笑，说："不是高伯伯，是皇伯伯。他是当今万岁爷乾隆皇帝呀！他会替你捎口信吗？"

后来，"托人托了皇伯伯"这句俗语就这样传开了，表示遇事托错了人，最后渺无音讯。

没良心

从前，有个手艺高超的王木匠，六十出头了，还没有家小。邻村一个叫张金的后生，想把王木匠的手艺学到手，就登门拜师，说愿意侍奉王木匠一辈子，做他的儿子，为他养老送终。

王木匠被张金的诚心打动，就答应了。张金很听话，又很勤快，王木匠很高兴，人们都说王木匠有眼力，有了这么个好徒弟和孝顺儿子。

一年过去了，张金能独立干活挣钱了，见王木匠也没有更大的能耐，就借口回家探亲，一去不复返。

王木匠又伤心又气愤，心想，幸亏留了一手绝活没有传给这个忘恩负义的东西。

于是，王木匠就用绝活做了个木头人，让木头人帮自己拉锯刨木，做家务。

这事很快就传开了，无人不夸王木匠的鬼斧神工。张金得知后，急忙买了许多礼物来拜见师傅。他一进门，木头人就给他端茶倒水。张金跪在师傅面前认罪，乞求师傅原谅。王木匠二话不说，就命他照木头人的模样自己动手做一个。

张金暗喜，把木头人前后左右、上下四角的尺寸仔细量了又量，不放过丝毫细节。不多久，木头人做好了，跟王木匠做的一模一样，但就是不会动弹。

这时，王木匠开口说话了："你量的尺寸虽然丝毫不差，各部分的榫头也严丝合缝，但就是没量心，没量心，木头人怎么会动弹？"他语义双关，既是检讨自己当初没有看出对方心术不正，也是责骂张金不安好心。

于是"没量心"便一传十、十传百，后人把"没量心"说成为"没良心"，专门用来批评没安好心、不懂得知恩图报的人。

（以上内容由潘冠球、尹德秀、方立、黄铿权、黄耀宗、邱统达、杨 畅搜集整理）

（本栏插图：安玉民 梁 丽）

抖官威

□ 高　荣

张猛刚从邻县调来，巧得很，一下车，正好赶上县政府机关队和乡镇队争夺篮球冠亚军赛。张猛是个球迷，哪肯轻易放弃这个大显身手的好机会？他便主动要求代表机关队上场打中锋。

一上场，张猛接连进了三个三分球，于是，他立刻被乡镇队的一个小伙子给粘住了，很难再施身手。张猛脸上挂不住了，他吓唬道："把领导防

这么严，难道不想进步了？"

小伙子听了，不由一愣，张猛乘势投了一个三分球，场内外一片欢呼声。这时，乡镇队叫暂停，要求换人，换上来的是一个中年人。那中年人的球技比刚才的小伙子还厉害，一上场，立马把张猛粘住了。张猛故伎重演，一边打球一边套近乎："老伙计，叫啥名？哪个乡的？"

中年人不回答，只顾抢张猛手里的球，很快就把球给抢走了。

张猛随即追了上去，在中年人后面说："跟领导抢球，不想进步了？"

中年人说："我们队长说了，你再吓唬也没用，就是不告诉你名字，反正你也不认识我，先把冠军抢到手说！"

张猛猛然一个闪念：何不亮出自己的真实身份吓唬这家伙一下、把球抢回来？于是他说："我是新来的组织部长，你是不想进步了？"

中年人也不客气地回敬张猛："组织部长想让别人进步，也必须经过我县委书记这一关！"

县委书记？张猛愣了一下，随即"哈哈"一笑："县委书记怎么会帮乡镇队比赛？"

中年人说"我在乡下蹲点，当然要帮他们打球啰！"

张猛听了特郁闷，没想到今天抖威风抖到顶头上司面前来了，我的妈呀，这球还怎么打？

多子多福

□ 霍伟华

大勇和小咪新婚，日子过得乐陶陶。这天晚上，大勇下班一脚跨进房间，顿时惊得直发呆——只见墙上不知何时多了一幅画，画上十几个和尚摆出各种姿势，一个个金光闪闪，好似进了佛堂一样。

老婆小咪走进房间，委屈地说："你妈早上来了，非要在墙上贴这画不可，你看多瘆人啊，你劝劝妈吧。"

大勇气呼呼地到了厨房，对妈说："妈，你怎么在墙上贴那么多和尚啊？我们还怎么睡觉啊？"

大勇妈一脸严肃地说："那可不是普通的和尚，那是十八罗汉！你们刚结婚，趁着身子好，还有假期，赶紧给我生几个胖孙子，一个个跟罗汉一样精壮，活蹦乱跳的！"

大勇和小咪面面相觑，十八罗汉

怎么跟生孩子扯上了？

小咪说："妈，就算是生孩子，那也得计划生育，十八个也太多了。"经小咪一番苦口婆心的劝说，大勇妈才同意把十八罗汉撤掉。

又过了几天，大勇妈从街上回来，手里拿着一卷画，一脸的喜气。她一进屋就把画打开了，小咪探出脑袋一看，居然是七个金刚葫芦娃！

大勇妈笑着说："我打听了，这是你们小时候最喜欢看的动画片，我可算是投了你们的喜好啊，年底前，你们一定要生个胖小子！"

小咪哭笑不得，和大勇耳语一番，两人走到储藏间，一阵翻找，终于找出了一张海报，大勇妈一看，竟然笑了："还是你们会挑，就贴墙上吧。"

第二年，小咪生了一对双胞胎男孩，大勇妈开心得合不拢嘴，大勇也乐坏了，对小咪说："还是你挑的画好啊，给咱家添了一对海尔兄弟！"

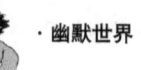

投名状

□ 孙新峰

刘金和麻伍在香港影视圈里混日子，一直当着群众演员。

一天，两人不知怎么走进了一条时光隧道，一下子来到了清朝。这回去的路怎么也找不着，只好既来之则安之。可还没走几步，两人就被县衙以来历不明、未蓄辫子为由，抓进了牢里。

等到辫子长出来后，刘金和麻伍

才被放出来。两人精神都要崩溃了，正在绝望的时候，看到了县衙的一纸告示，说是近期马王山匪患猖獗，望百姓多加防范。两人心一横，罢罢罢，干脆上山落草算了。

说落就落，两人立马投奔马王山。可是，到了山上，土匪说奔山寨，得有"投名状"。两人看过香港电影《投名状》，知道落草之前要杀个人向山寨表示忠心。刘金不想杀人，就壮着胆子对大当家的说："我们弄一车菜来，可不可以？"大当家的一听来气了，奶奶的，抢一车菜算什么本事？刘金说："不是抢，是让百姓心甘情愿地奉送。"

大当家的一听，纳闷了，咦，会有这种事？老子倒要看看百姓为啥自愿给土匪送菜吃。于是，他当即同意刘金和麻伍以一车菜为投名状，随后又按刘金要求，给他俩做了一辆囚车，又弄了一身县衙捕快的衣服。

第二天一大早，刘金和麻伍下山了。两人来到一个镇上，找了个僻静之处，悄悄装扮起来：刘金一身捕快打扮，麻伍则被五花大绑，站立在囚车中，紧接着，刘金拉着囚车来到菜市场，大声嚷嚷："各位百姓听了，今晨我等抓获一名马王山贼寇，特将其游街示众，以儆效尤。"

老百姓对土匪恨透了，一听这话，马上开始扔东西，这是菜市场，扔的自然是萝卜、白菜、辣椒什么的。这

男人本色 （潘胜奎 编绘）

（《故事会》漫画版精品选登）

囚车做得很大，顶上又没封盖，在菜场上兜了几圈后，各种蔬菜几乎要把麻伍埋住了，只露个头在外面。

刘金一看，马上宣布游街完毕，随即就把囚车拉走了。到了镇外无人处，两人换了装束，拉着一车的菜，乐呵呵地往马王山赶去。

上了山后，两人把"百姓送菜"的经过说了一遍，大当家的乐坏了，为

啥？你想，哪天山上没菜吃了，照此"取菜"，不就得了？

这一下，刘金和麻伍可成了明星人物，小喽罗们纷纷道喜，并询问他们怎么想到这个妙招的。刘金和麻伍嘴上说"天机不可泄露"，心里却嘀咕着：屁，什么妙招！老子们在香港当群众演员时演过这个，遇到囚车过来，就往囚犯身上扔萝卜白菜……

搞笑发明

□ 张相新

刘子修这阵子手头拮据，电脑旧了，坏了，只好硬撑着。

这天，电脑又坏了，刘子修拆开机箱，正摆弄着。一会儿，小外甥来他家玩，小家伙才十岁，天生是个捣蛋鬼，他指着电脑，问这问那的。

刘子修告诉小外甥，舅舅的电脑又死机了，为啥，内存不足，才128M呀！还有，硬盘容量小，要是个奔四5.0，这电脑就快多了；显示器，人家都是20英寸的，可这是14英寸的；人家都是液晶的，可这是纯平的；还有打印机，人家都用上激光的了，可他用的是喷墨的……

刘子修正说着，来了个电话，要他到居委会去一次。临走前，刘子修再三叮嘱小家伙别乱动，等他回来。

大约一个小时后，刘子修办完事回到屋里，只见电脑主机平放在地上，小外甥一下蹿了出来，一本正经地说："舅舅，你瞧，我不花一分钱，已经把你的内存给增加了，你以前的不是128M吗？现在我把它给反插了，

倒过来，那不就变成821M了？"

什……什么，这也叫增加内存？刘子修正在发愣，小外甥又从电冰箱里取出一个不知什么东西，说"这是一个盘，刚冻过，不就是一个很硬很硬的硬盘吗？"刘子修哭笑不得，接过一看，上面还歪歪扭扭地写着"奔四5.0"呢。

突然，刘子修叫苦不迭，天哪，这小子居然把显示器放在鱼缸里！小外甥笑呵呵地拿出一个放大镜，拉着刘子修来到鱼缸前，把放大镜凑在他的眼边："你现在这么看过去，像不像液晶的？比20英寸的大多了吧？"

小家伙越说越得意，他又重重地拍了拍那台老式打印机，说"要想变成激光的也不难，打印时只需用手电筒一照就OK了！"

刘子修听了，几乎晕倒……

（本栏题图、插图：顾子易 包丰一）

525

2012
SEMIMONTHLY
下半月刊

12月

STORIES

欢迎登录本刊主办"故事中国网"（www.storychina.cn）

2012 年 12 月
下半月刊·绿版

何承伟：社 长、主 编
夏一鸣：副社长
吴 伦：常务副主编(兼绿版负责人)
姚自豪：副主编(兼红版负责人)
本期责任编辑：朱 虹
电子邮箱：zhong98305@sina.com
绿版发稿编辑：
刘迎曦 颜轶超 黄美舟 陶云韫
美术编辑：李宝强
电脑制作：郭瑾玮
本社办公室电话：021-64375030
上半月刊编辑部电话：021-64335114
下半月刊编辑部电话：021-64336469
（上海市绍兴路 74 号 邮编：200020）
主管、主办：上海文艺出版(集团)有限公司
出版单位：《故事会》编辑部
发行范围：公开

────────────

出版、发行总监：张 凯
电话：021-64313938
广告业务：上海故事会文化传媒有限公司
广告总监：张 淮
广告业务：021-34010383
广告投诉：021-64333738
广告经营许可证
沪工商广字 3100320080016 号
发行：中国图书进出口上海公司

·笑话·

抢台词

有一对夫妻常吵架，每次吵到最高潮，男人都会习惯性地大喊大叫，让女人滚。

这天，两人又开始吵架了，吵着吵着眼看就要到最高潮，男人正想脱口而出："你滚！"不料，这次女人抢先一步，伸着兰花指指着男人咆哮道："闭嘴，这次该你滚了！"

男人顿时目瞪口呆。过了一会儿，他才又好气又好笑地说："没你这样抢台词的！"

（梦　梦）

（本栏插图：包丰一）

谁在开车

两个酒鬼一个叫约翰，另一个叫吉姆。这天两人喝醉了开车回家，突然，约翰尖叫道："吉姆，注意墙，注意墙……"

话音未落，只听"砰"的一声，车子撞上了墙。

约翰生气地大叫道："吉姆，你真是没用，我一直叫你注意墙，你为什么没反应呢？"

吉姆没好气地回答道："因为，那是你在开车。"　　（李　子）

复婚感想

有一对夫妻离异八年后，竟破镜重圆了。复婚那天，单位的同事前去祝贺，有几个调皮鬼缠着"新郎新娘"，非要听听他们的复婚感想。

"新郎"吭哧吭哧地说了老半天也说不出什么来，站在一旁的"新娘"急了，抢过话筒，说了一句经典的广告词："还是原来的配方，还是熟悉的味道！"　　（焦淳朴）

4

借 口

男人带女友逛商场，女友看中了一支口红，男人嫌贵，就说："你不涂口红更好看，这叫自然美。"

女友大为不满，当场反驳道"幸好我没让你买衣服，不然你一定会说我不穿衣服更好看，那叫人体美。"

（悠 然）

指甲油

这天，赵姐伸出手指，对同事说："你看，这大红色的指甲油，颜色美吧？昨天我收拾抽屉，发现一瓶没用完的指甲油。我觉得扔了怪可惜的，就让家里人都美了美。"

同事好奇地问："难道连你老公也涂了？"

赵姐点点头，说："最后还剩一点儿，我就趁他睡午觉时给他的大脚趾涂了涂。这下他不能出去游泳了，正好在家踏踏实实做家务。"

（周 明）

售货员

某地产大腕发微博："买一双新鞋，左脚磨出了泡。脱了鞋一看，一只是7号，一只是8号。让售货员坑了。"

结果下面有人回复道："哈哈，别怪售货员！一只是建筑面积，另一只是实用面积。"

（施 平）

微处理

马上要开学了，爸爸发现儿子天天在恶补暑假作业，而且作业全部进行了简化处理：数学题不写运算过程，直接写答案；作文更是高度浓缩，基本上和一条微博的字数差不多。

爸爸严肃地质问他："儿子，你怎么这么糊弄啊？"

不料，儿子漫不经心地说道："老爸，现在都是微时代了，不要这么大惊小怪。我们同学都是这么写暑假作业的，这叫微处理。"

（小 月）

牙口好

儿个大学生在寝室里讨论谁的牙口好，其中一个为了证明自己牙口好，拿起一本书，咬着书角直接撕了下来。

第二天，学校举行期末考试，一个学生临走前碰巧拿了那本书，准备带到考场去抄。到了考试时，他的临桌传给他一张纸条，告诉他哪题在哪页。不料一翻书，那学生傻眼了，页码全被咬掉了，只能一页一页地数。结果翻书的声音太大，被监考老师把书没收了。

老师拿起书随手翻了翻，冷笑着说："作弊还给自己选个高难度的！"

（西　西）

逃课的理由

这天，爸爸一脸严肃地问儿子："儿子，张老师说你一上他的课就逃，这究竟怎么回事？"

儿子哆哆嗦嗦地说："他……他经常罚我跑操场，下课了才让我回教室。我想呆在教室看书，他都不让。"

爸爸顿时火冒三丈："居然有这种老师，我这就去找他！他教什么？"

儿子低下头，小声说："体育……"

（陈　静）

条　件

有个老奶奶不肯拆迁，负责给她做工作的小赵姑娘了解到老奶奶最疼孙子，便找到她孙子，希望孙子帮忙劝劝。

孙子同意了，便来到奶奶家，试图劝奶奶。

奶奶却说："开发商是不是跟你说，只要奶奶肯搬，什么条件他们都答应？"

孙子点点头。奶奶神秘地一笑，说："那你去告诉他们，我同意搬迁了。不过我有个条件……"

孙子好奇地问："什么条件？"

奶奶喜笑颜开地说："我发现那个经常来给我做工作的小赵姑娘不错，她如果愿意跟你处对象，我就答应在拆迁书上签字。"

（张　涵）

有长进

妻子最近迷上了书法，每天晚上都要练习。但一个月过去了，她的书法并没有任何长进。

丈夫就对妻子说："我劝你别再练书法了，练了这么久都没长进，那不是浪费时间吗？"

妻子听后反驳道："谁说没长进？我已掌握了书法基本功。"

丈夫不解地问："你的基本功在哪里？"

妻子一本正经地说："我原来描眉时，手抖得厉害，现在稳多了。"

（顾 真）

挠得挺好看

晚上，老公喝醉了酒呼呼大睡。第二天早上起床后一看，一条腿上有好多蚊子包，而且都是血印，他嚷嚷道："老婆，这些都是你干的好事儿吧。"

老婆不乐意了，说是他自个儿挠的，可老公就是不信。

老婆急了，上去就在他另一条腿上挠了个五线谱，咆哮道："就是我挠的，你能怎么样？"

老公瞬间软了下来，说："不怎么样，就是觉得挠得挺好看的。"

（刘 英）

好处

小王家贷款买了一套复式房，他向朋友抱怨道："唉，要不是我老婆固执，非要买这么大的房子，至于到处欠债，日子过得紧巴巴的吗？"

朋友赶紧安慰道："任何事都有两面性，有坏处也有好处，你还是多想想买大房子的好处吧。"

小王叹了口气，说："我想过了，最大的好处就是等儿子考试考砸了，我老婆气得想揍他时，他可以先找个地方躲起来，等我老婆找到他时，也差不多消气了。"

（大 楠）

（本栏目欢迎原创作品、翻译作品。来稿可从邮局寄发，也可从网上传递。如为电子邮件，请发以下信箱 zhong98305@sina.com）

失职

□ 张晓新

这年秋天，我跟着坚叔到县城一家超市去应聘保安，他在那里已经干了十几年保安了。老板看起来人不错，当场就录用了我。我不由得下定决心要好好干。

第二天，我提前来到超市，大门都还没有开。等了一会儿，老板来了，他对我的表现很满意，亲热地拍了一下我的肩膀，说："小伙子，你的工作很重要，超市的安全就靠你们了。还有，你要给我盯住那些不老实的客人，发现了就把他们揪给我。"

我连连点头，顿时有种摩拳擦掌的感觉。在超市干了不到一个月，我还真的抓到了三个偷东西的客人。每次，我都得到了老板的表扬和奖励。

这天，我像往常那样，穿着便服在超市内巡视。忽然，在奶粉货架前，一个挑选奶粉的女顾客引起了我的注意。

那是个十分纤瘦的年轻女人，穿

着非常朴素的衣服，头发乱乱地挡住了半边脸，但还是可以看见她的脸色有点苍白，眉目间明显带着悲哀。凭着一个月来练就的敏锐眼光，我感觉这个女人很有问题，于是悄悄地躲在远处观察她。

只见她低垂着脑袋，手里拿着一小袋奶粉，似乎在犹豫，但眼光却在四处偷瞄。终于，她做出了决定，把奶粉偷偷塞进了衣服里面，然后从奶粉架前离开了。

我忽然间有种失望的感觉，不知为什么，我真希望她把奶粉放回架上去。我快步来到出口处，等着女人出来，心里仍盼着她会把奶粉拿出来结账。

几分钟后，女人开始排队结账了，可她手里只拿着一小袋米。轮到她时，我的心莫名地跳得厉害，真不愿看到这一幕。

事情还是发生了，女人没有把衣服内的奶粉拿出来。她买了两斤米，是那种最便宜的。

女人拿着小票走向出口，我突然间不知该如何做，只冲女人说道："你……"

女人哆嗦着把手中的票递给我，一脸的惊恐。鬼使神差似的，我没有再说什么，下意识地接过票看了一眼，又递回给她。

女人飞快地消失在超市门口。愣了几秒钟后，我跟坚叔匆匆打了个招呼，掉头追到了街上。女人的背影很好认，我很快就发现了她，她走得很快，根本就没回头看一眼。

我远远地跟着女人走进了一条小巷子。这是一条破旧不堪的老巷子，居民大都已搬走，到处都写着醒目的"拆"字，十分冷清。

进了巷子后，女人走得更快了。忽然她好像听到了什么声音，应了一声，飞跑起来，钻进了一间低矮的小屋。

我走近一些，听到从屋里传出婴儿的哭声，还有一个女人的声音："妈

妈回来了……明明乖……妈妈买奶粉回来了……"女人一直在跟孩子说着话，说到后来，声音居然哽咽了。

我走到小屋门口，往里面看了一眼。只见那个女人坐在一张床上，抱着一个婴儿在哄，旁边放着她买的米和那袋偷的奶粉。

看到这里，我立刻转身走出了小巷子。女人比我想象中还更值得可怜，这个发现让我心里平衡了不少。但怎么说，这也是失职，我心里十分不安，只盼望那个女人不要再来偷了。

然而才过了一个星期，我看见那个女人又走进了超市。我心想，那袋

奶粉也应该喝完了。她在超市兜了一圈后，又停在奶粉架前，拿起了一小袋奶粉。那种奶粉是最便宜的，只要几十块钱。看得出来，她是有选择性地偷的。想必墙上的警示对她起了一定作用，那里说明，被我们抓住，处以十倍的罚款，不服的送去派出所。

像上回那样，女人在犹豫一阵后，把奶粉塞进了她的衣服内。整个过程除了我无人发现，超市里也没有监视系统。

我回到门口站着。女人这次什么也没买，径直向门口走来。我还是无

法做出决定，就这样犹豫着看着她走了出去，消失在超市门口。

我只能在心里默默地替自己的失职行为开脱：孩子要喝奶粉，不喝就会挨饿。可是她没有钱，所以只能偷。我能怎么办呢？履行职责，就会害那个孩子挨饿。

女人第三次来的时候，我已经不想再去监视她了。可过了一会儿，坚叔忽然悄悄来到我身边，低声说道："注意那个女人，她在衣服里藏了一袋奶粉。"

顿时，我只觉脑袋轰的一声。坚叔继续说："盯住她，等她过了结账台，就拦下她，带她进里面搜。"

我想了想，鼓起勇气把坚叔拉到一个角落，轻声说："那个女人我见过，她以前偷过……"

坚叔十分吃惊，把声音压得更低了："你傻了！你是保安，怎么能放她出去？"

"她太可怜了。"我涨红着脸辩解，"我真的狠不下心……"

坚叔叹了口气"你可怜人家，谁可怜你？要不是你能在这里上班，你家早垮了！"

我心里一团乱，无言以对。坚叔又叹了口气："还好只是我知道，要是老板晓得了，恐怕连我也得炒了！"

我仍想替那女人求情"要不，别理她了，也就几十块钱的东西……"

"那不行。"坚叔拍拍我的肩膀，

坚定地说，"再穷也不能偷东西！况且咱是保安，得履行自己的职责，对得起老板开给咱的这份工资。"

十分钟后，那个女人开始排队了。不过，奶粉却被她拿在手上，我顿时有种如释重负的感觉。坚叔冲我微微一笑，然后又轻叹一声："我跟她说了，叫她结账。"

女人搜遍了身上所有的口袋，好不容易把钱凑齐了。坚叔看着女人走远，感叹不已："这个女人还真是可怜。她本来要买点米和面的，现在钱不够，就只能买奶粉了。"

我想了想，说"你已经把事情挑明了，她下次再也不敢来偷了。只是她没钱买奶粉，那孩子怎么办？"

坚叔怔了一下，摇摇头说"不知道。"

过了一个星期，那个女人果真再没出现。我心里一直觉得不安，最后做出了决定，去找老板辞职。老板见我要辞职，感到十分意外。

我向老板坦白了自己失职的事，并把那个女人家里的情况说了出来，最后告诉老板，要我抓这样的小偷，我真的办不到，所以只能选择辞职。那两袋奶粉钱，可以从我的工资里扣，我甚至可以接受处罚。

老板认真地听我说完，脸上居然露出了笑容。他并没有说处罚的事，而是问我："你知道我为什么要你去抓偷东西的人，而且还要处罚他们吗？"

我怔了怔，回答说："因为他们偷东西这种行为违反了道德法规，所以要处罚他们。"

老板点点头，又问："那你知道小偷为什么偷东西吗？他们偷东西的实质是什么？"

我想了想，说"因为他们想不劳而获，实质是损人利己。"

老板继续问我："那我们大家对小偷的行为怎么看？"

我说："厌恶、憎恨和谴责！"

老板点点头，微笑着问："那个女人呢，她是想不劳而获和损人利己吗？"

我有些疑惑地望着老板，缓缓地摇头："不是……"

"你厌恶、憎恨和谴责她吗？"

我越来越疑惑了："没有……"我愣愣地想了一会儿，心中突然涌起一阵感动，激动地说，"我明白了，我知道该怎么做了！"

"等等！"老板把我喊住，说道，"你不知道该怎么做。等下次你再见到那个女人，请把她带到我这里来，明白吗？"

几天后，那个女人惊恐不安地被我请进了老板的办公室。

第二天，我们的超市里多了一名清洁工。她有一个其他员工都没有的特权，可以背着孩子在超市工作。
（题图、插图：安玉民 梁 丽）

海啸来临前

□ 张春风

西奥多的父亲在气象站工作，所以每天，西奥多都能给同学们预报第二天的天气情况，为此，他感到十分骄傲。

可时间长了，同学们习以为常了，每天听完天气预报后就散了，连一句感谢的话也没有。西奥多感觉自己被忽视了，他决定好好捉弄一下同学们。

这天清早，西奥多播报天气预报时，破天荒地撒了谎："大家听好了，明天还是晴天，气温跟今天一样！"同学们纷纷点头，各自去玩耍了。

谁知，第二天傍晚，突然下起了大雨。同学们猝不及防，都慌了神。雨下那么大，怎么回家呢？只有西奥多拿出一把漂亮的小雨伞，走出了教室。

同学们愤怒了："西奥多，你怎么可以欺骗我们呢？"西奥多得意地说："就算是天气预报，也有出错的时候。这下，你们该明白我有多重要了吧？"说罢，头也不回地走了。

从那以后，西奥多更加被同学们冷落了，他也干脆不再播报天气了。

半个月后的一天早上，西奥多正想去上学，母亲却将他拦了下来，紧张地说："亲爱的，今天别去学校了！"西奥多诧异地问："为什么？妈妈，我可从没逃过学。"

母亲"嘘"了一声，朝四周望了

望，说："因为，你父亲说，这里马上要发生一件可怕的大事情，等有时间再跟你解释吧。"西奥多回头一看，父亲正麻利地整理旅行包，将它们塞进汽车后备箱。看起来，一家人要进行一次漫长的旅行了。

西奥多赶紧跑过去，问道："爸爸，我们要去哪里？究竟发生了什么事情？"

父亲严肃地说："听着，西奥多，据内部消息，这里马上将发生海啸。到时，可能整个城市都将变成一片汪洋。所以，我们必须赶紧逃走。"

西奥多呆住了："什……什么？你是说，这是气象站的消息？"

父亲点了点头"确切地说，只有少数人知道这个消息。因为，消息一旦传开，这座城市会变得一片混乱。到时，交通彻底瘫痪，我们就没办法抵达安全地带了。"

西奥多愤怒了："所以，你们封锁了消息，就为了保住自己的性命？"父亲无言以对。

母亲上前拉住西奥多，劝道"亲爱的，快上车吧，三个小时后，海啸就来了，到时就来不及走了。"

西奥多狠狠地甩开了母亲的手，红着眼睛说："不，我不走！上帝不会原谅你们的，我要去通知同学们。"说罢，转身就跑。

赶到学校时，同学们还在教室里嬉闹。西奥多站在讲台上，声嘶力竭地大喊："大家静一静，静一静……"顿时，教室里鸦雀无声，大家疑惑地望着西奥多。西奥多喘了口气，用最大的声音吼道："听着！这里马上将发生海啸，大家快回家，逃得远远的。"

谁知，同学们根本不相信他，嚷嚷道："怎么，欺骗我们一次还不够吗？""就是，我们已经不相信你了。""你是个骗子，我已经听过天气预报了，根本就没有什么海啸……"

西奥多又急又怕，情急之下，突然失声痛哭起来："为什么你们都不相信我？真的有海啸，我可以向上帝

发誓！"同学们面面相觑，顿时，教室里又变得一片安静。记忆中，西奥多从来没有哭过，就算有一次运动会上他扭伤了脚踝，也没流过一滴眼泪。看来，这个消息是真的。

一阵嘈杂后，突然有人说话了："如果海啸来了，我们也许很长时间不能见面。""是的，而且海啸会摧毁一切……"最后，大家达成了一致意见，赶紧回家，半小时后再回来会合！

很快，教室里就只剩下西奥多一个人了。他静静地坐在教室里，思绪飞得很远：不知道父母有没有真的驾车离开？有没有搬去一个安全的地方？不管怎样，他都不会不管自己的同学们，因为，他们都是他最好的朋友。

很快，同学们陆续回来了。让西奥多诧异的是，每个同学都没有空手而来。面包店的孩子带来了一大箱烤得香喷喷的面包，他神情十分凝重，递过来一个大面包，说："西奥多，快带上这个，就算海啸来了，你也不会饿肚子。"而杂货店的孩子给每人带来了一瓶矿泉水，他悲伤地说："西奥多，要是海啸来了，没准这里的一切都会被海水淹没，那时，淡水是最珍贵的东西，一定要好好保存。"还有体育用品店的孩子，给每个同学带来了一个游泳圈……就这样，孩子们互相

交换礼物后，准备离开。

突然，校长走了进来，笑眯眯地说："孩子们，请先静一静！"紧接着，一大群人涌进了教室。原来，都是孩子们的父母。西奥多发现，自己的父母也在其中，顿时呆住了。

校长在教室里来回走了一遍，满意地点了点头，说："孩子们，对于你们今天的表现，我真的很欣慰，也很骄傲！当灾难来临时，你们并没有只顾自己，而是想到了别人。好了，现在开始举行家长会。"

刹那间，同学们愣住了："什么？家长会？"校长笑了："没错！今天要召开一次家长会，确切地说，这是一次爱的演习。"

西奥多恍然大悟：原来，这是大人之间一次合伙的"阴谋"。而"始作俑者"，就是自己的父亲。望着父亲灿烂的笑脸，西奥多也笑了：是啊，那么正直善良的父亲，怎么可能做出这样的事情呢？更重要的是，通过这次爱的演习，西奥多和同学们的友情更坚固了。

（题图、插图：安玉民　梁　丽）

绿版编辑部各编辑邮箱：

吴　伦: wulun54@126.com
朱　虹: zhong98305@sina.com
刘迎曦: liuyingxi1203@163.com
颜轶超: yanyichao1004@sina.com
黄美舟: huangmeizhou@163.com
陶云镭: tao19851101@gmail.com

这个乡长
不一般

□ 邢　东

办公室，吭哧吭哧地说明了来意。

夏乡长听了脸一板，说"王主任啊王主任，现在招商引资的任务这么重，你还有心思搞这些七七八八的事？再说那个卖假药的老头，满嘴的外地口音，怎么成了你老婆的三舅？"

老王赶紧解释"夏乡长，我老婆的三舅小时候家里穷，被过继给了南方的亲戚，现在岁数大了，叶落归根。他没什么技术，也没多少积蓄，这才打起了卖假老鼠药的主意……"

老王越说声音越轻，就等着夏乡长一顿臭骂。不料，夏乡长突然一拍大腿，哈哈大笑道："有了，老王，招商引资的事有着落了！不是还差六百万吗？把你三舅的名字补上，投资额就写六百万，企业名字嘛，就写——三鹜生物化工有限公司，记住，要写秃鹜的鹜！"

老王惊得眼珠子差点没掉出来：

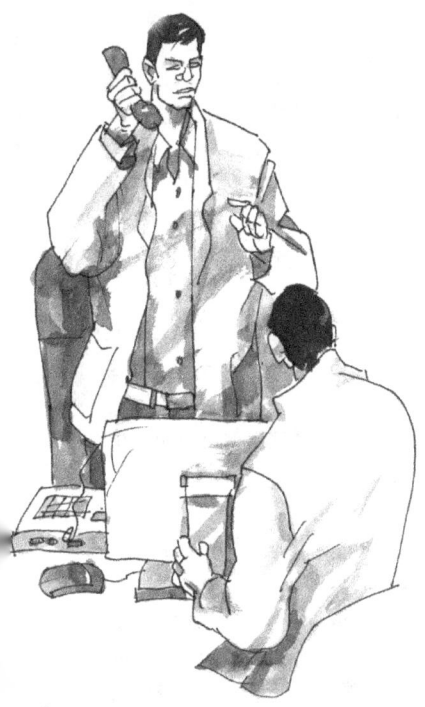

说起办公室主任这个位子，那真是说大不大，说小不小，方方面面要打点妥当可不是件容易的事。这不，老王是安吉乡的乡办公室主任，这天正忙呢，突然接到老婆打来的电话，说娘家的三舅在集市上卖假老鼠药，被夏乡长带人给抓住了，她让老王赶紧把三舅给弄出来。

一听这话，老王脑袋嗡的一声就大了：夏乡长是自己的主管领导，这几天正为乡里招商引资还差六百万的事着急上火呢，这会儿再去找他说这事儿，这不是火上浇油吗？

生气归生气，可人还得往外弄啊。老王只好硬着头皮来到夏乡长的

"这……这也能行？县里每个月要报进度，还经常下来检查，咱这样能蒙得过去？"

夏乡长有点不耐烦了："怎么不行？你三舅是不是从外地来的？做老鼠药用不用化学药品？投资额嘛，全在嘴上一说。至于检查，更不用担心，领导喜欢看的都是几千万的大项目，这种几百万的小企业，就是八抬大轿去请，也不会有人来看。做事要有长远眼光，我自有道理，你就放心填吧，厂址随便找块边角地，进度就写每月

五十万，到明年年底正好完成！至于你三舅，我马上通知工商所放人！"

老王只得照办，他把表填好，报到了县里。不久，安吉乡被评为县里招商引资的先进单位，老王跟着夏乡长去开会，看着夏乡长满面红光地上台领奖状，老王觉得心扑通扑通直跳，心里直念叨：三舅啊三舅，你晓不晓得，这大奖状也有你的一半啊！

因为他觉着欠三舅个人情，老王就常去给三舅送点东西留点钱，把三舅乐得合不拢嘴。可时间一长，老婆不高兴了。这三舅整天游手好闲，娘家人都腻歪透了，只有老王还像供菩萨似的供着他，这不是吃饱了撑的？

老王耐着性子劝老婆：可别拿三舅当瘟三，现在他就在乡里的企业家名单上，万一因为生活困难再折腾出点啥事来，自己这个办公室主任可就得吃不了兜着走！

没过几天，夏乡长又把老王叫到办公室，指了指桌上的一份文件，说："老王啊，县里给咱提意见了，说企业投资进度太慢，得赶一赶进度了。你这次填表，把你三舅这个公司的投资数填大一些，让他开工生产得了！"

老王硬着头皮，按着夏乡长的意思填了上去。没过多久，夏乡长又领回来一块大奖牌。

到年底了，老王接到通知，说上头要来乡里检查，检查名单里清清楚楚地写着要看这个三鹫生物化工有限

公司。这下老王可慌了神，拿着通知就来找夏乡长。

夏乡长拿起通知看了看，得意地笑了笑，说："没事儿，按着名单安排接待，把最后一站放在这个三鹫公司。哎呀，老王，你是不知道，为了能让人家来看这个投资六百万的小化工厂，我费了多大的心思！"

老王愣了，心想，这夏乡长这不是没事找事吗？看着老王一脸的迷惑，夏乡长站起身，拍了拍老王的肩膀，说："老王啊，当初我就告诉过你，做事要有长远眼光，就拿这个三鹫公司来说吧，咱总不能瞒一辈子吧？"

老王彻底蒙了，这个夏乡长，葫芦里到底卖的是什么药啊？

检查组到了，按照安排好的路线，最后一站是三鹫公司。老王硬着头皮，把检查团带到了一片光秃秃的土地上，检查团一下车，全愣了——这是什么企业啊？

这时，夏乡长拉着老王的手，站在大家面前，大声说道："各位领导，最后让大家看的这块空地，就是三鹫生物化工有限公司，这家企业，是我们办公室王主任的亲戚开的……"

老王的血压一下就上来了，好你个夏乡长，糊弄上级是你的主意，现在却把责任推到我头上。老王刚想分辩几句，夏乡长使劲掐了掐老王的手，继续说："这家企业投资进度特别快，原定一年的工程半年就投产了。

谁知这家企业一投产我们才发现：它的污染非常严重，我们怎么能用群众的健康去换经济效益呢？这是绝对不允许的，必须要把它赶走。我们老王多次给他的亲戚做工作，就是做不通，最后老王大义灭亲，带头开着铲车把厂房给铲平了！为这事，他得罪了一大帮亲戚啊……"

夏乡长话音刚落，周围就响起了热烈的掌声，老王听得晕晕乎乎的。

当晚的庆功宴上，老王成了焦点人物，领导同事纷纷向他敬酒，老王心里忐忑不安，结果没喝多少就醉了，同事们把他扶到办公室休息。老王睡了没多久，突然觉得耳朵疼，睁眼一看，老婆正拧着自己的耳朵嚷嚷"喝，就知道喝！家里出事了知道不？"

老王打着酒嗝，问："老婆，别拧了，家里出啥事了？"

老婆气哼哼地说："咱三舅出事了。"老王一晃脑袋，说："他能出啥事？又去卖假老鼠药了？"

老婆气得把老王拎了起来："这次出大事了！我刚接到派出所电话，说咱三舅冒充华侨骗吃骗喝，被人抓住了，你赶紧想办法把他弄出来！"

老王一把捂住了老婆的嘴："你小点声儿！今天的庆功会上，夏乡长说明年要引进一批外资企业，要是让他知道咱三舅敢冒充华侨，明年还不知道要弄出什么花样来呢！"

（题图、插图：谭海彦）

谁敢动他一根毫毛

□ 刘 超

对付市井恶霸，不必以卵击石，有时出个奇招，或许会有意想不到的效果……

镇上有一家理发店，老板是个老实巴交的手艺人。这天，他正在给一个中年人理发，忽然门外人影一晃，进来一个打扮得花里胡哨的小青年，染一头黄发，两条胳膊上文着青龙白虎。

黄毛大大咧咧地往椅子上一坐，冲老板一招手："过来，先给我刮刮胡子。"

老板停下手上的活，脸上露出一副诚惶诚恐的模样，说："您是南哥的儿子吧？"

黄毛顿时得意洋洋地说："算你还认识点人。没错，南哥是我爸！"

老板赔着笑脸，讨好地点着头。黄毛不耐烦地又一招手："你快点呀，给我刮干净点，老子还有事呢！"

老板迟疑片刻，嗫嚅着说："我、我不敢刮……"

此话一出，黄毛和那个来理发的中年人都不禁一愣。黄毛接着哈哈大笑道："我是老虎啊？你不敢刮也得刮，怕老子不给你钱？"

"不是钱的问题。"老板一脸的为难，"我是真不敢刮呀！"

黄毛有些发火了，冲他一指"磨磨蹭蹭个屁呀！让你刮你就刮！"

老板吓得一哆嗦："不、不

敢⋯⋯"

黄毛这下火大了，噌地就跳起来。老板更是吓得往中年人身后一躲，大声叫了起来："龙哥龙哥，请原谅，要不您到别家去刮吧，我给您十块钱，行不行？"

黄毛发起飙来："你想拿老子寻开心啊？我告诉你，今天我就非要你刮！老子还得在这儿混呢！"

老板哭丧着脸，仍是不敢走过去。黄毛大喝一声："你刮不刮？不刮，老子把你的店铲了！"说着，随手拿起一把剪刀，往镜子上一砸，咣当一声，镜子破了个洞。

老板吓得双手抱头，突然拔腿就冲了出去，嘴里还喊着："你把店铲了，我也不敢刮⋯⋯"一眨眼居然跑没了影。

黄毛一怔，哭笑不得地骂了一句，又往椅子上一躺，把两条腿跷到桌上，嘀咕道："妈的，这家伙不知道吃错了什么药！"

整个过程，中年人一直不动声色地看着，也觉得奇怪透了。这老板是个老实人，黄毛是个恶人，老实人怕恶人，并不奇怪，可也不至于怕到这种程度吧？不敢刮也罢了，竟然连店都不要就跑了！

黄毛得意忘形地又坐了一阵，突然电话响了。他接完站了起来，好像故意把话说给中年人听似的："等会儿再回来处理你。妈的，破坏老子的

心情，不赔点精神损失费难道就算了？"说罢扬长而去。

中年人仍然不动声色地坐着，等了几分钟，才看见老板缩头缩脑地走回来。中年人笑了笑，说："没事了，那家伙走了。"

老板苦着脸过来，连说对不起，拿起剪刀继续给中年人理发。中年人好奇地问，那个黄毛是什么来头。老板似乎巴不得他问，往门口瞄了两眼，倒苦水一样说了起来。

原来那黄毛的老爸人称南哥，在当地有钱有势，无人敢惹。俗话说得好，龙生龙，凤生凤，老鼠的儿子会打洞。他这个儿子小小年纪就已经是本地一霸，就算在街上横着走，保证别人都是侧着身子给他让路。

中年人听罢点点头："这样的人还是少惹为好。不过老板，那黄毛只是让你刮刮胡子而已，你给他刮不就完了嘛，怎么就不敢刮呢？"

"你有所不知啊！"老板唉声叹气道，"县长的胡子我都敢刮，可他是南哥的儿子，我是怎么都不敢刮的！"

接着，他神神秘秘地告诉中年人：大概半年前，黄毛到学校骚扰一个女学生，被老师打了一巴掌。后来南哥替儿子出头，让那个老师赔来好多钱。这事过后，南哥就放出话来，谁要再敢动他儿子一根毫毛，保证会让那人后悔一辈子。

老板继续说道："南哥可不是随

便说说的，是在广播站里说的，还在街上贴过布告呢！你说吧，我要是刮他儿子的胡子，南哥不把我一家整死才怪！"

中年人愣了愣，哈哈大笑，想了想，又问："那派出所呢，也不管管？"

说到派出所，老板又紧张起来，往门口瞄了瞄，压低声音说："谁会管？派出所的头儿跟南哥好得同穿一条裤子。强龙斗不过地头蛇，懂吧？"

中年人点点头，不再说话了。老板却似乎找到了诉苦的对象，像祥林嫂一般，絮絮叨叨地跟他说个没完没了，说南哥父子俩干过哪些坏事，整过多少人，进过多少趟派出所，最后都风风光光地回了家。

直到头发理完了，老板的话还没说完。正在这时，店外一下来了几辆摩托车，跳下来一帮花里胡哨的小青年，手里都提着棍子。

打头的正是黄毛，气势汹汹地走进来，往椅子上一坐，高声叫道："老板，你到底给不给我刮胡子？"

老板低着脑袋说："不敢……南哥说过，谁动你一根毫毛，就让谁好看，我真的不敢呀！"

黄毛乐得哈哈大笑："好好好！你不刮也行，但你今天惹得老子心情很不爽，赔三千块精神损失费吧！"老板顿时傻了，不知所措，连话也说不出来。

黄毛冲门外的小青年一挥手："弟兄们，操家伙！"

"慢！"中年人突然大喊一声，腾地站了起来，"小子，我给你刮！"

黄毛一看是他，破口大骂："妈的，想出头啊？知道我是谁吗？"

说话间，中年人已经走到他身前，一手拿剃刀，一手按在他肩膀上，说："别乱动，刮破嘴可别怪我。"

黄毛怒不可遏："你是什么东西，混哪儿的？"

"混这儿的。"中年人把外套的拉链拉下一截，露出里面的工作证和手枪，"鄙人姓林，初来贵地，若有冒犯的地方，请多包涵。"

黄毛脸色大变，下意识要起身。中年人用力把他按下去，拿剃刀往他鼻子下一架，微微一笑："我说了，别乱动，我的手艺可不太精。"

黄毛只好乖乖地坐着不敢动，中年人刷刷刷几刀，把他的胡须剃了个干干净净。没等黄毛反应过来，中年人又绕到他身后，手起刀落，刷的一下，剃去一把头发。

黄毛大叫道："我不剃头发！"

中年人嘿嘿一笑："别动！今天优惠大酬宾，这剃头是免费的！"

黄毛气得脸都绿了，却是敢怒不敢动。没一阵工夫，中年人就把黄毛的一头头发剃光了。他拍了拍手，哈哈一笑："别生气，进那个地方迟早都要剃的，到时候多方便。"

店外的一帮小混混一看老大这么乖，知道碰上了硬茬子，顿时一哄而散。

黄毛吓得脸一白，摸了摸自己的光头，喃喃地问："林所长，我可以走了吧？"

中年人说还不行，掏出手机往所里打了个电话。不一会儿，两个民警赶来。中年人冲黄毛一指："寻衅闹事，敲诈勒索，先铐上带回所里。"

黄毛愣了愣，突然大喊一声："你有种！我要给我爸打电话！"

中年人冷笑道："行，让你爸尽快来派出所，我久仰大名，正想认识认识他呢。"

黄毛打完电话，被民警带走了。老板这才惊喜地喊了起来："原来你是新来的派出所所长！"

中年人哈哈大笑："老板呀，你就不用装了，我什么身份，恐怕你早看出来了吧？要不然，你会故意给我演这出戏？"

老板有点不好意思地笑笑说："不瞒您说，刚给您理发时，我就瞄到一眼您的工作证和手枪，再看您一身正气，我就猜出来了……"说到这儿，老板突然紧紧握住中年人的手，激动地说，"我早听说新来的林所长是位好所长，原本我还不太相信，现在我信了！林所长，您不知道，我多么盼望能来个管事的所长啊！我女儿上初中，天天被那个坏蛋拦在路上耍流氓，害得她现在都不敢上学了。之前我不知跑了多少趟所里，可就是没人管啊！我一个没有门路的普通老百姓，是多么希望政府能帮帮我啊！"说着眼眶一红，差点掉下泪来。

林所长听到这里，脸色凝重，用力地点点头说："这些事，我都会记下来。你看着吧，不管什么哥，老账新账，我都会跟他算清楚！"

（题图、插图：谭海彦）

地狱天使

□廖 华

赵馨是个公司白领。最近，她在网上认识了一个名叫"地狱天使"的网友。两人聊得很投机，渐渐地双方都有了好感。

这天，"地狱天使"约赵馨见面，赵馨却有些犹豫了。原因是"地狱天使"说他是个医生，但当赵馨问他是哪个科的医生时，他却含糊其词。

赵馨把烦恼告诉了和她同住一屋的闺密张灿。张灿想了想，笑着说："我猜呀，他是个妇产科医生，所以不好意思告诉你。"

赵馨考虑了几天，还是和"地狱天使"见了面，对方的真名叫蒋达。赵馨好奇地问："你为什么起'地狱天使'这个网名？"

蒋达犹豫了一下说："医生不是守护在人世和地狱之间的天使吗？很多时候，我希望自己做个迎接新生命的天使。"

赵馨不由得冲口而出："难道你真是个妇产科医生？"蒋达没说话，算是默认了，过了一会儿问道"你会不会很介意我的职业？"

赵馨说："说实话，刚知道的时候有点不能接受，不过我想这并不是主要的东西。"蒋达似乎想说什么，但还是没有说，而是岔开了话题。

好在双方对彼此的感觉都不错，两个人的感情迅速升温。但不知为什么，赵馨总觉得蒋达有什么事瞒着自己。

一个周末，赵馨收到一个陌生号码发来的短信："如果你想知道你的男朋友在干什么，就去中天广场。"赵馨吃了一惊，她回了条短信："你是谁，怎么知道我的号码？"但对方却不再回复。

这条短信激发了赵馨的好奇心，她决定去看看。到了中天广场，她发现蒋达正在踱来踱去，似乎在等人。赵馨心里不由得咯噔一下，他不是说加班吗？他为什么要撒谎？赵馨躲在一棵树后，仔细观察起来。

不一会儿，来了一个老头，老头左顾右盼，似乎怕有人发现自己。这时，蒋达迎了上去，两人低声交谈起来。蒋达还塞给老头一包东西，临走，又和对方紧紧握手。赵馨纳闷不已，怎么搞得跟特务接头似的？

接着，蒋达开车走了，赵馨叫了辆的士跟了上去。不一会儿，车子来到火车站旁的一条街。赵馨的心不由得绷紧了，原来，这条街是这座城市有名的"红灯区"。

蒋达下了车，径直向街边一个红衣女郎走去。那女郎却转身就走，蒋达追上她，把她拉进了旁边一家小店。过了好一会儿，蒋达走出来，女郎低着头跟在后面，蒋达转身把一叠东西塞给了她。赵馨气得几乎窒息——那分明是一叠钞票！她没想到，蒋达竟然跑到这种地方来，做起了肮脏的交易！

赵馨哭着转身跑出了那条街，她想到了闺密张灿。张灿感情经历丰富，不妨和她聊聊，听听她的看法。

赵馨拨通了张灿的电话。听完她的哭诉，一直没说话的张灿突然暴怒了："男人没一个好东西！让他们去死吧！"说完啪的一声挂了电话。赵馨不由得愕然，难道张灿也受了打击？在她的印象中，张灿的男朋友换了一个又一个，但从没见她伤心过啊。

就在这时，有人在她的肩头拍了一下。赵馨回头一看，竟然是蒋达。赵馨忍不住爆发了："你不是加班吗？那个老头、那个女人是谁？这就是你的工作？"

蒋达笑了："你怎么不问问那个发短信的人是谁？那就是我呀！是我让你跟踪我的。"

赵馨一听，惊讶得瞪大了眼睛。

蒋达叹了口气，说："我知道，我欠你一个解释。我一直很想告诉你，但我又怕吓跑你。之前，我已经吓跑过两个女孩了。我一直都在寻找一种合适的方式来告诉你，所以我才发了那条短信，想让你先对我的工作有一个直观的了解，然后再给你解释。"

赵馨不解地问："你究竟是干什么的？你不是妇产科医生吗？"

蒋达摇摇头，笑道"我什么时候说过我是妇产科医生？那只不过是你的猜测。"接着，他又脸色凝重地说，"其实，我的工作是HIV告知。说得简单点，就是把HIV的检测结果告诉患者。这项工作，在我国还刚刚起

步。"

赵馨不由得倒退一步："你每天都要接触艾滋病患者？"

蒋达点了点头，说"可以这样吧。我面对的患者中，有很大一部分是HIV检测呈阳性的，要告诉他们这个可怕的结果，需要勇气，也需要技巧。我的工作，就是让他们尽量平静地接受这个结果，并且告诉他们相关的知识，以便他们保护自己和家人。"

顿了顿，蒋达又说"今天你看见的那个老头，是个空巢老人，因为一次被站街女拉了进去，就感染上了。他不敢告诉自己的儿女，甚至不敢到医院拿药，我今天是给他送药的。那个红衣女孩，她的职业想必你也猜到了。本来，她该回家治疗，但因为孩

子读书要花钱，她又偷偷跑出来重操旧业。为了她自己，也为了避免更多的人被感染，所以我来劝说她。"

赵馨好不容易才从最初的震撼中平静下来，她冷冷地问："给她送钱也是你的工作？"

蒋达诚恳地说："我的工作不仅仅是简单的告知，也包括一些回访。当然，给她送钱，只是我个人想帮帮她。一开始，我也很不喜欢这个工作，但后来我慢慢接受并喜欢上了这份职业。就像我的网名，我站在地狱之门，却很想做个天使。我最开心的是告诉患者结果是阴性的，他们脸上的表情，仿佛获得了新生。对于那些确认感染的人，我也想尽自己最大的努力来帮助他们……"

蒋达注视着赵馨的眼睛，伸出了自己的手："这份工作干久了，听了太多伤心的故事，看了太多绝望的表情，我自己有时也会苦闷。我也很渴望有个天使来拯救我，你愿意做我的天使吗？"

此时，赵馨觉得心里很乱。她很想握住那双手，但觉得自己心里还没有完全接受。

正在这时，蒋达的手机响了，他说："我有急事要先离开。你考虑清楚了，再回答我吧。"

赵馨回到了宿舍，却发现房间里乱成一团。张灿的东西不见了，桌上有一张纸条，是张灿留给

她的："请原谅我不辞而别。前些天我去做了个检查，没想到，我担心的事情真的发生了，HIV阳性，你知道这意味着什么，所以我才会在电话里骂男人。其实，我知道我最应该怪的还是自己。还有，我那句话也不全对，至少，你的天使就是个不错的男人，你要好好珍惜他。另外，我们俩在一起住了那么久，我希望你也去做个检查。再见了，我的好姐妹！"

赵馨只觉两眼发黑，几乎要晕过去。她一直觉得这种事离自己很遥远，没想到，它会发生在自己身边。为张灿感到痛心的同时，她也为自己担心起来。自己还和她在一个碗里吃过泡面呢，会不会也被感染了？

两天后，赵馨鼓起勇气走进医院的大门。在等待检查结果的那段时间里，她度日如年，几次拿起手机想向蒋达诉说，最后还是没有勇气拨通那个号码。

到了拿结果的那天，一个护士把赵馨请进了一个单独的房间。"欢迎你，请坐。"一个熟悉的声音响起。赵馨抬起头，不由得怔住了。坐在对面的，竟然是蒋达！

"很高兴，我能做你的天使！你的检查结果是阴性。"蒋达微笑着说，"这个结果再一次说明，艾滋病并不像传说中的那样可怕，普通的接触是不会感染的。"

赵馨的心里一下子轻松了，顿时有种蒋达之前所说的"重获新生"的感觉。她问："这么说，你知道我为什么来检查了？"

蒋达点点头，说："当然知道，你室友的结果也是我告知她的。那天我急着走，就是因为她的情绪不稳定，我怕她出事，所以急忙赶过去。"

蒋达又一次伸出自己的手，微笑着说："现在，你能接受我了吗？"赵馨把手藏到了身后，蒋达眼里的光彩一下子暗淡了，他轻轻叹了口气。

赵馨笑了："你叹什么气呀？这次虽然只是一场虚惊，但经过这几天的煎熬，让我懂得了很多。我只是有个小小的条件，你要告诉我张灿在哪里，我们一起做她的天使，好吗？"

蒋达喜出望外地点点头，两个人的手紧紧地握在了一起。

（题图、插图：佐　夫）

2012年12月(上)动感地带答案

神探夏洛克：送牛奶的人有嫌疑。因为只有知道金太太已经遇害，才不再到这里送牛奶。

疯狂QA：小米撒了谎，因为第113和114是一页纸。

思维风暴：说的是一场象棋比赛。

超级视觉：请把画倒过来看，你会发现答案。

飙车

□ 沈新民

小黄是个车迷，经常喜欢自驾出游。这天，他又开车出门，不料在高速公路上碰到了大堵车，前后都望不到尽头。

眼看要堵很久，很多司机索性都下了车，小黄也下了车，和临近的两个司机闲聊了起来。这两个司机，一个是开出租车的，另一个是开自驾车的。聊了一会儿，自驾车司机突然提议道："这路看起来一时半会儿也通不了，咱不如玩玩飙车。"

出租车司机好奇地问："路都堵死了，还能飙车？"

自驾车司机大手一挥："你们跟我来，我自有办法飙。"

小黄和出租车司机跟着自驾车司机，来到他的车旁，想看看他怎么个飙法。只见自驾车司机从车里拎出两个千斤顶，让小黄和出租车司

机帮忙，三个人一起把后车轮顶起来，让两轮悬空。这时，自驾车司机上了车，轰起油门，看着自己的里程表，对他们说："你们看，这不就能飙了吗？咱们以十分钟为限，看谁跑得最远。"

原地飙车！小黄和出租车司机都觉得挺新鲜，同意玩一玩。自驾车司机说："既然是玩飙车，那就赌点什么吧：谁要是输了，以后遇到赢家的车，就要鸣笛退让。"

小黄和出租车司机都同意了。自驾车司机开的是马自达，他先飙，十分钟跑出了三十五公里。小黄开的是奥迪，自信不输马自达。他上车慢慢踩下油门，十分钟到了，小黄猛地踩下刹车，一看，有点下不来台，自己比马自达司机还差了点。小黄觉得，自己吃亏在起动慢、刹车及时上，就

说："我虽然输了，但还是要劝老兄几句，平时开车要养成好习惯。你开车起动快，先踩油门再看路况，这是个坏毛病。还有，你刹车不果断，这也是一个坏毛病。"

自驾车司机点着头说："你说得挺对，我是有这毛病，看来这车没白飙！"

轮到出租车司机了，小黄一看，出租车司机开的是奇瑞，他心里有了底，自己怎么也能飙个亚军。他们把出租车后轮顶起来，做好准备，坐进车里。

自驾车司机看了看出租车里的计价器，笑着说："现成的计价器，不用费劲算公里数了。"说着把计价器一按，说声开始，十分钟后，计价器上显示的公里数，竟比自驾车司机的都多。自驾车司机说："这怎么可能？我的车居然跑不过你？"

出租车司机成了冠军，自驾车司机和小黄都不信，他们让出租车司机再开十分钟。出租车又空跑了十分钟，结果还是冠军。出租车司机得意地说："这是事实，你们有什么不信的。"

小黄还是不服气，说："如果你第三次还能跑出这个成绩，我们就服了，以后遇上，鸣笛退让。"出租车司机非常得意，又跑了一次，结果还是一样。

小黄仔细看了看，突然恍然大悟道："我看明白了，车子里程表计算的公里数和计价器上显示的公里数不一样，你作弊了，在计价器上做了手脚。"

出租车司机看了看计价器，突然变了脸色，按下了车门锁，说："对不起，从现在起，你们谁也不能下车。"

自驾车司机吃惊地问："你限制我们自由，什么意思？"

出租车司机冷冷地说："你们坐了我的出租车，你们得按计价器上的数字给我钱。"

小黄和自驾车司机愣了一下，全都笑翻了："哈哈，你想钱想疯了吧，原地空转你也要收钱？"

出租车司机无奈地说："我也没法子，我知道空转，可我老婆不知道啊，她每天查我计价器，跑多少公里，收多少钱，全算得明明白白。今天空转这么久，我报不上账啊。"

这时，小黄掏出一个小本子，递了过去，微笑着说："没事，你拿这个报账去。"

出租车司机接过小本子一看，额头上顿时冒出了汗。原来小黄递过去的，是警官证。小黄今天休息，所以没开警车。

出租车司机自言自语道："我就说嘛，人不能做坏事。做了坏事，说不定什么时候就让警察碰上了，可我老婆就是不信……"

（题图：张恩卫）

如今社会，很多人觉得没有钱就没有幸福，然而很多时候，幸福感并不是靠金钱来衡量的。就像这个故事里的主人公，工作三年，一分钱工资都没有，但她照样很幸福……

一分都不少

□程小成

冯容三十出头，是骆驼岭小学的一名代课老师。她老公赵刚在外打工，每年到了过年才回来。平日里，冯容一边教书，一边带着儿子和婆婆一起过。

这天是小年夜，一大早，冯容刚醒来，婆婆就站在门外嚷嚷道"村里家家都办年货了，就你还睡得着！"

冯容赶忙起床，打开房门说："妈，这办年货的事，你不要急，赵刚不是还没回来嘛！"

"赵刚赵刚，你就指望他一个人。"婆婆把脸往下一沉，说，"你好歹也是个人民教师，一年到头忙下来，总得有点工钱吧？"

婆婆话音一落，冯容脸就红了。原来，骆驼岭小学地处偏僻山区，原先在这里执教的几个老师都找关系调走了。乡教育组王干事就找到冯容，让她在骆驼岭小学当了唯一的代课老师。这一代就是三年，原先说好一个月补助280块钱，可三年下来，冯容一分钱也没拿回来！

冯容低下头，轻声说："我的工资……不是还没发下来嘛。"

"还没发下来？怕又黄了吧！"婆婆嚷嚷道，"你说说看，就是过去在地主家打长工，到了年关也得结个账吧？不行，我得找王干事要去。"

冯容拉住婆婆"妈，你别这样。"

"我怎样了？"婆婆生气地说，"当官的说话不算话，我就要出他洋相！"

"妈——"冯容一下子哭了出来，对着婆婆喊道，"这钱，就算我这三年得病花了。明年，我不去做这个代课老师行了吧！"

听到这话，婆婆停下脚步，回过头望着冯容，问："你真舍得不去做代课老师？"

冯容抹着眼泪说："妈，要说舍得，我肯定舍不得。你也知道，我喜欢教孩子们读书。可是，我也知道，一家几口吃饭，光靠赵刚一人挣钱，也不现实。我决定了，明年一开年，我就跟赵刚一起出去打工。"

婆婆点点头，说："这是你说的，我可记在心里。"说完，走开了。冯容回到自己的房间，伤心地哭了。

也不知过了多久，冯容忽然听到外面传来老公赵刚的声音。她忙擦干眼泪出来，只见赵刚提着大包小包进了屋。婆婆见儿子回来了，高兴地接过包，张罗着给他做饭去了。

赵刚见冯容脸色不好，忙低声问："怎么啦？怪我回来迟了？"

听赵刚一问，冯容又忍不住掉下了眼泪，把一早起来婆婆对她说的那些话，都说给赵刚听了。末了，冯容说："过完年，我就和你一起去打工，不做代课老师了。"

赵刚笑着说："我妈这人，你又不是不知道，她就是刀子嘴豆腐心，过完年就没事了。"

冯容态度坚决地说："我说的是真的。做了三年代课老师，一分钱也没拿回来，你妈不说我，我也不好意思。你快点把钱给我，我好去镇上买年货。"

赵刚忽然犹豫起来，好不容易从身上掏出一百多块钱，支支吾吾地说："实不相瞒，我今年的工资，老板说开了年才发……我为了回来陪你们过年，也就剩一个路费……"

见赵刚没带钱回来，冯容气得一下子跳了起来"你没带钱回来，那还回来过什么年……"

这时，只听厨房里哐当一声，一个碗打翻在地，婆婆伤心地说"这年没法过了，没法过了……"说着，气冲冲地往外走，不料和一个人撞上了。婆婆抬头一见来人，冲着对方就嚷开了："你还有脸上我家来？这大过年的，我媳妇给你打了三年工，你到底给不给工资？"

来人尴尬地笑笑说："我这不是来发工资了嘛。"

听到有人说话，冯容和赵刚忙跑了出去，原来是王干事来了。王干事把手提包打开，从里面拿出一包沉甸甸的东西，递给冯容，说："不好意思，这是你这三年代课的工资，给你发迟了。一共10080块，一分都不少。"

发工资？三年的工资？冯容颤抖着接过王干事递过来的包裹，小心翼翼地打开，看到一张张红彤彤的伟人头像，她有些不敢相信地问："真发工资？是不是真的发工资了？"

婆婆和赵刚也都乐坏了，一家人的气氛顿时缓和了下来，高高兴兴地开始采办年货。

转眼就到了正月初六，这天赵刚该回城里打工了。一大早，赵刚见冯容闷闷不乐地收拾着行李，就笑着说："算了，你也别装了，我知道你喜欢教书。工资尽管少点，但一分也没少给我们，还是去当你的孩子王吧。"

冯容抬头看了一眼赵刚，说："可我跟妈是说过狠话的。"

这时，婆婆忽然在门外接过话，说："算了，老赵家几代也没出过秀才，好不容易赶上个教书先生，也算给赵家长了脸面。"

冯容意外地望着婆婆说："妈也同意我继续做老师？"

婆婆叹了口气，说"这乡下人也没什么指望，就指望孩子读个书，将来有出息。你就好好教你的书吧。"

冯容一下子扑到婆婆怀里，感动地说："妈，你放心，我会好好教的。"赵刚在一旁看着，欣慰地笑了。

吃过早饭，赵刚赶到镇上的汽车站，远远地看见王干事正等着自己。赵刚赶紧跑过去，叮嘱道："王干事，我那一万块钱，你可要答应我：除了我和你，千万不能让第三个人知道。"

原来，赵刚年前回来，没有直接回家，而是先去了王干事家里。听说冯容的代课工资还没着落，就把他打工赚的一万多块钱，交给王干事，让王干事代发冯容的工资。

王干事点点头，叹了口气说"你们两口子真是不容易啊！我没办法给冯容发工资，心里有愧啊！"

赵刚忙安慰道："千万别这么说，这事也不能怪你。"顿了顿，又有点不好意思地说，"王干事，我还有件事要拜托你！今年，冯容的代课工资，我每月会按时打给你。我知道她太喜欢教书了，村里的孩子也离不开她，临走前我又好不容易做通了我妈的思想工作，所以我就是在外面多打一份工，她的代课工资，我也要一分不少地赚回来！"

王干事的眼眶顿时红了，他上前一把握住赵刚的手，郑重地说"你放心，我今年就是拼着这个干事当不成，也要把冯容的代课工资，一分都不少地搞下来！"

（题图、插图：张恩卫）

·民间故事金库·

和尚杀猪

□ 杨尚霖

恶霸欺凌

白马庄有个寡妇，人称三娘。丈夫去世后，独自抚养两个儿女，孤儿寡母，处处艰难，事事受欺。

这一年，三娘含辛茹苦养大了一头猪，一家人满心欢喜盼着杀猪过年。哪知到了腊月二十九，约好来帮忙杀猪的屠户却不见人影。三娘只好又跑到集上去请，那些杀猪佬却都支支吾吾，推说走不开。

这时，一个叫二狗的屠户挤眉弄眼地朝她喊"三娘，要杀猪吗？要不要我二狗哥帮忙啊？"三娘回过神来：怪不得别的杀猪佬都不肯答应，原来是二狗从中作梗！这二狗，本是集上一大恶人，长得人高马大，满脸横肉，一把杀猪刀时常带在身边，动不动就拔出来，别人凡事都让着他三分。半年前他看上了三娘，不料三娘坚决不从。二狗恼羞成怒，扬言要给三娘一点颜色瞧瞧。谁想到，他居然想到在这事上报复起三娘来。

当下，三娘恨恨地朝地上吐了口口水，怒道"我就是去请个和尚来杀猪，也不要你帮忙！"

从集上回来，三娘望着那头肥猪，不禁哭出声来。自己一个弱女子，儿子又只有十岁，哪能杀得了这头猪？无可奈何之下，只好先养着了。

这一养，又养了一年。不等她去请杀猪佬，那二狗又直接跑来了。三娘知他别有所图，仍说道"我就是去请和尚杀，也不要你帮忙！"不得已，

故事会2012年12月下半月刊·绿版 **31**

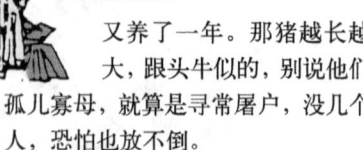

又养了一年。那猪越长越大，跟头牛似的，别说他们孤儿寡母，就算是寻常屠户，没几个人，恐怕也放不倒。

三娘思来想去，把心一横，决定自己杀猪。

打定主意，三娘到厨房拿了把菜刀，儿子抱了把斧子，女儿也捡起一根柴火，一家三口向着猪圈杀过去。一家人把心里的悲苦愤恨全冲着那头猪去了，刀棍齐下，没头没脑便是一顿乱砍。那猪也不是吃素的，脑袋吃了一菜刀，屁股挨了一斧子，后腿又中了一棍，暴躁不已，怒叫着一头撞出猪圈，朝着村外狂奔逃命。

三娘一家傻了眼，这下如何是好？怔了半晌，举着菜刀斧头去追。一家人沿着血迹又哭又骂地追了半天，一直追到了五里之外的龙光庙。

偶遇和尚

这龙光庙原是一座破庙，三年前不知从哪里来了个穷和尚，无处可去，便在此安了家。那和尚长得浓眉大眼，一脸胡子，像剃了光头的张飞，村民便叫他黑和尚。

三娘一看血迹进了龙光庙，不禁松了口气，心想这下跑不掉了。一家人气喘吁吁地追进庙里，只见黑和尚正蹲在地上，给那头猪抹伤口呢。那猪躺在地上，嘴里吐着白沫，哼哧哼哧个不停。

一见黑和尚，三娘忙道："师父，这猪是我家的。"

黑和尚怔了怔，打量打量他们一家三口，又瞧瞧地上的猪，似乎明白了，哑然失笑："你们要杀猪吗？咋这样杀法？怎么不请个人帮忙呀？"

黑和尚不问还好，一问，刺到了三娘的苦处，三娘不由得眼眶一红，奔到那几尊缺胳膊少腿的神像脚下，哭哭啼啼地诉起苦来。

黑和尚双手合十在旁边听了半天，眉头渐渐拧成一团，突然一跺脚喊道："可怜！可恨！那二狗也欺人太甚了！"

三娘哭诉了一阵，心中好受多了，拜谢过黑和尚，要把猪赶回去。可那猪受了伤，任你踢打喝骂，死也不肯起身。

黑和尚沉吟半天，忽然喊道："女施主，即便你把猪赶回去，你们又如何杀得动？"

"我也不知道……"三娘抹泪道，"只盼着把猪放倒，砍得一块是一块，管不了了。"

黑和尚摆摆手，转身面朝神像拜了一拜，又冲地上的大肥猪拜了一拜，笑道："猪啊猪，我本以为你有灵性，特地跑来求我庇护的，谁知却是来找我超度的呀！也罢，我便答应你，送你去极乐西天吧！"

三娘一听，都傻了，莫非他要帮我们杀猪？这和尚怎么能杀生呢？黑和尚对三娘说道："你们先回家去吧，明天我会把猪拉去你家，替你杀猪。女施主不妨去请那二狗来吃肉，别人怕他，我可不怕。我要让他看看，天下不是只有他会杀猪！"

三娘一听，又惊又疑，结结巴巴地问："师父，你要帮我杀猪？可你是出家人啊，怎么能让你杀猪？"

"无妨，无妨！"黑和尚哈哈大笑道，"不说你不知，我这个和尚只是自认的。人家寺庙的师父都不肯收我，我便自己给自己出了家。放心吧，我出家前也是杀猪的，手艺没丢！"

三娘又惊又喜，想起自己曾对二狗说过，哪怕请和尚杀猪，也不要他帮忙，没想到居然成真了！看来，这都是天意。

三娘急忙谢过黑和尚，又为难地说，自己家里除了手上这把菜刀，什么也没有。

黑和尚哈哈一笑，冲她挥挥手："不要紧，我有！"

三娘回去后，果真照黑和尚的吩咐，跑到集上去请二狗吃肉。二狗一怔，随即嬉皮笑脸地一口答应："好好好，明日一定去三娘家！"

杀猪绝技

第二天一早，三娘

起床便烧好了一锅水，等着黑和尚来。过了一会儿，二狗哼着小曲先到了。这家伙会错了三娘的意思，以为三娘是请他来杀猪的，不好意思明说，就用这个当借口，因而把全套杀猪的行当都带上了，挂在屁股后，一路叮当作响。

见了三娘，二狗笑嘻嘻地说"三妹，你二狗哥来了，把猪拉出来吧。"

三娘把脸一沉："今日请你来是吃肉的，不是请你杀猪的，猪自会有人帮我杀。"

二狗闻言一愣："谁？你请谁杀猪？谁敢帮你杀猪？"

正在这时，那黑和尚慢悠悠地来了，手里拽着根绳子，牵着那头黄牛般大小的猪。

二狗一看，不禁哈哈大笑起来："笑死人了，三娘，你还真的请个和尚

来杀猪啊！"

黑和尚冷冷地说："和尚怎么啦？和尚就不会杀猪吗？"

"好你个黑秃驴！"二狗又气又恨地骂道，"你身为出家人，却帮一个寡妇杀猪，你自己说，犯了什么戒？"

黑和尚怒视着他说道："你欺负孤儿寡母，便是佛祖也要动怒。贫僧今天就是要破戒杀生，大不了不当和尚了！"说罢把猪拴好，取下身上的破布袋。

三娘看他两手空空，一把刀也没有，只好进屋取了菜刀出来，说："师父，我家只有这把刀。"

黑和尚摆摆手："不用，不用！杀猪不一定非得用刀才行的。"

二狗在旁边冷哼一声："好大的口气！不用刀，难道你用法术？"

黑和尚瞧也不瞧二狗，从布袋里取出一捆绳索，淡淡地说："咱们老祖宗杀猪，本来也用不着刀的。你不懂，就在一边看着吧！"

二狗既羞又怒，喊道："好，老子看你怎么杀！你若是不用刀就能杀，我二狗从今日起永不杀猪！"

黑和尚也不理会他，拿了绳索走到猪身后，把绳索往两条后腿上一缠一绕，使劲一拉，那猪便轰然倒地。

黑和尚又如法炮制，把猪的两条前腿也绑了。那头猪像个等待行刑的犯人，被绑得严严实实，除了两只耳朵能动，竟是丝毫挣扎不得。

二狗看他露了这一手，不禁心头一惊。那头猪比牛小不了多少，自己一个人恐怕要费半天工夫才能下刀。没想到这和尚果然是个高手，顷刻间就把猪制服了。二狗虽然吃惊，但心中还是无论如何不敢相信，黑和尚不用刀便能杀猪。

只见黑和尚双手合十，对着猪念念有词。说了一阵，从布袋里取出一根二尺长的小竹管，一头已经削尖，看来竟是要用竹子代替杀猪刀了。

黑和尚先用手在猪身上搓揉了一番，似乎在寻找下手的部位，突然猛地把手中的竹管往前一插，口中喊道："中！"只听"噗"的一声轻响，竹管已应声没入猪身，只留寸许在体外，血从管口喷涌而出。

那猪只发出一声哼哼，再定睛看时，居然已经毙命！二狗看到这儿，大吃一惊。他知道，今天自己算是撞上杀猪的老祖宗了！

待猪血流尽，黑和尚把竹管飞快拔出。二狗禁不住俯身细看，那口子又细又小，无半滴血迹。那猪闭目合嘴，一副舒坦自得的样子，像睡着了一般。纵是二狗杀猪无数，也不由得暗暗大叫一声：好厉害的手法！

黑和尚解去猪身上的绳索，吩咐三娘拿热水出来。他又从布袋里取出两片薄薄的竹片，一手各拿一片，立了个马步，气运丹田，猛地大喊一声："淋水！"

三娘一家忙把热水一瓢瓢往猪身上浇去。只见黑和尚两手纷飞，竹片所到之处，仿佛风卷残云一般，猪毛纷纷飞落。不到半炷香的工夫，黑和尚已把猪毛去得一干二净，就连最难处理的猪脑袋，也硬是被他削得一毛不剩。

二狗直看得眼花缭乱，目瞪口呆。此时他早已忘了自己来干什么的，情不自禁地喊出一声好来。

黑和尚脸不红气不喘，片刻也没有停歇，用竹片在猪肚皮上轻轻一划，伸手一掏一拉一扯，一副下水被完完整整取了下来。然后，他又用竹片在胸骨处来回划拉几下，猪身"啪嗒"一下分成了两扇。

和尚本行

直到此时，黑和尚才擦了把汗，喝了一口三娘递上来的茶。三娘感激不尽地说："师父，剩下的让我们母子来做吧，我们还有把斧头，不用辛苦你了。"

黑和尚呵呵一笑："不成，不成！你们拿斧头乱砍一通，骨头不是骨头，肉不是肉，倘若拿到集上去卖，肯定没人肯买你的。"说罢放下茶碗，拿起竹片，开始分割猪肉。

二狗和三娘在旁边看得出了神，黑和尚手中握着的明明是小竹片，可在别人看来，却像一把锋利无比的匕首，在猪身上随意切割，没有丝毫阻碍，如切豆腐般轻松自如。那竹片有时又像一条灵动的小蛇似的，在骨缝间伸缩游走，有些骨头之间看似不可能穿过的，竹片却像变戏法般穿了过去。不一会儿，大骨小骨、精肉肥膘、猪头猪脚……一样样被完整地取了下来。

二狗直看得心悦诚服，又自惭形秽。一头如此巨大的猪被黑和尚切好，居然看不见半点骨屑肉末，骨是骨，肉是肉，简直令人叹为观止。

黑和尚擦了把手，冲二狗笑道：

"如何？"

二狗满脸通红，低下头道："师父真是杀猪的老祖宗！我没话好说，服了！从明天起我便永不杀猪！"说罢掉头便走。

"慢着！"黑和尚喊住他，大笑道，"你不杀猪，别人要吃肉怎么办？我看你倒不必改行，只要你以后不要欺负人家孤儿寡母就行了！既然来了，吃点肉再走不迟啊！"

二狗哪还敢留下吃肉，飞也似的跑了。

很快，三娘烧好一大盘肉端了出来，邀请黑和尚说："师父，你今天猪也杀了，戒也破了，不如连肉也吃了吧！"

"吃！"黑和尚一拍大腿喊道，

"何止今天杀猪，明天我就要回老家去，干回我的老本行杀猪卖肉了！"

三娘愣道："师父是要还俗吗？"

黑和尚笑道："我本来就不是真和尚，我回去杀猪，是替别人承担罪责罢了！"说着，他双手合十，喜不自禁地说，"我从小就杀猪，一生丧在我刀下的生灵不计其数，后来我自感罪孽深重，所以才想出家弥补我的罪过。谁知寺院里的师父不肯收我，只叫我回去再想想。我想了三年，昨天遇到女施主才想通了。我杀猪让别人吃肉，就是替人承担罪孽，正合我佛舍身喂虎的精神啊！正所谓我不入地狱，谁入地狱？"他感叹两声，坐下夹起一块肉扔进口中。

（题图、插图：黄全昌）

·本刊信息传真·

故事会 ■ 新浪 微故事大赛

12月征集主题：意外事件

篇幅最短、含"金"量最高的故事，等待你的挑战！

《故事会》杂志和新浪微博（weibo.com）联合主办微故事大赛继续进行，邀请各路故事名家、草根英雄和世外高人展开较量！

本次大赛所有作品通过新浪微博平台征集（搜索＃微故事大赛＃），每月一个主题，当月设金奖1名，奖金1字10元（字数低于120的按120字计），银奖2名，奖金1字5元，另设年度奖项。优秀作品将在每月的《故事会》上刊登，并结集出版。10月最美好的事结果已经揭晓，@哲嫡获得金奖。详情请登录故事中国网（ｗｗｗ.storychina.cn）查看。

12月微故事征集主题：意外事件。没有意外的生活平淡如水，但意外带来的未必都是惊喜，也可能是灾祸，本期请你讲述那些没有想到的故事……正文字数在130字以下，力求情节出人意表，立意隽永深远，文字鲜明生动。本月的微故事达人或许就是你！截稿日期：12月21日。（本期刊物特别选登11月微故事大赛优秀作品，详见P47）

秀才
行医

□ 曲凡杰

话说京城有个张半仙，看相算命特别准，因此名满天下。每天来找他排忧解难的人络绎不绝，而且多半是满面愁容进来，满面春风出去。

这天上午，张半仙刚刚开门，就有一个秀才模样的人走了进来。张半仙正在低头点烟袋，连头也没有抬，习惯性地问道："有什么难事儿，请直言。"

不料来人摇摇头，说："没有难事，倒是喜事连连。"

张半仙不由抬起头，把来人好一阵打量："有喜事你自个儿在家乐就是了，找我干什么？"

来人说自己是个乡村医生，最近在皇宫里听差，深受皇帝青睐。昨天一个太监捎话儿，说是皇帝后天要接见他，不仅要赏一笔银子，还要给个官做。猛得了这么大的好处，他心里不踏实，因此才来找张半仙问个吉凶。

张半仙来了兴致，破例给来人看了座："愿闻其详。"

来人落了座，自报家门姓白，原是一个乡村秀才，三榜不第，改行做了医生，他立志不为良相便为良医，拿出当年攻书的劲儿习医，三更灯火五更鸡，把诸多医家经典读得滚瓜烂熟；然后又拜镇上一个老中医为师，老老实实当了三年徒弟。自立门户以后，悬壶济世，很快成为一方名医。

不料，半月前白秀才被带入皇

宫，平静的日子便被打破了。

原来宫里的太子得了怪病，不吃不喝却又腹胀如鼓，百药无效，众御医束手无策。皇帝只有这一个宝贝儿子，焦虑得坐卧不宁，杀了几个御医以后，传令各级官府推荐本地良医火速进京。

白秀才在当地名气大口碑好，被县官推荐给了皇帝。进了皇宫，白秀才才知道给太子看病如履薄冰，弄不好就会掉脑袋。前边已经有几个同行被杀了头，白秀才也把心悬得老高。

这天轮到白秀才瞧病，走近病榻才知道那五岁小儿已经奄奄一息，命悬一线。一番望闻问切，白秀才头上就有冷汗冒出来，尽管使尽浑身解数，到底也没有弄明白太子得了什么病。查不出病因，也就无从对症下药。治不了太子的病，那就只有死路一条。

白秀才当然不想就此送命，打算回到下榻处闭门静思，破解太子身上的怪病。可是瞧过病不说出个子丑寅卯，太监根本不让离开。白秀才只好对太监说："俗话说用药如用兵，如何排兵布阵，运筹帷幄，请给我一点时间。"

太监却说："太子的病已经耽误不起了，留给你的时间只有半天！"

如果挨到天黑还拿不出起死回生的良方，那就只有等死。因此，白秀才回到下榻处根本静不下心来，无奈

只好走出屋门，漫无目的地在后宫踱步。后宫的花园好大，各种花儿姹紫嫣红，争芳斗艳。

白秀才心情不佳，也没有心思观赏，只是踩着花径漫步。突然，一朵蘑菇挡着了去路，让白秀才不得不睁大了眼睛。那蘑菇竟有一把雨伞大小，把一条花径拦腰截断。白秀才从来没有见过如此巨大的蘑菇，不由得驻足观看。蘑菇的色泽、纹理与平时在林子边、水沟旁采摘的一般无二，不同之处就是大，大得令人吃惊称奇。

看着看着，白秀才心头一亮，俗话说怪物治怪病，太子那病眼见是没治了，何不死马当作活马医？自己眼看要没命了，何不拼死一试？反正这蘑菇就是治不好病也吃不死人。想到这里，就找了一块破瓦片，将大蘑菇连根挖起。蘑菇的根长在半截旧木梳上，可能是宫里的女人们平时爱蘸菜油梳头，木梳浸透了菜油，被废弃以后落在地里成了肥料，才使这朵蘑菇长得如此肥硕。

白秀才用大蘑菇熬了一锅汤，亲自给太子喂食。说来也怪，太子刚刚喝下半碗蘑菇汤，忽然腹中隆隆作响，来不及下床就大泻起来。那一摊秽物之中，夹带一团东西，圆滚滚的比鸡蛋略小一些。白秀才暗想可能是这团东西阻塞了肠道，才导致太子茶饭不思，腹胀体瘦。用刀子剖开那团东西，竟是一团头发。白秀才想不

明白，太子的肚子里怎么会有一团头发？为什么半碗蘑菇汤就给冲了下来？白秀才还在百思不得其解，那太子已经缓过劲来，口口声声要东西吃。

这么说太子的病被白秀才给治好了？后宫里一片欢腾，很快就有人把喜讯报给了皇帝。皇帝挥挥手说，既然太子已被白秀才找出了病症，那就把先前准备杀掉的另几个庸医放了吧。对妙手回春的白秀要好生招待，好好奖励。

白秀才总算松了一口气，排在他后边的几个医生纷纷跪倒在地，感谢白秀才的救命之恩。

白秀才说："我就弄不明白，一个大蘑菇怎么会治好了太子的病，救了我们好些医生的命？"

张半仙看相，最善察言观色，边听边琢磨。白秀才话刚落音，他就接上了茬儿："怎么弄不明白？那太子一离娘胎，就被一群宫女轮流捧着。宫女们个个青春年少，青丝如云，这太子也许喜欢玩弄宫女们的青丝，不经意间就把一段段头发吃进了嘴里，日积月累的，那头发就结成了团。至于蘑菇汤之所以能够打下发团，不在蘑

菇，而在蘑菇的根部长在那半截木梳上。木梳是干什么用的？梳头发！对，梳头发，轻轻那么一梳，就把一团乱发给梳了下来！"

这个说法也许有些道理，可是白秀才依旧有弄不明白的地方："这好事儿怎么就让我碰上了，歪打正着治好了太子的病？"

张半仙微笑着说："什么歪打正着？应该是天意使然。"

白秀才纳闷道："我一个乡村医生何德何能，敢劳上天？"

张半仙说："治病救人，解人苦难，就是无量的功德。"

白秀才摇摇头，说"那是医生的天职，就如农人一定要种好庄稼，谈何功德！"

张半仙问："你想一想，在你行医

期间，可曾有过义举、善举，乃至壮举？"

白秀才连连摆手："医生的职分之外，我并没做过你说的'三举'，相反，倒是因为受了侮辱，打过一个病人家属的耳光！"

张半仙"哦"了一声："你一个文弱书生，竟然出手打人？说说看。"

白秀才说，有一天，他外出行医，途中被一个小媳妇拦住了，请白秀才到其家中为其丈夫治病。白秀才也没有多想，就随小媳妇走进一户农家小院。来到病榻前，白秀才对病榻上的男人一番望闻问切，忍不住暗自叹息，患者已经病入膏肓。

这时，小媳妇说"我去把后边书房收拾一下，待会儿先生过去开处方。"

既然备有书房，想来患者也是个读书之人。惺惺相惜，白秀才决定使尽浑身解数，来治好他的病症。诊毕病情，白秀才来到书房，却不由大惊失色。书房里有一张小床，小媳妇已经玉体横陈，无限娇媚地朝白秀才招手。白秀才走南闯北，见过不少世面，可一时也无法判断这穷乡僻壤会有什么桃色陷阱在等着自己。他略一定神，不动声色地问道："什么意思？"

小媳妇竟然一跃而起，抱住了白秀才："请你救我丈夫一命！"

白秀才赶紧推开，说"你让我过来看病，我并没有推辞。"

小媳妇热乎乎的身子紧贴着白秀才："可我家徒四壁，付不起药钱。因此甘愿献身侍寝，换取灵丹妙药。"

白秀才说："对于付不起药钱之人，我可以不收任何费用。放手！"

小媳妇没有松手，反而抱得更紧了："我不相信天上会有馅饼掉下来。只有拿身子换药，我心里才会踏实。"

白秀才感觉受了侮辱，抬手给了小媳妇一个重重的耳光，小媳妇这才松了手。白秀才刷刷刷写了处方："速去抓药，看我是否收取分文！"

白秀才没有食言，白送半年的药，一直到小媳妇的丈夫病愈为止……

白秀才还没有说完，张半仙就站了起来，满怀敬意地说："怀揣岐黄之术，却不乘人之危，如此高风，堪为世人楷模。俗话说，人在做，天在看。人世间许多事物，看似偶然，冥冥之中自有因果相连。"白秀才连说惭愧惭愧。

张半仙说："既是天意使然，那皇上的奖赏你也不必推辞。官位也好，金钱也罢，到了你手里只有一个用途，那就是替天行道。"

一番话解开了白秀才的心结，来时的愁容渐渐消散了。

（题图、插图：黄全昌）

（本栏目欢迎来稿。来稿可从邮局寄发，也可从网上传递。如为电子邮件，请发以下信箱：zhong98305@sina.com）

正所谓，多行不义必自毙，造假造太多了，连鬼都不会放过你……

□ 张淑霞

求你给我办个证

梁川是个办假证的老手。这天，他大赚了一笔，高兴坏了，就跑到一家小饭店里喝了个痛快，直到半夜饭店打烊，才醉醺醺地出来。

梁川一步三晃地在路上走着，不知不觉中，居然走进了一片坟地里。他醉眼迷离，看着眼前的一块块墓碑，觉得还挺适合喷办证广告的。于是，他掏出兜里的喷漆罐，对着身旁的一个墓碑开始喷起来，把"办证"两个字和自己的手机号码都喷了上去，然后才摇摇晃晃地走了。

第二天晚上十点多，梁川刚想继续出去喷小广告，突然听见有人敲门。梁川透过猫眼，看见门外站着一个七八十岁的老头，他打开门问："您有什么事？"

没想到老头一脚跨进门来，随手就把门关上了，然后盯着梁川问："小伙子，你是办假证的吧？"

一听老头这样问，梁川脑门子上的汗刷的一下就出来了，他摇了摇头说："老人家，这玩笑可开不得，我是正经人。"

老头嘿嘿一笑，说："你骗谁也骗不了我，你到处喷办证的小广告，我都看见了。小伙子，别害怕，我这次来，不是想找你麻烦，而是想求你给我办个证。当然，如果你不肯办，麻烦也许会来找你的。"

梁川定了定神，眼珠一转，说："办证？好呀，不过老人家，我给人办证可不白办，您有钱吗？"

老头从背后掏出一个黑色的塑料袋来，从里面拿出一大摞钱，又掏出两张照片，放在桌子上，说："这是我跟我对象的照片，我叫王大，我对象叫丽丽，只要你能给我俩办一张结婚证，这钱全都是你的。"

梁川看了看，一张照片是老头的，另一张则是一个年轻姑娘。梁川心里明白了：这个老头准是个有钱的老色鬼，包养了一个年轻的姑娘，为了出入方便，才会花这么大的价钱办这么个假结婚证。有钱不赚，纯粹傻蛋！

梁川立刻拿来工具，忙活起来。没用一个钟头，梁川就把假结婚证办妥了。梁川把结婚证递给老头，老头看了看，哈哈大笑，说："果然是个老手，干得漂亮！成交！"然后把结婚证举到嘴边，亲了一下，说，"丽丽啊丽丽，我看你这次还有什么借口？"

送走了老头，梁川也不出去喷小广告了，他坐在床上，开始数钱，数着数着就睡着了。

第二天，梁川一早醒来，睁眼一看，吓傻了——自己正躺在一堆冥币里睡觉呢！他又看了看桌子上的两张照片，一阵凉风顺着脊梁骨蹿了上来——两张照片都带着黑框！莫非，昨天晚上来找自己办结婚证的那个老头真是鬼？

梁川琢磨了半天，突然想起前天晚上在墓地喷小广告的事来。他一跃而起，出门就向那块墓地跑去。到了墓地，找到那块被喷了漆的墓碑，果然，上面刻的就是王大和丽丽的名字！

梁川不知道自己是怎么回家的。到了家，他立刻把门锁死，钻进被窝，再也不敢出来了。可偏偏怕什么来什么，天刚黑下来，梁川就觉得有人把他的被子掀了起来。他睁眼一看，床前站着一个年轻的姑娘，正一脸怒气地看着他。

梁川哆嗦着问："你是……你是谁？怎么跑进我家里来的？"

姑娘杏眼圆睁，说："你不认识我了？前天夜里，你是不是用我的照片给一个老头子办了一张结婚证？"

梁川仔细看了看，果然，对方就是前天半夜见到的照片上的姑娘！这么说，她也是个鬼了？梁川吓得扑通一声跪在床上，高声喊道："姑奶奶，不，鬼奶奶，您饶了我吧，我只是个办假证的，人家让我办什么我就办什么，我可不知道人家拿了假证去干什么。"

姑娘哼了一声，说："干好事还用得着办假证？我告诉你，我和王大都是鬼，本来素不相识，王大的老婆早年失踪了，他的儿子不愿意让父亲的坟墓孤孤单单的，就花钱把我的尸体买来葬进他的坟里。我可不愿意陪这个老色鬼过日子，就一直用没有结婚证拖延他，风平浪静地过了好几年，没想到被你办的一张结婚证逼上了绝路。我一个黄花大姑娘，可让你给害惨了！我告诉你，今天你必须给我俩办个离婚证，否则，我饶不了你！"

梁川连连点头答应，他从床上跳下来，来到工作台前，拿出工具，刚要动手，突然，一个熟悉的身影出现在他面前。梁川一看，正是王大！王大大声嚷嚷道："好你个梁川，你收了我的钱，却又给她办离婚证，你太不讲职业道德了？"

梁川气哼哼地说："少拿你那些冥币来糊弄人！我再也不会上当了！"

王大冷笑一声，说："年轻人，别把话说绝了，你说这些钱没用，可在阴间，这些钱就能买动阎王小鬼！你要是敢给她办离婚证，小心我雇牛头马面来捉你！"

梁川呆住了，过了好一会儿，他指了指那个丽丽，说："可是我不给她办离婚证，她也饶不了我啊！"

王大摇了摇头，说："你不用怕她，鬼是不可以随便出来害人的，更何况她是个穷鬼，一分钱都没有，想雇牛头马面，她也雇不起啊！是不是？我的丽丽……"

梁川一听，胆子也壮了，就对丽丽说："对啊，我就是不给你办证，你能把我怎么样？"

丽丽气得一甩袖子，消失得无影无踪。王大冲梁川竖起了大拇指"小伙子，这年头，有钱就是爹，不分人界鬼界。你能看透这些，不简单啊！我也该走了，这次丽丽该没话说了，我老人家就要当新郎啦！哈哈哈……"说完，老头也不见了。

梁川擦了擦头上的汗，长出了一口气：看来这鬼也没什么可怕的，有钱的是大爷，在哪儿都行得通！

一晃三个月过去了，这天晚上，梁川正在灯下做假证，突然灯忽闪了

一下，屋子里一下多了三个人，不，是三个鬼。中间一个是丽丽，旁边的两个，一个头上长着一对牛犄角，一个长着一张长长的马脸，不用说，一定是牛头马面了。

梁川的脸刷的一下就白了，牛头马面弯下身子，问丽丽："这就是王大的儿子？"

丽丽掏出一本小册子，说："不错，两位公差请看，这是我们家的户口本，他的名字在这一页，您看'与户主关系'这一栏，写的就是父子嘛！"

梁川一把抢过户口本，一眼就看出是假的，他冲牛头马面喊道："两位大爷，你们可别信她的话，这户口本是假的，户主姓王我姓梁，这假做得也太明显了吧。再说了，我就是个做假证件的，这玩意儿糊弄不了我！"

牛头马面互相看了一下，夺过户口本看了看，不约而同地说："假的？不可能，我们看就是真的，对不对，王夫人？"

"王夫人？"梁川一下明白过来了，"丽丽，看来你真的嫁给王大了？"

丽丽一脸悲愤地说："好儿子，都是你干的好事！不过你没有想到，我这个穷鬼嫁给了王大，就不再是穷鬼了。钱可真是个好东西，有了钱，请两位公差来捉你一趟也不难。两位公差，你们只要把这小伙子带回去，我们家王大还会重重有赏的！"

"不要啊，我不去……"梁川一步步向后退去。

牛头马面咧嘴一笑，说："阎王叫你三更死，谁敢留你到五更？小子，你就认命吧！"说完，一条沉重的铁链紧紧套在了梁川的脖子上……

（题图、插图：佐　夫）

阿P系列幽默故事征文

阿P系列幽默故事栏目开辟二十多年来，深受读者欢迎。阿P是个有多重性格的喜剧人物，他正直、朴实，却又染有许多不良习气；他自作聪明，却又往往事与愿违，弄巧成拙；面对屡屡受挫的现实，他却能自我解嘲，很有点阿Q的精神姿态，让人啼笑皆非。

为了把这个栏目办得更好，本刊再次面向全社会征稿，希望有更多的人来关注阿P，把您身边的阿P故事写得更精彩，更有现实意义和典型意义。

来稿方法：1．从邮局寄发，请在信封上注明"阿P故事征文"字样，本刊地址：上海市绍兴路74号《故事会》杂志社，邮编：200020。2．从网上传递，可寄以下信箱：wulun54@126.com，请在主题上注明"阿P故事征文"字样。凡已和我刊编辑有联系的作者，稿件可继续投给联系的编辑。

故事会 ■ 新浪 微故事大赛

11月优秀作品选登 （主题：囧故事）

@苏大英雄 一个罪犯看电影得到灵感，决定神不知鬼不觉地挖地道越狱！他以惊人的毅力坚持了五年，终于成功了！地道挖通的一瞬间，伸过来几双脏兮兮的手将他拖了过去，他惊恐地发现几个黑糊糊的家伙咧着白牙盯着他。"太好了！"那群人道，"我们被埋在矿井下五天了，还以为不会有人来救呢！"

@请相信我一直都在 眼看光棍节要到了，他终于鼓起勇气向暗恋的她表白："明明很喜欢你，可就是说不出口……"他紧张地低头等待女生的回答。女孩脸红红的，看着他说"明明是谁？他为什么不自己来见我？"

@纷纷红尘扰扰 刚子两口子吵架了，谁也不理谁。马上就要到妈的生日了，这可把刚子愁坏了，往年都是两人一块去，这回该怎么办呢？他想找媳妇商量又拉不下脸，想来想去干脆一个人去！这天，他进门把蛋糕放下，大声说："娟今天加班，来不了了。"妈一脸错愕，这时就见娟端着一盘热腾腾的饺子从厨房出来了。

@石家庄晋州市 公路上尘土飞扬。我穿着环卫服，费力地挥着扫帚。一名少妇捂着鼻子，领着一个七八岁的小男孩从我身边走过。刚走几步，她突然扭头指着我对男孩说："看见了吗？你要是还不努力，考不上大学，以后就只能像他一样扫大街！"看他们走远，我在后面叹了口气"我大学毕业快一年了，谁说我没努力过呀。"

@皇甫龙鸣 18岁的他长得比较着急，大一新生报到，他收拾好自己的物品之后，在校园里闲逛，发现她背着大包小包吃力地往公寓走，他热心地走上前去："同学，我来帮你。"她愣了一下，还是把大包给了他。到达公寓后，他已是气喘吁吁，她十分感激"辛苦您了，您也是来送孩子的吗？"

@吃素的沙漠狼 这是王局长，脚步沉稳；这是牛副局长，脚步轻快……神了！目睹了王秘书辨脚步声识人的绝技，同事们啧啧称奇。这时，打字员推开门说，王秘书，有人找你。同事们还想见证奇迹，于是关上门，让王秘书再听。王秘书闭眼听了一阵，摇头说，不熟悉的人听不出，顺手打开了门。爹！王秘书失声叫道。

@茄纤的梦 慌慌张张去市里考试，赶到时，考场已封锁大门，只有一个看门的大爷还在。我扶着铁门哀求："大爷，求求您让我进去吧，我的表坏了！"大爷愣了足足一分钟才反应过来，咧着嘴笑道："姑娘，你是来考试的吧，明天才考呢！"

（大赛启事见本期P38）

将劣势踩在脚下

上世纪五十年代，他就读于印度某大学。与其他学生相比，他身材矮小，并不起眼。不过，班主任发现他非常聪明，便鼓励他参加学校的演讲比赛。

临近比赛前一天，他突然找到班主任，吞吞吐吐地说自己个头太矮了，即使站得笔直，脸也不能全部露出讲台，所以想放弃比赛。

老师看了看他，微笑着说："这很简单，你带个凳子上台，垫在脚下演讲不就行了吗？"他愣了一会儿，说："可是这样，大家都会嘲笑我的。"

老师拍了拍他的肩："你比的是演讲而不是身高，别人嘲笑又如何？因为在意小事而耽误了正事，这不是明智的选择。"

正式比赛时，他迎着大家诧异的眼光，站在垫高的讲台上，淋漓尽致地完成了演讲，并获得了第二名的好成绩。当他兴奋不已地准备和老师一起庆祝时，老师却严肃地说："刚才，你犯了个不小的错误。"他怔住了，老师接着说："你演讲完后怎么能把凳子留在台上？这样既给下一位选手添了麻烦，还让观众看出你是个不负责任的人。"

他窘红了脸，深有感悟地说："老师指导我带凳子上台，是提醒我不要被小事所扰；老师教导我要带凳子下来，则是提醒我不要事后留尾巴。"

他把这两条教训牢记于心，此后每次上台演讲都把凳子垫在脚下，然后把它带回座位。他就是印度的新总统慕克吉，身高仅1.52米。

（作者：张小平；推荐者：秦 湖）

绿茶的哲学

有一位北大学子对成功充满渴望，可在现实生活里却屡屡碰壁。他便给时任北大校长的蔡元培先生写了封信，希望能够得到些指点。蔡校长看完信后，便约了个时间和这个学生见面。

学生很激动地进了校长办公室。没等他开口，蔡校长就笑着招呼道："来，快坐下，我给你泡杯茶。"说完便起身，从抽屉中拿出茶叶，放进杯子里倒上开水，递到学生面前的桌子上，和蔼地说道，"这可是极品绿茶哦，你尝尝。"

学生受宠若惊地端起茶杯，只见茶叶稀疏地漂浮在水面上，水是惨白惨白的，毫无绿色可言，他喝了一口，跟白开水似的，没一点茶的味道。学生的眉头不禁一皱。蔡校长却不理学生的表情，而是随性地和学生谈了些不痛不痒的话题。学生的表情很不自然，好不容易等到蔡校长住了口，他站起来想告辞。

蔡校长摆了摆手，说："急什么，把茶喝完再走，这可是一杯极品的绿茶，浪费多可惜！"学生只好端起杯子继续喝，可这一喝，一股浓郁的味道使得满口生香！学生愣住了，诧异地看了看杯子：只见茶叶都沉到了杯底，杯中的水已是一汪青绿。

蔡校长笑了笑，满含深意地问道："你明白了吧？"

学生当即点头，欣喜地说："我明白了！您的意思是追求成功就要像这绿茶一样，不能心浮气躁、只停留在表面，凡事都要静下心来，认认真真、踏踏实实地沉淀下来才行！"

(作者：丹枫碧水；推荐者：邓长青)

一只陶罐

一个民工在建筑工地挖到一只陶罐，越看越觉得这是一件古董，就来到旧货市场。一个老板看过陶罐后愿出三万元买下。

三人听后，喜出望外，更觉得这是一件价值不菲的古董，不该急于出手。三人谎称回去再商量一下，捧着陶罐回了住地，将陶罐藏在床底下。

不知是谁走漏了消息，当天晚上有个小偷进了他们的住处，偷走了陶罐。小偷在翻找时惊动了三个民工，慌忙逃跑时被工地上的木料绊了一跤，陶罐掉在地上摔碎了。

三个民工将小偷扭送到派出所，要求赔偿三万元。警察说："你们先回去，等有了结果通知你们。"

几天后，警察把三个民工叫到派出所，对他们说："经专家将陶罐碎片整理修复后鉴定，这只是一件赝品，连旧货店老板都看走了眼。幸好这只陶罐不是文物，否则，你们将以私藏倒卖文物罪论处。"

三人听完，吓出一身冷汗。正所谓：君子爱财当取之有道，不义之财贪不得。 **(作者：张培智)**

(本栏插图：安玉民 梁 丽)

学写作文，从读故事开始

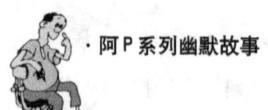

阿 **P** 捉蟋蟀

□ 何沛忠

阿P是食品厂的业务员，又是个蟋蟀迷，喜欢捉蟋蟀、斗蟋蟀。去年秋天，他捉到一只"虎头将军"，斗败许多对手，最后拿到花鸟市场又卖了一千多元钱，从此名声在外。阿P的朋友阿西闻讯上门，要求拜阿P为师。阿P顿时得意起来，马上答应了，并拍着胸脯许诺，到了秋天一定让徒弟开开眼界。

很快，秋天到了。俗话说：秋天到，蟋蟀叫。这蟋蟀一叫，阿P就觉得手脚发痒。但是，眼下正是生产月饼的大忙时节，厂里加班加点，哪有时间去捉蟋蟀呀！阿P正发愁呢，阿西来了，递上一张病假单，说："我姐是医生，我帮师傅开了张病假条，这样我们就可以去捉蟋蟀了。"阿P大喜过望，连说："知我者，徒弟也！"

一切准备妥当，阿P带着阿西来到东海边上，海塘边是抓蟋蟀的好地方。师傅带着徒弟耳听、眼看。不一会儿，阿P听到在蟋蟀的群鸣声中，传来一个特别洪亮的叫声，循声而去，发现叫声来自一棵枯树根的底部。阿西抬头望望师傅，阿P微微一笑，早已胸有成竹，他用手慢慢将上面的泥土扒净，终于瞧见蟋蟀躲在枯树根中间。手伸不进去，看得见摸不着，阿西又抬头望望师傅，意思是咋办？阿P再次微微一笑，从包里拿出一瓶矿泉水，打开盖，将水往里面灌进去。不一会儿，"噌"的一下，蟋蟀跳出来了，说时迟，那时快，阿P以迅雷不及掩耳之势，用网罩罩住蟋蟀，啊！原来是一只大个头蟋蟀，通体乌黑锃亮，一副雄赳赳的模样，阿P当场给它取名为"黑铁金刚"。

阿P一炮打响，得意洋洋，正准备好好向徒弟吹吹，却听到远处有人大喝一声："这里不、不准捉……捉蟋蟀!"

阿P他们定睛一看：过来一个大块头，后面屁颠屁颠跟着个小个子。

阿P心里有点发毛，可在徒弟面前不能丢了面子，便鼓足勇气说"我们在海塘边上捉，关你们什么事？"那个大块头是个"结巴"，说起话来有些吃力："不、不……不准……"小个子犹如大块头的跟班，马上替他说："这里的蟋蟀是我们养的，你们不能捉！"

阿P一听差点晕倒，好家伙，这理由编得也太霸道了，难道这大海是你们家的？阿P不服气地说："我还说钓鱼岛是我买下来的呢，我们已经捉了，还要继续捉呢，你们想怎么样？"

嚯！口气倒不小！小个子指着大块头，气势汹汹地说"你们知道吗？我大哥的老爸是镇上超市老板，要是不识相，别怪我们不客气！"说完，挥了挥拳头。

这时阿西憋不住了，说："想打人？那你就放马过来，我们单挑！"小个子说："谁怕谁呀！单挑就单挑，但丑话说在前头，你要是输了，马上滚蛋！"这时大块头出场了，他往小个子身前一站，叉开双脚举起拳头，摆出一副相扑运动员的架势，说："你、你……放……马过来！"

阿P见势不妙，心说：我们两个合在一起也打不过大块头，好汉不吃

眼前亏。他灵机一动，赶紧堆起笑脸说："为了捉蟋蟀何必大打出手？我倒有个解决的办法！"大块头问："啥、啥……办法？"

阿P一笑，说"看来你我都是蟋蟀爱好者，倒不如我们来斗蟋蟀，谁输谁滚蛋，咋样？"

大块头果真是个蟋蟀迷，一听斗蟋蟀顿时笑得两只眼睛眯成一条缝："好！斗……就……斗！"他吩咐小个子，挑选一只凶猛的蟋蟀，并摆出蟋蟀盘，来较量较量。

小个子将竹管笼里的"黄头"蟋蟀放进蟋蟀盘，阿P放进去的则是刚才捉到的"黑铁金刚"。只见大块头的"黄头"蟋蟀，率先展翅"瞿瞿瞿"地乱叫，以显示威风；"黑铁金刚"却瞧着对方闷声不响。小个子用蟋蟀草一引，两只蟋蟀像冤家碰着对头，奋起厮杀，相互咬住对方。打了三四个回合，"黑铁金刚"步步紧逼，拼命进攻，"黄头"体力不支，节节败退，最终败北。

大块头倒是说话算数，对小个子一挥手："我、我们走……"

大块头和小个子走了，阿P和阿西长长地吁了一口气。看看天色不早了，阿P说："先到小镇上去饱餐一顿，天黑再来捉蟋蟀，要知道，藏龙卧虎的蟋蟀晚上更多。"阿西对阿P崇拜得五体投地，一听这话连连点头："师傅，徒弟埋单，为师傅庆功！"

等阿P他们饱餐一顿后，天已完全黑下来了。阿P还想有更大的收获，就又带着阿西来到北村，继续捉蟋蟀。

他们捉得正起劲，只听得从村里传来嘈杂的人声，还有一闪一闪的手电光。突然有个人飞奔而来，他走近阿P说："你们捉蟋蟀哪！我也喜欢，我帮你们一起捉蟋蟀！"阿P正要说什么，就见后面奔过来一群人，他们用手电四下照着，突然有人大喊："小偷在这里，快来捉呀！"这时又有人附和道："还有两个，他们是一伙的，别让他们漏网了！"

显然村民们把阿P和阿西也当成小偷了。阿P头脑灵活，已经明白出了什么状况，忙说："我们不是小偷，是捉蟋蟀的！"怕没说清楚，又解释

道，"我是食品厂的业务员！"村民们哪肯罢休，说："谁管你业务圆业务方的，送派出所去！"

阿P和阿西拼命挣扎，说什么也不肯去派出所！就在这时，有个熟悉的声音响起："他、他们……不、不……是小偷……"阿P抬头一看，居然是大块头。大块头身边的小个子也出来证明："他们是捉蟋蟀的，我们还和他们斗过蟋蟀呢！"

这时，有人说："斗过蟋蟀就不是小偷了？你知道他们是什么身份吗？包庇坏人是要承担法律责任的！"话讲到这分上，大块头和小个子也傻了眼，无言以对，只得眼巴巴地看着村民们把阿P和阿西，连同那个小偷押走了。大块头和小个子又有些不放心，就跟着一起去派出所看个究竟。

到了派出所，民警对嫌疑人逐个审查，那个小偷有案底，先把他关了起来，接着问到阿P。阿P着急地说"我是食品厂的业务员，不信可以打电话去问我们老板！"

民警一个电话打过去，问老板："阿P是你们厂的业务吗？"老板听明白是怎么回事，气得心里直骂：这个阿P简直无法无天，竟敢装病请假去捉蟋蟀。于是，他在电话里对民警说："我们厂里没有阿P这个人！"

民警挂断电话，厉声对阿P说："你这个人不老实，先到隔壁想想，再不交代，你准备坐牢吧！"

阿P被关在隔壁，他突然发现窗外有两个人，一看，是大块头和小个子。阿P把他们当成了救命稻草，要求他们去和民警说说情。

大块头为难地说："我、我知道你、你不是小偷，可不、不知道你的底细，像、像张飞扔鸡毛——使、使不上力呀。"

阿P连忙说："我是生产名牌月饼的食品厂的业务员，因为装病请假来捉蟋蟀，所以老板存心要我好看，故意不认我……"

大块头一听到"名牌月饼"来劲了，他老爸的超市正想进一批名牌月饼呢，便对阿P说："你、你要是能为我进一批便、便宜的名牌月饼，我、我就让我老爸保、保你出去！"

阿P听到这里大喜，拍着胸脯打包票："月饼的事没问题，你把联系方式告诉我，我一定给你最低的折扣！"大块头点点头，便和小个子走了。

阿P在心里一遍遍地骂老板，你这个无情无义的东西，见死不救，落井下石，你是周扒皮的兄弟，黄世仁的祖宗……就在这时，只听门外响起"嘀嘀"的汽车喇叭声，接着有人进来找民警。阿P定睛一看不是别人，正是老板！阿P开心得破涕为笑，大叫道："老板！我错了！"接着又喊，"警察同志快来呀！"

老板一到，向民警说明情况，问题迎刃而解，阿P和阿西被放了出来。

老板虎着脸，一边开车一边数落阿P："要不是我看你平时表现还可以，我才不来保你呢！"阿P笑嘻嘻地说："老板，我要向您报喜了！"

老板嗡声嗡气地说："还报喜呢！你昏头了吧？"

"真的！真的！"阿P说着取出两个竹管笼，往老板口袋里一塞，说，"这是顶级蟋蟀，其中一只是经过考验的黑铁金刚，另一只是南霸天！"

老板听到阿P给他蟋蟀，心里的气顿时消了一半，但还是说"你以为凭两只蟋蟀，就能塞住我的嘴啊？"

"不不不！"阿P说，"我手捉蟋蟀，心向业务，我揽到了一笔月饼生意。明天只要我打个电话，对方就会带着钱来签合同！"老板一听，气全消了。再看阿P，全然忘了刚刚还关在派出所，一个劲地吹着口哨呢。

（题图、插图：顾子易）

您手中有没有得意之作？本刊辟有二十多个原创性栏目，如新传说、我的故事、情感故事、16岁故事、海外故事和中篇故事等；您读到或听到什么有趣事可以和大家一起分享吗？3分钟典藏故事、微博故事、外国文学故事鉴赏和谈段子等都是本刊推荐性栏目。热忱欢迎来稿，可从邮局寄发，也可从网上传递。邮寄地址：上海绍兴路74号《故事会》杂志社，邮编：200020。本期责任编辑信箱：zhong98305@sina.com。

今天你『亲』了没

□竹韵

林娜是个二十岁出头的漂亮姑娘，一直想自己创业，最后决定开个网店，卖毛绒玩具。

网店开张后，林娜每天从早到晚都守在电脑前，可一个月过去了，愣是一个顾客都没有！这天，终于有顾客上来搭讪了，林娜激动得打字都有点不利索了，赶紧问："亲，欢迎光临，需要点什么？"对方说想买一款抱熊，让林娜包邮。

林娜想都没想就同意了，可等快递员来了之后，林娜傻了眼，快递费比抱熊还贵！

林娜赶紧和买家沟通："亲，我没想到运费这么贵，您能不能再添点运费？"买家不干了："我买的时候说好包邮的！付完钱了你想赖账？就这个价，你若不发货，我就去投诉你！"

林娜想了想，算了，谁让自己没经验，没想到运费的问题呢？也算吃一堑长一智，就当交学费吧。

接下来的日子，还是少有顾客光临，看着满屋子的毛绒玩具，林娜觉得这样下去，也不是办法，她心一横，干脆出去摆地摊！

摆摊的时候，林娜认识了一个卖内衣的小姑娘。两个人一聊天，巧了，原来那个小姑娘也是开网店的，她叫李影，是个公司的小白领。

林娜诧异地问："你有工作还开网店干吗？"

李影苦笑着说："我本来想业余时间开网店挣点零花钱，没想到，这网店比我工作还占时间呢，天天晚上熬到大半夜，第二天上班就迟到。再这样下去，钱没挣着，工作可就丢了。所以，我干脆关了网店，把剩下这些货处理掉，就省心了。"

两个姑娘聊着聊着，就成了好朋友，经常一起摆摊。可没多久，李影出摊的次数越来越少。她和林娜商量："要不，我把这些内衣便宜处理给你得了。反正你的网店还要继续开。"林娜其实也想改卖内衣，就同意了。

李影象征性地收了林娜一点钱，就把剩下的内衣全部给了林娜。她拍拍林娜的肩，说："好好干！哪天我去你店里光顾啊！"林娜笑着说："好啊，亲，欢迎光临！"

林娜回家后，把那些漂亮的内衣拍了照片，挂到自己的网店里。没几天，就有顾客光临了，林娜热情地打招呼："亲，你好！"

对方笑得比她还热情："不用亲啦，我是李影！来买几件内衣。"

林娜有些不好意思："这不太好吧？"李影说："有啥不好？你帮我收了尾货，我还得感谢你呢。"就这样，林娜终于成交了一单生意。

接下来又是漫长的等待，看着自己小店惨淡的成交量，林娜开始反思自己的开店模式，她在网上寻找各种和网店相关的知识，认真学习。工夫不负有心人，在她的努力下，小店的生意渐渐有所好转。

这天，林娜打算搞一次秒杀活动，以一元包邮的价格，秒杀一款内衣，这其实是赔本赚吆喝，扩大小店的知名度。

林娜将一款内衣设定好了秒杀，点下确定后，就等着秒杀开始。果然，就像她设想的那样，客流量很快就上来了，林娜应接不暇。她看在眼里，喜在心上。但很快她就发现不对劲了，自己只准备秒杀三十件内衣，可成交量到达三十后还在不断攀升！这时她才想起来，刚才自己设定秒杀时太激动了，竟然忘了设定秒杀产品的数量！不过，说来也怪，以她小店的知名度，搞一个店内秒杀，不应该在这么短的时间内来这么多人啊，简直让她措手不及！

看着最后的成交量，林娜欲哭无泪，已经秒出去近两百件了！三十件已经是亏本生意，现在翻了五倍多，别说成本，光是运费就是一笔不小的

支出啊。她的第一个念头就是毁约，跟买家解释一下，前三十个买家她可以按秒杀价包邮，后面的一律不算数。

可如果这样，自己辛辛苦苦撑了这么久的小店，信誉就算完了，若没了信誉，以后谁还会来光顾呢？可若是照单履约，那得亏多少钱啊？

林娜纠结了很久，最后一咬牙：发货！谁让自己操作失误呢？若没了诚信，自己的小店就更没法做下去了。

接下来的几天，林娜一直忙着打包商品发货，累得精疲力竭。她算了一下，这次的失误，把她一年多的利润全亏光了。接下来的几个月，她连生活费都成问题。

就在这时，她接到了李影的电话："最近赚了不少吧？该请我吃饭了！"林娜叹了口气，把这几天发生的事跟李影说了，最后有点不好意思地问："你能先借我点钱吗？我最近连付运费的钱都快没有了。"李影惊讶地"哦"了一声，半天都没说话。

第二天，林娜刚一上线，就看到很多买家的询问，她以为又是催她发货的，不料，打开细看，竟然是买家们贴心的问候"店家，秒杀亏了啊？下次一定经常照顾你店里生意！""掌柜的，够信誉！挺你！"……

林娜一时间有点摸不着头脑，这是怎么回事呢？这时，她看到李影的留言："亲，看你搞秒杀活动，我特意找了朋友们支持你，没想到帮了倒忙！我把事情的经过发到论坛了，相信买家们都能理解你的！"

林娜急忙打开论坛。果然，李影的帖子被顶在最上边，她真实记录了林娜从刚开店一直到现在的种种努力，帖子最后写道"店主因为忘记设定数量，导致被秒杀了全部的库存。但她竟然有勇气承担，宁可跟朋友借钱付运费，也要保证小店的信誉……"帖子下面，是很多买家的留言："我秒到了一套，这样的店主值得信赖！""东西已经收到，质量很好！支持你！""货真价实！以后买内衣就在你家了！"……

看着这些留言，林娜伏在桌上，无声地哭了。开了这么久的店，经历过没人光顾的煎熬，经历过变态的纠缠，经历过买家的无理取闹，她都没哭过。现在，面对这一句句肯定与温暖的话，林娜再也忍不住了。

她一一回复着买家们的询问："谢谢亲的支持！以后我会更努力！"最后，她给李影留言："亲，谢谢你的帮助，虽然我亏了利润，却拥有了你的友谊和买家的信任！"

林娜的小店终于又红火起来，许多买家是看了她的故事后一路寻来的。虽然隔着电脑，看不到对方，但林娜每天仍旧面带微笑，热情地询问着："亲，欢迎光临，需要帮忙吗？"

（题图、插图：张恩卫）

三和贡茶

□ 王静者

国国初年，在临唐州有一家"三和茶庄"，老板姓周。这天，周老板正呆呆地看着门口的洋槐树，那上面有个鸟巢，两只小鸟在枝头间跳跃、鸣叫着，突然他听到一个细声细气的声音："周老板，还认得我吗？"

周老板转过头一看，只见一个太监带着两个士兵走过来，他猛地一激灵，脱口叫道："高公公？"

高公公嘿嘿奸笑了两声，一挥手让两个士兵守住门口，然后走进茶庄一屁股坐下，说："废话少说，还有没有三和贡茶？赶紧交出来。"

周老板坐到高公公对面，说"公公曾是慈禧身边的人，应该知道三和贡茶每年只能制出三两。我已很久没制了，怎么又有人想喝了？"

高公公得意地笑了："如今大总统袁世凯准备重新当皇上了，所以让我来找你，带些三和贡茶回去。"

周老板叹了口气，说："有。不过，在交给你之前，我想跟你说说，三和贡茶是如何制成的。这关系到我老婆……"

"好，你说吧。"高公公突然变得心虚起来，说，"不过，你老婆是自杀的，跟我可没有一点关系。"

周老板没有接话，他站起身拿起紫砂壶，泡上一壶茶水后，说："这三和贡茶，是经过天击、阴合、人间造化这三道工序合成的。我先给你说说天击……"

天　击

多年前的一个清明时节，周老板进山采摘茶叶。他爬到一个崖谷，发

现在在崖壁上长着一棵茶树，而在茶树的两侧，居然还有两株灵芝。

周老板激动得眼珠子几乎都要蹦出来。可如何采摘呢？这崖壁陡峭光滑，就是猴子也没法上去，周老板愁坏了。正在此时，天色暗了下来，突然一声惊雷响起，紧接着一阵奇怪的响声从头顶传来。周老板抬头看去，居然是那棵茶树滚落下来，毫无疑问是刚才的打雷击中了茶树。再抬头一看，周老板不由得叹了口气——那两株灵芝还在上面。

周老板有点不满足，他边采茶叶边想：老天爷你为啥不把灵芝也给我

劈下来？

几天后，周老板回到了家，把这批茶叶制作完成后，就觉得有点不对劲。这批茶叶的颜色，怎么都透着点红色？周老板慌忙沏了一杯，品了品，有股甜味，怪怪的，但很好喝。莫非是因为被雷劈过？还是因为茶树旁有两株灵芝？无论怎样，周老板都很高兴，以他多年的经验来看，这批茶叶可谓极品，能卖大价钱。

但周老板高兴得太早了，自从喝了那杯茶后，连着三天，他精神奇好，根本睡不着觉，直到第四天才恢复正常。周老板吓坏了，莫非是那杯茶闹的？他让老婆也喝了杯，结果老婆也精神得三天没睡觉。

这下周老板彻底明白了：灵芝是大补之品，生长在茶树旁边，茶树吸收了灵芝的灵气，再加上至刚至阳的天雷灼劈，已变成大补之品了。

听到这儿，高公公追问道"那为什么老佛爷喝了却没事？"周老板说："三和三和，要经过三道工序，这才是第一道工序：天击。下面该说第二道工序：阴合……"说到这儿，周老板突然变得悲伤起来。

阴 合

自从发现茶叶有奇效后，周老板便将这批茶叶封存起来，只在外面留了一小罐。

这天，周老板出门后回到家，一

眼就看到那一小罐茶叶被打开了。周老板大惊，自己临走前告诉过老婆不许动的，于是慌忙去问。老婆想了想，说可能是女儿动了。女儿今年刚十六岁，还未婚配，是周老板最心爱的独生女。

周老板连忙赶到女儿的闺房，问："丫头，你有没有动过爹房间里的那罐茶叶？"

女儿点头说："爹，那是什么茶？娘不让动，我就偷偷拿了点……"

"真是该打！"周老板黑着脸说，"你喝了没有？"

女儿摇了摇头说："还没呢。"说着，从床头拿出一个纸包。周老板接过纸包，便回了屋。打开纸包一看：怪了，茶叶上本来有点点暗红，怎么不见了？闻了闻，居然没有任何味儿了。周老板大惊，就沏了一杯品了品，天哪，非常好喝！周老板忍不住一口气喝完了。

当晚，周老板没有任何异常，睡得很香。周老板疑惑万分，那包茶叶经女儿之身后，居然暗红消退，自己喝后也没有任何异常。莫非茶叶经过灵芝滋养、天雷灼劈后，吸收了天地至阳之气，只有女儿的阴柔之身才能化合？

想到这儿，周老板慌忙取出那批茶叶，让老婆封了个大布袋，然后铺在女儿闺房的床上。

第二天天刚亮，周老板就让老婆去女儿的闺房拿茶叶，自己则在院内等着。哪料，等来的却是老婆的一声尖叫。周老板急忙冲到女儿的闺房内，只见女儿直挺挺地躺在床上，脸上、身上布满了红色斑点，已经气绝身亡了。

周老板抱住女儿，连声呼叫，突然一口血就喷了出来，那口血不偏不倚，正喷在女儿的床上，顿时一股茶香飘出，瞬间充满了整个房间。

"难道你闺女是这么死的？"听到这里，高公公忍不住打断道，"可为什么死呢？太诡异了。还有那茶香，见血就飘出来？"

周老板悲戚万分："是我害死了女儿啊。为化合茶叶里的天地至阳之气，却忽略了我女儿的阴柔之身能否承受得住。"说完，两行热泪流了出来，好久才说，"茶香不是因为见血后才飘出来，只要见水，就能挥发出来。"

"为什么？"高公公追问道。

"唉！"周老板长叹一声说，"阴阳之气虽然化合了，却犹如干将、莫邪宝剑，刚刚锻造而成，需要时间冷却、收藏，所以这第三道工序就是：人间造化。"

人间造化

葬了女儿后，周老板一下苍老了许多。虽然他不敢告诉老婆，女儿是怎么死的，但经过这么多怪事，老婆已经感觉到，这批茶叶是不祥之物。

这天，老婆趁周老板不在家，将这批茶叶拿到了山后。总共有三坛，老婆连着倒了两坛，想倒最后一坛时，却停住了。毕竟，这批茶叶凝聚着她丈夫的心血，还有女儿的性命。老婆长叹一声，重新封上口，把这最后一坛埋在了树下。

没过多久，周老板就发现这批茶叶不见了，他几次追问老婆，老婆一口咬定扔了，如此一晃就过了五年。

这天，周老板和几位茶农来到县城，为慈禧太后制作茶叶当寿礼。忙碌好些天后，茶叶终于制成了。县令品尝后，非常满意，当晚便设宴犒劳大家。几杯酒下肚后，周老板有点喝醉了，对身边的人吹嘘道："我当年制作的茶叶，那才叫极品，人间难寻。"说到这儿，猛然想起了自己的女儿，

顿时哭了起来，"为了制茶，我那女儿啊……"

周老板这么一闹，惊动了县令。县令询问他所说的"人间难寻的极品茶"在哪儿。周老板说自己喝多了，胡说八道呢。县令哪里肯信，他表面上让手下好好招待周老板，背地里却让捕头去周老板家探口风。

捕头一进周老板的家，就凶神恶煞地吓唬他老婆："如今，你男人犯了欺君之罪，那是要诛九族的。不过，只要你交出极品茶叶，就没事了。"

老婆临危不乱，坚持说道"只要把我男人放回来，我就给你。不然，你就是杀了我，我也不给！"

捕头连忙赶回县衙，如实禀告。第二天，县令就带着周老板来了。老婆拿出一个小瓷罐交给县令说，这就是极品茶叶。

县令问："怎么这么少？"

周老板连忙说："为制这些茶叶，连我女儿也……"说到这儿，又哭了。县令转了转眼珠，好言安抚了几句走了。

三个月后，县令满面笑容地又来了，身后跟着一位太监。原来，慈禧喝了临唐州送来的茶叶后，连声叫好，当场就下懿旨：以后就喝这茶了。可当她知道只送来一小罐后，很失望，便宣周老板夫妻进宫，想问问怎么回事，能不能多制点。

"后来的事我都知道了！"高公公接话道，"当年就是我去临唐州传的旨，领着你们夫妻俩入宫的。现在我才搞明白，为啥你每年只进贡三两。"

周老板哈哈大笑道："当然，那坛茶叶在树下埋了五年。老婆挖出来开封时，茶香满山。她料到这茶若贡奉上去，必会要求年年进贡，所以才留了这么一手。"

毒茶飘香

听到这里，高公公两眼放光，急切地说："这么说，一定还有存货？"

周老板拿起茶壶，倒了一杯茶，盯着高公公说："你着什么急？我还有一句话想问问你。我老婆是怎么死的？"高公公转了转眼珠，说："你什么意思？"

周老板怒视着高公公，说："还给我装糊涂？当年你为了逼我多制茶叶，让慈禧把我老婆留在宫中。老婆为了救我，不肯说出三和贡茶的秘密，被你活活折磨而死。实话告诉你，我早已用三和贡茶，买通了太医，得知了真相。"

高公公脸上的肉突然跳了几下，他阴森森地说："当年我就料到你们夫妻俩玩猫腻，只可惜没查出来。如今你知道了又能怎样？还不是在我掌心里。老老实实告诉我剩余的三和贡茶在哪儿，不然我让你生不如死！"

周老板仰天大笑道："功名利禄！荣华富贵！当年我采摘茶叶时，眼里只有那两株灵芝，而不是茶叶；我用女儿的处女之身，化合茶叶里的至阳之气时，满脑子只想着如何制成极品茶叶，换来金银满屋；在县令府酒后的那些话，也是因为我想着若是献出茶叶，便能换来荣华富贵，所以故意装醉，引来县令注意。直到老婆被你害死了，我才明白过来，但一切都已太晚了……"说到这儿，他端起桌上的茶水一饮而尽。

高公公仿佛意识到了什么，一下子站了起来，吼道："你喝的是什么？"

周老板笑着说："当然是三和贡茶了，你不是一直想献给袁世凯换来荣华富贵吗？那就成全你吧。还有最后的半斤，在门外槐树上的鸟巢中……"说到这儿，他嘴角溢出了鲜血，随后一头栽倒在地，七窍流血而亡。

高公公吓得连退几步，脸色惨白，好久才缓过神来。他走出门让士兵上树掏鸟巢，果然，鸟巢内有个油包。高公公打开后，顿时一股醉人的茶香直钻高公公的鼻孔，他贪婪地闻着，浑身有股说不出的舒服感……

没过几天，高公公就疯了，据说是因为闻了周老板泡制的毒茶香气……

（题图、插图：谢　颖）

售楼小姐

□李朝霞

房市熬到2012年，犹如老牛爬山，气喘吁吁。"江南美镇"售楼处的售楼小姐们眼巴巴地望着大门口，等待着从天而降的财神爷。最近，公司颁布了一条新规定：凡是完不成基本销售任务的员工，工资扣发20%。

几个售楼小姐里，最着急的就是丁晓菲。其他同事大多家境优越、衣食无忧，而丁晓菲是外地人，吃穿住行全靠自己的工资收入，再加上刚谈了个男朋友，花费增加不少。如果工资再扣20%，等于砍掉一个月的房租钱，可不是件小事。

丁晓菲算了一下，这个月自己的销售还差一套，她挨个儿给自己的"蓄水客户"打电话，结果连一个有购房意向的都没有。

这时，有人碰碰她："来客了。"

按接待程序，轮到丁晓菲，她抬起头，透过玻璃门看到一对老年人。这对老年人衣着普通，脸上明显有局促不安的表情。丁晓菲在心里说了声"倒霉"，硬挤出一个职业的笑容迎上去。

一番了解下来，丁晓菲竟发现自己判断失误。人不可貌相，老两口真心要买房。她脸上的笑容更甜了，小嘴一口一声"阿姨、叔叔"地喊着。

这老两口是给儿子看婚房的，东拼西凑了一笔钱，准备买套三居室。丁晓菲极力向老两口推荐19号房，朝阳，三居室，视线好，绿化也好。

丁晓菲带着老两口看完现场，明显感到他们心动了，又火上再添一把干柴："叔叔、阿姨，说实话，这套房子有几家人都很满意，但人在外地这几天回不来，叫我暂时留着。你们也知道公司的规矩，在没签合同之前，这套房子谁都可以买，其他销售人员都可以销售。叔叔阿姨要是真心喜欢，我建议你们动作要快，毕竟这么好的房源很少。现在多层的房子几乎没有了，又在一楼，以后你们年纪大了住着也方便。"

两位老人不住地点头，并说回家商量再说。晚上，老人打通了丁晓菲的手机，问了一通买房办手续的问题。这下，丁晓菲是十拿九稳了。

不出所料，第二天一早，老两口就来交了两万元定金。不到一周，所有手续办妥。

闻听丁晓菲将19号房卖出去了，销售经理很惊讶，找到丁晓菲，问她有没有把情况给客户说清楚。丁晓菲握着拳头发誓，自己是按照公司规定处理的。

原来，19号房下面正对地下室发电机房，白天还好，一到晚上夜深人静，每隔半小时发电机房的机器就会发出"哐哐哐"的声音，在房间里听得一清二楚。更要命的是，如果小区停电，发电机发起电来，从出风口冒出来的黑烟，会从厨卫窗口直接灌进房内。上一个客户就是后来知道了这些情况，和开发商大闹了两三个月，把房子退了。

公司怕再惹麻烦上身，除了对这套房子的总价下调三个点外，更要求销售人员要客观地介绍这套房子，既不能夸大，也不要隐瞒。另外对这套房子追加了一千元的销售奖金。

丁晓菲的如意算盘是这样打的：这套房子要明年六月份才完工，老两口拿到房子，装修完了，再住上一段时间，发现这些问题，起码要一年半的时间。那时，她早就不晓得跳槽到哪个楼盘去了。

过了几天，男友打来电话："菲菲，我今天要给你个惊喜，你快出来，我就在门口。"

丁晓菲快步走出售楼处，看见男友抱着一束火红的玫瑰，深情地对她说："菲菲，我们认识时间虽然不长，但我认定你就是我想要的女孩。我想照顾你一辈子。"丁晓菲接过花，感动得说不出话来。

男友又说："我爸妈知道我有了女朋友，催着叫我早点结婚。他们还买了一套房子给我当婚房。他们今天来看房子，顺道来看看未来的儿媳妇，我们一起过去吧。"

丁晓菲笑着用手点点男友的额头，说："我还在上班呢。"

男友拉着她的手就往前走："巧得很，他们买的就是江南美镇。要是早点告诉我，我就叫他们来找你了。"说话间，两人走到了19号房。

丁晓菲一眼看见，前几天买房的老两口站在一单元门前。男友抬手一指，说："看，这是我爸妈。"

丁晓菲像被人打断了腿一样，一步也不能往前了。

（题图：佐　夫）

遭遇抢劫后的烦恼

□ 王常青

公司年末发了两万元奖金，王强决定给妻子小云买一件貂皮大衣，给她一个惊喜。

下了班，王强来到商场，花一万六千元钱买了一件貂皮大衣。从商场出来，天已黑了，西北风呼呼刮着，王强感到冻得够呛，就把那件新买的貂皮大衣披在身上。

王强拐过一条弄堂，突然从侧面冒出个人来，低声吼道："识相的，不要叫，我手里的这把刀可不是吃素的！"说着，一把夺过貂皮大衣。

看着眼前这人一脸的凶恶样，王强吓得浑身瑟瑟发抖。

那人估计是从商场跟过来的，知道这件大衣的价值。他立刻脱下身上的破军大衣，扔给王强，说："今天碰到我，算你幸运，穿上回家吧。"说着，就把貂皮大衣给穿上了。

此刻，王强心里是一百个不愿意，可看着那人手里明晃晃的刀，他也不敢再说什么。

王强一溜小跑回到家中，妻子小云一看到丈夫这身打扮，吃了一惊，问："你这是怎么了？怎么穿了这样一件破大衣？"王强大口大口地喘气，好半天才说："我遭抢劫了。"王强把刚才的事说了一遍，小云又气又恨，催着王强快去报案，毕竟一万六啊。

两人正在说话，王强无意中把手伸进军大衣兜里，碰到一个硬东西，拿出来一看，竟是一条白金项链，再把手伸进军大衣兜里，又掏出几个金戒指。最后他们检查了一下"战利品"，一共有五条项链，四个戒指。

天上真的会掉馅饼？王强夫妻俩

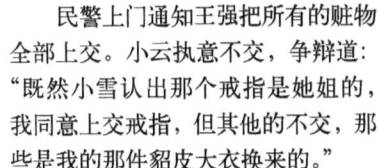

大眼瞪小眼。最后还是王强先反应过来，分析说："那歹徒一定是忘记兜里这些抢来的东西了。"小云想想有道理，那歹徒一时盯住了貂皮大衣，把自己抢的东西忘了。再看看这些金器，加起来不会少于两万块钱，这样一算，不是因祸得福了吗？

小云把一条项链戴在脖子上，又把一个戒指戴在手上，对着镜子左照右照，一脸的高兴。王强在一旁提醒道："老婆，这东西要不要上交啊？"

小云瞪了丈夫一眼，说："交什么交？这是用貂皮大衣换的。"

就这样，小云经常戴着这些戒指项链上班，引来同事们羡慕的眼光。

这天，小云发现同事小雪一直盯着自己，就问："小雪，怎么啦？"

小雪说："云姐，你这戒指真漂亮，让我试试好吗？"

小云也没在意，摘下戒指递给小雪。小雪拿起戒指看着看着，突然说"云姐，这戒指是我姐的！"

小云一惊，说道"这是我买的。"小雪开始翻脸了，说"这戒指上刻着名字。前几天我姐的戒指被人抢走了，你老公不会就是那强盗吧？"

小雪的一席话，全办公室的人都听到了，小云羞得脸都红了，但她还是死皮赖脸地说戒指是自己买的。

后来小雪的姐姐把这件事报了案。派出所民警来王强家了解情况，王强只好把真实情况说了。民警又经过多方了解求证，才把这事落实了。

民警上门通知王强把所有的赃物全部上交。小云执意不交，争辩道："既然小雪认出那个戒指是她姐的，我同意上交戒指，但其他的不交，那些是我的那件貂皮大衣换来的。"

民警耐心地向她解释："王强虽然没抢劫，但这些戒指项链是非法所得物，必须全部上交。如果你拒不上交，按现在的数额，这就意味着犯罪，下一步你们可能面临起诉。"

王强委屈地说："我遭了劫，受了损失，这理应作为对我的补偿。"

民警说"这是两码事，你被抢了东西，可以报案，但这些东西必须得上交！"

律师点评：

这个故事涉及的法律问题是：非法侵占。根据法律规定，以非法占有为目的，将他人交给自己保管的财物、遗忘物或者埋藏物非法占为己有，数额较大，拒不交还的行为，构成上述犯罪。尽管故事中的王强被抢，但由于抢劫者交给他大衣时忘了取出盗窃物，比较符合遗忘物性质，且这遗忘物已经明确是盗窃的赃物，所以，王强就不能以自己受不法侵害为由而去侵害他人，如果他拒不归还失主，即构成非法侵占罪。

（题图：谭海彦）

有这么一家奇特的美容院，专门收集美女的泪水，古往今来，记录着一个个绝色佳人曲折离奇、命运多舛的故事……

□ 翟德军

美人泪

在古城最繁华的中山路上，有一家特别的美容院，招牌上写着"绝色佳人"四个鲜红的大字。一旁还竖块大牌子，上面画着一个特大号的美人头，她那双美丽的大眼睛盯着马路上来来往往的男人。

绝色佳人的老板叫许婷婷，虽已年近六十，可她那面容看上去像三十多岁。那些女人们到这儿来，主要是冲着她的这张脸。她们是羡慕加忌妒，都想套套她的美容秘方，可许婷婷却一直守口如瓶。

这天，许婷婷正在摆弄一些瓶瓶罐罐，忽然，从外面进来一个年轻的女人。许婷婷抬头打量，只见来人体态轻盈，走路袅袅婷婷，充满神韵。许婷婷心想，有如此气质的女人，面容多半也不会差的。等到女人摘去脸上的围巾口罩，许婷婷顿觉眼前一亮，只见她五官精致，面目清秀，身材凹凸有致，恰到好处。许婷婷阅女无数，此刻也只有感叹造物主鬼斧神工的份儿。

面对这样的美女，许婷婷兴奋地迎上前去问道："这位女士，有什么需要我帮忙吗？"

女人淡淡地说："我想做个整容手术。"

许婷婷又看了看对方的脸，说：

"请到里面说话吧。"

进了里屋，许婷婷让女人坐到一张方桌前，然后给她倒了一杯苹果醋，微笑着说："对我们做美容的来说，越是漂亮的美女，我们就越感到无能为力，弄不好，还可能适得其反。对不起，在你的美丽面前，我只能说，我束手无策。"

女人苦笑道"其实，我来是想把脸做得丑一点。"

许婷婷皱起眉头说："这世上每个人都是爱美的，你的美貌是多少人求之不得的。我不能这么做。"女人听后，无语地长叹一声。

许婷婷又问："同样是女人，我知道你一定有难言之隐，一定是被逼无奈，能把你的故事说给我听吗？"女人听了，眼泪不由自主地流了下来。

这女人名叫小春。

1.小春无奈

小春生在乡下，父母都是贫苦农民。小春小时候就既漂亮，又聪明。十八岁那年，小春考上了城里的大学，学的是舞蹈专业。

然而学艺术的女孩子，表面风光，毕业后工作却不好找。小春独自闯荡，几经周折，才参加了一个剧组的招聘会，并且通过了面试。

可是，一天晚上，导演打电话到小春的房间，让她过去说戏。小春在学校里就听说，有些导演夜里说戏，实际上可能就是"戏说"。小春是个洁身自好的女孩，她说："导演，今晚我不想听您说戏了，因为我知道，遇到您这样的导演，我已经没戏了。"

小春退出剧组后，又到处寻找工作，终于加入了一个叫"舞动年华"的歌厅，当了歌手。小春嗓音好，人漂亮，歌厅一下子就红火起来。小春渐渐成了那家歌厅的品牌，好多人就是冲着她的美丽去消费的，而小春始终洁身自好，冷若冰霜，越是如此，那些人就越是迷恋小春。

一天中午，歌厅门口来了一个算命先生，老板娘闲着无聊，就让算命的进来，给自己算算命，开心开心。算命的嘴巴像抹了蜜，把老板娘哄得脸上乐开了花。老板娘就多赏了他几个钱。算命的一开心，就大嘴一咧说："那我就再搭送几条'命'吧。"

于是，老板娘就把店里几个服务员找来，让算命的一个一个算，等算到小春时，算命的沉思良久，才说："这孩子命好，是当老板娘的命。"

老板娘听了算命的话，脸色就不像原来那样好看了。第二天，老板娘就把小春辞了。

小春离开歌厅，又开始到处找工作。这天，小春刚走出住所，就看到街边围了一大群人，几个凶神恶煞的男人在群殴一个讨钱的小伙子，口口声声骂这个男孩是骗子。男孩的腿被打伤了。男孩说他是一个大学生，毕业后工作无门，生活无着，走投无路才在街头跪讨。

同样的命运，让小春毫不犹豫地把男孩背进了她租住的小屋。小春替男孩包扎好伤口，精心照看。男孩感激小春，想和她做个朋友，小春同意了。男孩走的时候，让小春等着，说他一定会让小春过上好日子的。

几个月后，男孩回来了。他说，他回去后不久就接连做成几笔生意，终于有钱过来接小春了，两个相爱的年轻人最终走到了一起。

小春终于盼来了幸福生活，丈夫

事业小有成就，她真的成了老板娘。可正当她陶醉在美好生活中时，意想不到的事情发生了。一天，丈夫失魂落魄地回到家，说做生意让人骗了，公司破产抵债转手了。

从此，他们的生活一落千丈，丈夫靠给别人打工糊口，小春只得出去到处唱歌挣钱。因为小春的美貌，经常有男人上前和她搭讪，引诱小春。小春虽不为所动，但骚扰总是如影随形，因此她想让自己变得丑一点。

许婷婷听了小春的讲述，想了想说："我也是女人，我想你刚才说的，不可能是你心甘情愿抛弃美貌的真正理由，你有一万个这样的理由，也不会让自己变丑，你一定还另有苦衷。"

小春点了点头，沉默了好一阵子，才说："您猜对了，我下决心做这个手术，不光是因为那些男人的纠缠，而是我无意中得知一个真相。"

原来，那些纠缠小春的男人，都是她丈夫派来的，她丈夫家在外地，有很大的产业，他是装成破产，表演给小春看的。小春还知道，她在歌厅时，她丈夫看上了她，就派人装成算命的把她弄走，然后又演苦肉计，试她的心，把小春骗入了怀抱。他看中小春的漂亮容貌，但他却不相信小春纯洁真诚的心。

得知这一切后，小春想了好久，决定跟丈夫摊牌。那天晚上，小春道出了她知道的一切，可她丈夫一点也没感到吃惊，还振振有词地说"我是没破产，但那个公司是我和一个朋友合开的，我们打了一个赌，他说如果我一无所有之后，美丽的你迟早会离开我。我不相信，我就把公司转到他的名下，我相信我们会赢的。"

小春听了说："你已经上当了，这是一个没有期限的赌，如果你有信心，稳操胜券，还用打赌吗？"可是丈夫仍然执迷不悟，不管小春怎么说，丈夫就是不相信她。

一气之下，小春决定牺牲自己的容貌，成全丈夫的信心，找回他们来之不易的幸福。

小春说着，又流下了眼泪。许婷婷让小春先别擦拭泪水，她拿过一个小玻璃器皿，来到小春的面前，小心地将泪水收入瓶中，然后说："我除了爱美之外，还喜欢收集绝色佳人的泪水，这世上，女人生来就有一汪泪水要流。唉，真是痴情女子负心汉哟！在你决定破相之前，我想跟你谈谈。"

许婷婷转身进入卧房，从里面拿出几个小瓶整齐地摆在桌上，然后一笑说："男人凑在一起喝酒，女人聚在一堆流泪。绝色女人的泪水，滋味自然不同，今天我就让你尝尝不同滋味的泪水。"

许婷婷挑出一个小瓶，打开封口，里面有几滴水，她用吸管从里面吸出一滴，让小春张开嘴，滴入她嘴里，小春皱起眉头说："太苦了！"

许婷婷神秘地笑了笑，说："这不是一般的泪水，而是三百年前的泪水，绝色佳人这个店已经在这个世上存在了三百多年，这泪水就是三百年前收集的一个绝色美女的清泪。"接着，许婷婷给小春讲了这泪水的来历。

2. 梅香痴迷

三百年前，在浙江奉化的一个小村子里，有个叫梅香的绝色美女。梅香的父亲是个穷读书人，家里穷得经常吃不饱穿不暖。但造物主总有偏祖，梅香出落得如同出水芙蓉，人见人爱。梅香十六岁那年，父亲考取秀才做了小官，家境才逐渐好起来。

这一年，正赶上皇上大婚选妃，梅香貌美出众，从乡里一路选入宫中，就等太后最后甄选。

就在太后甄选的前一天，朝中有个大臣将梅香秘密请到府上，对梅香说："候选的妃子，我们都看过了，你是最漂亮的，我想这次选妃非你莫属，将来说不定能成为皇后。"几句话将梅香说得心花怒放。大臣接着说："但要过太后这一关，如果没有我的帮助，你是万万过不去的，现在我准备助你一臂之力，我不求什么回报，只求你日后飞黄腾达之时，多在皇上面前为我美言几句。"

梅香表示一切听从他的安排。这个大臣送给梅香一瓶药水，让她在临

选前两个时辰服下，定能一举成功。

梅香是个乡下女子，没有见过大世面，她相信了这个大臣的话，在觐见太后前的两个时辰，偷偷喝下了那瓶药水。但在进入太后的寝宫前，梅香在梳洗打扮的时候，拿过铜镜一照，顿时惊得几乎昏倒，她那原本白皙无瑕的脸上竟长出了黄斑，脸色也变得灰暗无光，和那些美女相比，她简直成了丑八怪。

梅香知道自己上当了，她恨死了那个大臣，却已没有挽回的余地，只能进去做个陪衬的了。但让梅香万万没想到的是，太后恰恰选中了她。

原来，太后并不是按照皇上的标准选妃的，她怕皇上沉湎美色不理朝政，因此就选那些长相一般，甚至有点丑陋的女子，许多美女则被太后拒

之门外。

这是太后参与治国的秘密，但秘密约见梅香的那个大臣，心存叛逆，他想在众美女中选个绝色佳人给皇上，让皇上无心理政，他就可以趁机培养自己的党羽，然后取而代之，美若天仙的梅香自然被他看中了。

梅香和被选中的五名女子一起去拜见皇上，梅香以为自己成了丑女，皇上是不可能选中她的，但皇上最终选择了梅香。因为在梅香拜见皇上时，药力已经过去，她又恢复了原来的美貌。

皇上对梅香十分宠爱，太后知道后，感到这里面有问题，但木已成舟，无法挽回。皇上很快就将梅香晋升为贵妃，看样子，用不了多久，梅香就会成为皇后。这时，那个大臣偷偷派人找到梅香，让梅香在皇上喝的水里下春药，让皇上心志沉迷不理朝政。梅香心想，现在有皇上撑腰，还怕你一个臣子不成？于是婉言回绝了。

可是大臣说："当初我已经想到了这一天，所以在给你喝的药里，还有一种药，每隔一年，你必须要喝一次解药，否则你就会变得奇丑无

比。"

梅香不知这大臣说的是真是假，就先答应下来。很快一年过去了，一天早上，梅香发现自己面容憔悴，暗淡无光。梅香推说身子有病，不敢去见皇上。过了一天，症状更加严重，她让宫女偷偷找那大臣拿了解药，这才恢复了本来面目。此后，那大臣定时给她送药，同时带来给皇上吃的春药。梅香不忍心往皇上喝的水里放春药，只是整天提心吊胆。

一天，梅香问皇上："如果有一天，梅香变成了丑女人，皇上还会这样喜欢我吗？"皇上奇怪地看看梅香说："爱妃怎么突然说出这样的话来？朕的爱妃怎么会变丑呢？"

梅香知道皇上喜欢的是自己的美貌，可是梅香不能害皇上，害江山，做祸国殃民的事呀！不久，那大臣看出了梅香的心思，断了她的药，梅香失去了美貌，也失去了皇上的宠爱。

皇上宠爱梅香，早就让其他妃子妒忌万分，现在梅香失宠，众妃子联合起来，诬陷梅香偷了太后的宝物。皇上一怒之下，要杀梅香，好在上天见怜，梅香在临刑前被检查出已有三个月的身孕。等到梅香生下孩子后，就被送到了尼姑庵，从此不得入宫，不得见皇上和皇儿。梅香对两位亲人的思念，化作了这苦涩的泪水。她将泪水留存起来，想有一天送给皇上。从此她开始研究驻颜之术，开了一家

药店，希望寻遍天下奇药，能把美貌留住，痴心妄想皇上哪一天幡然悔悟，接她回宫。可惜红颜已逝，而这个药店却一代代传了下来。男人想长生不老，女人想青春永驻，自古如此，哪个愿意将自己变丑呢？

听了梅香的故事，小春说："我明白了，美丽是上天对我的恩赐，不是我的负担。"

许婷婷点点头，又拿起第二个小瓶来，对小春说："这里面是另一个佳人的眼泪，你尝尝。"小春尝了下，酸酸的。许婷婷说："女人的眼泪有着不同的滋味，你想听一听这辛酸的故事吗？这眼泪也是一位绝世佳人的。"

3. 颜君心死

这故事发生在梅香创建绝世佳人一百年后，在杭州西子湖畔，美女颜君出生在官宦人家，从小娇生惯养，父亲颜明专门请了私塾先生，一心想将颜君培养成一代才女。

颜君十六岁那年，正月十五杭州举行灯会，颜君由丫环陪着前往观灯。不一会儿，下人来报说，颜君不见了。她父亲颜明立即派人到处寻找打探，有人说颜君在灯会上跟一个年轻男人跑了。

颜君确实跟一个年轻男人跑了。要说颜明对女儿管教很严，平时颜君很少出门，与外界并没有多少接触，怎

么会随便跟人跑了呢？

事情出在私塾先生那儿。原来这位先生除了教颜君之外，还教了一个名叫柳生的寒门弟子，这个弟子就住在西湖附近。平时颜君从先生嘴里听说柳生琴棋书画无所不通，而柳生对颜君也早有耳闻。这次灯会上，两人碰巧见面，可谓一见钟情，相见恨晚。于是，柳生就约颜君到他家去下棋，一决胜负。

颜君是个好胜的女孩，她二话没说，就跟着柳生来到柳家，两人摆开棋盘，一直下到掌灯时分，也没分出胜负。丫环一看天快黑了，忙进去叫小姐回家，颜君这才匆匆出门。

不料颜君主仆二人出门没走多远，就被一伙强盗劫走了。等柳生收拾好棋盘，追出门去，早没了颜君主仆的身影。他以为二人已经回家了，也就没去追寻。

再说颜明找不到女儿，急得不得了，听手下人禀报说，有人看到小姐跟着柳生跑的，就派人抓来柳生审问。柳生说了实情，颜明哪里肯信，让手下把柳生打得死去活来。

颜明丢了女儿，整天心烦意乱，他夫人更是整天以泪洗面，日子过得苦不堪言。这天，颜明再次让手下人去找，并说活要见人死要见尸，找到重赏，找不到你们都别回来了。

颜明手下有个人称鬼机灵的小头目，这小子头脑灵活，胆子也大，他领着两个手下，来到西湖旁边的一家酒店，一顿大吃大喝之后说"我有一个办法，能找到小姐，还能领赏，只是我们三个要发誓，谁也不能将这件事说出去。"

等三个人发了誓，鬼机灵说："小姐这么多天不回来，这人肯定是死了。"于是，他们从两座新坟里偷偷挖出两具女尸，用火烧得面目全非，然后给颜明送去。颜明家里人见了，居然信以为真，而弄虚作假的鬼机灵，还真的得到一笔赏钱。

死者入土为安，颜家上下心头的一片阴云渐渐退去，但却苦了柳生，几经折磨，最终受不了苦刑，被迫承认"谋财害命"定了死罪。

这天晚上，颜明正在书房看书，下人进来报告，说是小姐回来了。颜明吓了一跳，急忙出去一看，只见眼前是两个蓬头垢面的乞丐，其中一个果然是自己的女儿。

颜明感到脑袋"嗡"的一下，心说：女儿呀女儿，你为何不早点回来？如今自己错判了此案，而且已经上报，无法挽回。为了保住自己的乌纱帽，颜明不动声色，表面上让家人把颜君主仆说成是冒充小姐的乞丐给轰了出去，背地里派心腹把小姐主仆偷偷接了回来，藏在屋里，不再让她们露面。

颜君思念柳生，要去柳家，颜明一听又惊又怒，为了让女儿死了这条心，就说柳生被错判谋财害命罪，已经斩首。小姐听说柳生已经不在人世，立刻昏死过去，醒来后依然大哭大闹，她想到自己千难万险从强盗手里逃回来，就是要还柳生一个清白。现在柳生已死，她也不想活了，当晚就在后房上吊自尽，不料让家人救了下来。但她这一闹，倒是让柳生保住了性命。

原来，女儿回来后，颜明权衡再三，决定杀掉柳生。没想到女儿听说柳生不在，就不想活了，颜明怕女儿说到做到，只好先把柳生留着，并出了一些钱财，改判他到外地充军。

接下来，颜明让人寸步不离地看

着小姐，他原想过些日子，小姐就能把柳生忘了。哪知这一过就是二十年，小姐忘不了柳生，更不肯嫁人，整天以泪洗面，憔悴得不成人样，早就失去了往日的美丽容颜。

二十年后，颜明因事被罢官入狱。这天颜君去看父亲，走到监狱门口时，见到了一个人，颜君大叫一声："柳生，你还活着？我是颜君！"原来这时柳生已经成了这所监狱的主管，颜君上前相认，柳生却摇了摇头说："你不是颜君，颜君已经死了。"颜君说出当年之事，可是柳生说："我已成家，是我岳父救了我，把我从充军的死亡线上拉了回来，我们不能再相认了。"

颜君万念俱灰，当天夜里在苏堤的一棵树上上吊，被夜晚路过那儿的"绝色佳人"的传人救了下来。可颜君人虽在心已死，整天回想不幸的遭遇，流下这辛酸的泪水。

许婷婷讲完颜君的故事，看着眼前的小春说："爱情的初衷总是美好的，却也经常阴差阳错，所以我们要想办法去补救。"说罢，她又拿出一瓶眼泪让小春尝，小春尝了一下，辣辣的。许婷婷告诉小春，这是一位妓女的眼泪。

4.格格愤世

清朝时，京城贵亲王府有位格

格，是贵亲王的义女，她的家世已经没人知晓，她从小就在贵亲王身边。格格长得美若天仙，人见人爱，王爷视她如掌上明珠。格格二十岁那年，与亲王手下的一位姓孙的将军相恋。孙将军对格格一片痴情，对王爷更是忠心耿耿。

这一年，皇帝病重，为争夺皇位，几位亲王相互倾轧，彼此积怨越来越深，先帝驾崩后，尊亲王继位，不但贵亲王被砍了头，格格也被判了死刑，孙将军也受株连入狱。遭到这样的变故，格格心灰意冷，只求速死。

这天，格格被押至刑场。主刑官一声令下，刽子手手持钢刀，高高举起，可奇怪的是，在刽子手举刀下劈之际，钢刀突然脱手。换个刽子手，也败下阵来，接连换了几个，全都如此。

主刑官见了怒道："真是邪门了。"说罢，他亲自操刀，只见他猛地举起钢刀，还没等他往下劈，那刀突然向上飞去，随即往主刑官脑袋上落下来，吓得他双手捂头，狼狈逃命。

人们说，是格格长得太美了，老天爷不忍让她成为刀下之鬼。刽子手齐刷刷跪下，请求放过格格，并说他们宁愿一死，也不斩格格。

主刑官没有办法，只得回禀皇上。皇上下旨重审，仔细一查，终于查明格格是贵亲王的义女，并非贵亲王的血统，理不当斩。

然而死罪可免，活罪难饶，格格被发落到香春苑做妓女。进了香春苑，格格成了天下第一名妓，有钱有势的男人争先恐后，跃跃欲试，有些人还为她大打出手。可是格格拒不接客，只求一死。

这天，香春苑来了一个和格格一样美丽的女人，会见格格。格格说："我已看破红尘，你来何事？"

来人说她想用钱将格格赎出去，格格长叹一声说："我是御赐的妓女，谁能赎得出我？就算出去了，又有何处能容得下我？"

来人说"格格不可自暴自弃，天下人都知道，格格虽然身处青楼，却还是清白之身。有人仰慕格格，只想为你赎身，别无他求。"

格格冷冷地说："我的心已经许给孙将军，一女不嫁二夫，如果我不明不白地被他人赎出，就算是到了九泉之下，我如何去见孙将军？"

来人见格格心意已决，不再勉强，但她求格格说出实情，免得日后有人玷污了格格的清名。于是两人秉烛夜谈，第二天格格送走来人时，说"至此一别，必成永诀。"许婷婷告诉小春，那个女人就是"绝色佳人"掌柜的，那瓶泪水就是那晚收集来的。

一天，格格收拾好一切，将香春苑的老鸨找来，说："我身为格格，落入香春苑，已看破红尘，我死之后，求您找个地方将我葬了。"老鸨见是费钱之事，冷冷地说："你到我这里来，

吃我住我，而且一文不挣，死后还要拖累我！"

格格听了，悲愤至极说："罢罢罢，此生只接一次客，所得银两全部作为我的葬资。"

老鸨一听喜笑颜开，立即出去联系客人，有人愿意一夜千金。格格沐浴之后，找好了一个临河房间，她决定，只要银子到了老鸨手里，她就跳河，一死了之，决不让陌生男人近身。

格格站在窗前等着，可是进来的人，却是格格的一个姐妹，她说："客人已经来了，但他不想进来，让我把这个送给你。"

格格伸手接过，是一个虎形玉佩。格格一见，惊叫一声，这正是孙将军的玉佩，是他们的定情之物。格格转身奔向窗口，就要跳河。姐妹大叫："快来人！救命啊！"

门外冲进一人，死死抱住格格，此人正是孙将军。孙将军苦苦相劝，他说为了救格格一命，他散尽家财，买通了主刑官和所有刽子手，才将她从刑场上救下来，只因那时将军身在狱中，无法相见。如今，孙将军已被新皇上起用，将军还是将军，他想要赎出格格。格格问孙将军，是不是来赴以前的婚约。

孙将军沉默一阵子，说"我赎出格格，是对贵亲王最后的交代，望格格找个好人嫁了。"

格格听了，心灰意冷，她嘴上答应孙将军，感谢他的好意，可当晚还是投河自尽了。

许婷婷说："将军怎么会娶一个妓女为妻呢？爱情是两情相悦，永远不会是一厢情愿。将军的出现，毁了格格的最后一点希望。本来可以有美好结局的爱情，却因世俗变了形。"

许婷婷叹了口气，说："可是人世间的许多变故，又不是我们能左右得了的。"说罢又拿出两瓶泪水，"这是最后两瓶了，按年代，你先尝尝这一瓶吧。"

小春尝了一下，咸咸的。许婷婷说："这是另一种眼泪，和一个美丽的女间谍有关。"

5.媛媛自尽

解放战争时期，东北白山黑水孕育出了一位绝世美女叫苏媛媛，此女不但长得貌似天仙，而且才华横溢，小小年纪就到南方学医，学成之后在国民党的军医院任职，后来嫁给一名叫刘仲达的少校。

这一年，在军中相夫教子的媛媛，被选中做了间谍，奉命潜入解放区。这样的事，媛媛打心里就不愿意做，但迫于国民党军统特务的压力，为了丈夫和儿子，不得不走上了这条路。

到了延安，媛媛才发现另外一个崭新的天地，她不由得喜欢上了这里。一个人时，她偷偷地想，要是自己没有那个特殊的身份，该多好呀！但是丈夫和儿子的小命攥在人家手里，媛媛只能暗自落泪。

这天，媛媛所在部队在黑峰口与国民党部队相遇，双方激战持续了两天两夜。媛媛也是两天两夜没有合眼，战场上不断抬来伤员，累得媛媛她们这些卫生队员都快成伤员了。

这时，枪声渐渐稀了下来，媛媛刚想就地休息一下，可是，又有更多的伤员抬了进来，而且都是俘虏。救命要紧，媛媛顾不得累，马上为伤员止血，处理伤口。等忙得差不多了，她又被分配去治一个重伤号。

这名伤员抬进来时，全身上下都缠着绷带，连眼睛都看不到，只留了个鼻孔出气，像个木乃伊。

半夜里，伤员活过来了，有气无力地喊："我要撒尿！"媛媛拿过一个破钢盔接着，可是伤员撒不出来。媛媛一检查，发现伤员膀胱以下肿胀严重。媛媛马上去找医生，医生正忙得满头大汗，听了情况说："没有任何器械，你自己想办法，想不出办法，只好听天由命了。"

医生说的是实情，自己人都管不过来，何况是个俘虏。媛媛回去后，听着伤员痛苦的呻吟，心里很不是滋味，俘虏也是人啊！她知道，还有一个办法，那就是用嘴，可这多难做呀！媛媛很累，但却睡不着觉，觉得伤员的疼痛就像疼在自己的心上。终于，媛媛战胜了心理上的障碍，趁着夜色，成功地帮助伤员排除了险情。

过了一道鬼门关，但伤员还没有度过危险期。媛媛知道此时如果让伤员睡着了，可能永远也醒不过来了。媛媛就没话找话跟伤员唠嗑，唠着唠着，话题渐渐转到了爱情上，为了激励起伤员的求生欲望，媛媛骗他说："如果你活过来，我就嫁给你。"

没想到伤员说："我不是普通的兵，我有妻子儿子，而且我的妻子就在你们这儿。"

媛媛听了，惊讶地问："快告诉我，她叫什么名字？"

伤员说："我不能说，我说了就是害她！"

"你说吧，我们这里不像你们那边。父亲在国军那边，儿子在我们这儿，有很多的。"

伤员这才悄悄告诉她，他的妻子叫苏媛媛。

自从来到解放区，媛媛设想过多少次与丈夫相会的方式，就是没想过会是这样的夫妻相逢。苏媛媛声泪俱下道："我就是你的妻子啊！"

可是伤员根本就不相信，他叹了口气说："你是个好人，我就猜到你会这样安慰我的。"

等到苏媛媛说出了他们夫妻之间的细节，她的丈夫刘仲达这才相信。在战场上，刘仲达躺在妻子的怀里，夫妻两人面对天上明月，度过了一个特别的夜晚。

第二天，刘仲达被转移到大后方。送走丈夫之后，媛媛怀念丈夫，厌恶战争，她终于向组织说出了自己的身份。由于她来解放区，没有送出过任何情报，上级考察她一段时间后，并没有批准她回家的申请，而是做她的工作，让她戴罪立功，做双重间谍，往国民党那边送假情报。

媛媛打心眼里不愿意做这样的事，可是没有办法，只好违心地先答应下来。这天，上级拿来一条情报，让她给国军那边

发过去，媛媛一看情报，知道这是一个调虎离山之计。她想，不管战斗的结果谁胜谁负，一场恶战无法避免，媛媛再也不想看到那些战场的伤兵，她偷偷把情报给改了。她把双方都调开了，双方没有遇上，预期的战斗没有打起来。这边期盼着的一场胜利落空了，那边知道得到的是一份假情报。媛媛清楚，就算共军这边可以原谅她，军统的人也不会放过她的。于是在那个异常平静没有枪声的夜晚，媛媛投河自尽了。

她左右了一场战斗，救了许多人的命，却无法左右自己的命运。

许婷婷告诉小春："刚才你尝到的泪水，并不是媛媛的，而是媛媛的丈夫刘仲达的，后来刘仲达也参加了革命，在战斗中屡建奇功，成了共和国的少将。将军一生没有再娶，提起媛媛，将军总是满眼是泪。这样的爱

情，世间少有，但到了可以聚首之时，已经阴阳两隔。许多事，需要我们自己珍惜呀！"

许婷婷看了看小春，说"这最后的一瓶眼泪，是我自己的，这是我四十年前流下的。那个时候，我才十九岁。"接着，许婷婷便讲了她自己的故事。

6. 婷婷觉醒

婷婷出生在一个有山有水的小山村里，平时吃的是粗茶淡饭，她下过地，会干活，她的容貌和身材好像是事先设计好的，该咋长，就咋长。干活时，她那被汗水和骄阳沐浴过的肌肤却更加白嫩，她健壮的体质更加显得活力无比。

这一年的夏天，村里突然来了一帮年轻人，他们都是从城里来的，到乡下接受再教育的。这些年轻人的到来，带来了无限的激情和活力，下地干活，嘻嘻哈哈，不再枯燥。婷婷长得漂亮，庄稼活干得也好，成了他们的师傅。在这些年轻人中，有一个叫范识秋的男孩最有学问。他戴眼镜，文质彬彬，还会外语，婷婷暗暗喜欢上了他。

秋天到了，生产队的玉米成熟了，一人一垄割玉米秆子。范识秋有学问，干地里活却笨手笨脚的，婷婷就适时地帮他。可是这一次，婷婷为

他干了好长一段，也不见范识秋的影子。婷婷担心了，难道范识秋偷懒不想干活，跑了？

婷婷在地里大喊"范识秋，范识秋，你在哪里？"

没有回音，别人干完活，都回村了。婷婷放下手里的活，边喊边向前走，走了好远好远，才看到范识秋倒在地里。她奔过去，推推范识秋，没反应，再看地上、身上全是血，她赶紧背起范识秋拼命往村里跑。原来范识秋不会使镰刀，没砍掉玉米秆子，倒砍中了自己腿上的大动脉。他是个见血就晕的人，人晕倒了，血却一直在流。

婷婷把范识秋背回村里，救了他一命。范识秋感动得直哭。不久，两人相恋了。他们度过了一段花前月下的美好时光。但过了没多久，范识秋要回城了。婷婷对范识秋难舍难分，怕他一去不回，范识秋却赌咒发誓道："你等着我，我到城里安顿好后，就来接你。"

婷婷日盼夜盼，等着范识秋，可这一等，就是一年，范识秋人没回来，连个信儿也没有。婷婷不再坐等，决定到城里去找范识秋。于是，她只身进城，到处打听寻找，终于找到了范识秋。此时的范识秋已经在市委里工作了。

婷婷把范识秋约出来，问他是否还记得自己说过的话。范识秋说"回

城后很忙，前些日子，又到外地去学习了，刚刚回来。本想等到有空去找你，不想你就来了。"

婷婷问："我们的事怎么办？"范识秋说："我们的事，在我父母那里遇到了麻烦，不过我会把阻力变成动力的。"

范识秋安排婷婷住在一家小旅店里，天天过来看她，却只字不提他们之间的事。婷婷不安了，试探着说："这样下去也不是办法，我看我们还是分手吧。"范识秋听了，握住婷婷的手说："婷婷，我现在也是好难好难啊！我正在想办法说服我父母呢。"

原来，范识秋的父母都是城里政府部门的官员，他们不肯接受婷婷这个乡下儿媳。婷婷听了，沉默了。范识秋说："我有一个办法，可以让我父母接受我们，就是不知道你愿不愿意？"婷婷说："我当然愿意了。"

范识秋租了一间小房，让婷婷住着，他三天两头过来和婷婷约会。两个月之后，婷婷跟范识秋说："告诉你一个好消息，我已经怀孕了。"范识秋说："我马上就跟父母去说。"可是范识秋一去就再也不回来了。

婷婷预感到事情不妙。过了一些日子，范识秋垂头丧气地来了，说

他父母无论如何也不同意，范识秋让婷婷把肚子里的孩子打掉。婷婷顿觉晴天霹雳，她下不了这个狠心，决定回乡下把孩子生下来。第二天，婷婷收拾好东西，登上回乡的汽车，可就在那天，一场车祸，险些要了她的命，婷婷成了植物人。

婷婷醒过来时，已经是三年之后，救她的人告诉她，孩子已经生了，是个女孩。她根本就不相信，要看孩子。可是他们说，孩子已经送人了，没留下线索。救婷婷命的，就是绝色佳人的店主。

婷婷回到家里，向母亲询问事情的经过。可是母亲却说："孩子，我听不懂你说什么，你做了一个傻傻的梦，村里根本就没有来过叫范识秋的知青。"

这怎么可能？婷婷感到迷茫，就找村里的人去求证，可是众口一词都

说村里从来没有来过范识秋这个人。

婷婷困惑了，她不知道范家对村里人做了什么，真真切切的东西，怎么会让人轻易改变了呢？实实在在的经历，怎么就让人否定了呢？婷婷找到范识秋的单位，范识秋已经不知去向。婷婷苦苦追问村里人，可是她得到的最多的一句话是："为了你好，别再问了。"

婷婷离开了让她伤心欲绝的村子，回到了绝色佳人的店里，她要找回那个女儿，证明自己曾经真爱过，可是没有任何线索。此后，她再也没有离开这家美容院，再后来，美容院就传到了她的手上。

听完这一切，小春沉默了。许婷婷拿出她刚刚收集到的泪水说："这是你自己的泪水，你尝尝。"小春尝了一滴，奇怪地问："怎么是甜的？"

许婷婷说："有人爱，不管这份爱是自私的，还是无私的，抑或是束缚的，但毕竟是爱。有了爱，有人肯为你动心思，泪水就是甜的，也许甜中带苦，甜中带涩，但是都不会脱离甜之本色。如何去感觉，就看你放大的是哪种滋味。"

许婷婷继续安慰小春："如果你还是想毁坏自己的容颜，我只想最后跟你说，在政治、世俗、恩怨、战争、人生、命运和爱情上，为什么最容易受伤的总是女人？也许是我们把事情想得太复杂了，所以为情所困，徒增烦恼，满眼是泪。但女人并不全是泪做的，花木兰替父从军成了将军，穆桂英元帅驰骋疆场……有自己的追求，有自己的事业，才会有幸福的人生。"

说到这儿，许婷婷突然拉起小春的手，说："绝色佳人收集美女的泪水，是让今后的女人不再有泪水。我给你讲了这么多，就是想告诉你一件事，你就是我那个从未谋面的女儿。"

小春愣住了，她摇着头说"这怎么可能？"

"没有什么不可能的，你刚一进门，我就看出来了，我的女儿就是你。"许婷婷紧紧抱住小春说，"我不能再让你走了，你哪儿也不要去了，这就是你的家。"

小春紧紧抱住了许婷婷，叫了一声："妈妈！"

后来，小春才知道，许婷婷已经认了38个像她一样的女儿，也许这38个女儿里面，没有一个是许婷婷的真女儿，但是她们都和小春一样，不想也不愿意拒绝这份母爱。

一年之后，绝色佳人的第39家分店开业了，店主正是小春。在那块大大的牌子上，小春加了这样一句话："做得再美，也是自毁容颜。"可是到她这里来做美容的女人，依然不减。

（题图、插图：杨宏富）

爱的位置

□徐树建

许晓娟今年二十八岁，容貌秀丽，性格温柔，就是遇事有些优柔寡断。她现在还是单身，办公室的几个姐妹天天催着她相亲，这天晓娟红着脸说出实情"不瞒各位，其实我的七大姑八大姨已经给我介绍了好几位，可我一直拿不定主意。终身大事，还是慎重点好啊！"

姐妹们一听，都嚷嚷起来"就你这性格，等拿定主意那就晚了，该出手时就出手呗。"这时，办公室里年龄最大的赵姐说话了："晓娟，如果你相信大姐，大姐可以帮你出出主意。"

这赵姐阅历丰富，姐妹们一听她发话了，纷纷应和道："晓娟，快把那几位领来，让赵姐一一过目。"

赵姐笑着说："这样好了，晓娟，你和那几位男士轮流在我们办公楼下散步。见人三分相，我只要看几眼，就能大概知道他们适不适合你了。"

晓娟脸泛红晕，说"其实那几位中有一位我还是蛮中意的，只是不敢下最后的决心，现在我把他的名字写下来暂不说破，等赵姐看过之后，再看看我和赵姐是不是想到一块儿了。"说完，在纸条上写下一个名字，然后装入信封封好，再交给另一个同事。

第二天黄昏，赵姐她们静静地等在窗前，不一会儿晓娟和一个身材高大的男士一前一后打楼下经过。等晓娟回来后，姐妹们纷纷说道："晓娟，这男人相当不错嘛，容貌俊朗气度不

凡，赵姐你说呢？"

赵姐却摇了摇头，说："那男人一直走在你前面大约三步远的地方，一路走来昂首阔步，哪有半分陪女友散步的样子？我觉得这种大男子主义、以自我为中心的人，不适合晓娟的性格，以后真结了婚，恐怕晓娟都得听他的。"

一语惊醒梦中人，晓娟大悟，说"难怪跟他散步时我总感到压抑，可我又想不出其中的原因，原来是他气场太强大的缘故。"

又是一个黄昏，晓娟和一位男士肩并肩从楼下经过，男士个头与晓娟

相差无几，衣着整洁，肤色白皙，看得出保养得极好。

不一会儿，晓娟回来了，赵姐却再次摇摇头，说"这家伙跟昨天那位正好相反，昨天的太阳刚，今天的太阴柔。这个男人总是下意识地站在晓娟的右边。这样的身体语言透露出一个重要信息：这个男人缺少男子汉气概，他对女性有很强的依赖感。"

姐妹们一听连连点头，晓娟也自言自语道："难怪跟他散步时感觉那么别扭，原来如此。"

当晓娟第三次和一个男人从楼下经过时，姐妹们纷纷窃笑起来，这回的男人总是跟在晓娟后面，即使晓娟不时停下脚步等他，可过了一会儿，他又落在后面了。

晓娟回来后，赵姐当然是直摇头："这位我同样不认可，我一直注意着他的眼神，他跟在你后面，经常用一种怀疑、贪婪的眼光盯着你看。这样的男人自私、小肚鸡肠，喜欢在背地里算计人。如果日后你跟他成家，他会时时刻刻盯着你的一言一行，恐怕你也受不了吧？"

晓娟点点头，说"难怪刚才散步时，我一直感受到来自身后的压力，原来是那家伙的目光啊！"

到了这个时候，姐妹们都发了愁，晓娟已和三个男人散过步，而且每次都有着不同的位置，又全被否决了，那下一位该怎么走呢？

这第四位跟晓娟散步的男人，选择的也是跟晓娟并肩而行，姐妹们都觉得没戏了。不料，晓娟回来后，一进门，赵姐就问："刚才这位叫什么？"

"叶星！"晓娟刚答完，赵姐突然热烈地鼓起掌来，说："晓娟，祝贺你，这一位你可以交往下去。"

姐妹们听了一脸的狐疑，晓娟却突然红了脸，咬着嘴唇，声音有点发颤："赵姐，请教一下为什么呢？"

赵姐笑着说："这回虽然同样是并肩散步，可这位男士却是在晓娟的左手边，也就是说，这一位时时刻刻愿意把晓娟置于他的右手边。右手比起左手有何不同？很简单，右手更强大、更灵活。这就表明，那位男士潜意识里爱惜晓娟，更愿意保护晓娟。"

姐妹们一听频频点头，有人忍不住提出疑问："赵姐，仅凭这一点吗？这世上如此同行的男女多着呢，可并不是每对都合适的。"

赵姐肯定地说："当然不止这一点，我还注意到一个特别的细节：两人同行时，叶星并没有跟晓娟完全在一条水平线上。他个高腿长步幅大，可他随时控制好步行的速度，只比晓娟快小半步。这样一来，他跟晓娟交谈时便不自觉地45度侧转身子，这样的角度是男女散步时最理想、最合适的角度！而且他眼睛里流露出的全是爱恋，没有一星半点的不耐烦。这说明他对晓娟既体贴又乐于保护。所以晓娟，大姐要祝贺你！"

姐妹们听了，纷纷觉得有道理。再看晓娟，脸更红了，低头不语。这时有人想起了什么，嚷道"晓娟之前写的纸条呢？她不是事先写下意中人了吗？快拿出来看看！"有人赶紧翻出那封信，打开一看，只见上面工工整整地写着两个字：叶星。

姐妹们顿时热烈地鼓起掌来，说："英雄所见略同！晓娟，既然这样，你还犹豫什么呢？"

晓娟抬起头来，抿嘴笑道："其实，我早就对叶星有好感，可一直犹豫不决。直到今天听了赵姐一番话，才茅塞顿开。赵姐，谢谢你！我不会再犹豫了。"

不料，过了几天，晓娟来上班时，却把姐妹们吓了一大跳。只见她面色苍白，双眼浮肿，很明显昨晚哭过。

姐妹们问她怎么了，晓娟再也忍不住了，放声痛哭起来，说："当我鼓足勇气向叶星表明心迹时，他却说他刚刚确定了女友，他说他等我太久了，实在等不起了……他还说曾请高人在暗中观察过我们散步时的表现，说我一直紧跟在他身后，一副弱不禁风的小女人模样。高人告诉他说，我这样的女人太没主见、太柔弱，如果娶了我，日后会多操好多心……"

（题图、插图：安玉民　梁　丽）

本期主题：外国机智人物故事

下面这些故事中的人物大多聪明非凡、智慧超常，他们很多都是流传于民间的虚构人物，并不一定真实存在，但在他们身上，凝聚了无数讲故事人的智慧和幽默。

香味

有一次，商人宰了只羊，正在他烤羊肉的时候，来了一个穷人，坐在一旁，就着羊肉香味吃他简陋的食物。吃完，穷人对商人说："先生，谢谢你让我得到了非常好吃的调料——烤羊肉香味，我吃得饱饱的。"

"啊，难怪我的烤羊肉不香了呢！"商人叫嚷着，便到国王那里去告状，国王判决穷人付给商人二十个卢布。

穷人大声痛哭着回家。路上他碰见一个智者，便把一切讲给他听。智者拿出二十卢布交给他，说"这些钱你拿去交给商人，但是在我没有到以前不要给他。"

第二天，商人和穷人来到国王跟前。穷人说："我来付钱给商人，但是我可没有吃肉，我只闻了它的香气。"

正在这时，智者来了，他问穷人"你的二十个卢布在哪儿？"

"就在这儿。"穷人说着，把钱递给智者。智者接过钱，便把商人叫到跟前来。

商人正想拿钱，智者说："等一等！"接着把钱扔到地板上，说，"你听见这些钱的响声了吗？把响声拿去吧。要知道穷人吃的不是肉，而只是香气。"

商人无法反驳。智者把钱给了穷人，穷人高兴地回家去了。

加倍处罚

在中世纪的阿拉伯地区，有个叫朱哈的人。有一天，族长问朱哈："你想要我赐你些什么？"

朱哈想了想，说"我想请你写个

命令，让每一个怕老婆的人都向我缴纳一头驴。"

族长照办了。朱哈怀揣着命令到处转，打听到哪儿有人怕老婆，就向他出示族长的命令，并征收他一头驴。

没过多久，朱哈赶着一大群驴回来了，族长见了大吃一惊，心想：在我的管辖区里怎么会有那么多的人怕老婆呢？

第二天，朱哈去晋见族长，向他汇报情况，并陈述沿途的所见所闻："族长！这次出门我遇见了一个绝色的美人，她唇红齿白，体态轻盈，妩媚多姿，多才多艺。我已经瞒着人偷偷给你弄来了。"

族长听完眉开眼笑，连连用手示意朱哈说："轻点，朱哈！我老婆就在隔壁，她若听见我们的谈话，一定会大吵大闹的。"

朱哈站起来说："哈哈，族长，你也是个怕老婆的，不过你立令违令，罪加一等，对你的处罚应该加倍，快给我两头驴吧！"

一天，一群波斯人来到印度，头领派一名代表进王宫拜见国王，想请求国王允许他们在这个国家住下来。

波斯人的代表来到了大殿，他向国王深深地鞠了一躬，并告诉了来意。国王听完，把宰相叫到身边，小声吩咐了几句。

宰相把一个仆人叫到跟前，向他交代了几句。过了一会儿，那仆人捧着一碗满满的牛奶走上大殿，宰相把这碗牛奶端给那位代表，说："这就是我们对你们头领的回答。"

于是，波斯人的代表捧着这碗满满的牛奶走出了王宫。等在边界的那些波斯人，看到代表捧着一碗牛奶回来，都用疑惑不解的目光望着头领。

这位头领很聪明，对大家说："国王的意思是说，像这碗牛奶满得不能再装一样，他的国家老百姓很多，多得再也不能容纳任何人了。外国人想到这个国家来居住是不可能的。"头领说完，把一撮白糖慢慢地撒在牛奶里，牛奶没有溢出来，头领向代表交代了几句，又派他捧着牛奶回到王宫去。

代表捧着牛奶对国王说："大王陛下，我们的头领往牛奶里放了一撮白糖。他说，这样做，牛奶不但不会溢出来，反而会让它的味道变甜了。我们来到你的国家，不会成为贵国百姓的负担，而会像这牛奶中的白糖一样，与他们相处融洽。"

回答得真妙！于是，国王同意这群波斯人在他的国家居住。

一碗牛奶和白糖

聪明的农夫

从前有个皇帝，自以为聪明无比，他向全国发了一道文告："有谁能说一件荒唐事，使我说他是撒谎的，那我就把江山分给他一半。"

一个商人来了，他对皇帝说："万岁，我有一把宝剑，只要往天上一指，星星就会落下来。"

皇帝说："这有什么稀奇，我祖父的烟斗，一头衔在嘴里，一头能跟太阳对火呢！"

商人怏怏地走了。

一个地主来了，他对皇帝说：

"万岁，我本想昨天来见您，只是闪电把天撕破了，漏起雨来，我赶忙把它补好，所以，今天才来，请您原谅呀！"

皇帝笑了："你的手艺不好啊，今天还有小雨哩！"

地主也怏怏地走了。

最后，来了一个农夫，他说："皇上，您答应把女儿许配给我，还要用一斗金子陪嫁，现在，该兑现了吧？"

皇帝听了，脸色大变，呆若木鸡，半天说不出话来，最后，只好把女儿嫁给了这个聪明的农夫。

到真主家去吧

村里有一个懒汉，整天不劳动，专以乞讨为生，他向人要东西时总是死乞白赖的，不给不走；人家骂他、打他，他也不在乎。他经常光顾朱哈的家，缠住朱哈不放。

一天，那个懒汉又来敲朱哈家的大门。

朱哈走出来，看到又是那个懒汉，就问："你要干什么？"

懒汉答道"我是真主的客人，你必须招待我。"

朱哈对他说"跟我来！"懒汉跟着朱哈走，一直走到清真寺的门口。朱哈对懒汉说："真主的客人，这才是真主的家。"

分一半

从前有个叫阿布·努瓦斯的人，他深受国王的宠爱。有一次阿布·努瓦斯想进王宫，问国王借钱。但国王这天不接待来访，门卫不放阿布·努瓦斯进宫。

这时走出一个老门卫，狡猾地对阿布·努瓦斯说："我可以放你进宫，但你要把国王给你的东西分一半给我。"

阿布·努瓦斯只好答应了，两人当即写下字据，互相交换。然后，阿布·努瓦斯便进了宫。他走到国王跟前，向国王问好以后，便默不作声地坐在他对面。

国王问："阿布·努瓦斯，你怎么了？"

阿布·努瓦斯回答说："我希望能得到您的一百杖击。"

国王非常喜欢阿布·努瓦斯，不忍心打他，但阿布·努瓦斯既然这样请求了，他只好拿起棍子去打，但打得很轻。

当打完五十下的时候，阿布·努瓦斯拿出和老门卫立下的字据给国王看，并且说："我和他讲定了，要把我从您这里得到的分一半给他。我得到了您五十下的杖击，剩下的五十下该他受了。"

于是国王下令把老门卫带来，用棍子狠狠地打了他五十下。

惩罚偏心的法官

伊朗流传着机智人物毛拉·纳斯尔丁的故事。

有个人一心想占毛拉的便宜。一天，他在街上碰巧遇到了毛拉，二话没说，上前就给了毛拉一个响亮的耳光。毛拉一把扭住那人，那人却滑头地说："啊，对不起，我认错人啦！"

毛拉不肯就此罢休，把他报到县城的法官那儿去。那人与法官是有交情的，法官就轻描淡写地说："毛拉，那你打还他一下，这样就两清了吧。"

毛拉说："法官先生，我不想这么做，这样太便宜了他。"

"那么，我就罚他赔你一个金币吧。"法官朝那人使了个眼色，"你回家拿一个金币来，让毛拉满意。"其实，法官想用这个办法让那人悄悄溜走。

毛拉不知他们有交情，还以为法官的判决很公正呢。谁知等了好长时间，也不见那人来交罚金，毛拉这才发现自己上当了。

面对这位偏心的法官，毛拉很是生气，他走上前猝不及防地给了法官一记耳光，那声音和刚才自己挨打时一样响亮。毛拉打完后，对捂着脸的法官说："我还有事，等不及了。刚才那人回来后，就请您收下金币吧！"

（本栏插图：安玉民 梁 丽）

我要学游泳

□ 高亚娇

老张是个游泳高手。今年夏天，他开了个游泳培训班，不料火爆异常，很快名额就满了，老张决定停止招收学员。

可偏偏有个叫大李的，非参加不可，简直要把老张的手机打爆了。见了面，老张苦口婆心地劝道："老弟，明年学游泳还是来得及的。"

大李急得直跺脚"那不行，你看人家叶诗文，6岁开始学游泳，16岁

就成为奥运会冠军了。我女儿的天赋不如人家，如果不抓紧在5岁时就开始学习，她将来怎么成为叶诗文那样的人物？"

老张听了，不禁哑然失笑，真是可怜天下父母心啊。不过，万一要是真把未来的世界冠军给耽搁了，罪过不就大了？那就破例收下吧。大李高兴地走了。

可大李一走，有个叫老钱的听说后，气呼呼地来找老张评理，说他是当初报名时第一个被挡在门外的，按理他应该被破例接收。

见老钱说得有理，老张也不好直接拒绝，便灵机一动，问道："请问你学游泳的动机是什么？要是无法打动我，你依然没有机会。"

老钱不慌不忙道："现在很多城市内涝问题严重，动不动就到北京去'看海'，到武汉去'观瀑'，到长沙去'听涛'……如今，游泳已经成为常人必备的逃生本领！"

老张被感动了，他紧紧握住老钱的手，说："您真是老骥伏枥、高瞻远瞩呀，就冲您这股活到老学到老的劲头，您这个学生，我要定了！"

老钱却不急着高兴，拉过身边一个愁眉苦脸的妇女，央求道"这是我的邻居周大妈，为了她儿子的终身大事，都快急疯了，她也强烈要求来跟您学游泳，请您一并收下吧。"

老张蒙了："真是天下奇闻，这游

时髦的代价 （潘胜奎　编绘）

生活啊，就得跟着时尚跑。怎么看你眉头紧锁，像是有什么烦恼？

我女儿就是不喜欢这条裙子，搞得我心情非常糟糕。

那你可得选择，是换条裙子好，还是换个孩子好？

我的妈，换个孩子？这时髦的代价也太高了！

泳怎么还跟您儿子的婚事搅和到一块了呢？再说，您都这么大年纪了，实在没必要来受这个苦。"

　　只见周大妈一把鼻涕一把泪地说："唉，我那儿子今年都36岁了，性格内向，嘴巴太笨，虽然他会游泳，但一直无法通过女方的最后考验，以至于至今还是单身。我也实在是没辙了，只有亲自给他解决这个千古难题

了。"

　　"千古难题？"老张更加感到一头雾水，"游泳能解决啥千古难题？"

　　"这你都不知道？"周大妈露出吃惊的神色，"你当初搞对象的时候，女方难道没问过你：'我和你妈同时掉进水里，你先救谁？'你想，我要是学会了游泳，这问题就再也难不倒我儿子了！"

绘画天才

□ 无 量

幼儿园要举行绘画比赛，老师说，为了发挥孩子的想象力，不管用什么东西画，不管怎么画，不管画在哪里都行。很多孩子都报了名，六岁的蒂姆调皮又聪明，而且很有绘画天赋，当然也报了名。

比赛当天，有的孩子带了水彩笔，有的带了喷漆，还有的带了五彩的矿石。至于画纸，也是千奇百怪。不过，最奇怪的是，蒂姆什么也没带，坐在位置上，一副气定神闲的模样。

监考老师见状，诧异地问："蒂姆，待会儿你怎么画呀？"蒂姆卖了个关子："老师，到时你就知道了。"老师狐疑地点了点头。

很快，老师宣布比赛开始，题目是画一匹马，时间为三十分钟。孩子们纷纷拿起画笔，开始忙碌起来。只有蒂姆，什么也不干，只是不时地东张西望。老师奇怪地看着蒂姆。

不知不觉，二十分钟过去了。不少孩子交卷离开了教室。可蒂姆还是无所事事，老师忍不住问道："蒂姆，还有十分钟就交卷了，你来得及画吗？"蒂姆点了点头，信心十足地说："放心吧，老师。"

眨眼间，离交卷只剩三分钟了，教室里也只剩蒂姆一个孩子了。这时，蒂姆走到讲台前，认真地问："老师，真的不管用什么东西画，不管怎么画，不管画在哪里都可以吗？"

老师点了点头："当然了！"蒂姆又问："那我可以画在地上吗？"

老师乐了："也可以，不过，你应该没时间了！"

话音未落，蒂姆脱下裤子撒起了尿，一边撒尿，一边来回移动着双脚。很快，一匹栩栩如生的骏马出现在了地板上。撒完尿，蒂姆骄傲地说："我最擅长这样画画了！老师，你看像不像？"老师目瞪口呆。

酒鬼挂横幅

□丁小莲

三八妇女节快到了，镇里的宣传委员小军负责要在政府大门外拉个横幅来庆祝一下。

和往年一样，小军从仓库里拿出一套用了很久的横幅，又找来政府大院里的打杂工老李，让他来挂横幅。老李是个酒鬼，大字不认识几个，小军怕他出错，便亲自排好标语，叮嘱他，在热烈庆祝后面贴上"三八"两个数字就行了。交代完，小军就走了。

第二天，小军突然接到领导打来的电话，劈头盖脸就是一顿臭骂："你怎么回事？一条横幅都拉不好！快去看看！"

小军立刻赶到政府门前，抬头一看横幅，不禁傻了眼。只见上面一行大字：热烈庆祝廿四妇女节！字没有错，就是中间的数字贴错了。

小军气得火冒三丈，掉头就去找老李。他在街上跑了一大圈，最后在一家小饭店里找到了人。老李正喝得脸红脖子粗呢。

小军没好气地说："你还有心思喝？快去看看你拉的标语！"

老李喷着满嘴酒气说："咋啦？我又没拉错！"

"还说没错！"小军怒气冲冲地一拍桌子，"你难道醉得连一二三四五都认不得了？我叫你贴三八，你贴的是什么？"

老李呵呵一笑："我知道是贴三八。可你回去看看，那三和八还能不能用？都烂得不成样子了，贴出去人家不笑掉大牙才怪！"

小军哭笑不得："那你也不该乱贴啊！找个人写两个字就是了，你贴个廿四上去，那算什么？"

"我没乱贴。"老李晃着脑袋，得意地说，"我问你，三乘八等于多少？"

小军一怔："二十四……"

"这不就对了嘛！"老李一拍大腿，"我是不认字，可这点算术还难不倒我！"

·幽默世界·

终于拿了二等奖

□ 张 华

县里要举办小学生演讲比赛，学校派黄老师带队参赛。出发前，高校长严肃地对黄老师说："加把劲！这次一定要给我摘掉末奖专业户的帽子，否则比赛经费自己承担！"

原来，自从他当上校长，学校每次参加比赛都是末等奖。因此，高校长被人戏称为"末奖专业户"。

此时，黄老师感到肩上的压力很重，他悲壮地带着学生上了车。

过了两天，黄老师兴奋地打来电话："报告校长，咱们得了二等奖！"

"真的？"高校长高兴得差点蹦起来，"太好了，黄老师，你们改写了学校的历史！快回来吧，我要为你们开庆功会！"

可黄老师说，孩子们辛苦了，他们要求在城里玩一天。高校长爽快地同意了："行，一切费用由学校出！"

第二天，黄老师一行才从城里风尘仆仆地回来。高校长一看那奖旗，上面的数字果然只有两横，脸上顿时笑开了花。黄老师递上来厚厚一叠发票，他连瞧也不瞧，刷刷刷地签了字。

晚上，高校长的兴奋劲还没过，就打电话给临镇的杨校长，问他们学校这次拿了什么奖。杨校长说："别提了，这次发挥不好，拿的是末奖。"

高校长顿时得意起来："我们这次发挥出了正常水平，拿了个二等奖。"谁知杨校长一听哈哈大笑"咱俩大哥别笑二哥，你们拿的也是末奖。"

高校长一愣："瞎说！奖旗我都看见了，二等奖！"

"你知道什么呀！"杨校长在那头笑个不停，"人家这次设了特等奖，以往的二等奖变为一等奖，三等奖变为二等奖。你呀，还是末奖专业户！"

（本栏插图：包丰一 顾子易）